러
브
어
페
어

Love Affair

2

러브 어페어 2

ⓒ이유진 2024

1판 1쇄 인쇄	2024년 7월 1일
1판 1쇄 발행	2024년 7월 16일

지은이	이유진

펴낸이	박대일
교정	김효선
편집	이문영 · 임유리 · 이지영 · 김하랑 · 임지원
마케팅	임유미 · 윤수양

디자인	디자인그룹 헌드레드
조판	송새연

펴낸곳	파란미디어
출판등록	2004년 9월 14일 제313−2004−00214호

주소	03992 서울시 마포구 동교로23길 14 국제빌딩 6층
전화	02.3141.5589 영업부 070.4616.2012 편집부
팩스	02.6499.5589
전자우편	paranbook@gmail.com
카페	http://cafe.naver.com/paranmedia
인스타그램	@paranmedia

ISBN	979−11−7259−002−4(04810)
	979−11−7259−000−0(전4권)

러브 어페어

이유진 장편소설

Love Affair

2

파란

Love
Affair

목차

15. 본분을 잊지 않는 자세

자정이 넘은 시간에도 이선우는 기다렸다는 듯이 전화를 받았다. 네, 하고서 대답을 하는 목소리가 살짝 잠겨 있었다.

"건너올래요?"

주차장 엘리베이터 앞에 서서 버튼을 누르며 문도는 선우에게 물어보았다.

인지하고 있는 변화, 하나. 건너와요가 아닌 건너올래요. 여자에게 의사를 묻는다. 얼마든지 일방적으로 요구할 수 있는 관계임에도 불구하고.

— 네, 건너갈게요.

이선우의 대답은 한결같았다. 한 번도 싫다는 말은 하지 않았다. 피곤하다는 말도 하지 않는다. 수화기 너머에서 들려오는 목소리는 담담하기만 했다. 남자와 섹스를 하기 위해서 건너오는 여자의 목소리라고는 생각이 되지 않을 만큼.

고요한 목소리라고 생각을 했다. 고요한 목소리라니. 소리가 고요할 수 있는가. 말이 되지 않는 말이라고 문도는 생각을 하면서 피식 웃었다.

그사이 엘리베이터가 2층에 도착을 했다. 엘리베이터에서 내린 문도는 거실의 창가로 갔다. 여름으로 가는 길목, 정원의 나무는 무성해졌다. 창문을 살짝 열었더니 이름 모를 풀벌레가 찌르르르— 우는 소리를 내었다.

잠시 후, 드문드문 가로등이 켜져 있는 정원에 이선우의 모습이 보였다. 숙소 동 정원을 건너, 붉은 장미가 저물어 가는 아치형의 문을 지난다. 초여름의 밤공기를 가르는 발걸음이 소리 없이 우아했다. 여자의 걸음걸이에 밤이 저절로 길을 열어 주는 것 같다는 착각이 들 만큼.

문도는 안주머니를 더듬어 담배를 꺼냈다. 어쩌다 한 번, 피곤에 짓눌린 것 같을 때나 피우는 담배인데 여자를 보면 담배가 당겼다. 이유는 모른다. 숨을 깊게 마셨다가 길게 내뿜는 행위가 필요하다고 느낄 뿐이다.

달칵, 라이터에 불을 붙이며 여자를 보았다. 가로등 둥근 불빛에 비친 여자는 흔들림이 없이 걸었다. 숨을 길게 내뿜자, 여자는 마치 흰 연기를 가르며 걷는 것처럼 보인다. 목소리조차 고요하다 느꼈던 이유를 알았다. 이선우가 고요하기 때문이었다. 움직이는 순간조차 흔들림 없이 우아했기 때문에.

문도는 피곤한 웃음을 웃었다.

인지하고 있는 변화, 둘. 여자를 수식하는 말들에 주관적인 감정이 섞였다. 이전이었으면 조용하다고 했을 것이다. 소리가 별로 없는 여자라고. 전직 무용수다운 걸음걸이라 했을 것을.

시야에서 이선우의 모습이 사라졌다. 물었던 담배를 몇 모금 더 마신 후 재떨이에 비벼 끌 때쯤 똑똑, 하고 노크 소리가 들렸다.

"들어오세요."

문도는 진열장 쪽으로 걸어가며 여자에게 대답을 했다. 여자가 문을 밀며 들어왔다. 거실을 가로지르는 문도를 보고는 상사의 방에 들어온 직원처럼 묵례를 한다.

"보고하세요."

타이를 끌어 내리는 문도의 목소리가 공간을 울렸다. 이선우가 알겠다는 듯이 가볍게 고개를 끄덕인 후, 예의 그 고요한 목소리로 보고를 시작했다.

"서유라 씨는 오늘 오후 1시쯤 일어나셨어요. 아침 겸 점심으로 간단하게 샐러드 하고 토스트 드셨고, 오후에는 작은 사모님이랑 마사지 받으러 가신다고 나가셨어요. 저녁 드시고 8시쯤 들어오셨고요."

차분히 보고를 하고 있는 이선우는 늘 비슷한 자리에 서 있었다. 중문과 거실, 드레스 룸의 중간 어디쯤. 너무 멀지도 않고 너무 가깝지도 않은, 그러니까…… 보고를 하기에 딱 좋은 위치에.

"저녁은 사모님과 마사지 받았던 호텔 프렌치 레스토랑에서 드셨다고 하셨어요. 네일 관리도 받으셨구요. 밤 10시에 최지상 씨와 영상 통화를 하겠다고 들어가셨습니다."

시계를 풀면서 물끄러미 쳐다보자, 이선우가 시선을 빗기면서 살짝 고개를 숙였다. 시선을 내린 여자를 문도는 머리끝부터 천천히 훑었다. 갸름한 얼굴. 긴 목. 선이 고운 어깨. 가늘고 길게 내려오는 팔.

여자의 손목에 시선이 닿는다. 손목에 작은 타원형의 시계가 채워져 있었다. 문도는 끌러 내린 타이를 진열대 위로 올려놓으며 선우에게 물었다.

"이선우 씨는 뭐 했어요?"

그 말에 여자가 고개를 들어서 문도를 본다. 마주 보는 눈빛이 투명하고 맑았다.

"저는······."

오전에 건너와서 책을 읽었다고, 기다리는 동안 커피를 마시고, 점심으로는 콩국수를 먹었다고. 서유라가 오기 전까지 아주머니들을 도와서 열무를 다듬었다고 말을 하는 여자의 목소리가 듣기 좋다고 생각했다. 쭉 듣고 싶다는 생각도, 무슨 말이든 하게 해 놓고 품에 안고서 몸의 곳곳을 만지고 싶다는 생각도 든다.

못 할 것도 없지.

처음부터 욕구에 충실한 사이로 시작하는 관계가 좋은 점은 이리저리 재고 따지지 않아도 된다는 점이다. 문도는 이야기를 마친 선우를 보며 물었다.

"목욕, 같이 할래요?"

아, 하고 공기 방울처럼 소리가 터진다. 여자의 당황하는 얼굴이 귀엽다고 생각을 한다. 하룻밤에 천만 원짜리 시계를 사 놓고 고작 목욕에 놀란 표정이라니. 이제는 이런 이율배반적인 모습도 욕망을 부추길 뿐이다.

　인지하고 있는 세 번째 변화. 너그러워졌다. 여자에게, 꽤나 많이.

　"목욕이요?"

　"네. 목욕."

　"샤워가 아니고……."

　"목욕."

　문도는 뚜렷하게 발음을 했다. 입술을 씹는 이선우를 보면서 욕조에 기대 누운 채로 여자의 허리를 안는 상상을 했다. 아무 말이나 시켜 놓고는 말캉하고 부드러운 가슴을 쥐어야지. 선홍빛으로 예쁘게 물든 돌기를 한참 동안 비비적거려도 좋을 것이다. 비눗방울처럼 터지는 신음 소리를 들으면서 살내음을 실컷 맡을 수 있다면.

　뜸 들이며 고민을 하는 여자의 앞으로 걸어갔다. 시계가 걸린 손목을 쥐고서 손등에 가볍게 입을 맞추었다. 이번에는 아, 하는 소리는 없었다. 단지 눈을 크게 떠서 놀란 표정을 지을 뿐이다.

　"뭘 놀라."

　말을 하니 눈만 깜빡인다. 서글서글하고도 깊은 눈이다. 나쁜 일은 하나도 모르는 것 같은 눈. 무구하게 깜빡이는 눈꺼풀에 입을 맞추고 싶다는 생각이 드는 순간, 문도는 고개를 숙였다. 입을 맞추는 순간에도 여자가 눈을 깜빡인다. 부드러운 속눈썹이 입술을 스쳤다.

　"시계 잘 어울려요."

입술을 뗀 문도가 말했다. 가는 손목에 걸려 있는 타원형의 시계는 클래식하고 심플하면서도 여성스러웠다. 이선우와 잘 어울렸다.

"감사합니다."

고맙다고 인사를 한 뒤에 여자는 잠깐 머뭇거렸다. 그리고 문도와 눈을 맞춘 다음 또박또박 말했다.

"시계가 정말 예뻐요. 마음에도 들고요."

여자가 자신의 눈을 똑바로 바라볼 때. 그때 문도는 사위가 고요해지는 기분이 들곤 했다. 아주 잠시지만, 부족한 것이 없어진 기분도 들었다. 눈앞의 여자 말고는 아무것도 필요 없는 사람이 된 기분이랄까.

"마음에 드는 거 있으면 몇 개 더 사요. 목걸이도 좋겠네."

비어 있는 여자의 목을 보면서 말했다. 반짝이는 목걸이가 걸려도 예쁠 것 같았다. 깨끗한 귀에는 진주 귀걸이가 어울리겠다. 목걸이든 시계든 귀걸이든 얼마든지 사. 카드 사용 내역이 뜰 때마다 변태같이 흥분하게. 벌거벗은 몸에 하나씩 걸쳐 놓고 물고 빨게.

그런 문도의 속내를 알 리 없는 이선우가 대답을 했다.

"네. 감사합니다."

"그래서, 목욕은?"

문도는 여자의 허리를 당겨 안으며 아랫배를 붙여 자신의 상태를 전했다. 이선우의 얼굴이 옅게 붉어졌다.

"혹시 다음에 해도 될까요?"

허락을 구하는 사람처럼 이선우가 물었다. 이럴 때의 여자는 웃기고 꼴린다. 다음에 해요, 도 아니고 해도 되나니. 선생님한테 허락을 맡는 학생 같지 않은가.

"왜요?"

"아주머니들이 아직 안 주무세요. 목욕을 하고 가면 아무래도……."

"뭘 하시기에 아직까지 안 주무시나."

"고스톱을 치고 계세요."

문도가 웃었다. 자신이 한 말이 웃겼는지 선우도 웃었다. 문도는 마주 웃는 여자의 입술에 자신의 입술을 포갰다. 아랫입술을 물어 입안에 넣고 달게 빨면서 말했다.

"그럼 빨리하고 가야겠네."

시원한 민트 향과 다디단 살의 맛이 함께 느껴진다. 종일을 물고 빨아도 질리지 않을 것 같다는 생각을 하면서 여자의 팔을 들어 자신의 목에 감게 했다. 거듭 키스를 하면서 걸음을 옮겼다. 긴 키스의 끝에 여자의 몸이 출렁하고 침대 위로 뉘었다.

"대체 언제쯤."

입술을 떼면서 문도는 말했다. 깊었던 키스로 뺨이 연한 장미색으로 상기된 선우가 문도를 올려다보았다.

"이선우 씨는 키스를 잘하게 될까."

확 달아오른 이선우의 뺨이 붉다.

"제가, 못……하나요?"

"못해요."

"얼마나……."

솔직히 나쁘지 않다. 서툴기도 하고 수동적이기도 했지만 그런 것이 문제가 되지 않을 정도로 달았다. 그렇지만 더듬거리는 모습에 짓궂은 마음이 든다.

"솔직하게 말해요?"

"네."

자신의 목에 팔을 감고서 순순히 대답을 하는 이선우가 눈에 아릴 정도로 예쁘다는 생각을 하며 문도는 답했다.

"더럽게 못해."

아, 하고서 여자가 충격을 받은 표정을 지었다.

"그런……. 그런 생각은 한 번도, 한 번도 해 본 적이 없어서……."

문도는 목까지 붉어진 이선우를 내려다보았다. 무릎을 끌어안고 잠이 든 모습을 보았을 때. 잠에서 깬 여자에게 입을 맞추고 싶다 생각을 했을 때. 저녁을 같이 먹어도 좋겠다는 생각을 했던 그때 어렴풋이 느꼈던 것이 점점 뚜렷해진다.

"그럼……. 가르쳐 주세요. 노력해 볼게요."

뒷목이 뜨끈해지는 말에 문도는 선우의 입술을 베어 물었다. 그 안으로 혀를 깊이 넣다가 문득 멈추었다. 선우의 혀가 서툴게 움직이며 문도의 혀를 감싸 왔기 때문이다.

씨팔. 터지겠네.

후끈 열이 오르며 눈앞이 아득해진다. 문도는 기막힌 웃음을 웃고야 말았다. 고용인과 연애를 할 생각은 없었는데, 이렇게 되었으니 이제 이선우를 어쩔까 싶어서.

선우는 천천히 눈을 떴다. 날이 밝고 있는지 창밖이 벌써 환했다. 옆으로 누웠던 선우는 몸을 바로 누이며 핸드폰을 더듬었다.

액정 위의 시계는 5시 반.

눈을 뜨는 건 매일 비슷한 시간이었다. 긴 밤을 뒤척거리다가도, 짧고 얕은 잠에서 허우적거리다가도, 제법 긴 잠을 자고 일어난 뒤에도 이 시간쯤에 꼭 눈이 떠졌다.

눈을 뜨고, 다시 감는 날들.

매일 그대로인 것 같은데 시간은 착실하게 쌓여 갔다. 이곳에 왔던 첫날, 창밖은 깜깜한 어둠이었는데 얼마 후 같은 시간엔 짙푸른 새벽이었고, 이제는 환히 밝아 오는 이른 아침이다.

몸을 일으킨 선우는 테라스로 나가는 새시 문을 열었다. 청량한 새벽 공기가 밀려들었다. 새가 지저귀는 소리도 들려왔다. 서울 한복판에서 새소리를 들으며 잠을 깨다니. 조금은 비현실적이라는 생각이 들었다.

하긴, 이곳은 처음부터 다른 세상 같긴 했었다.

마을만큼 커다란 담장을 지닌 세 채의 집. 죽지 않는 괴팍한 노인과 그의 젊은 애인. 어쩌면 괴물일지도 모르는 그들의 딸과 그 괴물의 목줄을 쥐고 있는 별채의 남자. 이상한 일들이 벌어진다 해도 그리 이상하지 않은 곳. 그래서 왠지 선우 자신도 점점 이상해지는 것 같은 곳.

'돌겠네.'

뜨거운 욕설을 뱉으며 낮게 웃던 남자의 목소리가 귓가에서 울렸다. 꿈 같지만, 꿈이 아니었던 지난밤의 목소리였다.

몸을 돌린 선우는 남자의 목소리를 쫓아내기라도 하는 것처럼 침대 위의 시트를 펄럭 펼쳤다. 베개를 똑바로 놓고 시트의 각을 맞추었다. 침대 정리를 마친 후엔 매트를 깔고 간단하게 스트레칭을 했다. 숨을 들이마셨다가 내쉬며 몸의 구석구석을 깨웠다. 동작에 집중하려 노력하면서 평소와 다름없는 순서대로 움직이는데, 다리 사이에 아릿한 작열감이 느껴진다. 역시 지난밤의 흔적이었다.

샤워를 하기 위해 옷을 벗으니 남자가 남겨 놓은 흔적들이 곳곳에 보였다. 가슴과 배, 허벅지와 옆구리, 비스듬히 보이는 어깻죽지까지. 손톱만 한 붉은 조각들이 있었다. 선우는 거울 속의 자신의 모습을 보았다. 거울 속에 보이는 이선우가 마치 다른 사람같이 낯설었다. 달뜬 신음을 흘리던 여자는 누구였을까. 뜨겁게 타는 눈에 매달리며 기꺼이 남자의 목을 안았던 여자는 내가 맞을까. 내 목소리, 내 얼굴을 한 다른 누구는 아니었나.

긴 한숨을 내쉰 뒤, 선우는 샤워를 하고 머리를 감았다. 책상에 앉아 간단하게 스킨과 로션을 발랐다. 드라이기를 꺼내서 머리를 말리고 옷을 갈아입었다. 워치를 차고 가방을 챙겨 놓으면 출근 준비는 끝이 난다.

출근 준비를 마친 다음에는 서랍을 열었다. 은박 포장이 되어 있는 분홍색의 알약이 보였다. 피임약을 먹은 지 한 달하고도 절반이 넘어갔다. 선우는 서랍에서 다이어리를 꺼내 뒤로 넘겨 보았다.

꼬박꼬박 엑스자를 그린 날들이 보였다. 남자와 밤을 보낼수록, 자신은 자신이 아닌 것만 같았다. 남자의 저질스러운 농담에 웃음을 터트리기도 하고, 입맞춤을 기다리기도 한다.

'혀 내밀어요.'

시키는 대로 혀를 내밀기도 했다. 처음으로 남자의 입속에 자신의 혀를 넣자 남자가 낮게 웃었다. 씨발, 돌겠네. 중얼거리면서 붉은 혀를 집어삼키는 남자는 이내 선우의 밤을 온몸으로 덮었다. 남자가 몸을 세우고 움직이기 시작하면 선우는 아무런 생각도 할 수 없었다. 휘몰아치는 소용돌이 속으로 끌려 들어가 신음하며 붉어질 뿐.

아이러니하게도 그런 날이면 밤이 더 이상 공허하지 않았다. 막막하지도 않았다. 남자의 열기가 번져 오는 동안은 잠깐이나마 춥지 않았다. 파르르한 떨림이 찾아온 이후에는 잠이 쏟아져 내리기도 했다. 조금씩 잠이 길어진 것도 남자에게 안긴 이후였다.

'좋네요. 집에 일찍 오니까. 같이 밥도 먹고.'

그러다 한 번씩 남자의 선선한 미소가 생각이 날 때면. 머리카락을 가만히 넘겨 주던 순간이 생각날 때면.

최지상이 보내왔던 사진을 떠올렸다.

무표정한 얼굴로 차에 오르던, 호텔 주차장에서의 남자를.

그러니까 괜찮다고 생각을 한다. 좋은 사람은 아닐 테니까. 아무것도 모르는 순진한 사람은 아닐 테니까. 어떤 식으로든 연관이 되어 있을 남자이니까.

'계산은 확실한 게 좋죠.'

당신에게 이선우라는 여자는 그저 욕망을 풀 대상일 뿐이니. 그러니 나도 밤의 공허를 채우는 용도로, 막막함을 지우는 용도로 당신을 한 번씩 이용을 한다고 해도, 괜찮겠지.

절반쯤 비워진 알약을 잠시 바라보다가 선우는 한 알을 손에 올린 뒤 입에 털어 넣었다. 책상 위에 두었던 생수병을 따서 물과 함께 삼키고, 다이어리를 꺼내 오늘 날짜에 엑스자를 그렸다. 1층의 주방에서 간단하게 우유와 시리얼로 식사를 한 뒤, 다시 올라와 이를 닦고 가방을 챙겼다. 소박한 숙소 동의 정원을 지나 별채의 푸른 잔디를 밟는다. 카드를 찍어서 문을 연 뒤에 신발을 벗고 현관으로 올라섰다. 커다란 창이 압도적인 거실을 지나 주방으로 향하면.

"잘 잤어요?"

남자가 있었다.

선우의 밤을 채우는 남자가.

"네. 전무님도 안녕히 주무셨어요?"

인사를 건네자 남자가 가볍게 웃는다. 하루의 시작이었다.

"자, 촬영 시작하겠습니다!"

슬레이트를 치는 박수 소리와 함께 촬영이 시작되었다. 도로 위에 서 있던 최지상은 큐 소리와 함께 달리기 시작했다.

"김소리! 소리야!"

지상은 여주인공의 이름을 소리 높여 부르면서 2차선 도로를 달렸다. 수목원을 배경으로 하는 드라마에서 지상이 맡은 역할은 여주인공을 오래도록 짝사랑해 온 선배 역할이었다.

"너 인마, 지갑 놓고 갔다고."

한참 멀어진 여주인공을 따라잡은 뒤 숨을 몰아쉬면서 환하게 웃는 지상의 모습을 카메라가 가까이에서 잡았다. 지상은 눈앞에 있는 여배우를 녹을 것처럼 다정한 눈으로 바라보았다.

"아, 선배. 고마워요. 역시 정원 선배뿐이야. 어? 유준 씨 왔나 봐요. 저 그럼 이제 가 볼게요."

주연 남자 배우가 길 건너에 차를 세웠다. 여배우는 종종걸음으로 뛰어가며 한 번 더 뒤를 돌았다. 손을 흔들어 인사를 건네는 여자에게 환하게 미소를 보인 뒤, 지상은 돌아서며 허탈한 미소를 지었다. 그런 지상의 아픈 미소가 텅 빈 도로와 함께 쓸쓸하게 잡히며 점점 작아졌다.

"컷!"

감독이 만족스러운 표정으로 컷을 외쳤다. 아련한 미소를 짓고 있던 지상은 쑥스러운 미소를 지으면서 촬영 감독과 카메라 감독에게 고생하셨다며 꾸벅꾸벅 인사를 했다.

"아, 표정 좋았어. 지상 씨 연기가 날로 늘어. 이러다 금방 주연 자리 잡겠어."

등을 두드려 주는 감독에게는 머리를 긁적이며 웃어 보였다.

"저 괜찮았어요? 어떻게 하고 있는지 아직 정신이 하나도 없어서요."

"어, 아주 좋아. 서울에 언제 올라간댔지? 내일 아침이었나?"

"네. 내일 새벽에 올라갔다가 인터뷰만 얼른 하고 다시 오려고요."

세트장과 문경 야외 촬영장을 오가기를 한 달 남짓, 촬영도 이제 거의 막바지에 이르고 있었다.

"내일은 장면 없으니까 마음 편히 다녀와."

"넵. 부족하지만 민폐 안 되게 노력하겠습니다!"

씩씩하게 인사를 한 뒤, 지상은 자신의 차량이 있는 곳으로 내려왔다. 자신이 나오는 장면은 한참 뒤에나 다시 촬영이었다.

"형, 고생했어요."

차에서 대기 중이던 매니저가 밖으로 나오며 말했다.

"성원아, 나 커피 한 잔만."

싱긋 웃으며 부탁을 하니 매니저 성원이 기꺼운 얼굴로 얼른 다녀오겠다고 말을 했다. 지상은 차 안으로 들어가 자신의 자리에 앉았다.

"병신들."

의자에 등을 기대며 지상은 중얼거렸다. 비위를 슬쩍슬쩍 맞추며 어리숙한 척하기만 하면 뜨는 배우답지 않게 착하다, 성실하다, 멋있다, 칭찬이 날아든다.

이래서 뜨고 보는 거지.

눈에 띄기 위해 치열하게 경쟁을 해야 했던 시절이 있었다. 호스트바의 선배들 비위를 비굴하게 맞추어 가며 한 테이블이라도 더 끼어서 앉아 보려고 노력을 했던 시절. 같이 앉는 놈들보다

한 푼이라도 더 벌어 보려고 몸부림을 쳤던 그 시절에 비하면 새 발의 피랄까.

"어디 보자."

지랄 지랄을 해 대는 서유라만 아니면 팔자가 좀 더 필 것 같은데, 라고 생각하며 지상은 핸드폰을 찾았다. 다행히 아무런 메시지가 없었다. 하긴 이 새벽부터 일어날 리가 없지.

"핸드폰만 아니면 그만 만나고 싶다, 진짜."

약이건 섹스건 적당히 조절해 가며 해야 하는데 서유라는 절제라는 것을 몰랐다. 끝을 보는 성격이랄까. 하긴 그 덕에 살살 꼬여 내기는 쉽지만.

지상은 가방 안쪽에서 다른 핸드폰을 꺼냈다. 이선우라는 여자와 연락을 하기 위해 구입한 선불 폰이었다. 새로운 메시지 알람이 떠 있다. 화면을 누르니 대화 창이 뜬다.

11시, 한남동에 있는 '효자 묵밥집'에서 뵐게요. 3번 방으로 예약해 두었습니다.

지상은 핸드폰을 쥐고서 차창 밖을 바라보았다. 범인 사진이 있다고 씨불여 놨는데, 만나면 뭐라고 하나. 니 동생 죽인 건 서유라라고 하는 게 나을까. 경찰에 말했던 대로 김영재라고 하는 게 나으려나.

그래. 둘이서 약에 취해 싸우다 김영재가 이민우 대가리를 갈긴 게 맞다고 해야겠다. 그 자리에 없었다는 건 사실 거짓이었다고.

목격은 했는데 연예인이라 조심스러워서 그랬다고. 그리고 열받은 김영재가 이민우에게 죽을 정도로 약을 찔러 넣었다고 하면 되겠지. 119를 부르려 했는데 서유라가 신세 조질 일 있냐고 지랄을 했다고.

제일 먼저 그 자리를 뜬 건 나였고, 그때까지 니 동생은 살아 있었다고. 그다음으로 서유라가 서문도와 함께 탈출. 멀쩡했던 김영재는 약물 부작용으로 사망.

오케이. 거기까지.

생각을 정리한 최지상은 핸드폰을 들어서 자판을 누르기 시작했다.

넵, 늦지 않게 갈게요. :)

서유라와 통화를 할 때면 언뜻언뜻 보였던 이선우의 모습을 떠오른다. 만나서 마음에 들면 꼬셔 볼까. 그래, 꼬셔서 일단은 핸드폰을 찾는 데 알차게 이용을 해야겠다. 그렇게 생각하며 지상은 비릿하게 미소를 지었다.

캡 모자를 깊게 눌러쓴 지상은 '효자 묵밥집'의 문을 열었다. 막걸리 주점과 비슷한 분위기의 묵밥집은 홀에 있는 몇 개의 테이블을 제외하고는 일식집처럼 칸칸으로 나뉘어 있었다.

"이선우 씨 이름으로 예약했다는데요."

지상이 말하자 카운터를 보던 직원이 이쪽으로 오시면 된다면 서 안내를 해 주었다. 한지를 발라 놓은 미닫이문이 열리며 안쪽에 앉아 있는 여자의 모습이 보였다.

"오……."

자리에서 일어나는 여자를 보며 지상은 자신도 모르게 작게 감 탄사를 내뱉었다. 거짓말 조금 보태서 그림인 줄 알았다. 그러니 까, 분위기가 꼭 그림 같았다. 슬쩍 벌어지려는 입을 단속을 한 뒤, 지상은 물러나는 직원에게 감사하다고 인사를 했다. 미닫이문을 닫고서 싱긋 웃으며 선우에게 인사를 했다.

"최지상입니다."

"이선우예요."

악수를 하려고 손을 내밀었지만 여자는 지상의 손을 바라보기 만 하다 그냥 자리에 앉았다.

"흠흠. 음식을 시켜야겠죠? 어디 보자. 오는 길에 묵밥 검색해 봤거든요? 묵정식이 괜찮다는데. 묵정식 2인분 괜찮으세요?"

지상은 자리에 바짝 앉으며 물었다. 이선우가 고개를 들어 자신 을 본다. SNS 계정에 올려놓은 사진은 짙은 무대용 화장을 한 상 태이거나 멀리서 연습하는 장면을 찍은 것이라 정확한 얼굴은 몰 랐는데, 갸름한 얼굴이 무척 아름다웠다. 서유라와 짬짬이 통화를 할 때 언뜻 보이긴 했지만 스쳐 지나가는 수준이어서, 대략 이런 느낌이려니 생각만 했었는데 여자를 본 순간 말문이 막히는 느낌 이었다.

왜 그런 사람 있지 않나. 봐도 봐도 모르겠는 미술 전시회를 좋아할 것 같은. 수준 있는 책도 많이 볼 것 같고, 누구에게나 상냥하고 연할 것 같은.

"잠깐 외출한 거라 오래 앉아 있을 수가 없어서요. 이야기부터 했으면 좋겠습니다."

목소리조차 차분한 여자는 맑은 눈빛으로 또렷하게 자신을 보고 있었다.

"그럼 일단 주문부터 할게요."

벨을 눌러 직원에게 묵정식 2인분을 시킨 뒤 지상은 싱긋 웃으면서 선우에게 말했다.

"드디어 만났네요. 뭔가 좀, 운명 같다."

지상의 말에 선우는 웃지 않았다. 다만 침착하게 이야기를 이어 갈 뿐이다.

"여쭤보고 싶은 게 있어서 만나자고 했어요."

"뭐든 물어보세요."

"그날 일어났던 일에 대해서 알려 주시면 감사하겠습니다."

음……, 하고 최지상은 기억을 더듬는 척했다. 긴장한 여자의 얼굴을 보면서 착잡한 표정을 짓는 것도 잊지 않았다.

"그러니까. 그날이 2월……."

"5일이에요. 토요일이요."

"그렇죠. 그때였는데……."

뜸을 들이니 여자가 입술을 맞다물었다가 마른침을 넘긴다. 간절함을 숨기지 않는 여자였다. 사건을 빌미로 꼬여 내기 쉬울 것 같다는 생각을 하며 지상은 입을 열었다.

"유라 누나가 한 번씩 그런 날이 있거든요. 룸 잡고서 에이전시에서 잘나가는 애들 몽땅 불러 놓고 파티 열 때가 있는데, 그날이 그런 날이었어요."

지상은 물컵을 들어 물을 한 모금 마신 뒤 말을 이었다.

"클럽 오픈하는 시간부터 룸 잡고서 노는 거죠. 영재도 그중에 한 명이었고."

"에이전시에서 잘나가는 애들이라면……."

"네. 더블 에이전시라고."

겉으로는 모델 에이전시의 모습을 하고 있지만 더블 에이전시는 사실상 호스트 매니지먼트였다. 잘생기고 젊은 남자애들, 특히나 연예계 지망생들을 꼬여 내서 스폰서와 연결을 해 주었다. 그뿐만 아니라 각종 클럽에 꽂아 넣기도 하고 아래층의 가라오케에서 접대하는 자리를 만들기도 했다.

최지상 역시 그곳에서 일을 하다가 서유라를 만났다. 단역 배우 아르바이트나 하고 있었던 그를 서유라가 영화 조연으로 꽂아 주었고, 그게 화제가 되어 지금의 최지상이 되었다.

서유라는 한 번씩 핫하다는 클럽 VVIP 룸을 잡아서 호스트들로 가득 채울 때가 있었다. 수십 명의 남자들이 제게 잘 보이려 안달 내는 모습을 보면서 술을 뿌리고 발로 밟으며 놀았다. 흥이 절정으로 향하는 새벽 3시쯤이면, 쭉정이는 떨구고 개중 제일 괜찮은 한두 명을 데리고 밀실로 올라가 섹스 파티를 벌였다.

"저는 스케줄이 있어서 좀 늦게 들어가긴 했어요. 애들은 밖에서 놀라고 내보내고 밀실로 들어갔죠. 남자애 둘이랑 유라 누나랑 있더라구요. 아, 그땐 멀쩡했어요."

물론 거짓이다. 파티 후에 밀실로 올라간 건 서유라와 최지상, 김영재였다. 김영재에게 합류를 제안한 건 처음이었는데, 워낙 노는 걸 좋아하는 녀석이고 에이전시 소속이기도 해서 당연히 약을 찔러 본 경험이 있는 줄 알았다. 한 번도 안 해 봤을 줄은 몰랐다.

"그런데 경찰에 증언하시기로는 민우 죽고 나서 오셨다고 하셨잖아요."

이선우가 바로 의문을 제기했다. 지상은 비장하게 고개를 숙이며 말했다.

"네. 이미 두 사람이 그렇게 된 뒤에 룸에 들어갔다고 증언을 하긴 했는데, 사실 제가 들어갔을 땐 두 사람 모두 살아 있었습니다."

꿀꺽. 다시 물을 한 모금 마신 뒤 최지상은 말을 이었다.

"제가 신인인 데다 찍고 있는 프로그램도 있고 해서, 솔직하게 말 못 했어요. 연예인이 이미지로 먹고사는 직업이니까…… 뭐, 그건 제 잘못이죠. 제 잘못 인정하구요."

지상은 혀로 입술을 핥았다.

"아무튼 한 명은 영재였고, 다른 한 명은 영재 친구라고. 처음 보는 애였는데, 몸도 괜찮고 얼굴이 잘생겨서인지 유라 누나가 마음에 들어 했대요. 아무튼 그래서 일단 약을 찌르고서 시작을 했는데. 올라오기 전에 둘이 싸웠던 모양이죠?"

이선우는 미동도 없이 자신의 이야기를 듣고 있었다.

"이게 그런 게 있거든요. 약을 하면 감정이 훅 올라와요. 침대에 한창 유라 누나랑 있는데 뒤에서 둘이 뭐라고 다투더니 갑자기 퍽 소리가 나는 거예요."

이렇게 말을 하니 정말 그런 일이 있었던 것만 같다.

"보니까 영재가 그 친구 머리를 샴페인 병으로 깠더라고요. 넘어진 친구는 테이블에 부딪혔는지 피도 나고."

여자의 얼굴에서 핏기가 점점 가시는 것을 보며 최지상은 이야기를 이었다.

"저는 119 부르려고 했는데, 유라 누나가 신세 조질 일 있냐며 지랄 지랄을 해서. 아시죠? 그 성깔. 전 어떻게 수습을 해 보려는데 영재 이 새끼가 그 친구한테 남은 약을 확 찔러 버리더라고요."

하얗게 질려 버린 이선우를 보며 최지상은 안타까운 표정을 지었다.

"그 약이 진짜 조금만 들어가도 훅 가는 거라서 용량 조절을 잘해야 하는 건데, 그걸 그렇게 한 방에 전부 넣었으니."

실제로 조금 미안하기도 했다. 김영재야 본인의 선택으로 약을 찔렀다가 죽었다지만, 이민우는 아니었으니까.

이민우가 얌전히 문 앞에 샴페인을 놓고 갔더라면. 무언가를 의심하며 제 친구인 김영재를 보겠다고 기어코 문을 열어 보지만 않았더라면. 의식 잃고 쓰러진 김영재를 발견하지만 않았더라면. 119를 부르겠다고 설치지만 않았더라면.

그랬더라면 자신이 대가리를 후려치는 일은 없었을 텐데.

"겁도 나고, 엮이기도 싫어서 저는 그대로 자리를 떴습니다. 유라 누나는 서문도랑 변호사를 불렀고요. 나중에 알게 된 건데 영재도 약물 부작용으로 같이 죽어 있었다고 하더라고요. 직원들이라도 발견해서 병원에 보내 주기를 바랐는데……. 정말 죄송합니다."

최지상은 두 손을 모아 움켜쥐면서 사과를 했다. 하얗게 질린 여자는 말이 없었다. 주먹을 꾹 쥐고서 눈을 길게 감았다가 뜬다.

"몇 가지 의문이 있어요."

"네. 말씀하세요."

"일찍 자리를 뜨셨다는데, 핸드폰은 왜 서문도 전무에게 있는 거죠?"

아.

씹. 최지상은 속으로 욕을 하며 미간을 문질렀다. 생각을 좀 더 깊이 했어야 했는데, 라는 후회를 하며 장 변호사가 알려 주었던 대로 분실 이유를 댔다.

"유라 누나가 불안증이 있어요. 누가 자기를 찍는다고 생각하거든요. 약 하는 거 찍었다가 경찰한테 넘긴다는 망상이 있어서 그 방에 들어올 때 핸드폰을 다 거둬 가거든요."

"안 챙기고 그냥 나오신 거예요?"

"예. 그땐 그냥 빨리 나와야겠다는 생각에……. 그걸 그 남자가 한 번에 챙겨 갔다고 유라 누나가 알려 줬습니다."

이선우가 알겠다는 듯 고개를 끄덕였다. 그리고는 다시 입을 열었다.

"그럼 범인 사진을 찍으셨다는 말은, 거짓인가요?"

제길. 생각 좀 잘 하고 말할걸. 또 뭐라고 둘러대냐. 지상은 자신을 빤히 보고 있는 선우를 보면서 고민을 하는 척 관자놀이를 문질 렀다. 마침 그때 노크 소리가 들리고 직원이 쟁반을 들고 룸으로 들어왔다. 도토리묵과 막국수, 묵전 같은 음식들이 상에 깔렸다. 그사이 생각을 정리한 지상은 직원이 문을 닫고 나간 뒤에 참담한 표정으로 선우에게 말했다.

"네. 거짓입니다. 어떻게 말을 해야 핸드폰을 가져올 수 있을까 싶어서 생각을 하다가. 하지만 아주 거짓은 아니에요. 영재와 같이 찍은 사진이 있거든요."

"서문도 전무 사진은 어디서 나셨어요?"

"그건 제 차 블박에 찍힌 겁니다. 그날 그렇게 나와서 한참 차에 있었거든요. 호텔 주차장에 차를 댔었는데, 한 시간쯤 뒤였나. 그 남자가 주차장으로 들어왔습니다."

"만난 적이 없을 텐데, 그 사람이 서문도 전무인 줄은 어떻게 아셨어요?"

아이, 씹. 뭐 하나 쉽게 넘어가는 게 없네. 최지상은 인상을 찌푸 린 뒤 다시 머리를 쥐어짰다.

"그야, 워낙 유명한 사람이고. 유라 누나 관련된 사람이라서 알 고 있었죠. 뉴스 같은 데 많이 나오잖아요."

납득을 했는지 이선우가 고개를 끄덕였다.

"그러니까……. 최지상 씨 말에 의하면, 경찰 말대로 영재가 제 동생을 죽인 거네요. 서유라 씨와 최지상 씨는 한 방에 있었던 것 뿐이고. 최지상 씨가 먼저 자리를 떴고, 서유라 씨는 변호사 대동 하고 경찰서로 갔고, 영재는 약물 부작용이었고요."

최지상은 고개를 끄덕이며 답했다.

"솔직히 말씀드리면, 저는 영재가 자살한 건 아닌가 의심하고 있습니다. 정신 나가서 일은 저질렀는데 정신 차려 보니 아무도 없고, 친구는 죽어 있고. 금방 잡혀갈 것 같으니 남은 약을 넣은 게 아닌가 싶어요."

얕게 고개를 끄덕인 선우가 한참 가만히 있더니 다시 입을 열었다.

"제 동생은……."

이선우는 목이 메는지 입을 다물었다. 잠시 감정을 수습한 뒤에 다시 입을 연다.

"그때 살아 있었나요?"

최지상은 완전히 숨이 끊어진 이민우의 모습을 기억했다. 치사량의 약과 후두부의 상처로 이민우는 빨리 죽었다. 어쩌면 김영재보다 더 빨리 죽었을 수도 있다. 고통은 없었을 거다. 약발이 워낙 좋아서.

"네. 적어도 제가 나올 땐 살아 있었습니다."

최지상은 진지한 목소리로 대답을 했다. 이선우의 눈동자가 흔들린다. 역시나 참 예쁜 얼굴이라고 생각을 하며 최지상은 안타까운 표정을 지었다.

"선우 씨, 괜찮아?"

시야에 불쑥, 옥수댁 아주머니의 얼굴이 들어왔다. 젓가락을 쥐고 있던 선우는 퍼뜩 고개를 들었다.

"아, 네."

"밥 먹다 말고 무슨 생각을 그렇게 해? 먹고서 별채 건너가야 한다며. 얼른 한술 더 떠."

먹은 그릇을 챙겨 들고 일어서는 옥수댁을 보면서 선우는 흐리게 미소를 지었다.

"잠깐 멍했어요. 약을 먹어서 그런가 봐요."

"병원에선 뭐래?"

"신경성 두통이래요. 약 먹으면 괜찮아진다고요."

최지상과 헤어진 뒤 혹시 몰라 실제로 병원에 들렀다. 두통이 있다고 이야기를 하고 처방전도 받고 약도 타 왔다.

"그렇지. 두통 있고 그러면 속도 별로 안 좋고 그렇긴 해. 약 잘 챙겨 먹어."

"네. 그만 먹어야 할까 봐요."

선우도 절반 정도 밥이 남은 그릇을 챙겨서 일어났다. 수돗물을 틀어 한 번 헹군 뒤 설거지통에 넣었다.

"전 그럼 올라가서 준비하고 건너갈게요. 잘 먹었습니다."

옥수댁에게도 조리사 아주머니에게도 꾸벅꾸벅 인사를 한 뒤에 선우는 계단을 올랐다. 방에 들어와 문을 닫고서야 길게 숨을 내쉬었다. 이제야 아무도 없는 공간이었다. 최지상과 헤어진 뒤로 울지 않기 위해 몇 번이나 멈추어 서서 심호흡을 했는지.

병원에서 대기를 하는 동안에, 약국에서 약을 받고 나오던 길에, 숙소동 언덕길을 올라오는 동안에도 눈시울은 몇 번이나 시큰거렸다. 제일 위험했을 때는 옥수댁 아주머니의 얼굴을 보았을 때였다. 같이 먹으려고 기다렸다며, 김치찜이 맛있게 되었으니 어서 먹자고 했을 땐 정말이지 애써 웃었다.

후우.

선우는 다시 길게 숨을 쉬었다. 지금까진 그래도 나았다. 이제는 서유라를 보러 별채에 가야 한다. 그 얼굴을 마주 보고서 웃어야 했다. 아무렇지 않게 웃을 수 있을까.

그러다 쓰게 웃었다. 할 수 있어야지. 여기까지 어떻게 왔는데. 오늘만큼은 마주 보고 싶지 않은 서유라였지만, 그래서 잠깐 아프다 핑계를 대고 피할까 생각도 했었지만 그러지 않기로 했다. 죽은 민우가 살아 돌아오는 것도 아닌데 피하면 무엇이 달라지나 싶어서.

문을 잠근 선우는 책상에 앉아 다이어리를 꺼냈다. 첫 장부터 마지막 장까지 적어 둔 이야기들을 주르륵 훑어보았다. 엑스자를 친 이름들도 있고 펜으로 그은 문장들도 있었다. 한 장씩 넘기며 보던 선우의 시선이 페이지 가운데 적혀 있는 문구에 머물렀다.

진실은 가려지지 않는다.

불과 몇 달 전에, 카페에 앉아서 민우의 일을 제보해 주겠다던 사기꾼을 종일 기다렸던 날이 있었다. 숱하게 속았어도 다시 속기를 선택할 수밖에 없었던 날.

마지막으로 믿어 보자는 마음으로 입금까지 해 주고서 기다렸다. 10분이 한 시간으로, 한 시간이 두 시간으로, 두 시간이 네 시간으로. 그렇게 기다림이 원망으로, 원망이 절망으로 변해 갔던 날. 그날 집에 돌아와서 보았던 어느 방송의 자막이었을 거다. 스쳐 가는 문구가 마음에 아프게 박혀서, 울면서 적어 두었다.

가려지지 않는 진실.

선우는 마지막 장을 펼쳤다. 며칠 전에 마지막으로 적었던 문장은 '서문도 전무가 서유라를 앰뷸런스에 태웠다.'라는 문장이었다. 펜을 든 선우는 '최지상은 그 자리에 있었다.'라고 적었다. 마침표를 찍고서 한참을 가만히 있다가 선우는 입술을 깨물었다. 아프게 입술을 깨물고서 다시 펜을 움직였다.

민우는 살아 있었을지도 모른다.

가운데 글자 위로 선우의 눈물이 뚝 하고 떨어져 내렸다. 글자가 까맣게 번지는 것을 보며 선우는 급하게 눈물을 닦았다. 울지 않기로 했잖아. 스스로에게 중얼거리며 빠르게 눈물을 밀어냈다. 눈물은 아무것도 바꾸지 못한다. 그러니 우는 것은 제일 마지막에. 다만 한 가지, 바라는 것이 있다면…….
　민우야, 너는 부디 살아 있지 않았기를.
　오래 고통스럽지 않았기를.
　선우는 간절히 바랐다.

밤의 정원을 걸어 별채로 가는 길, 미지근한 바람이 불어왔다. 여름밤의 냄새가 가득한 바람이 선우의 뺨을 스쳤다.

　'들어와 있어요.'

　자정에 가까운 시간. 남자는 건너오라는 말 대신에 들어와 있으라고 했다. 끝이 풀린 것 같은 목소리였다. 아마도 많이 피곤한 날일까. 선우는 짐작을 하며 2층으로 올라갔다. 가볍게 노크를 한 뒤에 한 뼘 정도 열려 있는 중문을 밀었다. 거실에도, 맞은편의 커다란 드레스 룸에도 서문도 전무의 모습은 보이지 않았다.

　드레스 룸 한쪽에 던져 놓은 재킷과 와이셔츠. 테이블 위의 생수병. 화면이 틀어져 있는 TV 정도가 사람이 있었던 흔적이었다. 씻는 중일 거라 짐작을 하며 선우는 천천히 드레스 룸으로 향했다. 따로 문이 달려 있지 않고 커다란 아치형의 오픈된 입구만이 있는 드레스 룸은 언젠가 보았던 신사복의 매장 같았다. 벽면을 둘러싼 오픈 클로젯에 셔츠와 재킷, 슈트 팬츠가 종류별로, 계절별로, 색상별로 열을 맞추어 걸려 있고 중간중간에 넓고 긴 서랍장들이 있다.

　천천히 돌아본 선우는 가운데의 원목 진열장 앞에 섰다. 몇 번인가 서문도 전무의 손에 의해 앉혀졌던 곳이다. 차가운 유리 위에 앉아서 남자의 입술을 받았던 곳.

　6인용 테이블 정도로 사이즈가 큰 진열장의 제일 위쪽은 두툼한 유리로 덮여 있다. 안쪽으로 시계와 타이, 커프스 링크 등의 액

세서리가 칸칸이 들어 있는 모습이 보였다.

　유리 진열장의 아래는 원목의 서랍이 두 칸. 그 밑에는 여닫이로 여는 수납장이 있었다. 언젠가는 여기도 뒤져 봐야 할 텐데. 그게 언제가 될 수 있을까. 그런 생각을 하면서 진열장의 모서리를 만지작거릴 때였다.

　"왔어요?"

　서문도가 마스터 룸을 문을 열고 나오며 말했다. 샤워를 마치고 편한 옷으로 갈아입은 모습이었다.

　"아, 네."

　선우는 진열장에서 한 발 물러서며 대답을 했다.

　"거기서 뭐 해."

　서문도가 걸어오며 선우에게 물었다. 검은 머리카락, 흰 피부, 선이 뚜렷한 붉은 입술이 샤워를 마친 후라 그런지 더욱 선명히 대조되어 보였다.

　"그냥……. 구경했어요."

　선우는 자신에게 다가오는 서문도를 보면서 대답을 했다. 선우의 앞에 서문도가 섰다. 눈으로 선우의 얼굴을 훑고는 가볍게 웃었다.

　"무슨 구경."

　"넥타이랑 시계랑."

　말을 하는 선우에게 서문도가 고개를 내렸다. 순식간에 입술이 빨려 들어가며 아래위로 포개어졌다.

　"또?"

고개를 틀어 다른 각도로 입을 맞추어 오며 서문도가 물었다.

"또……."

걸려 있는 옷의 안쪽 주머니들. 칸칸의 서랍들. 서랍 속의 박스들. 민우의, 최지상의 핸드폰이 들어 있을지도 모를 장소들.

내가 관심 있는 것들은 그런 것들.

"넥타이핀이랑……."

대답을 하면서 선우는 발뒤꿈치를 들었다. 서문도의 목에 팔을 두르며 내려오는 남자의 입술을 받았다. 맞물리는 입술을 머금고 있다가 살짝 빨아당기자 남자가 나지막이 웃는 것이 느껴졌다. 이내 입술이 삼켜진다. 붙었다 떨어지고, 다시 붙었다 떨어지면서 점점 더 깊이 섞이기 시작했다. 파고드는 문도의 혀를 받으며 선우는 결국 숨을 내어 주듯이 입을 벌렸다. 깊이 들어온 혀가 선우의 안을 부드럽게 유영하다가 엉망으로 휘저었다. 아프게 빨았다가 살살 달래 주기도 했다.

하아.

긴 키스가 끝났을 때 선우는 예전의 어느 날처럼 진열장 위에 올라앉아 있었다. 욕심껏 선우를 마신 남자가 상기된 선우의 얼굴과 부풀어 오른 입술을 보며 만족스럽게 웃는다. 맥이 풀린 선우는 남자의 가슴에 머리를 기댔다. 심장 박동 소리를 들으며 숨을 고른 뒤에 입을 열었다.

"유라 씨는 오늘."

보고를 시작하려는 선우의 말에 문도가 웃었다. 남자의 몸에 낮은 진동이 퍼지는 것이 느껴졌다. 선우도 웃었다.

"본분을 잊지 않는 자세, 좋은데요."

귀를 통해 울리는 남자의 목소리를 들으면서 선우는 기댔던 몸을 천천히 일으켰다. 남자가 선우의 양옆으로 팔을 짚었다. 살짝 몸을 굽혀 선우와 시선을 비슷하게 맞춘 남자가 묻는다.

"병원은?"

"잘 다녀왔어요. 감사합니다."

선우의 대답하며 작게 고개를 끄덕였다. 남자의 갈색 눈을 바라보다 물었다.

"전무님은요?"

나? 라고 묻듯이 남자의 눈썹이 살짝 올라갔다. 선우가 고개를 끄덕이자 의외라는 듯이 웃은 남자가 묻는다.

"전무님은 어떻게 지내셨어요?"

"나는 왜?"

"그냥……. 궁금해서요."

본분을 잊지 않기 위해서, 라고 대답하고 싶은 마음을 누르며 선우는 답했다.

남자에게 마음이 흔들렸었다는 걸, 사실은 알았다. 깨진 이마에 약을 발라 주었을 때. 곤드레밥을 먹자고 했을 때. 어떤 이에게는 아무것도 아닐 그런 작은 친절에 마치 첫사랑을 하는 소녀처럼 그렇게, 마음이 흔들려 본분을 잊을 뻔했다.

최지상이 했던 수많은 거짓말 중에 단 하나의 진실이 있다면 눈앞의 남자에게 핸드폰이 있다는 것. 선우는 그 사실을 기억하며 남자를 바라보았다.

이제부터 당신과 더 가까워져야겠어. 아직 찾아야 하는 장소들이 많이 남아 있거든. 나는 꼭 민우 핸드폰을 찾을 거야. 찾아서 진실을, 그날의 진실을 알아낼 거야. 그게 내가 살아가는 이유니까.

가만히 바라보자 서문도가 흠, 하고 가볍게 한숨을 쉰 뒤에 말했다.

"8시에 팀장들이랑 커피 미팅. 오전에는 사장 주재 임원 회의했고, 태정 모비스랑 미팅 겸해서 점심 먹었고, 오후부터 저녁까지 이노베이션 포럼 준비."

거기까지 딱딱하게 말하다 웃는다. 피곤이 살짝 드리워진 눈동자로 선우에게 물었다.

"더 할까요?"

선우는 웃으며 고개를 가로저었다.

"분위기 다 깨 놓고. 좋아요?"

남자가 고개를 기울이며 물었다. 선우는 다시 한번 웃으면서 고개를 가로저었다. 웃음이 사그라든 뒤에는 말 없이 남자를 보았다. 남자의 얼굴에 조심스럽게 손을 뻗어본다. 머뭇머뭇 남자의 뺨을 한 손으로 감싸자 서문도의 얼굴에서 웃음기가 사라졌다.

선우는 표정이 거두어진 남자의 뺨을 느리게 쓸었다. 뺨을 쓸고 다시 쓸었다가 꼬리를 그리듯이 손끝을 귀로 이었다. 귓바퀴를 부드럽게 만지는데 남자가 피식 웃었다. 어쩌면 가소롭다는 듯이, 어쩌면 기가 막힌다는 듯이.

서문도의 웃음에 선우의 동작이 멎었다. 입꼬리를 비스듬하게 올렸다 내린 남자는 선우를 뚫어져라 본다. 선명한 검은 동공. 신비로운 금갈색의 홍채. 뚜렷한 경계를 그리는 테두리. 빛나는 태양을 닮은 눈. 빨려 들어갈 것만 같은 착각이 든다.

"겁 없네. 오늘따라."

말을 하는 서문도를 피하지 않고 마주 보았다. 아름다운 남자라고 생각한다. 동시에 몹시 위험한 남자라고도 생각한다.

저 눈동자에 빨려 들어가 언젠가는 산산조각이 난다 해도. 형체 없이 부서져 망가진다 해도.

선우는 천천히 몸을 기울여 남자에게 입을 맞추었다. 멈추지 않을 생각이었다.

16. 문이 닫히는 소리

퓨전 한식당 '희연'은 성북동에 있었다.

녹음이 우거진 북악산이 뒤로 보이는, 성북동 깊은 곳의 한적한 길에 위치한 잿빛 모던한 건물이 희연이었다.

길가에 우거진 나뭇가지 사이로 환한 햇살이 들이치는 시간에 문도는 주차장 입구에 차를 세웠다. 정복을 입은 직원이 다가와 깍듯이 인사를 하고 문을 열어 주었다.

기쁠 희(喜), 인연 연(緣).

출입문 옆의 금속 현판에 검은색으로 글씨가 박혀 있다. 안쪽의 문을 열고 들어가자 열을 맞추어 대기를 하던 직원 넷과 함께 사장인 송주연이 고개를 숙이며 손님맞이를 했다.

"어서 오세요. 희연입니다."

예약제로만 운영되는 희연의 모토는 섬김이라 했다. 예를 다해 손님을 섬기어 기쁜 인연을 이어 간다는 곳.

"전무님, 오랜만에 뵙는 것 같아요. 대표님께선 안쪽에 계십니다."

송주연이 곱게 눈웃음을 지으면서 문도에게 말했다. 문도의 눈길이 벽에 걸린 액자로 향한다. 모던한 액자 속, 캘리그래피로 멋들어지게 휘갈겨진 '섬김'이라는 글씨를 볼 때마다 웃음이 나왔다. 송주연이 기쁘게 서중호를 섬기는 대가로 받은 식당이니, 정말이지 정체성 하나는 확실한 곳이다. 하얀 리넨이 깔린 테이블을 지나자 조금 더 은밀한 공간이 나왔다.

"왔니."

완전히 닫힌 공간은 아니었지만 벽으로 자리의 대부분이 감싸진 자리에 우현희가 앉아 있었다. 문도는 가볍게 고개를 숙인 후 현희의 맞은편에 앉았다.

"일찍 오셨네요."

"그러게. 런치 코스 괜찮지?"

"네."

호텔에서 스카우트 해 온 헤드 쉐프가 있는 곳이다. 뭘 시킨다 해도 평균 이상은 할 테지만 맛을 즐기려고 오는 곳은 아니니, 메뉴 따위 상관없었다.

"신경 쓰지 말랬는데도 우리뿐이네."

현희가 물수건으로 손을 닦으며 말했다. 문도는 고개를 돌려 홀을 보았다. 잔잔한 음악이 흐르는 가게 안에는 손님이 하나도 없었다.

"얘기하기 좋잖아요."

문도는 웃으며 답했다.

1년에 한 번쯤 문도는 직접 희연에 전화를 걸어 식사 예약을 했다. 문도가 예약을 하는 날이면 송주연은 그날 예약을 닫는다. 남에게 보이고 싶지 않아서인지, 본처와 그 아들에 대한 또 다른 섬김인지는 모르겠다. 어쩌면 아버지의 지시일 수도 있겠으나, 그건 중요치 않았다.

서중호의 정서적 피난처.

우현희는 희연을 그렇게 정의했다. 받들어 모시고 살아야 하는 사업적 동지가 아닌, 성질을 보이고 변덕을 부리며 막돼먹게 굴어도 다 받아 주는 여자가 있는 곳. 서중호를 대단한 일을 하는 대단한 남자로 떠받들어 주는 곳.

그때 송주연이 서빙을 하는 직원과 함께 살짝 긴장한 미소를 보이며 다가왔다. 식탁 위로 앙증맞은 전채 요리가 놓인다. 송주연이 사근사근한 말투로 말했다.

"오늘 런치는 여름 특선 메뉴로 준비해 보았습니다. 보시면, 제일 왼쪽에 매생이 계란찜을 놓았는데요. 완도 매생이를…….."

매생이 계란찜부터 라임 셔벗까지 송주연이 메뉴에 대해 설명을 하는 것을 묵묵히 들은 후, 문도는 말했다.

"다음 메뉴부터는 식사만 준비해 주시면 됩니다."

잠깐 당황한 송주연이 이내 부드럽게 웃었다.

"네, 전무님. 대표님, 그럼 편안한 시간 보내세요."

설명이 장황했던 매생이 계란찜을 한술 떠서 삼키는데 우현희가 물었다.

"기분 좋은 일 있었니?"

담담한 목소리에 문도는 어머니를 보았다.

"약간요."

문도는 새우살을 얹은 브리오슈를 집어 들며 말했다.

기분 좋은 일인지는 모르겠지만 피곤이 풀리는 잠자리를 갖긴 했다. 이선우를 만족스럽게 안고 난 다음 날이면 컨디션이 좋았다. 격양되는 성감을 견디지 못하고 하얗게 꺾어지는 표정을 본 날이면 더욱 그랬다.

짭짤한 새우의 맛과 버터 향 풍부한 브리오슈의 진한 맛이 입안에서 어우러진다. 빵을 씹으며 뒤편의 커다란 창에 눈길을 주는데 북악산 푸르른 녹음 위로 여자의 모습이 겹쳐졌다. 전무님요, 하고 가만히 묻던 목소리. 웃음을 머금으며 그를 보던 작은 얼굴. 조심스럽게 뺨을 만져 보던 손길.

잘하는 짓이다.

어머니와 밥 먹으러 와선 여자 생각이나 하고. 속웃음을 웃으며 문도는 창에서 시선을 뗐다. 냅킨으로 입가를 닦고 현희에게 말했다.

"네오 건은 짐작하신 대로예요. 큰아버지 비자금이랑 서창도, 서준도 지분 담보로 받은 돈, 몽땅 쓸어서 넣었습니다."

승계 구도에서 밀린 후, 서용호 일가는 서도의 후계 자리에 대한 미련을 버린 듯 보였다. 대신 중공업과 건설 지분을 담보로 현금을 돌려서 개인 자산을 늘리려는 움직임을 보이고 있었다.

"미국에서 공매도로 재미 좀 보고 있고요. 조만간 시멘트 지분도 팔아 치울 거라는 얘기도 있고."

"네오에서 '타임 레코드'를 노린다는 말이 들리는데."

"확실치는 않지만, 네. 아마도요."

흠, 하고 우현희가 생각에 잠겼다. 그사이 어리굴젓을 넣어 감태에 살짝 만 주먹밥이 서빙되었다. 한 조각을 입에 넣은 우현희가 오래 씹는다.

"백업을 해 두는 게 나을 것 같구나."

물잔을 들어 한 모금 마신 우현희가 문도를 보면서 말했다.

백업이라. 서중호가 타인의 약점을 틀어쥐는 방식으로 뜻하는 바를 이루는 편이라면, 우현희는 사람의 과욕을 캐치하여 준비를 해 두는 사람이었다. 미리 준비를 해 두었다가 상대의 결정적인 순간에 도움을 주거나, 주었던 도움을 앗아 가는 방식으로 주도권을 쥐었다.

서용호는 꿈에도 모르고 있지만, 서용호가 건설과 중공업 지분을 담보로 신나게 받아 간 돈은 우현희의 주머니에서 나온 것이다. 하지만 이중 삼중으로 준비해서 나쁠 것은 없으니.

"준비해 둘게요."

문도는 고개를 끄덕이며 대답했다.

디저트가 나간 뒤 얼마간의 시간이 흘렀다. 테이블 근처에 있는 직원이 송주연에게 고개를 끄덕여 신호를 주었다. 화장실로 향한 주연은 커다란 거울 앞에서 머리를 매만지고 스카프가 비뚠 곳 없이 잘 매어졌는지를 확인했다. 후, 이게 뭐라고 매번 긴장이 되는지. 긴 숨을 내쉬고 거울을 바라보았다.

4년 전이었다. 숨이 턱 막힐 정도로 해가 뜨거웠던 날.

중복을 맞아 특별 메뉴를 선보이느라 정신없이 바빴던 날에 예약 손님 리스트에서 서문도라는 이름을 보았다. 나타날 때까지 설마설마했었는데, 보는 순간 알았다. 차에서 내려 성큼 다가오는 부회장의 아들은 키가 크고 늘씬했다. 뜨겁게 내리쬐는 태양을 그대로 받은 얼굴이 눈부셨고, 강렬한 햇빛을 받으며 걸어오는 걸음걸이가 더없이 오만했다.

혼자 앉은 서문도가 식사를 마칠 때까지 송주연은 3층의 사무실에 있었다.

'사장님, 손님께서 인사를 드리고 싶으시대요.'

직원이 노크를 하고 말을 했을 때, 설마 서문도일까 생각하며 나갔었다. 그래도 설마 제 아버지의 내연녀에게 대놓고 인사를 청하는 아들이 있으랴 싶어서.

'서문도입니다.'

남자는 악수를 청했다. 긴장으로 떨리는 주연의 손을 가볍게 쥐었다가 놓은 뒤 명함을 내밀었다.

'식사 맛있었습니다. 다음에 다시 뵙죠.'

인사치레로 하는 말인 줄 알았다. 그냥 얼굴 한번 보러 왔겠거니. 그래서 주연은 감사하다고 인사를 했다. 그가 누군지 모르는 척 희연의 사장으로서 접객을 하고 보냈었는데, 몇 달 뒤에 다시 예약을 한 서문도는 우현희 대표와 함께 나타났다.

그날의 당황을 심경으로 적자면 책이 한 권이다.

그제야 부랴부랴 나는 어쩌냐고 서중호 부회장에게 전화를 걸

어 물었고, 뭘 어쩌냐고 심기 거스르지 않게 최선을 다해 모시라는
소리를 들었다.

옷매무새를 점검한 송주연은 문도의 자리로 다가가며 화사한
미소를 지었다. 그리고 상냥한 목소리로 우현희 대표에게 물었다.

"대표님, 식사는 어떠셨어요? 마음에 드셨어요?"

"맛있었어요. 삼계 소스 곁들인 전복구이가 특히. 디저트도 좋
았습니다."

서문도가 강렬한 태양을 닮았다면 우현희는 북악산 바위 같았
다. 담담하고도 강한 눈빛이 특히 그랬다.

"좋은 시간 보내셨다니 정말 다행입니다. 언제든 다시 찾아 주
시면 기쁘게 섬기겠습니다."

가슴께에 손을 모은 송주연이 깊이 인사하는 모습을 문도는 바
라보았다. 그 속으로 씨발 씨발 욕을 하고 있을지, 정말로 마음 다
해 섬기는 것인지 아무래도 상관없었다. 어차피 방문의 목적은 상
대를 긴장시키는 것에 있으니.

"살펴 가세요."

살가운 표정으로 문 앞까지 인사를 나오는 송주연에게 가볍게 인
사를 하며 밖으로 나온 문도는 주차된 차 앞으로 가며 물어보았다.

"기분이 어떠세요?"

우현희가 희연을 방문한 횟수는 몇 번 되지 않았다. 워낙 자신
의 감정에 대해 이렇다 저렇다 말을 하지 않는 어머니였지만 오늘
은 문득 궁금했다.

"무슨 기분?"

"세컨드한테 인사받는 기분."

우현희가 피식 웃었다.

"기분이랄 게 있겠니. 나는 나대로, 저이는 저이대로 살아가는 거지. 나한테 사업이 최우선인 것처럼 저이한테는 네 아버지가 우선인 것을."

"우리 어머니가 참, 인격자시고."

"인격자였으면 굳이 여기 왔겠니. 그냥 편히 살게 됐겠지."

우현희가 주차장 너머 푸른 산을 바라본 뒤에 문도에게 물었다.

"너는?"

"저는 뭐요?"

"너는 뭐가 우선이니."

제일 앞선 것.

어머니에게는 서도 금융의 근간인 우신 파이낸스. 송주연에게는 아버지. 아버지에게는 서도 그룹 회장 자리. 최우선인 것. 삶의 방향을 결정하는 것. 두 번 생각할 것 있나. 문도는 어렵지 않게 답했다.

"저는 제가 제일 중요하죠."

우문에 현답이로구나. 우현희가 웃으며 말했다. 누구든 자기 자신이 제일로 중하겠지.

"어머니는요?"

어머니에게 제일 중요한 것이 무엇인지 알고 있기에, 생각 없이 던진 질문이었다. 우현희가 부드럽게 미소를 지으며 말했다.

"너."

뜻밖의 대답에 문도는 눈썹을 들었다. 간단하고도 명료한 대답을 내놓은 우현희가 피식 웃으며 차에 올랐다. 녹음이 짙은 여름날의 오후였다.

"전무님, 도착했습니다."

기사의 부름에 문도는 느리게 눈을 떴다. 익숙한 주차장의 모습이 보였다. 아주 잠이 든 것은 아니라 생각했는데 도착한 기억이 없는 걸 보면 어느 순간 잠이 들었던 것일지도 모르겠다.

저녁에 술자리가 있었다. 이희철 전지 부문 사장과 함께 태정 모비스의 강규진 대표를 만났다. 전기 차와 배터리, 배터리와 전기 차. 변화와 상생. 애국과 경쟁력. 그딴 이야기들 사이로 두 회사의 대표가 물 밑으로 치열한 협상을 벌이는 자리였다.

아버지뻘의 기라성 같은 존재들을 모시는 자리, 레벨 한참 낮은 전무 나부랭이는 분위기 맞추어 가며 술시중을 들 수밖에. 간만에 많이 마셨다는 생각을 하며 문도는 두 손으로 얼굴을 쓸어내린 뒤 말했다.

"고생하셨습니다."

기사가 인사를 하며 먼저 내리고 이어서 문도도 뒷좌석에서 내렸다. 땅에 발을 딛는데 스트레이트로 들이켠 양주가 핏줄을 따라 핑, 하고 돌면서 시야가 흔들렸다.

후.

내뱉는 숨에서 술 냄새가 진동을 했다. 문도는 목을 뒤로 꺾으며 눈을 지그시 감았다. 잠시 그렇게 서 있다가 천천히 고개를 바로 하며 눈을 떴다. 이 정도 습기를 견뎌 내려면 아가미 정도는 달려 있어야 하지 않나 싶을 정도로 덥고 습한 밤이다.

주차장 특유의 눅눅한 공기는 습기가 더해져 비릿한 냄새가 났다. 문도는 벌어진 슈트의 단추를 잠그고 본관 쪽의 엘리베이터를 향해 걸었다.

똑똑.

본관 2층의 서재 앞에서 문도는 노크를 했다. 안쪽에서 아버지의 목소리가 들려온다.

"그러게, 언제 한번 필드 같이 나가야 하는데요. 아하하, 그래요?"

달칵, 문이 열리고 핸드폰을 목에 낀 서중호가 보였다. 안으로 들어오라고 손짓을 한 뒤 통화를 하며 호탕하게 웃는다.

"아, 우리 지사님 유모어가 날이 갈수록 느시네. 그러면은 어디 시원한 계곡에 발이나 한번 담가 볼까요. 백숙 어떠십니까. 그래요. 내 자리 한번 마련하고 다시 연락드릴게요. 네, 지사님도 얼른 쉬시고요. 다시 연락드리겠습니다."

웃는 얼굴로 통화를 마친 서중호가 핸드폰을 책상 위로 툭 던졌다. 순식간에 표정은 싸늘해진다.

"아주 대기업이 호구지. 땅 파면 돈이 나오는 줄 아나. 무슨 놈의 MOU를 만날 하재. 앉아라. 오늘 강규진이 만났다며."

"네."

"뭐래, 전량 리콜하겠대?"

태정의 전기 차 '마인'이 불타는 일이 몇 번 있었고, 그로 인해 배터리 공급사인 일본의 세이요와 태정이 살벌한 책임 공방을 벌이는 중이었다.

"전량 리콜할 거고, 물러서지 않고 강하게 푸시하겠다고요."

"새끼, 그러게 우리 꺼 쓰라니까. 국산 쓰라 그래, 국산."

"조만간 그렇게 되지 싶고요."

술을 물처럼 마셔 가며 딸랑딸랑하고 온 이유였다. 세이요가 빠져나간 마인의 라인에 서도의 배터리를 끼워 넣기 위해서.

"고생했다. 쉬어라."

"아버지도 쉬세요."

몸을 세우며 일어서는데 서중호가 아, 하고는 문득 생각이 났다는 듯이 문도를 보며 말했다.

"오늘 희연 갔었다며."

오늘 출근했었다며, 정도의 대수롭지 않은 어투였다. 이건 또 뭔가. 뒷머리가 당겼다. 문도는 앉아 있는 서중호를 빤히 바라보았다. 시선을 알아차리지 못한 서중호가 태연히 말을 이었다.

"음식이 입에 맞았는지 걱정을 하더라. 잘 모신다고 모셨다는데, 실수는 안 했는가 모르겠고. 어땠어? 네 어머니가 잘 먹던? 음식은 괜찮았고?"

김빠진 웃음이 나왔다. 배터리 한 개라도 더 팔아 보겠다고 술에 절어 돌아온 아들 앞에서 내연녀 이야기를 꺼내 들다니, 실화냐 싶고. 숨기는 척을 해도 모자란 마당에 공식적인 관계라도 되는 양 자연스럽게 말을 하는 저 방만하고 안일한 태도는 또 뭔가 싶고.

문도는 피곤한 한숨을 쉬었다. 서중호가 툭툭 제 어깨의 먼지를 털어 내며 말을 이었다.

"마음이 여린 사람이다. 걱정이 많아."

마음이 여려, 부분에서 문도는 한 번 더 웃었다.

눈깔이 뒤집히셨나. 바람을 피더라도 상대는 똑바로 알아야지. 여자 길게 안 만나기로 소문난 서중호 옆에서 6년을 버틴 여자가 마음이 여려? 문도는 피식 웃으며 미간을 긁었다. 음, 하고 말을 고르다가 입을 열었다.

"희연 송 사장이, 보기보다 경우가 없네요. 그 정도 일로 부회장님께 전화를 다 하고."

눈썹을 들어 올리는 서중호와 시선을 똑바로 맞추며 말했다.

"송 사장에게 전해 주세요. 선 넘지 마시라고."

송주연이 되었든 누가 되었든. 아들이, 와이프가 그 존재를 알든 말든. 식당을 찾아가 밥을 먹든 말든. 그리하여 그 여자가 괴롭고 힘들다 하소연을 하든 말든.

수면 위로 올리지 마시라.

그 말을 하면서 문도는 서중호를 보았다. 경우가 없다. 선 넘지 마시라. 앞선 말들이 본인에게 하는 소리라는 것을 모를 리 없는 서중호의 눈동자가 단단하게 뭉치는 것이 보인다. 그러거나 말거나 문도는 부드럽게 웃으면서 말을 이었다.

"성북동에 그 정도 건물 받았으면 평생 그늘에서 나오면 안 되죠. 받은 게 있으면 치러야 하는 대가도 있는 법 아니겠어요. 사람이 자기 본분은 지켜야지. 안 그렇습니까?"

문도의 싸늘한 눈동자와 서중호의 단단한 눈동자가 허공에서 만났다. 침묵에 서재의 공기가 팽팽해지려는 찰나, 서중호가 일순간 낯빛을 바꾸며 눈가가 접히도록 웃었다.

"아, 선을 넘기는 무슨. 그이가 그럴 주제나 되나. 하도 쩔쩔매면서 걱정을 하길래 나는 그저 네 어머니가 식사는 잘 했는지, 어디 불편한 데는 없었는지 그게 궁금했을 뿐인 것을. 네가 오해를 했구나."

"아."

그러셨구나. 문도는 고개를 끄덕인 뒤 잠시 사이를 띄웠다. 서재의 책장을 채우고 있는 위인전 전집의 책등을 훑어보다 입을 열었다.

"저는 또 아버지께서 송 사장을 각별히 여기시는가 싶어서."

"어허이. 각별은 무슨 각별. 네 할아버지가 박소영이한테 휘둘려 평지풍파 일으키는 걸 평생 보고 산 나인데."

서중호가 손까지 설레설레 저으며 고개를 흔들었다.

"알지 않느냐. 나한테 특별한 사람은 네 어머니뿐이라는 거. 송 사장은 그냥 편하다 보니 옆에 좀 오래 둔 것뿐이지 아무 의미 없어."

의미 없다는 것 안다.

송주연은 내일이라도 당장 버려질 수 있다. 본인에게 의미 없음을 증명하기 위한 쇼라고 해도, 아버지는 충분히 그러고도 남을 사람이다.

"그 정도로 의미 없는 사람이면, 아버지."

태종 이방원.

형제를 죽이고 왕이 된 남자. 아들을 위해 살아생전에 빠르게

왕위 선양을 한 남자. 문도는 수십 권의 책등 사이에서 서중호가
제일 존경하는 인물의 이름을 보며 말했다.

"그 이름 밖으로 꺼내지 마세요. 누가 들으면 오해합니다."

서중호의 눈빛 안에 자그맣게 심지가 섰다. 꼿꼿해지는 눈동자
를 웃음으로 가리며 서중호가 말했다.

"그런데 문도야. 애비가 자식새끼 앞에서까지 말을 가려야 할
까. 그 정도 말도 못 하는 사이라면 이거 어디 삭막해서 살겠나."

문도는 두 손을 깍지 끼고 소파에 앉아 있는 서중호를 보았다.
마지막 한끝은 접어 주지 않으려는 아버지의 눈빛이 형광등 아래
에서 번뜩였다.

왕재를 알아보고 앞길을 터 주는 이방원 같은 아비를 만났어야
했는데, 나는 왜 죽지도 않고 내려오지도 않는 영조 같은 아비를 만
난 거냐며 한탄을 하셨지. 아버지 당신은 이방원이 되실까. 영조가
되실까. 어쩐지 답을 알 것 같다는 생각을 하며 문도는 입을 열었다.

"하셔도 되죠. 제 앞에서야 뭐, 신경 쓰실 필요 없으시죠. 아들인
데요. 그냥 조금 느슨해지신 것 같아서, 그러다 어머니 앞에서 실
수하실까 봐 한번 짚어 드린 것뿐입니다. 사람이 방귀가 잦으면 똥
을 싼다잖아요."

마지막 말에 꿈틀, 눈매를 일그러뜨리던 서중호가 그대로 눈을
접으며 껄껄 웃었다.

"그래, 그래. 내가 조심을 했어야 했는데. 이 애비 걱정해 주는
건 너뿐이구나. 나야 남자끼리 있으니 말을 한 것이지. 설마 네 어
머니 앞에서 그럴까. 우리 아드님, 걱정을 하덜덜덜 마시구요."

한껏 웃는 서중호의 얼굴이 꼭 각시탈 같았다. 휘어진 눈매 안으로 숨은 눈동자에는 감정이 보이지 않았다. 천 개의 얼굴, 천 개의 가면. 불리해지려는 순간 빠르게 한 수 접는 서중호를 내려다보던 문도는 빙긋 웃었다.

"제가 괜한 걱정을 했네요. 늦었습니다. 주무세요."

"그래. 너도 건너가서 푹 쉬고, 다음 주가 출장이었지?"

"다다음 주요."

"아, 그래그래. 어디라 그랬더라."

"스위스 갑니다."

"어이쿠, 멀리도 가네. 조심히 잘 다녀오고. 건강 잘 챙기고."

앉은 자리에서 배웅을 하는 서중호에게 문도는 짧게 고개를 숙여 인사를 한 뒤 서재를 나섰다. 닫히는 문틈 사이로 웃음이 빠르게 거두어지는 서중호의 얼굴이 보였다.

건방진 새끼. 아버지의 눈동자에 또렷한 불쾌감이 번지는 것을 보며 문도는 문을 닫았다.

본관을 나온 문도는 담배를 꺼내 불을 붙였다. 습한 공기를 머금어 눅눅해진 담배에 느리게 불이 붙는다. 한 모금을 빨면서 잘 가꾸어진 정원을 걸었다. 몇 걸음을 걷다가 아지랑이처럼 번지는 연기를 따라 고개를 들었다. 구름으로 낮아진 밤하늘을 보다가 입매를 비틀며 웃었다.

단정한 블랙 원피스를 입고서 진주 목걸이를 드리운 송주연은 우아하기 그지없었다. 어머니인 우현희보다도 더 재벌 사모님 같왔지. 하기야, 박소영도 상큼했던 청순 미녀였다지 않나. 그래서 늘어 빠진 서 회장과 살림을 차렸다는 것이 알려졌을 때 대중의 배신감이 대단했다고.

박소영과 송주연, 그 뒤를 잇는 말간 얼굴의 여자가 떠올랐다.

성북동에서 식사를 하던 중에, 노친네들과 술을 마셨던 중간중간에, 술에 절어 집으로 돌아오는 차 안에서 눈을 감으면서 이선우를 생각했었다. 집에 도착하기만 하면 그 하얀 목덜미에 얼굴을 묻고서 숨을 쉬어야겠다고 생각을 했는데.

담배를 깊이 빨며 문도는 핸드폰을 꺼냈다. 몇 번의 터치로 이메일을 열었다. 명 실장이 저녁 시간에 보내와 제목만 확인했던 메일이었다.

서유라 님 개인 트레이너 후보 명단 올립니다.

"잘하는 짓이다."

호구력 만렙의 등신 새끼가 여기 있었네, 자조하면서 문도는 낮게 웃었다. 어둠 속에서 화면 안의 이력서들을 훑어보았다. 실은 서유라의 개인 트레이너를 다시 구할 생각이었다. 다른 말로 하자면 이선우를 그만두게 할 생각이었다.

퇴직금이든 특별 수당이든 넘칠 만큼 쥐어 준 뒤 이선우가 머물 곳, 그러니까 그가 편하게 드나들 수 있는 곳을 구해 줄 생각이었다. 부족하다면 생활비 정도는 주어 가면서 관계를 이어 갈 생각이었는데.

보내온 이력서는 모두 세 장이었다. 리듬 체조 선수 경력의 필라테스 강사. 재즈 댄스 전문 강사. 특이 사항이 동성애인 남자 트레이너.

마지막 이력서에 명 실장이 커밍아웃하셨음, 이라고 사족을 써놓은 것을 보는데 웃음이 났다. 여자 트레이너가 구해지지 않으면 남자도 무관하다고 했었던 기억이 나서.

아무리 생각해도 서유라의 개인 트레이너로 보통의 남자 강사를 들이는 건 아닌 것 같다는 의견을, 명 실장은 사족까지 붙여 가며 표현한 것이다.

명 실장보다도 사리 판단을 못 하고 있었네. 쓴웃음을 지으며 문도는 담뱃불을 손가락으로 튕겼다. 굵은 불똥이 포물선을 그리며 땅으로 떨어졌다. 축축한 잔디 위에서 사그라드는 불똥을 발로 지그시 눌렀다.

누가 누구에게 충고를 했던가.

선 넘지 마시라고. 사리 분별을 하시라고. 누가 누구에게 충고를 해.

구인 당분간 보류하겠습니다.

문도는 명 실장에게 메시지를 보냈다. 핸드폰의 화면을 끄고 별채를 향해 걸었다. 밤의 전화는 패스하기로 한다. 오늘만큼은 이선우를 보고 싶지 않았다.

물이나 한 잔 마시고 자야겠다고 생각하며 주방의 뒷문을 여는데 어두워야 하는 거실에 환히 불이 켜져 있었다. 안으로 몇 걸음을 걸어가자 태블릿 패드를 테이블에 올려놓고 소파에 앉아 있는 서유라와 이선우가 보였다. 태블릿 패드에서는 쩝쩝거리며 음식을 먹는 소리가 흘러나오고, 서유라는 눈으로 그 화면을 보면서 등을 비틀고 있었다.

"아니, 거기가 아니구우."

"여기요?"

"그 옆에. 응, 거기. 아니, 왼쪽. 응. 응. 거기."

불 밝은 거실에서 이선우에게 등을 맡긴 서유라가 흡족한 듯이 미소를 지었다. 이선우가 잠옷처럼 생긴 티셔츠 안에 손을 넣어서 서유라의 등을 긁으며 다시 묻는다.

"여기는요?"

상냥한 목소리에 서유라가 부르르 몸을 떨고는 응응, 하면서 대답을 한다.

"응, 거기. 아웅, 좀 더 세게. 으, 시원해. 야, 너는 등도 잘 긁는다."

서유라가 살짝 뒤를 돌아 이선우를 보면서 말했다. 거의 보지 못했던 서유라의 해맑은 웃음이었다. 몽롱하니 기분 좋은 얼굴로 등을 맡긴 모습을 보는데 뭐라 형언할 수 없는 감정이 웃음으로 나왔다. 저 야차 같은 서유라마저도 이선우에게는 경계를 풀었구나 싶어서.

문도는 손목을 들어 시간을 확인했다. 12시 33분. 자정을 넘긴 시간에 거실 불이 밝은 것도 낯선 일인데, 이선우는 여전히 별채에 있고 서유라는 실실 웃고 있네. 얼굴을 한 손으로 쓸어내린 뒤 문도는 걸음을 옮기며 입을 열었다.

"밤이 늦었는데."

문도의 목소리에 놀랐는지 두 사람이 한 번에 뒤를 돌았다. 그를 발견한 서유라가 미간을 구기며 못마땅한 표정을 짓는다.

이선우는.

놀랐는지 두 눈을 크게 떴다가 이내 그와 눈이 마주치고는 표정이 부드러워진다. 아주 잠시 옅게 웃은 것도 같다. 연하고 부드러워 몹시 여려 보이는 미소였다. 아버지도 그랬지. 송주연이 마음이 여리다고. 존나 어이가 없다고 생각을 했는데.

실낱같은 웃음을 흘리며 문도는 머리를 쓸어 넘겼다. 이선우를 의식적으로 외면하고서 입술을 삐죽이며 자신을 흘겨보고 있는 서유라에게 말했다.

"친하게들 지내시네요."

"왜? 고까워?"

오, 문도는 눈썹을 들어 올렸다. 술을 많이 마시긴 했나 보다. 서유라가 고깝다는 단어를 알고 있다는 거에 감탄을 하다니.

"감시하라고 붙여 놨는데 잘 지내니까 보기 싫은가 봐?"

팔짱 끼며 말하는 서유라를 보면서 문도는 웃었다. 자신에게 서유라는 좋고 싫고의 개념이 아니다. 가족이니 핏줄이니 하는 이름으로 주어진 것. 그러니 일정한 수준까지 컨트롤을 해야 하는 것에 불과할 뿐이지.

문도에게 만물은 대체로 그랬다.

세상의 모든 것들은 필요와 불필요로 나뉜다. 필요한 것인가, 필요하지 않은 것인가. 필요하다면 취하고 필요하지 않다면 버린다. 그뿐이었는데.

"늦었습니다. 고모님은 그만 들어가시고, 이선우 씨는."

그의 말을 경청하고 있는 여자와 시선이 맞닿았다. 거짓말처럼 주변의 풍경이 흐릿해지며 이선우만 선명해진다. 두 사람만 남겨 놓고 모든 것들이 뒤로 물러나는 기분이 든다. 그 기분을 끊어 내며 문도는 입을 열었다.

"올라와서 보고하세요."

냉장고로 향한 문도는 유리컵 가득 얼음을 받고 생수를 채웠다. 쨍하게 시린 물을 벌컥벌컥 마시는데 서유라가 시야를 가리며 그의 앞에 섰다.

"야, 니가 뭔데 들어가라 마라야. 안 들어가면 어쩔 건데? 그리고, 보고는 꼭 2층에서 해야 돼? 여기서 하면 안 돼? 왜 매번 귀찮게 오라 가라야."

허리춤에 팔까지 올린 서유라는 앵앵거리는 파리 같다. 문도는 컵을 내려놓은 뒤 서유라를 응시했다.

꺼져.

눈빛으로 말하며 쳐다보자 잠시 노려보던 서유라가 팩하고 몸을 돌리며 구시렁거렸다.

"에이씨, 잘 지내도 지랄이야. 야, 나 낼 아침에 일찍 깨워줘."

"9시에 깨워 드릴게요. 걱정 말고 주무세요."

달래 주는 것 같은 이선우의 다정한 목소리에 서유라가 고개를 끄덕이고는 게스트 룸으로 걸음을 옮겼다. 탁, 하고 문이 닫히는 소리가 들리고 거실에는 두 사람만이 남았다.

"올라가죠."

문도의 말에 선우가 네, 하며 고개를 끄덕였다.

서문도 전무가 재킷의 단추를 풀었다. 어깨를 비틀어 재킷을 벗는다. 진열장 앞에 서서 시계를 풀었다. 조금 느리긴 해도 평소와 같은 패턴의 행동이었다. 다만 다른 점이 있다면 한 가지, 그동안 한 번도 선우를 보지 않았다는 것.

오랜만이었다. 투명인간이 된 것 같은 기분은.

이유도 모르고서 바로 앞에 있는 사람에게 투명인간 취급을 당하는 건 언제나처럼 불편한 일이었지만, 예전과 달라진 점이 있다면 이선우도 그때의 이선우가 아니라는 거였다. 치맛자락만 쥐어짜며 남자의 다음 말을 기다렸던 이선우는 이제 한 발 앞으로 나아가는 이선우가 되었다. 남자의 심기가 어떠하든 자신에게는 해야 하는 일들이 있으니.

"제가 해 드릴까요?"

선우의 말에 서문도가 고개를 돌려 그녀를 보았다. 평소보다 가라앉은 눈동자였다. 여전히 이런 순간이면 움찔 오그라붙지만, 그래서 이렇게 마른침을 넘기며 긴장을 하지만.

"제가 해 드릴게요."

선우는 문도에게 다가가며 말했다. 물끄러미 그녀를 보던 남자가 어디 한번 해 보라듯이 한 걸음을 물려 공간을 내어 주었다. 가까이 다가간 남자에게서 짙게 술 냄새가 났다.

술을 마셔서 말이 없는 걸까.

선우는 그렇게 생각하며 왼쪽 소매에 달려 있는 커프스 링크에 손을 댔다. 고개를 숙여 하나를 풀고 또 하나를 푸는 동안 서문도의 시선이 자신의 이마에 닿아 있는 것이 느껴졌다. 달칵, 진열장의 위로 커프스 링크를 내려놓으며 고개를 들자 평소보다 흐트러진 모습의 서문도가 보였다.

짙은 술 냄새, 이마로 흘러내린 머리카락, 느슨하게 내려놓은 타이.

분명 평소보다 흐트러진 모습인데 눈빛만은 또렷하게 살아서 선우를 보고 있었다. 말 없이 밝게 타는 눈동자가 선우를 긴장시켰다. 무슨 일이 있었나. 내가 혹시 실수를 했을까. 불안해진 선우는 살짝 미소를 지으며 말을 건넸다.

"술을 많이 드셨나 봐요."

"조금."

"타이도 풀어 드릴까요?"

문도가 고개를 끄덕였다. 선우는 이미 느슨해져 있는 매듭을 조금 더 아래로 내려 타이를 풀었다. 매끄러운 실크 타이를 손에 쥐고서 망설이다가 용기 내서 발뒤꿈치를 들었다. 남자의 입술에 자신의 입술을 눌렀다. 반은 충동이었고, 반은 계획이었다.

서문도의 마음이 풀어지기를, 전처럼 느슨해지기를 바라며 입맞춤을 했는데 남자는 꿈쩍을 하지 않았다. 괜한 짓이었을까 후회를 하다가 깨달았다.

서문도는 꿈쩍도 하지 않았지만 밀어내지도 않았다. 그 사실이 한 번 더 용기를 주어서 선우는 입술을 떼는 대신 남자의 어깨에 팔을 올렸다. 목을 감으면서 남자의 아랫입술을 제 안으로 빨아들였다. 당신에게 배운 거예요. 그러니까……

뒷생각을 잇기 전에 남자가 욕설을 뱉었다. 너털웃음을 웃은 것 같기도 했다. 사실 잘 모르겠다. 입술은 어느새 삼켜져 있었으니까. 난폭하게 들어온 혀가 선우의 혀를 감았다.

남자에게서 짙은 술 냄새가 났다. 옅은 담배 냄새도 났다. 늘 그렇듯 불쾌하지는 않았다. 아프게 빨리고 질척하게 얽히는 동안 그저 선우 자신도 취하는 것 같았을 뿐.

바짝 붙은 하체에서 단단하게 부풀어 오른 남자의 욕망이 느껴졌다. 아직 나를 원하고 있구나. 그 사실에 안도할 때, 남자가 입술을 떼면서 선우를 밀어냈다. 시니컬한 웃음을 웃으며 손목으로 입술을 닦는다. 당혹스런 마음으로 바라보고 있는데 서문도가 입을 열었다.

"너는."

너, 라는 지칭은 처음 들었다.

"서유라의 트레이너지."

당연한 말을 하는 서문도였다. 아직도 가쁜 숨을 쉬고 있는 선우에게 남자는 다시 말을 이었다.

"내가 월급을 주는 사람이고."

그 역시 당연한 말이다.

"나는 내 밑에서 일하는 사람이랑은 연애를 안 하는데……. 섹스는 했네?"

느리게 흘러나오는 당연한 말들이 선우를 조여들었다.

"거기서부터 잘못된 것 같은데."

서문도가 눈을 가늘게 떴다. 무엇이 잘못되었다는 말일까. 선우의 심장이 두근거렸다. 왜 평소처럼 계속하지 않는 걸까. 왜 친밀한 말을 건네지 않는 거야. 왜, 갑자기 내 존재를 되짚어 보는 건데.

"기억이 잘 안 나. 아니지. 기억은 나지."

문도가 선우를 내려다보며 말했다.

"샴푸 바꿨다고 했었지. 커피 마시자고도 했고. 카페인 없다고 이상한 차를 들고 올라와서는 나랑 자고 싶다고. 어떤 느낌인지 궁금하다고."

웃지 않으며 남자가 말을 이었다.

"그래 놓고 발발 떨면서 도망가더니, 다시 올라왔지. 그래서 하룻밤 자 줬더니, 계속하고 싶다 했어. 카드도 받았고, 시계도 사셨지."

서문도의 말속에는 지난 몇 달의 이선우가 있었다. 선우에게조차도 낯선 이선우를 말하며 서문도가 웃는다.

"너는 그런 여잔데."

남자의 눈동자가 선우의 얼굴을 느리게 훑었다. 이마에서 눈, 눈에서 코, 입술과 턱. 차근히 내려갔던 눈동자가 다시 올라와 선우의 눈을 마주했다.

"나는 그걸 자꾸 잊어. 호구 새끼가."

이런 때에는 무슨 말을 해야 하는 건지 선우는 알 수 없었다. 못마땅하다는 듯이 구겨지는 남자의 미간이, 싸늘한 눈동자가, 자신을 밀어내려 하고 있다는 것만 알겠는 순간에 서문도가 말했다.

"이선우 씨. 당분간 올라오지 마세요. 보고는 메일로 받겠습니다."

서문도가 돌아섰다. 선우는 쿵, 하고 문이 닫히는 소리를 들은 것만 같았다.

17. 끝을 내고 싶어서

에코 백을 챙기는 것으로 출근 준비를 마친 선우는 침대에 멍하니 앉았다. 밤새 잠을 거의 못 잤다. 서문도 전무가 왜 그러는 건지를 생각하고, 어떻게 해야 하는지를 생각하느라.

'너는 그런 여잔데.'

그렇게 말을 하던 눈빛과 목소리가 생각난다. 경멸과 냉소가 섞인 눈빛. 세상 다시 없는 하찮은 사람이 된 느낌. 그 말을 듣는 순간 욱신 하고 아팠던 명치가 다시 한번 지끈거렸다.

욱신거리는 통증에 숨을 깊이 마신 선우는 정신을 차리려 고개를 저었다. 어젯밤에 혼자 생각을 했을 때는 혹시 정체를 들킨 건가 싶었는데, 그건 아닌 듯했다. 왜 갑자기 그러는 걸까. 생각을 해 봐도 잘 모르겠다. 일단은 별채에 다시 건너가 보는 게 낫지 않을까. 결심을 굳힌 선우는 에코 백을 챙겼다. 1층으로 내려오니 통통 통통 도마에 칼질을 하는 소리가 들렸다.

"안녕히 주무셨어요."

"선우 씨, 오늘도 일등으로 내려오네. 어서 앉아. 된장국 괜찮지?"

"네, 감사합니다."

미소를 지으면서 인사를 하고 밥을 펐다.

"날이 그렇게 습하더니 밤사이 비가 많이 왔더라. 오늘은 또 맑아."

"그러게요."

선우는 된장국을 받으며 대답했다. 애호박과 감자, 두부가 들어간 따뜻한 된장국이 속을 든든하게 해 주는 느낌이었다. 보리가 섞인 잡곡밥에 열무김치, 된장국과 가지볶음. 밥상에서 여름이 느껴졌다.

"맛있어요. 전부 다. 꼭 할머니가 해 주는 밥 같아요."

"감자전도 하나 먹어 봐. 근데 왜 할머니야, 엄마가 아니라?"

조리사 아주머니가 금방 부친 감자전을 내주며 말했다. 선우는 웃으면서 대답을 했다.

"부모님이 맞벌이셔서 반찬은 외할머니가 해 주셨거든요."

"그치, 나도 울 엄마 살아 계실 땐 많이 받아먹었어."

조리사 아주머니가 그릇을 꺼내며 말을 이었다.

"그거 알아 선우 씨? 나이 드신 분들은 기름 짜는 동안에 방앗간 지키고 섰다? 자기가 싸 간 깨랑 바뀔까 봐. 그렇게 몇 시간 지키고 섰다가 다 짜지면 우리 집에 언니네에 남동생네 죄 부쳐 주고. 어우, 그 기름이 얼마나 꼬순지. 그게 보물인 줄 그땐 몰랐지."

선우는 고개를 끄덕였다. 외할머니가 돌아가시고, 엄마도 꼭 같은 말을 했었다. 그 반찬들이 보물인 줄 몰랐다고. 선우도 그랬다. 반찬을 할 시간이 많이 없었던 엄마는 항상 국을 가득 끓여 놓곤

했었는데, 아침에 속을 따끈하게 데워 주었던 그 국이 그렇게 그리워질 줄은 몰랐었다.

"된장국이 진짜 맛있어요."

"재료가 좋잖아."

유기농 재료에 명인의 된장을 썼으니 당연하다고 아주머니가 말했다. 된장은 하동의 어느 유명 종갓집에서 받아 오고, 재료들도 무농약 유기농으로 재배된 것을 직배송으로 받는다고.

"저는 아주머니께서 끓여 주셔서 맛있는 것 같아요."

선우는 고맙다는 표현을 돌려서 했다. 너무 입에 발린 칭찬을 했나 싶어서 멋쩍은 미소가 나왔다. 그래도 진심이었다. 숙소 동에 들어와서 다행이라고 생각을 한다. 아침마다 식사를 하며 마주 앉아 이야기를 할 수 있는 사람이 있어서.

이런 평범한 시간들이 있어서 서유라를 상대하고, 남자와 밤을 보내고, 핸드폰을 찾아 서랍을 뒤지는 숨 막히는 삶을 살고 있다는 걸 잠시나마 잊게 된다. 혼자서 버텨야 했다면 훨씬 더 힘들었겠지.

"아유, 뭘 또 그렇게까지."

조리사 아주머니가 손사래를 치며 웃었다. 선우는 따끈한 국 속에서 좋아하는 두부를 건져 먹었다.

먹고 건너가야지. 건너가서 물어보자. 기분 나쁜 일이 있는 건지, 잘못한 일이 있는 건지, 일단은 다시 만나 보는 거야. 그렇게 생각하며 든든히 속을 채웠다.

별채로 건너간 선우는 조심스럽게 현관문을 열었다. 다이닝 룸 쪽에서 잔잔한 클래식 음악 소리가 들려왔다. 식사를 하는 중이겠구나. 선우는 짐작하며 주방을 향해 걸었다.

"선우 씨, 일찍 왔네?"

"안녕하세요."

주방에는 장 여사가 있었다. 작고 하얀 접시에 자그마한 초콜릿과 귤 모양의 젤리를 담고 있는 장 여사에게 인사를 한 뒤 선우는 살짝 고개를 틀었다. 식탁 앞에 앉은 서문도 전무가 커피를 마시고 있었다.

"전무님, 좋은 아침입니다."

선우는 서문도에게 고개를 숙이며 인사를 건넸다. 커피 잔을 들어 올리던 서문도가 가볍게 고개를 끄덕이며 인사를 받았다.

"술을 그렇게 드셔 놓구는 커피에 쿠키로 식사를 하시면 속 다 버린다니까요."

장 여사가 투덜거리며 냉장고에서 뽀얀 액체가 들어 있는 물병을 꺼냈다.

"그렇다고 아침부터 장어탕은 그렇잖아요. 우리 회장님께서는 회춘을 하시려고 그러나. 아침부터 장어를 드셔."

커피를 한 모금 마시면서 서문도가 말했다. 선선히 웃는 얼굴이었다. 어제의 술기운 같은 건 하나도 남지 않은 말끔한 모습으로 남자는 편안하게 웃고 있었다.

"내가 금방 콩나물국 끓여 드린다니깐."

뽀얀 액체를 컵에 따라 전자레인지에 넣고 돌리면서 장 여사가 말했다.

"그럼 여사님이 힘들잖아요. 내가 마음이 안 좋지."

쿠키를 반으로 쪼개면서 서문도가 말했다. 장 여사를 보는 눈빛이 다정했다. 그 시선을 훔쳐보는데 순간 욱신 하고 가슴이 아팠다.

"하여간 말은 잘하셔. 이거나 남기지 말고 드세요."

데워진 붕어즙과 디저트를 서문도에게 가져가며 장 여사가 말했다.

"주는 대로 잘 먹는 거 알면서."

서문도는 장 여사가 내미는 비릿한 액체를 꿀꺽꿀꺽 들이켰다. 그다음으로 초콜릿을, 그다음으로 내미는 귤 젤리를 입에 넣는다. 그 모습을 보는 선우는 두 사람만의 견고한 세계에 이방인, 아니, 이방인조차 되지 못하는 철저한 투명인간이 된 기분이었다. 가슴께가 시큰거리는 이유는 아마 그래서일 거다. 투명인간이 된 기분이라서. 누구라도 그건 기분이 좋지 않은 일일 테니까.

"그거 알아요?"

남자의 말에 선우는 퍼뜩 고개를 돌렸다. 자신에게 하는 말인 줄 알고 고개를 들어 서문도를 보는데, 서문도의 시선은 장 여사를 향해 있었다.

"붕어즙 마시면 술이 늘어요."

"이잉? 누가 그래요?"

"이 상무랑 김 부장이. 이거 먹고 술이 두 배로 늘었다는데?"

"아니, 그럼 어째. 아니, 이게 몸 보하라고 마시는 건데…… 이걸 먹고 술이 늘면……. 진짜래요? 나 놀리는 말 아니구?"

피식. 가볍게 웃은 남자가 자리에서 일어나며 재킷을 들었다.

"출근합니다. 잘 먹었어요."

서문도가 붕어즙을 노려보며 인상을 쓰는 장 여사에게 인사를 건넸다. 걸어 나오는 문도의 시선이 아일랜드 옆에 서 있는 선우에게로 향했다.

선우를 보는 시선에 아무것도 없었다.

사람을 태울 것만 같이 강렬했었던, 한 번씩은 발목을 움켜쥐는 것만 같았던, 돌아서 있어도 목덜미가, 등허리가 따끔거렸던 눈빛은 이제 없었다. 때로는 짓궂게, 때로는 따뜻하게 반짝였던 그런 모든 것이 지워진 눈으로 남자는 가볍게 말했다.

"이선우 씨도 좋은 하루 보내시고."

나무랄 데 없는 인사였다. 가벼운 미소를 곁들인, 적당히 무심하고 적당히 친절한 인사. 그래서 당혹스러운 인사.

"아, 네……. 전무님도 좋은 하루……."

선우의 답인사가 끝나기도 전에 남자가 등을 돌렸다. 스쳐 가는 남자에게선 옅은 담배 냄새도, 짙은 술 냄새도 나지 않았다. 깨끗하고 청량한 냄새를 남기며 사라진 남자를 멍하니 보다가 선우는 자신도 모르게 발걸음을 떼었다. 이렇게는 안 되는 거라 막연히 생각하며 선우는 남자를 쫓았다.

차에 막 오르려던 찰나였다. 아무도 없어서 적막했던 주차장에 여자의 목소리가 울렸다.

"전무님!"

문도는 고개를 돌렸다. 엘리베이터에서 내린 이선우가 급한 걸음으로 자신에게 다가오고 있었다. 문도는 다시 운전석 문을 닫고 선우를 기다렸다.

"전무님. 드릴 말씀이, 있어요."

차에 오르지 않고 기다린 문도에게 선우가 말했다. 다급히 나왔는지 슬리퍼 차림이었다.

"하세요."

문도가 순순히 말하자 여자가 당혹스러운 표정을 지었다. 밤사이 뭘 어떻게 했는지 얼굴이 반쪽이 되어 나타난 이선우는 무슨 말을 어떻게 꺼내야 하는지 모르겠다는 표정으로 그를 보기만 했다.

"말씀하세요."

"그러니까. 그게."

나쁜 짓은 하나도 못 할 것처럼 맑고 선하게 생긴 여자. 그런 여자를 담담히 보는 건 쉽지 않은 일이었다. 아까도 그랬다. 내내 이선우가 서 있는 방향으로 한쪽 신경이 낚싯줄에 걸린 것처럼 당겨져 있어서, 장 여사에게 무슨 말을 했는지 기억도 나지 않았다.

"혹시 제가 잘못한 일이 있을까요?"

잘못한 일. 있지. 작정하고 내게 다가온 것. 처연할 정도로 순하고 여린 외모로 자꾸만 판단을 흐리게 한 것. 이렇게 뛰어와 나를 흔드는 것. 모두가 잘못한 일이라는 걸, 이선우는 몰랐다.

"없어요."

아니. 사실 여자는 잘못한 것이 없었다. 처음부터 제가 원하는 바를 확실하게 밝히고 다가온 여자였다. 그저 서로 기브 앤 테이크가 확실한 밤놀이나 하면 되는 관계였는데, 그런 상대에게 마음이 흔들려서 일을 복잡하게 만들려고 했던 것은 자신이었다.

"그럼, 마음에 안 드는 부분이 있으세요?"

얼핏, 간절해 보이기까지 하는 여자였다. 너는 뭐가 그렇게 간절할까. 어차피 내가 아닌 다른 남자였어도 몸을 던졌을 거면서.

"없습니다."

단답형의 대답에 이선우의 눈동자가 흔들렸다. 이런 순간에도 저 눈동자 가득 자신을 담고 있다는 사실이 만족스러운 걸 보면 꽤나 중증인 것 같기도 하다.

"그런데 왜 갑자기……."

제대로 묻지도 못하는 이선우는 길 잃은 아이 같은 표정이었다. 뭐라도 말을 해 보려고 더듬거리고 있는 선우의 앞에서 문도는 손목시계를 보았다.

"늦겠네요. 할 말이 남았으면 메일이나 메시지로 보내세요."

문도는 운전석 문을 열고 시동을 걸었다. 리모컨을 누르자 주차장 문이 열렸다. 출발을 하면서 룸 미러를 본다. 망연히 서 있는 이선우의 모습이 멀어지고 있었다.

며칠이 흘렀다.

서문도 전무의 그림자도 볼 수 없었던 토요일이 지났고, 선우의 휴일이었던 일요일도 지났다. 월요일에는 엘리베이터에 타는 서문도를 스치듯이 보았는데, 그나마도 남자는 눈을 내려 핸드폰을 보고 있어서 선우가 들어온 것도 몰랐을 거였다. 중간에 받은 연락이라고는 딱 하나, 메일 주소가 쓰여 있는 메시지였다.

선우는 매일 밤 태블릿으로 서문도 전무에게 메일을 썼다. 길면 다섯 줄, 짧을 때는 두세 줄이면 끝나는 간략한 일과 보고였다.

화요일 밤에도 선우는 태블릿을 열었다. 10시가 넘었는데 별채의 2층에는 아직 불이 켜지지 않았다. 서유라가 무엇을 먹고 어디에 다녀왔으며 집에서는 어떻게 지냈는지를 적고서 물끄러미 화면을 바라보았다. 손은 자판 위에 올려 둔 채였다.

이제는 내가 싫어졌나요.

화면을 보다가 손가락을 움직여 하고 싶은 말을 적었다. 예고도 없이 자신을 잘라 낸 남자에게 묻고 싶었던 말들을 손가락이 대신 쓰고 있었다.

이렇게 끝인 건가요. 이유를 알려 주면 안 될까요. 한 번만 기회를 더 주면 안 되는 건가요.

손가락이 저절로 움직이며 쓴 글씨들을 바라보다가 선우는 쓰게 웃었다. 무슨 노래 가사 같네. 이별을 당한 여자의 미련이 가득 담긴 노랫말 같은 문장들을 보다가 삭제 버튼을 눌렀다. 타타타타— 버튼이 눌릴 때마다 글씨가 지워졌다.

미련도 같이 지워지면 좋을 텐데, 남자에게 민우의 핸드폰이 있는 한 그건 아무래도 요원한 일이겠지. 간략한 보고만 남은 본문을 확인하고 선우는 보내기 버튼을 눌렀다. 두 손에 얼굴을 묻고서 한숨을 쉬었다.

자신에게 질렸나 보다. 더는 자신의 몸을 원하지 않는가 보다. 결론은 그렇게 내려졌다. 싸늘히 식은 눈동자가 남자의 마음을 말해 주었으니.

언젠가 이런 날이 올 거라는 건 당연히 알고 있었다. 처음부터 남자의 흥미에 달려 있었던 관계였으니까. 그 관심이 식으면 언제라도 깔끔하게 정리될 것을 알았는데, 왜 계속될 거라 막연히 생각을 했는지.

선우는 깊게 한숨을 쉬었다.

어떻게 해야 다시 관심을 가져 줄까. 아직 나는 당신이 더 필요한데. 이제는 정말 서유라만이 마지막 남은 희망일까.

희망일 리가 없지. 그녀가 자신의 입으로 진실을 말해 줄 가능성은 해가 서쪽에서 뜰 가능성과 비슷했다. 만에 하나 진실을 말해 준다 해도, 증명할 방법이 하나도 없기도 했다.

그래도……. 여기에 계속 머물다 보면. 몇 번을 다시 마주하다 보면. 다시 용기를 내서 말을 걸다 보면.

왜인지는 모르겠지만 이렇게 끝은 아닌 것 같다는 생각이 들었다. 턱없는 바람이 만들어 내는 희망 회로일지도 모르겠지만, 끝이 날 때까지 아주 끝은 아니니까.

선우가 그렇게 생각을 하며 태블릿 패드를 접을 때였다. 핸드폰이 울리며 손목에도 진동이 왔다. 액정에는 오랜만에 보는 이름이 떠 있었다. 선우는 반가운 마음으로 핸드폰을 들었다.

─야, 이선우. 전화 한 통이 없다?

"선배님. 오랜만이에요."

전에 일했던 '지젤 발레 학원'의 원장인 은정 선배였다. 이 자리를 소개시켜 준 장본인이기도 했다.

─잘 지내?

"네. 잘 지내요. 선배는요?"

─나야 뭐. 야, 너는 그만뒀으면 제일 먼저 나한테 왔어야지, 뭐 하는 거야. 섭섭하게. 만나서 얼굴도 보고, 밥도 먹고 그래야 하는 거 아니니.

은정의 말에 선우는 고개를 갸웃했다.

"네?"

─뭐?

"제가 그만뒀대요?"

─어. 아니. 어……. 너 그만둔 거 아니었어?

무슨 소리인지. 선우는 의아해하며 은정에게 말했다.

"저 아직 서유라 씨 트레이너 하고 있는데요."

─아. 그럼 그만두려고 하는 거구나?

"네?"

─뭐야 그것도 아니야? 아니, 며칠 전에 현영 선배한테 전화 왔었거든. 서도에서 트레이너 새로 구한다고, 나한테 아는 사람 없냐고 또 물어보길래, 나는 선우 네가 그만뒀는지 알았지.

금시초문이었다. 아니, 금시초문이 아니라 청천벽력 같은 소리였다. 그만둬? 내가? 사람을 알아봤다고? 그럼 그냥 잠자리만 그만두는 게 아니라 아예 자르려고 했던 거였어?

숨이 턱, 막히면서 눈앞이 까맣게 변했다.

"어…… 선배, 아니에요. 저 아직……."

말이 잘 이어지지 않았다. 서유라를 병원에 보낼 생각으로 알아본 걸까. 아니면 그냥 내가 보기 싫어서? 아예 눈앞에서 치워 버리려고? 생각이 빙글빙글 돌기만 했다.

— 아, 그래? 난 또 네가 그만둬서 사람 구하는 줄 알았네. 그만두면 연락해. 학원 다시 돌아오면 좋고, 밥이라도 한 끼 같이하게.

"네. 그럴게요."

— 서유라는 어때? 진짜 미친 사람 같아?

"그게……."

아무런 말을 해 줄 수 없다고 간신히 대답을 했다. 그 뒤로 은정이 호기심 어린 말투로 이것저것을 물었고, 대부분은 대답해 줄 수 없는 말이라는 애매한 대답만 했다.

— 연락하고, 잘 지내고. 알았지?

"네. 선배도 잘 지내시고요. 시간 나면 한번 놀러 갈게요."

전화를 끊고서 선우는 굳어진 채로 있었다. 까맣게 암전이 되어 버린 머리로 애써 생각을 해 본다.

정말로 새로운 사람을 구하려 했던 걸까. 은정 선배에게까지 이야기가 갔을 땐, 이미 진행이 되고 있었다는 건데. 서유라를 병원에 보낼 생각이었으면 새로운 트레이너를 구하려고 하지 않았겠지.

서문도는 더 이상 이선우와의 잠자리에 흥미가 없는 거고, 해고라는 방식으로 깔끔하게 정리하려는 거란 결론이 나온다. 그렇지만 너무 갑작스러웠다. 바로 며칠 전만 해도 당연하다는 듯 자신을 안지 않았었나.

'너는 그런 여자인데, 내가 그걸 자꾸 잊어. 호구 새끼가.'

'나는 내 밑에서 일하는 사람이랑은 연애를 안 하는데…… 섹스는 했네?'

'거기서부터 잘못된 것 같은데.'

남자의 목소리가 한 줄 한 줄 떠올랐다. 뭐가 뭔지 정말 모르겠다. 왜 이러는 건지. 왜 갑자기 이렇게 흘러가게 되는 건지.

선우는 핸드폰을 들었다. 서문도 전무의 번호를 찾아서 화면에 띄운 뒤에 한참을 쳐다보았다. 여기서 한 발을 더 가면 정말로 끝일지도 모른다는 생각이 들었지만……. 어차피 끝이라면, 못 할 것이 무엇이 있을까 싶어서.

통화 버튼을 눌렀다.

— 드릴 말씀이 있어요.

문도는 이선우의 목소리를 들으며 2층의 불을 켰다. 거실에, 드레스 룸에, 마스터 룸까지 모두 불을 켜고서 침대에 걸터앉았다.

"메시지로 보내세요."

— 잠깐이면 되는데, 건너가겠습니다.

"잠깐이면 되는 말을 굳이."

— 돌려 드릴 것도 있고요.

한숨 쉬며 웃은 문도는 미간을 긁었다. 이상한 데서 의지가 군건했던 여자라는 걸 잊었다. 허브차를 연달아 타서 올라왔던 그때가 생각난다.

"그럼 올라오세요."

이게 뭐 하는 짓인지.

며칠을 새벽같이 나가서 밤늦게 들어오고 있었다. 전에도 비슷한 시간에 나갔다가 비슷한 시간에 들어오는 날이 있긴 했지만 이렇게 일부러 의도한 적은 한 번도 없었다.

바보 같은 짓이라 생각하지만 어쩔 수 없었다. 그러니까 이건 일종의 테스트였다. 일상에서 이선우를 떼고 두 크게 영향이 없는지에 대한 테스트. 자연스럽게 크기가 줄어 소멸되는 정도의 욕망이라면, 욕구를 풀지 못하는 아쉬움에 그치는 정도라면, 이 관계는 그만두는 게 맞았다.

물질을 담보로 욕구를 푸는 짓은 여기서 멈춰야 했다. 당연한 듯 요구를 하고 당연한 듯 다리를 벌리는 관계에 익숙해져서는 안 되었다. 바로 옆에 박소영과 송주연이라는 훌륭한 예시들이 있지 않은가.

이선우를 보지 않았던 며칠간, 의외로 평온했다. 비록 집에 늦게 들어오고 일찍 나가긴 했지만.

한 번. 엘리베이터 앞에서 찰나의 마주침이 있었을 때 저절로 고개를 들 뻔했던 적을 빼고는 무사히 지났다. 시간이 흐르면 신경 쓰이는 마음이 더 줄어들 것 같기도 했다.

이대로 정리를 하는 게 맞지.

이선우는 그냥 서유라의 트레이너로만 두는 게 맞았다. 그렇게 생각하면서 몸을 일으키는데, 열려 있는 중문 너머로 똑똑 문을 노크하는 소리가 들렸다.

"전무님, 들어가겠습니다."

한 공간에 있으면 어떻게 될지 궁금하기도 했다. 며칠간 평온했던 것처럼 마음의 동요가 없었으면 좋겠다는 생각을 한다. 그럼 거의 다 된 것일 테니.

"들어오세요."

문도는 거실로 나가며 대답을 했다. 중문이 열리고 이선우가 조심스럽게 안으로 들어왔다. 문을 닫고 돌아서서 문도를 보았다. 눈이 마주치는 순간에 문도는 씨발, 하고 속으로 욕을 했다.

되기는 뭐가 돼.

눈을 마주하는 순간 쩽, 하고 어딘가에 금이 가는 느낌이 들었다.

"전무님."

얼굴은 또 왜…….

먹지도 못하고 자지도 못한 사람처럼 이선우는 수척해져 있었다. 가뜩이나 가녀렸던 몸인데 살이 내리니 정말 한 줌밖에 안 되어 보였다. 소파 근처까지 다가온 이선우가 떨리는 목소리로 묻는다.

"이제 제가 싫어지셨어요?"

문도는 마른침을 넘겼다. 그렇다고 대답을 할까. 아니라고, 이건 그냥 내 문제라고 대답을 할까.

"제가 너무 욕심을 냈을까요?"

무슨 말인지.

눈을 좁히는데 가늘게 손을 떨고 있는 모습이 보였다. 뭐가 이렇게 애처롭고 지랄인지. 가슴께가 뻐근해지는 것이 못마땅하다.

"제가 너무 비싼 시계를 사서……. 제가, 주제를 모르고 전무님께 다가가서 카드도 받고, 그래서……."

어디서 약한 척이냐고 묻고 싶은 마음과 그런 거 아니니 그렇게 발발 떨지 말라고 다독이고 싶은 마음이 한꺼번에 드는 이 모순은 또 뭐고.

"그런 거 아닙니다. 이런 말 하러 온 거면 내려가세요."

"이거. 다시 돌려 드릴게요."

이선우가 카드를 꺼냈다. 소파 테이블 위로 내려놓으며 말했다.

"이것도."

내려놓은 건 자그마한 주얼리 박스였다. 그 안에 시계가 들어 있다는 건 열어 보지 않아도 알 수 있었다. 이제 와 자존심을 세우는 건가 싶어 웃고 싶었다. 그냥 가져가라고, 그 정도 기념은 할 수 있다고 말을 하려는데 이선우가 그를 또렷하게 바라보았다.

"저는……. 사실 카드 같은 거 필요 없었어요."

물기 어린 갈색 눈동자가 툭, 하고 심장 근처를 때렸다. 문도는 지그시 눈을 감았다 뜨며 선우에게 물었다.

"그러면. 뭐가 필요했는데."

그 말에 선우가 한참 동안 문도를 보았다. 세상에 오직 두 사람만 남은 것 같은 기분이 들었을 때, 힘겨운 미소를 지으며 선우가 말했다.

"전무님이요. 저는 그냥 전무님이 필요했어요."

그걸 누가 믿어.

비웃고 싶지만, 그럴 수 없었다. 붉어지는 눈가에 마음이 지끈거려서.

선우는 눈을 감아 고이려는 눈물을 참았다. 아프게 침을 넘긴 뒤 천천히 눈을 다시 떴다.

내게 무엇이 그리도 절실한지, 당신은 모르겠지. 내가 어떤 마음으로 차를 들고 올라왔는지. 첫 밤을 보냈던 날에 어떤 기분이었는지. 스스로를 부숴 가면서 무엇을 찾고 있는지.

당신은 모르니까.

"그럼…… 적어도 이유를 말해 주실 수 있을까요."

아무리 잠깐 스치듯이 관계를 맺었던 여자라고 할지라도 그 정도는 해 줘야 한다고 생각했다. 아무런 전조도 없이, 예고도 없이 이렇게 일방적으로 잘라 내면서 설명도 없는 건 너무하잖아.

"이유."

짧게 말을 한 남자는 알 수 없는 눈빛으로 선우를 보고 있었다. 빤히 바라만 볼 뿐, 두 걸음 정도 떨어진 자리에서 꿈적도 하지 않았다.

"이유라."

한 번 더 말을 한 서문도가 느리게 입꼬리를 올렸다. 마치 무언가를 비웃기라도 하는 듯이 한쪽으로 비스듬히 입매를 비튼 뒤에 선우에게 말했다.

"끝을 내고 싶어서?"

말꼬리를 올리며 서문도가 말했다. 그것 말고 다른 이유가 있겠냐는 표정이었다.

"이제 내가 제정신을 차린 거라고 생각하세요. 처음부터 부적절한 관계였다는 건 이선우 씨가 제일 잘 알 테고. 설명이 더 필요할까요?"

고개를 기울여 묻는 서문도의 눈빛이 서늘했다. 닫힌 마음이 그대로 담겨 있는 눈빛이었다. 그 눈빛에 천천히 정신이 든다. 제발 다시 받아 달라고 구걸을 하려고 올라온 자리였다. 시계 같은 거, 카드 같은 거 필요 없으니까, 내가 그렇게 속물적으로 굴지 않을 테니까, 한 번 더 기회를 줄 수 있겠냐고 매달리려고 왔었다.

우습게도 아직 자존심이 남았나 보다. 발밑에 엎드려 받아 달라고 빌 수 있을 줄 알았는데, 다시 나를 그 방 그 침대에서 안아 달라며 옷이라도 벗을 수 있을 줄 알았는데, 그러고 싶지 않았다.

소용없을 것 같았다.

엎드려 빌어도, 구차하게 매달려도 통하지 않을 것 같았다. 소용없을 짓을 꾸역꾸역해서 남자의 경멸을 받고 싶지 않았다.

한심한 이선우.

언젠가는 이런 일이 있을 거라 예상을 했으면서 아무런 준비도 하지 않았던 자신이 한심했다. 막연히 어느 날이려니, 지금은 아니려니 안일했던 지난날의 자신이 바보 같다. 찰나에 타올랐던 남자의 욕망에, 그 덧없는 열기에 마음을 기댔던 것도 한심했다.

적당히 베푼 친절에 외로움을 녹이고 있었나. 야트막한 다정에 마음을 내어 주었을까.

그러니까 묻고 싶은 거겠지. 마치 배신이라도 당한 것처럼, 어떻게 내게 이럴 수 있느냐고. 어떤 것도 물을 수 없는 관계인 주제에 마치 무엇이라도 되었던 것처럼 묻고 싶은 거였다.

하지만 한마디도 뱉을 수 없는 말들이었다. 남자는 아무것도 모르고 있으므로. 남자의 눈에 이선우는 그저 돈 몇 푼 벌기 위해 서유라의 곁에서 비굴하게 버티고 있는, 그러다 재벌 3세를 물어 보려고 제 몸을 던진 여자일 뿐이니까.

"늦었습니다. 이만 내려가요."

서문도가 말했다.

이제 더는 너에게 흥미가 없다. 잠깐의 불장난은 여기가 끝이다. 그러니 구질구질하게 굴지 말고 그만 내려가라.

그게 이 남자의 결론이라면. 이 자리가 남자와 여자로서 마지막으로 마주하는 자리라면.

"부탁드리고 싶은 게 있어요."

선우는 마지막 희망을 붙잡기로 했다. 서유라의 트레이너에서 물러나는 것만큼은 막고 싶었다. 이 집에서 나가야 한다면 그때는 정말 절망이었으므로.

서문도가 눈을 찌푸렸다. 할 말이 뭐가 더 있냐는 표정이었다.

"서유라 씨 트레이너는 계속하고 싶어요."

그 자리에서까지 잘릴 수는 없었다. 미련스럽게 다시 시작하자고 매달리다가 내쳐지느니, 그거라도 붙잡아야 했다. 그래야 아주 작은 기회라도 다시 얻을 수 있을 테니.

"부탁드리겠습니다. 전무님이 불편해하시는 일 없도록 할게요."

선우는 머리를 조아렸다. 비참함에 눈시울이 뜨거워지려 했다. 이를 꾹 물어서 참았다. 얼마든지 비굴할 수 있었다. 끝이 아니기만 한다면, 얼마든지.

남자는 한동안 말이 없었다. 머리를 조아린 채로 선우는 눈을 질끈 감았다. 제발 나가라는 말은 하지 말아요. 나는 아직 찾아야 하는 게 있어.

"그래요. 일은 계속하고, 우리는 여기에서 정리를 합시다."

네, 하고 선우는 대답을 했다. 고개를 들 수는 없었다. 울고도 싶고 웃고도 싶은 무너지는 마음이 고스란히 보일 것만 같아서, 남자가 돌아설 때까지 선우는 고개를 떨구고 있었다.

창가의 윈도우 벤치에 앉으면 후원을 지나는 여자가 보였다. 한 번쯤 뒤를 돌아 별채를 볼 만도 한데, 여자는 한 번도 뒤를 돌아보지 않았다. 다만 한 번씩 손으로 눈물을 밀어내면서 걷는다.

마치 진짜 사랑이라도 한 것처럼.

실연이라도 당한 것처럼 상처 입은 표정으로 그를 보았던 여자의 얼굴이 생각났다. 뺨 위로 흘러내리고 있을 투명한 눈물까지 상상되는 순간 문도는 욕을 씹었다.

왜 이렇게 몹쓸 짓을 한 기분이 드는지.

명 실장이 뭐라고 그랬더라. 현명한 판단이라고 했던가. 잘 생각하셨다고 했던가. 서유라의 새 트레이너를 알아보는 일을 보류하라고 메시지를 보냈을 때, 명 실장이 답을 보내왔다.

그래. 생각이 난다. 주제넘은 의견이지만 이선우 씨만 한 적임자가 없다고 생각합니다, 라고 했었다. 특별한 이슈가 없으면 이대로 고용을 유지하는 게 어떠실지요, 라고 했었고.

여러 번에 걸쳐 사람을 구해 왔으니 누구보다 잘 알겠지. 이선우 이전의 여섯 명의 트레이너들이 잘해 보겠다며 들어왔다가 며칠 안에 떨어져 나가는 걸 두 눈으로 목격한 사람이 명 실장이었다.

특별한 이슈가 없으면.

문도는 눈으로 여자를 좇았다. 여자는 이제 숙소 동의 정원을 걷고 있었다. 현관문 앞에 서서 손으로 뺨을 훔치며 눈물을 지우고 있었다. 심호흡이라도 하는 것처럼 한참 서 있다가 문을 열고 안으로 들어갔다.

뭐가 어때.

누군가 속삭이는 소리가 들렸다. 어차피 즐기려고 시작한 관계잖아. 전화를 해. 올라오라고. 실컷 안아. 울릴 필요 없잖아. 너랑 자고 싶다고 제 발로 올라온 여자야.

뭐가 어때.

그러다 보면 질리겠지. 저 여자도 그걸 원한다잖아. 그때까지 놀아난다 한들, 그게 뭐 어때서. 나중에 학원이라도 하나 차려 주면 되잖아. 질려 버리면 돈 좀 주고 잘라 내면 되잖아. 일도 계속하게 하고 섹스도 계속해도 되는 거 아니야? 너 하고 싶었던 대로 해도 되는데, 뭘 망설여.

미친 새끼.

문도는 고개를 젖히며 가늘게 웃었다. 이게 바로 그 특별한 이슈였다. 더 가면 안 된다는 신호가 여기저기서 번쩍거리고 있는데, 못 본 척하고 싶어지는 마음이.

넘어가면 안 되는 선을 모른 척 넘어가고 싶어 하는 마음이, 이 선우를 끊어 내지 않아도 되는 수만 가지 이유를 가져다 대는 저 달콤한 속삭임이, 바로 여기에서 멈춰 서야만 하는 이유였다. 저 선을 넘어가면 어떻게 되는지 숱하게 보아 오지 않았나. 대체로 추 잡한 관계의 출발선은 그런 식이었다.

잠깐 만나는 거다. 큰 의미 없다. 헤어질 수 있다.

그렇게 식당을 차려 주고, 집을 사 주고, 돈으로 산 여자를 돈으 로 주물럭거리면서 잘난 남자가 된 기분을 느끼고. 그렇게 날이 갈 수록 뻔뻔해져선 자식새끼 앞에서 제 안사람인 것마냥 편하게 얘 기를 하고.

이 관계를 이어 가는 건 결국 아버지와 할아버지와 다를 게 없다 는 것이다. 다를 게 없는 정도가 아니라 더 병신 같은 거였다. 적어 도 그들은 제 밑에서 일하는 여자를 탐하지는 않았으니까.

이 정도로 자신을 흔들어 대는 여자라면 잘라 내는 게 맞다. 욕 망에 이성이 잡아먹히기 전에, 경멸스런 인간이 되어 버리기 전에 멈추는 것이 맞았다. 지금이라면 멈출 수 있을 테니.

문도는 자리에서 일어났다. 거실로 나가 여자가 두고 간 카드를 챙겼다. 테이블 위에 올려진 시계 박스도 집어서 TV 아래의 서랍 장에 넣었다. 서랍장을 닫고 카드를 집어넣는 것만으로 정리가 된 다. 깔끔하게 정리가 된 거실은 이전과 다름이 없었다.

"간단하네."

문도는 소리 내서 말했다. 있어도 없는, 보여도 보이지 않는 그 정도. 설마 그 정도도 못 하랴 싶어서 피식 웃었다.

이른 아침, 벨이 울리는 소리를 들었다. 문도는 엎드려 누운 채로 손을 뻗었다. 늦게까지 일을 하다 잠을 자서 그런지 쉽게 눈이 떠지지 않았다.

ㅡ잠깐 얼굴 보고 출근하렴.

어머니의 목소리가 들렸다. 네, 하고 대답을 하기도 전에 전화가 끊겼다. 아침인데 잘 잤냐는 인사도 없으시네. 역시 우리 어머니. 안 그래도 건너가려 했는데 어찌 아시고.

문도는 느리게 몸을 일으킨 뒤 샤워를 한 뒤 출근할 준비를 마치고 계단을 내려갔다. 주방의 뒷문을 열고 후원으로 나서자 평소보다 햇볕이 짙었다. 낮에는 덥겠다는 생각을 하며 걸음을 디딜 때였다.

숙소 동과 별채가 만나는 둥근 아치형의 입구 너머로 이선우의 모습이 보였다. 물빛 반팔 블라우스에 베이지색 슬랙스를 입고서 머리를 하나로 묶은 이선우는 에코 백을 추슬러 메고 있었다.

햇살 아래로 걸어 나오던 이선우와 눈이 마주친다. 그를 발견한 이선우가 걸음을 멈추어 섰다. 아침 햇살이 두 사람 사이로 쏟아져 내렸다. 짙은 녹색의 여름 정원은 잠시 시간이 멈춘 듯했다.

문도는 손목을 보았다. 시간은 6시 40분. 부지런도 하셔라. 건너편에서 이선우가 고개를 숙이며 인사를 한다. 어젯밤 두 사람 사이에 있었던 일들은 깨끗이 지워 버린 것처럼 차분한 얼굴이었다.

문도도 고개를 끄덕여 인사를 받았다. 찌르르르, 찌르르르 매미 한 마리가 울기 시작하자 나머지 놈들도 잠에서 깨었는지 일제히 울기 시작했다.

여름이 시작되고 있었다.

18. 전부 다

본관의 현관문을 열고 안으로 들어가니 박소영의 부축을 받으며 회장이 거실로 나오고 있었다.

"무……문도, 구……굿모, 닝."

한 손에는 지팡이를 짚은 서 회장이 말했다. 비록 박소영의 부축을 받아 가며 흔들흔들 걷고 있긴 하지만 휠체어 없이 두 발로 서 있는 회장은 오랜만이었다.

"회장님 건강이 많이 좋아지셨나 봐요."

"으응, 굿뜨. 베리 굿뜨."

아닌 게 아니라 처음 집으로 왔을 때 비하면 생기가 흘렀다. 마른 가죽 같았던 얼굴에 살이 올랐고, 회색에 가까웠던 안색도 뽀얗게 폈다. 붕어즙과 장어탕의 효능일까.

"기력 좋아지신 걸 보니까 마음이 좋네요. 작은할머님도 고생하셨어요."

나란히 걸으며 말을 건네자 박소영이 호호 웃었다. 다이닝 룸 쪽에서 풍겨 나오는 냄새에 회장이 킁킁 코를 벌름거렸다.

"부, 불고기 냄새가, 아주 좋아. 부, 불고기는 놋쇠에 유, 육수를 부어서 머, 먹어야지 디, 딜리셔쓰."

식탐 가득한 눈동자로 회장이 말했다. 오로지 불고기 생각밖에 없는지 홀린 듯이 다이닝 룸을 향해 걷는다.

"파, 파채를 드, 듬뿍 오, 올리라고 했는데."

금방이라도 침을 흘릴 것처럼 입을 헤 벌리고선 회장이 말했다. 괜히 문도의 눈치를 보면서 박소영이 말했다.

"아유, 회장님이 요즘 입맛이 도시나 봐. 끼니마다 고기를 찾으시는데 잡숫기도 얼마나 잘 잡수시는지. 이게 다 건강이 좋아지신 다는 증거 아니겠어?"

느린 걸음에 맞추어 도착한 다이닝 룸에는 달큰한 불고기 냄새가 가득이었다. 휴대용 인덕션 위에 무쇠로 만든 불고기판이 올라가 있고, 아직 색이 붉은 고기가 푸릇한 파채를 머리에 얹고서 그 위에 얹어져 있었다.

"호오……."

장 여사가 주전자를 들고 와서 육수를 붓자 회장이 아이처럼 박수를 치며 좋아한다. 이거, 이거야, 이거. 말을 하면서 벙긋벙긋 웃었다. 자리에 앉아서도 달달 떨리는 손으로 젓가락을 쥐고선 흔들림 없이 불고기판을 바라보았다.

"아버님 나오셨어요?"

출근 준비를 마친 우현희도 다이닝 룸으로 들어왔다. 박소영과

장 여사에게도 눈으로 인사를 한 뒤에 문도에게 말했다.

"할 얘기도 있으니 아침은 간단하게 2층에서 먹을까."

그 말에 문도가 자리에서 일어나는데 서 회장이 더듬더듬 말했다.

"노, 노린자……."

"노린자요?"

박소영이 고개를 갸웃했다.

"으응. 노린자……."

회장의 말에 우현희가 장 여사를 보며 말했다.

"회장님 노른자 생으로 가져다 드리세요. 불고기 찍어 드시려는 거니까."

고개를 끄덕이는 회장의 눈동자가 번질거렸다. 탐욕과 집착이 가득한 눈이었다. 살아나고자 하는 발버둥 같기도 했다. 이러다 진짜 불로장생하는 건 아닌지.

"식사 맛있게 하세요. 먼저 올라가 보겠습니다."

문도는 고개를 숙여 회장에게 인사를 했다. 건성으로 고개를 끄덕이는 서 회장의 얇은 입술에서 침이 번들거리고 있었다.

우현희가 쓰는 서재에 마주 앉았다. 장 여사가 미리 세팅을 해 놓았는지 테이블 위에는 샌드위치와 커피가 놓여 있었다.

"서도 개발 지분도 정리 중이라고?"

"네."

서용호 중심의 건설과 중공업, 서중호 중심의 화학과 금융으로 그룹이 양분되다시피 한 지금, 서용호 일가는 중공업과 건설 쪽의 지주 회사 격인 서도 산업 개발의 지분까지도 건드리는 중이었다.

"이번 투자에 올인하려는 모양이에요."

지난번 타임 레코드 공매도 건으로 제법 돈을 번 서용호 일가가 과감해졌다.

"스타라이트에서 웹툰 제작사도 인수한다며."

"네. 조만간 계약서 쓴다고 하더라고요."

스타라이트는 서창도가 인수한 OTT 서비스 플랫폼이었다. 서도의 그림자에서 벗어나 자신만의 사업에 도전하겠다고 거창하게 인터뷰까지 했었지. 단순한 콘텐츠 유통에서 벗어나 종합 제작사로 성장을 하겠다며 드라마 제작사, 연예 기획사까지 손을 대고 있는데 아직까지는 이렇다 할 만한 결과물 없이 돈만 꼬라박고 있는 수준이었다.

"예전부터 그렇게 방송국을 좋아하더니."

우현희가 커피 잔을 들면서 말했다.

서용호의 방송가 사랑은 재계에서도 유명했다. 혼전 임신을 앞세워 강행했던 아나운서 고은주와의 결혼도 그랬고, 각종 방송 예술 쪽 행사에 후원자와 투자자로 얼굴 들이미는 것으로도 그랬다.

서용호 일가가 헤지 펀드까지 인수해서 거액의 투자금을 넣기 시작한 게 올해 초.

그러니까 회장이 쓰러지고 나서부터 서용호 일가는 이쪽 창고에서 저쪽 창고로 부지런히 도토리를 옮기는 중이다. 승계 구도에서 밀릴 게 뻔해지니, 그 잘난 장남 자존심에 아예 서도를 끊어 내고 문화 엔터 사업으로 새 출발을 하려는 모양이다.

"적성 찾아가는 거죠, 뭐."

문도의 말에 우현희가 웃었다. 샌드위치를 한입 베어 먹고 커피 잔을 들면서 문도에게 물었다.

"막내 아가씨는 언제까지 별채에 둘 생각이니?"

한 번쯤 짚어 볼 때가 되었다는 듯한 말투였다.

"처음 데려온 게 3월이었나, 2월이었나."

"2월 말 정도 될 거예요."

아직 봄도 아니었을 때 별채로 끌고 들어왔었던 기억이 난다. 그땐 정말 한 마리 짐승 같았는데.

"회장님 건강 좋아지시면 내보낼 생각이었는데, 네가 보기엔 어때?"

오래 데리고 있지 않냐는 물음이었다. 겨울에 데려왔는데 여름이 되었으니 생각보다 오래되긴 했다. 이렇게 길게 한 집에서 생활하게 될 거라고는 상상도 못 했는데. 이게 다…….

생각은 너무 쉽게 이선우를 향해 뻗어 간다.

물에 흠뻑 젖었던 면접 날의 이선우. 화장실에 갔던 이선우. 그렇게 버텨 내는 바람에 서유라를 병원에 보내 버릴 기회를 날리게 만든 이선우.

그 당시 장 여사에게서 들려오는 이선우에 대한 이야기는 처참했었다. 주스를 뒤집어쓰고, 뒤섞여 곤죽이 된 음식물을 먹고, 옷과 신발이 찢기고.

대단하다고 생각은 했다. 그 인내심 한번 대단하다고. 대체 돈이 얼마나 절박하기에 인간 이하의 취급을 받으면서도 견뎌 내나, 어쩌다 이선우를 볼 때면 그런 생각을 하곤 했었다.

그만.

문도는 필름처럼 이어지는 이선우에 대한 생각을 끊어 내며 입을 열었다.

"글쎄요. 아직 심각하게 생각해 보지 않아서요. 그런데 서유라 이야기는 왜 갑자기 하세요?"

"요즘 잠잠하다 싶어서."

우현희가 커피를 한 모금 마시고 다시 말을 이었다.

"누구라고 했더라, 그 트레이너."

생전 궁금해하지도 않으시더니 하필 오늘 같은 날. 문도는 속으로 씁쓸하게 웃으면서 대답을 했다.

"이선우 씨요."

"그래. 선우 씨. 장 여사님이 한 번씩 말하는데 이름을 자꾸 잊어버리네."

장 여사는 여기에서도 이선우 이야기를 했나. 무슨 말을 했을지는 듣지 않아도 알 것 같지만.

"선우 씨가 생각보다 잘 돌보고 있다며. 그 트레이너 아가씨 덕분인지, 막내 아가씨가 정신을 차리려고 그러는지는 모르겠지만 제법 잘 지내는 것 같으니, 슬슬 거취를 정해야 하지 않을까 싶어서."

이제 그만 내보내자는 이야기였다. 문도는 눈앞에 놓인 머그잔을 바라보았다. 서유라를 내보낸다는 건 이선우도 일자리를 잃는다는 것을 뜻한다.

'서유라 씨 트레이너는 계속하고 싶어요. 부탁드립니다.'

머그잔 위로 이선우의 목소리가 들렸다. 깊이 숙였던 머리도, 떨렸던 목소리도 생생했다. 문도는 진하게 내린 검은색 액체를 물끄러미 바라보다가 고개를 들었다.

"서유라 엉망이에요."

"응?"

"잘 지내 보이는 건 트레이너 덕분이고, 내보내기엔 아직 일러요. 고삐 풀면 바로 사고 칠 겁니다."

"그 정도니?"

우현희의 눈동자가 문도에게 향했다.

서유라는……. 어머니의 말이 맞다. 회장은 건강을 회복하고 있고, 승계 작업도 순조롭게 진행되고 있었다. 서용호 일가의 자금을 묶어 두는 일도 몇 겹으로 차근차근 준비해 두었다. 회장에게 보여 주기 위한 형식적인 돌봄은 다했으니 사실 이제는 내보낼 때였다. 이선우와 얽혀 뒹구는 일만 없었으면 진작 내보냈을지도.

밖으로 나가 사고를 친다고 해도 이제는 회장의 건강과 크게 상관이 없을뿐더러, 오히려 그것을 빌미로 완전하게 내쳐 버릴 수 있다.

그래도.

여자의 마지막 부탁을 저버릴 수는 없다는 생각이 든다. 무엇보다 계속 일해도 좋다고 했던 건 자신이었다. 하루 만에 그 말을 뒤집을 수는 없었다. 어머니의 눈동자를 마주하면서 문도는 담담히 말했다.

"병원으로 보내기엔 상태가 좋고, 내보내기엔 아직 위험한 정도. 조금 더 지켜보려고요."

머리까지 숙여 가며 부탁을 했던 여자의 등을 떠미는 짓은 아직 하고 싶지 않았다. 한 달, 혹은 두 달. 길게는 말고 그 정도만이라도.

"때가 됐다 싶으면 말씀드릴게요. 먼저 일어나겠습니다."

문도는 자리에서 일어나며 슈트의 재킷을 들었다.

그 시간 선우는 별채의 2층에 있었다.

서문도 전무가 본관에서 식사를 하는 날의 이른 아침 시간이 선우가 찾아낸 빈틈이었다. 조리사 아주머니는 별채에 올 필요가 없고, 청소를 하는 옥수댁 아주머니는 아직 출근을 하기 전이라 별채가 빈다.

들키면 어떡하지.

숨죽여 계단을 오를 때 자신도 모르게 그런 생각이 들었지만 선우는 고개를 흔들었다. 이제 그런 생각은 하지 않기로 한다. 심장이 두근거리는 건 여전하지만 걸음을 멈추지는 않았다.

들키면 뭐라도 변명을 하면 되겠지. 무슨 소리가 들렸다고 하면 되겠지. 정 안 되면 서문도 전무님에게 할 말이 있어서 찾아 올라왔다고 해도 되고.

의심스러워한다면 그때는 서문도 전무를 좋아하고 있다고 말해도 좋을 것이다. 그래도 의심을 한다면 둘 사이의 관계에 대해 알릴 각오도 하고 있었다. 서 전무에게 미련이 남아서 2층까지 올라오는 그런 여자가 되면 되는 일 아닌가. 최악의 경우에는 해고일 텐데, 그냥 잘리나 뭐라도 찾아보고 잘리나 둘 중의 하나를 골라야 한다면 단연코 후자였으니.

중문을 연 선우는 조심스럽게 문을 닫았다. 소리 없이 몸을 돌려 넓은 드레스 룸 앞에 섰다. 마스터 룸과 그 안쪽의 욕실은 거의 다 보았고, 욕실 안쪽의 드레스 룸까지 들어가는 너무 위험했다.

딱 30분만.

스스로 정해 놓은 규칙을 되뇌면서 선우는 진열장 아랫단의 서랍을 당겼다. 색색의 타이들을 눈으로 훑고 다음 서랍을 열었다.

째깍째깍. 숨소리조차 내지 못하는 시간이 흐르고 있었다.

자신과 마주치지 않기 위해서라도 7시에 맞춰 건너오겠지, 라는 예상은 6시 반에 깨졌다. 이선우는 그 이른 시간에 현관문을 열고 들어왔다.

"좋은 아침입니다. 전무님. 아주머니도 일찍 건너오셨네요."

차분히 그에게 인사를 건넨 뒤, 이선우는 식사를 차려 주는 조리사 아주머니에게도 상냥하게 인사를 건넸다. 차이점이라면 그에게는 예의 바르지만 건조하기 짝이 없는 인사를 했고, 조리사 아주머니에게는 예쁘게 미소를 지었다는 것 정도.

그가 식사를 하는 동안 이선우는 조리사 아주머니를 돕거나 거실에 앉아서 책을 보았다. 그동안 의식을 하지 않았었는데, 이선우는 일하는 직원들과 꽤나 사이가 좋은 듯했다.

"선우 씨, 통 좀 들어 줄 수 있을까?"

"선우 씨, 나 깜빡하고 디저트를 안 가져왔는데. 숙소 동에 잠깐 다녀와 줄 수 있어?"

"선우 씨, 이따 점심에 묵밥 차갑게 할 건데, 괜찮아?"

조리사 아주머니도 장 여사도 이선우에게 간단한 일들을 자주 부탁했다. 그때마다 이선우는 선선히 웃으면서 네, 라고 대답을 했다. 사근사근 이야기를 주고받기도 하고 같이 반찬통을 나르며 이야기를 하다가 웃기도 했다.

슬쩍슬쩍 일을 시킬 때마다 부려 먹을 사람이 없어서 서유라 전용으로 고용한 사람을 부려 먹느냐는 말이 목 끝을 스쳤지만, 문도는 아무 말도 하지 않았다. 장 여사를, 조리사 아주머니를 따르는 이선우의 얼굴에 불만이라고는 하나도 찾아볼 수 없었기 때문이다. 어느 날은 이선우가 먼저 도와 드리겠다며 나서기도 했다. 본인 일이나 잘할 것이지.

아니지. 본인 일은 너무 잘하지.

메일로 보내오는 보고서에 의하면, 서유라의 식단을 따로 챙기고 있단다. 보디 프로필인지 뭔지를 찍기 위해 운동 시간을 늘렸고, 야식과 술은 줄이기로 했다고.

그래서인지 밤늦은 시간에도 별채의 불이 밝은 날이 많았다. 물 먹은 솜 같은 몸을 이끌고 2층 엘리베이터에서 내리면 서유라의 목소리가 2층의 홀까지 크게 울렸다.

"야, 이거는 아니지. 나 아까부터 매운 떡볶이 먹고 싶었다고. 점심에 잘 참았잖아. 글고 맥주는 술이 아니야. 음료야."

이선우의 목소리는 잘 들리지 않았다. 서유라가 아아아앙, 하고 애교를 부리거나 몰라 몰라 뻗대는 소리를 내는 것만 중간중간 들려왔다.

"아니이, 니가 왜 내 폐를 걱정하냐구. 나 풍선 엄청 잘 불거든? 야, 담배 몇 대 더 핀다고 오래 살 거 같으면 난 빨리 죽고 담배 필 거야. 아니, 서문도 그 새끼도 피잖아. 근데 왜 나만!"

뭐라고 대답을 했는지 서유라가 아오, 하고 머리를 쥐어뜯는 소리를 냈다. 그리고 이어서 쾅, 하고 문이 닫히는 소리만 들렸다.

하루는 일부러 주방의 뒷문을 열고 들어간 날이 있었다. 회식이 있어서 술을 조금 마셨던 날이었다. 주차장에서 2층으로 바로 올라가려다 일부러 본관을 들렀다. 별 시답지 않은 이야기를 어머니에게 보고를 하고서 느리게 별채를 향해 걸었다. 별채를 밝히고 있는 불빛이 유난히 환하다고 생각을 하며 뒷문을 열었을 때, 이선우와 정통으로 눈이 마주쳤다. 두근, 심장이 크게 뛰는데 서유라의 코 먹은 소리가 들렸다.

"뭐야, 누구 왔엉?"

"아, 네. 전무님 들어오셨어요."

그에게 가볍게 고개를 숙여서 인사를 한 뒤, 이선우는 이내 서유라에게로 눈을 돌렸다.

"유라 씨 아직 움직이시면 안 돼요. 저 아직 칼 들고 있어요."

"어우, 알았어. 눈썹 날아가면 안 되지. 나 얌전히 있을게."

저벅저벅 걸어서 주방으로 들어가도 둘은 소곤소곤 저들끼리 이야기를 하였다.

"팩은 뭘로 해 드릴까요?"

"그거 좋더라. 쌀겨 그거. 얼굴 좀 환해지는 거 같어."

"네. 마무리하고 나서 준비할게요. 눈썹 어떠세요? 괜찮으세요?"

"응. 예쁘게 잘됐네. 나 잠깐 방에 갔다 올게. 팩 준비해."

서유라 같은 인간에게 뭘 그리 친절할까 싶을 정도로 이선우의 목소리는 상냥했다. 언젠가 저와 비슷한 목소리를 들은 적이 있었다. 전무님은 어떻게 지내셨어요? 하고 물었을 때. 주절주절 하루를 어찌 보냈는지 이야기를 하다가 문득 멈추자 반짝이는 눈으로 웃음을 참고 있었지.

시답지 않은 기억이라 생각하며 고개를 흔들어 떨쳐 내는데, 이선우가 주방으로 걸어왔다. 물끄러미 바라보자 다시 한번 고개 숙여 인사를 한다. 아일랜드 위에 놓여 있던 가루와 작은 그릇 같은 것을 들더니 머뭇거리며 조심스럽게 그의 옆으로 다가왔다.

거실을 향해 서 있는 그의 뒤에 이선우가 등을 돌리고 섰다. 1미터도 채 안 되는 거리였다. 신경이 올올이 일어서 전부 등 뒤로 향하는 기분이다. 그 기분 한번 엿 같다는 생각을 하면서 문도는 허리를 세웠다. 냉장고에 붙은 디스펜서에서 조르륵 물이 내려오는 소리가 들렸다. 그릇에 물을 받고, 숟가락으로 가루를 개고, 다시 물을 조금 더 받는 동작들이 보이지 않는데도 눈에 선명히 그려져서 문도는 속으로 욕을 씹었다.

이게 뭐라고 숨이 막히나.

짜증이 치밀어 올라 일부러 크게 걸음을 옮겼다. 씨팔, 욕을 중얼거리자 이선우가 어깨를 움찔했다. 그 미세한 반응도 반응이라고 눈에 쏙 들어오는 것도 기분이 나빴다.

"뭐 하셨어요?"

등을 돌려서 2층을 향해 걷는데, 이선우의 목소리가 들렸다. 뭐라 생각할 겨를도 없이 고개부터 돌아갔다. 자신에게 하는 소리인가 싶었는데, 이선우의 눈동자는 방에서 나오는 서유라에게 고정되어 있었다.

미친놈. 왜 나한테 하는 말이라고 생각을 했을까.

"어? 아니, 난 그냥."

다시 계단으로 걸음을 옮기는데 제 방에서 나오던 서유라가 우물거리는 소리가 들렸다. 이선우가 뭘 어떻게 하는지 서유라가 당황한 소리를 낸다.

"야. 야. 아니, 왜. 아니, 야."

"담배 피우셨어요?"

"아니, 나느은……. 아 씨, 진짜. 그래. 피웠다. 어쩔래? 담배 피우는 게 죄야? 어? 내가, 내 맘대로 그 정도도 못 해?"

"며칠 동안 금연하시겠다면서, 왜 자꾸 피우세요. 담배 피우면 말려 달라면서요."

"아, 몰라, 안 해. 야 그리고 니가 무슨 상관이야. 니가 울 엄마야 뭐야. 어디서 트레이너 주제에 잔소리질이야."

저게 지금 언다 대고 성질이야.

계단을 오르다가 서유라 말하는 싸가지에 슬슬 성질이 올라서 아래를 내려다보는데 이선우가 서유라의 표정을 살피며 말을 했다.

"기분 많이 상하셨어요?"

"내 일은 내가 알아서 하거든?"

팩하고 돌아서는 서유라를 이선우가 붙잡았다.

"걱정이 돼서 그렇죠. 사진도 잘 나왔으면 좋겠고요. 지금 너무 잘 하고 계신데 잔소리 자꾸 해서 죄송해요."

"야, 니가 진짜 몰라서 그렇지 내가 얼마나 참는 줄 알아? 에이 씨, 보디 프로필인가 먼가 그딴 건 왜 한다고 해서는. 아오, 씨벌."

그러고 보니 보고로 받은 메일에서 서유라가 사진을 찍기로 했다는 내용이 있었지. 그것 때문에 저 난리를 치고 있나 보다. 이선우는 성질을 내는 서유라를 오냐오냐 받아 주더니 솜씨도 좋게 소파에 눕혔다. 머리맡에 앉아 팩을 발라 주며 조곤조곤 이야기를 했다.

"그런데 담배는 아주 조금만 줄이셨으면 좋겠어요. 건강을 위해서."

"알아썽. 내가 한번 노력은 해 볼게."

"온도는 괜찮으세요? 너무 차갑진 않으세요?"

"응. 딱 좋아. 이거 바르고 나 패드로 유튜브 좀 틀어 줘. 야, 너 그거 봤냐? 개그맨들 성대모사 하는 거? 디게 웃기드라. 내가 함 보여 줄게. 진짜 웃겨."

다정히 지내는 모습에 속이 뒤틀렸다. 아니, 서유라 같은 인간에게 뭘 저렇게 잘해 주는 건데? 둘이 사이좋다고 유세라도 하는 건가? 나한테는 저런 적 없었잖아.

속이 부글부글 끓는 게 왠지 자존심이 상한다. 이선우는 서유라만 보는데, 자신은 그런 이선우에게서 시선을 못 떼고 있다는 자각이 들자 그것도 자존심이 상했다.

문도는 억지로 고개를 돌려 앞을 보았다. 멀어지는 서유라의 목소리를 들으면서 2층으로 올라갔다. 난간 가까이에 서서 아래를 내려다보자 조심스레 서유라의 얼굴에 무언가를 펴 바르는 이선우와 누워서 입만 조잘거리는 서유라가 보였다. 손목을 들어 시간을 보니 10시를 훌쩍 넘긴 10시 반이었다. 퇴근 시간도 지났는데 언제까지 저러고들 있을 건가. 중문을 닫고 들어왔는데도 아래층이 신경에 거슬렸다. 신경 쓰지 않으려고 노력하는 자신이 신경 쓰이는, 거지 같은 상황의 연속이었다.

씹. 뭐가 이따윈지.

시계를 풀다가 어이가 없어서 웃었다. 이선우는 태평한데, 저렇게 제 할 일 야무지게 다 하고 있는데, 혼자서 이랬다저랬다 비 맞은 중마냥 중얼거리고 있는 자신이 웃겼다.

고작 일주일인데 집에 와도 온 것 같지 않고, 쉬어도 쉬는 것 같지 않은 기분은 또 어떻고. 잠은 얕아지고, 신경은 얄팍해지고, 피로는 쌓여만 갔다. 정말이지 엿같은 날들의 연속이었다.

그러던 어느 날, 늦게까지 일을 하다가 돌아가면 힘들어서라도 쓰러져 잠이 들겠지 싶었던 밤. 새벽 늦게 들어가 기진맥진한 몸을 침대에 누였을 때.

'안아 주세요.'

이선우의 목소리를 들었다. 욕을 하면서 눈을 감았더니 얼굴도 보였다. 부끄러워 붉어진 얼굴이었다. 그의 입으로 손으로 데워 놓은 몸을 파르르 떨면서 이선우가 그를 보았다. 곤란해하는, 수줍어하는, 어색함을 다 떨치지 못한 그런 얼굴로 낯을 붉힌다. 낯을 붉히면서도 그에게서 눈을 떼지 않았다.

이선우는 그랬다.

물이 깊은 호수 같은 눈동자로 그를 깊이 들여다본다. 그럴 때면 알 수 없는 무언가가 단단하게 뭉치는 기분이 들었다. 사라지지 않는 환영에 기가 막혀 웃음을 웃으면서도 그는 눈을 뜨지 않았다. 손바닥으로 눈을 덮고서 한참을 그대로 있었다. 이선우를 안아 들고, 다리를 벌리고, 몸을 묻는 상상을 하며.

감긴 눈꺼풀 안에서 이선우는 허리를 휘었고 신음을 냈다. 속도를 높이자 고개를 저으며 그를 불렀다. 견딜 수 없다는 표정을 하고서 그에게 매달려 온다. 아아, 가느다란 소리가 자꾸만 높아지려는 그때.

문도는 참지 못하고 브리프 안으로 손을 넣었다. 단단하게 일어선 자신의 분신을 쥐어 두세 번을 흔들다가 웃음을 터트렸다.

씨발, 이게 뭐 하는 짓이야.

마지막 부탁이고 지랄이고 그냥 눈앞에서 치워 버리는 게 낫지 않을까. 진지하게 그런 생각을 하면서 허탈하게 천장을 보고 있을 때였다.

딩동.

알람음과 함께 핸드폰이 진동을 했다. 메일이었다. 발신인은 이선우, 제목은 '서유라 님 일과 보고서'. 타이밍 한번 기막히게 도착한 메일이다.

신경을 끄고 싶은데, 왜 자꾸 알짱거리나.

누워 있던 그대로 핸드폰을 들었다. 아침에 어쩌구 점심에 어쩌구 저녁에 어쩌구 하는 내용을 눈으로 훑는데 한 글자도 제대로 읽히지 않았다. 이선우가 또박또박 보고서를 쓰는 동안 팬티 안에 손이나 처넣고 있었다는 자괴감만 들 뿐.

문도는 신경질적으로 메일을 삭제했다. 가능하다면 이선우라는 존재 자체에 대고 딜리트 키를 누르고 싶은 심정이었다.

선우는 새벽같이 숙소 동을 나섰다.

대체로 별채에서의 서문도 전무의 식사 시간은 오전 6시 반 정도. 서 전무가 식사를 하고 조리사 아주머니가 상을 치우고 물러가면 옥수댁 아주머니가 건너오기까지 시간이 조금 비었다.

어떤 날은 조리사 아주머니가 길게 수다를 떠는 날도 있고, 또 어떤 날은 서유라가 8시쯤 기상을 하는 날도 있어서 들쭉날쭉했지만 그래도 대체로 7시 전후로 드나드는 사람이 없었다.

단지 그 이유로 선우는 꾸역꾸역 아침 일찍 숙소 동을 나섰다. 대강의 눈치를 살펴 괜찮겠다 싶은 날에는 서 전무가 출근을 한 뒤에 2층으로 올라갔다.

조금씩 대범해지는 자신을 느끼는 동시에 이러다 어느 날 어느 순간에 모든 걸 들킬 거라는 생각을 한다. 그 상상은 점점 구체적으로 변하여 어떨 때는 들키는 연습을 하는 것 같기도 했다. 선우는 현관문을 열기 전에 크게 숨을 마시고, 하루를 지낼 전의 같은 것을 다졌다. 오늘도 들키지 않게, 잘리지 않게, 흔들리지 않게 하루를 보내자고.

"안녕하세요, 전무님. 좋은 아침입니다."

다이닝 룸에 서문도 전무가 보일 때면, 예의를 다해서 인사를 했다. 서문도는 건조하고도 서늘한 눈빛으로 인사를 받았다. 그럴 때면 가슴이 쿡쿡 쑤셨지만 내색하지 않으며 꼬박꼬박 인사를 건넸다.

그래도 아주머니가 있어서 다행이라고 생각을 했다. 서문도 전무의 존재가 가슴을 짓누르는 것 같아질 때면 선우는 아주머니에게 말을 붙였다.

"벌써 오셨어요?"

"응, 선우 씨, 마침 잘 왔다. 나 부탁 하나만 할게."

"네."

"나 잠깐 숙소 동 가서 김치 새로 가져올게. 새로 담은 걸 가져왔어야 하는데 묵은지를 가져왔지 뭐야. 이거 국 데워지면 전무님 좀 드려. 괜찮지?"

괜찮지 않았다. 가능하면 그와 가까이 있고 싶지 않았다. 가까이에 있으면 숨이 잘 쉬어지지 않았다. 서늘한 눈빛으로 무심히 스칠 때면 가슴이 지끈거리기도 했다. 그래도 아주머니의 부탁은 들어줄 수밖에 없어서, 선우는 선선히 대답을 했다.

"네, 다녀오세요."

아주머니가 나가자 다이닝 룸의 공기가 싸늘하게 내려앉는 것처럼 느껴졌다. 서문도 전무는 묵묵히 밥을 먹고 있을 뿐인데, 괜히 그랬다. 시리고 차가워서 세상에 홀로 남은 기분이 든다. 어색함 속에 숨만 쉬고 있는데 땡, 소리가 나며 전자레인지가 멈추었다. 선우는 그 안에서 국그릇을 꺼냈다. 쟁반에 올려놓고 서문도 전무가 있는 쪽을 바라보았다. 서문도는 핸드폰을 보면서 국 없이 먼저 식사를 하는 중이었다. 가볍게 숨을 들이마신 선우가 국그릇을 들고 서문도 전무에게 걸어갈 때였다.

"이선우 씨."

서문도 전무가 핸드폰에서 눈을 떼지 않으며 선우를 불렀다.

"네."

"출퇴근 시간 조정할게요."

네? 라는 물음도 나오지 않았다. 무슨 소리인가 싶어서. 눈만 깜빡이며 서 있는데 서문도 전무가 냅킨으로 입을 닦은 뒤에 말했다.

"8시 출근 9시 퇴근. 일찍 건너오지 마시고, 늦게까지 남아 있지 마시고 시간 지켜서 이동하세요."

선우는 망연해진 표정으로 서문도를 보았다. 8시에 출근해서 9시에 퇴근이라니. 내가 왜 아침 일찍 건너오는데. 8시면 옥수댁 아주머니가 출근하는 시간이었다. 아무것도 할 수 없다는 이야기가 된다. 발밑의 땅이 꺼지면 이런 기분이 드는 걸까. 선우는 휘청이지 않기 위해 쟁반을 단단히 잡았다.

태연하게 밥을 먹고 있는 서문도가 원망스러웠다. 어쩜 저렇게 아무렇지 않은 얼굴로 자신을 주저앉히는 것인지 야속하기도 했다.

"꼭 그래야 할까요?"

해서 조금은 울컥했다. 이제까지 일찍 와서 늦게 간다고 한 번도 뭐라고 한 적 없으면서. 왜 이제 와서. 왜.

"네."

단답형의 대답에 어딘가 쓱 베이는 느낌이었다. 눈길 한 번 주지 않고 대답을 한 서문도는 핸드폰 화면을 넘기고 있었다.

"저는……. 잘 납득이 되지 않아서요."

가능한 멀리 있었고, 메일로 보고를 하라고 해서 매일같이 메일로 보고를 했다. 원래대로 돌아가자고 하기에 서유라를 돌보는 것에만 집중하려고 노력도 했다. 인사를 제외하고는 그에게 말 한마디 붙이지 않았고, 그쪽으로는 고개도 돌리지 않았는데. 왜.

선우의 말에 서문도가 고개를 들었다. 단단한 눈동자가 선우를 본다. 잠자리를 그만하겠다는 말에는 항의를 할 수 없었지만, 지금은 달랐다.

"서유라 씨 돌보는 일에 지장을 주는 것도 아니고, 잘하고 싶어서 일찍 와서 늦게 가는 건데, 제 일을 열심히 하는 것도 문제가 될까요?"

하루에 10분, 15분 그 정도도 안 되면 어떻게 하라고. 속상한 마음을 가눌 수 없는데 서문도가 자신을 가만히 응시한다. 무표정에 가까운 서늘한 얼굴이었다.

"문제가 되죠."

남자는 숟가락을 내려놓으며 담담히 말했다. 무슨 문제가 된다는 건지 알 수가 없어서 바라보았더니 서문도가 자리에서 일어나며 대답했다.

"마주치는 게 싫거든."

날카롭고 서늘한 칼날이 가슴을 쓱 그은 것 같은 느낌이었다. 뒤늦게 통증이 일면서 숨을 쉬기가 어려워진다.

"오늘부터 그런 줄 아시고, 아, 국은 됐습니다."

재킷을 팔에 걸친 서문도가 서 있는 선우를 스쳐 지났다. 선우는 질끈 눈을 감았다. 눈을 감아도 지끈거리는 통증은 쉽게 사라지지 않았다.

이선우를 못 본 지 사흘이 지났다.

인기척에 고개를 돌렸더니 서유라였다. 문도는 씹, 하고 욕을 씹었다. 허구한 날 점심까지 처자더니 왜 오늘은 새벽같이 일어나 사람 헷갈리게 하는지.

"하암. 장 여사, 나도 물 한 잔만."

하품을 크게 하면서 식탁 맞은편에 앉는다. 문도가 노려보듯이 눈을 들었더니 서유라가 움찔하면서 몸을 뒤로 물렸다.

"뭐야, 아침부터. 왜 성질이야."

들으라는 듯 구시렁거리고는 또다시 크게 하품을 했다.

모르겠다. 다 짜증이다. 이선우가 눈앞에 보이지 않으면 좀 나아지겠거니 했는데, 그렇다고 이렇게 진짜 머리카락 한 올도 보이지 않으니 기분이 이상했다.

문도는 예쁘게 부쳐진 프렌치토스트를 칼로 그었다. 긋고, 다시 그었다. 너덜거리는 조각으로 만들고 있는데 어디선가 시선이 느껴진다.

"아니, 왜 빵을 그렇게 조잘을 내서요?"

장 여사가 의아한 표정으로 문도를 보고 있었다. 하아. 문도는 속으로 한숨을 삼키며 메이플 시럽이 들어 있는 자그마한 저그를 들어 올리며 말했다.

"시럽 잘 들어가라고요."

줄줄 흘리듯이 부었더니 장 여사가 더 의아하게 보면서 묻는다.

"아니, 당 오르게 뭔 시럽을 그리. 단거 좋아하시지도 않는 분이."

"좋아해요."

"언제부터요."

"오늘부터?"

삐딱선을 탔더니 장 여사가 고개를 절레절레 저었다. 왜 또 심기가 비틀리셨대. 눈빛으로 말하고 있는 게 다 보이는데 대꾸할 마음은 들지 않아 혀가 아릴 정도로 단 토스트를 입에 넣고 씹었다. 물을 마신 서유라가 말한다.

"선우는 좀 어때요?"

이선우의 이름을 말하는 서유라였다. 생지랄을 해 댈 땐 언제고 친한 척 이름으로 부르는 건지 모르겠다는 생각을 하면서도 저절로 고개가 들리고 귀가 세워졌다. 장 여사가 아일랜드를 행주로 훔치면서 대답을 한다.

"자기 말로는 괜찮다는데, 불편하지, 뭐. 아프기도 하고."

"어으 갠 한 번씩 멍하드라."

뭐가 불편하고 뭐가 아픈 건데? 무슨 얘기인지 알 수가 없어서 답답한데 물어볼 수도 없으니 속이 뒤틀리는 기분이었다.

"그러게 조심을 했어야 하는데. 걔가 다치니까 내가 넘 불편해."

다쳤다는 말이 귀에 박히듯이 들렸다. 조금만 틈이 나면 이선우가 어쩌고저쩌고했던 장 여사는 왜 아무 말도 안 했나. 문도가 바라보는 것을 알았는지 장 여사가 대수롭지 않다는 얼굴로 문도에게 말했다.

"아, 선우 씨가 좀 다쳤어요. 어제저녁에 끓는 물에 손을 데었는데, 병원 가서 약도 바르고 처치는 다 했고요. 그래도 펄펄 끓었던 물이라서 많이 뎄지, 뭐. 물집이 잡힐 것 같아요."

부지런히 오갈 때는 멀쩡하기만 하더니 눈에 안 보이는 날에 다쳤다고. 펄펄 끓는 물은 왜 손에 부어. 하얗고 가는 손가락에 끓는 물이 부어졌다 생각을 하니 명치 근처가 욱신거렸다.

"그래도 출퇴근 시간을 조정해 주셔서 푹 쉬고 있어요. 그건 잘하셨어. 어차피 일찍 와도 할 일 없었는데."

잘하긴. 등신 같은 짓이었다고 생각을 하고 있다. 눈에 안 보이니 이렇게 답답하고 갑갑할 줄이야. 차라리 신경에 거슬리게 알짱거리는 게 나았다. 목소리를 들을 수 있고 얼굴을 볼 수 있을 때가 나았다. 적어도 어떻게 지내고 있는지는 알 수 있었는데. 따박따박 보내오는 메일을 제외하면 이선우는 마치 이 집에 존재하지 않는 사람 같았다.

"아오…… 그럼 난 다시 자러 가요. 이선우 오면 깨워 달라구 해죠. 오늘 오면 머리해 주기로 했는데, 망했네. 망했어."

서유라가 툴툴거리며 다이닝 룸을 나갔다. 문도는 긴 잔에 따라 놓은 자몽즙을 마셨다. 쌉쓰름한 맛이 입에 남는다.

"막내 아가씨가 많이 정상으로 돌아왔죠?"

저게 정상인가 싶었지만 고개를 끄덕이지 않을 수 없었다. 생산적인 활동 없이 하루를 잠과 쇼핑으로 보내는 인생이 정상이라고 보긴 힘들지만 적어도 난동을 피우지는 않으니.

"선우 씨가 애 많이 써요."

왜 안 나오나 했다. 이선우 칭찬. 뭘 그리 딱하고 안쓰럽고 애틋해. 만난 지 얼마나 되었다고. 비딱해지려는 마음을 애써 누르고 문도는 장 여사를 불렀다.

"여사님."

"네."

얼마나 다쳤냐는 질문이 목 끝까지 올라왔다. 어쩌다 다쳤냐는 물음도 그 뒤를 이어 올라왔지만 참았다.

"맘에 안 드는 직원은 어떡해야 할까."

"네?"

"장 여사님은 아니니까 걱정은 말고요."

문도의 말에 장 여사가 당연하다는 표정을 지었다.

"뭐가 마음에 안 드는데요?"

"글쎄. 뭐가 마음에 안 드냐면."

조각나 버린 프렌치토스트를 칼로 쿡쿡 찌르다가 문도는 말했다.

"전부 다. 다 마음에 안 들어."

그럼 다른 데로 보내요, 장 여사는 간단히 대답을 했다. 그래야 할까. 이젠 정말 그래야 할 때인가. 문도는 고개를 젖히면서 한숨을 쉬었다.

19. 이제 그만

저녁 회의가 끝났다.

남은 건 분리수거를 해야 하는 플라스틱 도시락과 웅성웅성한 소음. 내일로 다가온 스위스 출장을 앞두고 서도 이노테크의 김경민 단장과 마지막 체크를 하는 자리였다. 이노테크의 수석 연구원들과 김경민 단장이 먼저 자리를 빠져나갔고, 전략본부1팀의 막내 사원인 김창민 사원이 도시락과 물컵을 수거하고 있었다.

다들 물러가는 가운데, 송정태 팀장은 일어날 생각 없이 자리에 앉아 있는 서문도 전무의 눈치를 살폈다. 서 전무는 한 손에 턱을 괴고서 회의실 탁자를 뚫어져라 응시하고 있었는데 다른 손으로는 뚜껑 닫힌 펜을 테이블 위로 쿡, 쿡 내리찍고 있었다. 얼핏 보면 회의 내용을 복기하는 것처럼 보이지만, 송 팀장은 알았다.

저건 회의를 반추하는 것이 아니다. 풀리지 않는 다른 문제가 있는 것이 틀림없었다. 왜냐면 서문도 전무는 요 며칠 계속 저런 상태였으니까.

회의 때는 평소와 다름없었다. 사람을 바짝 조였다가 웃기도 했다가 정색도 하면서 질문도 하고, 확인도 하고, 답을 들으며 메모도 했다. 사람들과 함께 있을 때는 거침없는 모습 그대로였다가 잠깐의 빈틈이 생길 때면 저렇게 골똘히 무언가를 생각한다.

그래도 이제 퇴근을 해야 할 땐데…….

스위스 출장이 있는 내일은 하루 종일 이동을 해야 했다. 인천에서 프랑크푸르트를 거쳐 취리히까지 열다섯 시간을 이동한다. 공항에서의 대기 시간을 합하면 거의 만 하루를 이동에 쓰는 셈이다. 그러니 이만 퇴근해서 짐도 챙기고 쉬기도 해야 할 텐데, 라고 생각할 때였다. 툭, 하고 테이블 위로 펜을 던지는 소리가 들려왔다. 이어 나지막한 욕설이 들려왔다.

"씨발, 진짜……."

서문도 전무가 눈을 꾹 감으며 두 손으로 얼굴을 쓸었다. 복잡한 표정으로 눈을 뜨더니 한숨과 함께 중얼거렸다.

"거지 같네."

그러고는 헛웃음을 웃는다. 뭔가 대단히 마음에 들지 않는 일이 있을 때 볼 수 있는 표정이었다. 삽시간에 발밑으로 살얼음이 깔린 것 같다. 뭐가 틀어졌지? 태정 모비스 일인가? 출장 일정이 비틀어졌나? 아님 회장가에 무슨 일이 있나? 궁금했지만 송정태는 조용히 숨만 쉬었다. 무슨 일이냐고 물어보고 싶지도 않았다. 그저 무사히 이 회의실을 나가고 싶었다.

"송 팀장님."

느릿하게 눈을 감았다 뜨며 문도는 송 팀장을 불렀다.

"네."

"간 김에 유럽 법인 좀 돌고 올까요? 한 보름 정도만."

"네? 아니, 네? 왜, 왜요?"

송정태의 눈꺼풀이 빠르게 깜빡거렸다. 휴트론과의 미팅 일정만 해도 빡빡하기 그지없었다. 그뿐인가. 취리히 공과대학의 교수들과 컨퍼런스 자리도 있고, 현지 법인에서 잡아 놓은 스타트업 업체들 방문 일정도 있었다. 가는 데 하루, 오는 데 하루. 중간에 닷새. 일주일도 힘든데 보름을 더 머물자고? 갑자기?

"아, 그, 다녀오셔서 태정 모비스랑 GK 모빌리티 업무 협약 건준비하셔야 합니다. 합작 법인 건으로 중국도 다녀오셔야 하고."

더듬더듬 말을 잇는 송 팀장을 보다가 문도는 한숨을 쉬며 실소했다. 안다. 대학생 자유 여행도 아니고 일정 조정이 마음대로 될 리 없다는 것, 잘 안다. 보름치 일정을 뺄 수도 없거니와 빼서도 안 되는 것도 잘 알고.

"압니다. 그냥 해 보는 소리예요."

답답해서 그랬다. 명치를 누가 커다란 쇳덩이로 막아 놓은 것 같았다. 숨을 깊이 쉬어도 소용이 없었다. 화병도 아니고 체증도 아닌 이상한 증상으로 컨디션도 엉망이고 집중력도 바닥이었다. 그런 이유로 하루에도 몇 번씩 이선우를 잘라 버리는 상상을 한다. 마주치지 않는 정도로 해결이 안 된다면 아예 치워 버려야지. 그래야 맞지.

셈으로는 그게 맞았다. 눈에 보이면 보이는 대로, 안 보이면 안 보이는 대로 심란하기만 한 여자, 다시는 만날 일 없게 만들어 버리고 일에 집중하는 게 맞다. 이선우에게는 충분한 금전적 보상을 해 주면 되고, 서유라는 제멋대로 살라고 내보내면 된다. 모두에게 해피엔딩이 될 게 분명한데. 그 간단한 일을 미루는 이유는.

문도는 생각을 접어 버리듯이 회의용 자료들을 덮었다. 깊이 기대앉았던 의자에서 몸을 일으키며 송 팀장에게 말했다.

"내일 공항에서 뵙죠. 오늘 수고하셨습니다."

출입문으로 향하는 문도에게 송 팀장도 내일 뵙겠다는 인사를 건넸다. 파일의 끝으로 툭, 하고 엘리베이터 버튼을 누르는 서문도에게서 옅은 피로가 느껴졌다.

무슨 일일까.

잠깐 궁금했지만 이내 호기심을 떨쳐 내고 송정태는 걸음을 옮겼다. 준비해야 할 것들이 많은 밤이었다.

"받으라고! 미친 새끼, 안 받지? 어, 그래 안 받아! 아아아악!"

괴성에 가까운 서유라의 목소리가 방문 너머로 들려왔다. 선우는 옥수댁 아주머니와 난감한 시선을 교환했다.

"유라 씨 괜찮을까요?"

선우는 작게 옥수댁 아주머니에게 물었다. 처음 이 집에 들어왔을 때부터 오늘까지 서유라의 이런저런 모습들을 보았지만 저렇게 길길이 날뛰는 건 처음이었다.

"안 괜찮을 거 같아."

옥수댁이 고개를 절레절레 저으며 말했다. 선우보다 오래 이 집에서 일을 해서인지 전에도 이런 서유라의 모습을 보았던 적이 있는 것 같았다.

"아니 방금 전까지 기분만 좋더니 갑자기 왜 저러실까."

이유를 모르겠다는 표정의 옥수댁 아주머니가 초조한 얼굴로 입술을 씹었다. 옥수댁 아주머니에게 말을 해 줄 수는 없었지만 선우는 그 이유를 알았다. 서유라를 저렇게 만든 건 한 줄의 기사 제목이었다.

최지상이 보고 싶다며 핸드폰으로 최지상의 이름을 검색한 서유라가 응? 하고서 느슨했던 자세를 바로 했던 것이 그 시작이었다.

'뭐지, 이게? 뭐야 이거?'

풀려 있던 눈매가 사납게 변하며 손놀림이 빨라졌다. 심상치 않은 얼굴이라 선우도 식탁에 놓여 있던 서유라의 태블릿 패드로 최지상의 이름을 검색했다. 제일 윗줄에 한 줄짜리 기사 제목이 보였고, 그 아래로 언론사만 다를 뿐 전부 같은 제목의 기사들이 있었다.

떠오르는 신예 배우 최지상, 연은지와 심야 데이트

연은지는 지금 찍고 있는 드라마의 여주인공이었다. 클릭을 했더니 어두컴컴한 사진 속에 커다란 차 한 대가 서 있는 모습이 보였다. 아래로 이어지는 사진에서 모자를 쓰고 마스크를 쓴 최지상이 내렸고, 그다음 사진에서 연은지가 모자를 꾹 눌러쓰고 내렸다.

드라마 '바람소리'를 촬영 중인 최지상과 연은지가 열애 중
인 것으로 알려졌다. 미디어 파파라치는 어젯밤, 촬영을 마
친 최지상과 연은지가 촬영장 인근의 펜션으로 들어가는 모
습을 포착.

기사의 내용을 다 읽어 내리기도 전에 서유라는 발작하듯이 자
리에서 일어났다. 메시지를 잔뜩 보내 놓은 화면이 얼핏 보였다.

'와, 이 씨발 새끼 너 오늘 뒤졌어.'

최지상이 확인을 하지 않자, 강박적으로 버튼을 누르며 제 방으
로 향했다. 그러고는 저렇게 히스테릭한 괴성을 지르는 중이었다.
어떻게 해야 하는지 몰라 옥수댁 아주머니와 서로 마주 보고만 있
는데 통화를 하는 듯한 서유라의 목소리가 들렸다.

"너 지금 어디냐고! 이 새끼가 주제도 모르고 바람을 피네? 와,
너 내가 살려 준 거 잊었어? 야, 니 핸드폰 지금 누가 가지고 있는
지 모르냐고! 너 진짜 대가리에 총 맞았구나? 니가 그러고도 무사
할 거 같아?"

이어서 퍽, 하고 무언가가 부딪히는 소리가 들렸다.

"해명 같은 소리 하네? 너 딱 기다려. 연은지 그년 내가 찢어 죽
여 버릴 테니까. 지금 내 앞에서 연은지 그년 감싸는 거야? 그런 거
냐고! 정신 나갔구나? 내가 말만 바꾸면 넌 뒤지는 거 알지? 어디
한번 연예계 생활 끝장내 줘?"

퍽, 하고 무언가가 계속해서 깨지는 소리가 들려왔다. 옥수댁 아주머니가 발을 동동 구르며 선우를 보았다.

"아유, 이걸 어째. 장 여사님을 불러야 하나. 이걸 어쩔까!"

들려오는 서유라의 목소리에 아슬아슬한 내용들이 있었다. 날뛰는 서유라가 걱정이 되기도 하지만 그보다 선우는 두 사람 사이의 대화를 듣고 싶었다.

"우선 제가 들어가 볼게요. 여기 계세요."

선우는 옥수댁에게 말했다.

"아유, 안 돼. 저러다 자해하고 막 그래. 지난번에도 죽겠다고 난리였어. 장 여사한테 먼저 알려야 할 것 같은데!"

"일단 들어가서 상황 파악해 보고요. 위험해 보이면 바로 나와서 알려 드릴게요."

선우는 괜찮다고 옥수댁 아주머니를 안심시키며 게스트 룸으로 걸음을 옮겼다. 가까이 다가갈수록 서유라의 목소리가 크게 들렸다.

"내 밑에서 빌어먹던 호스트 새끼가 바람을 펴? 서우철? 썅, 그걸 누가 믿냐고!"

선우는 조심스럽게 방문을 열었다. 갖은 물건들이 다 널브러진 방이 보였다. 서유라의 목소리가 들리고 수화기에서 흘러나오는 최지상의 목소리도 들렸다.

"뭐? 마음대로 해?"

─누나 진짜 왜 이래요. 아니라고 하잖아. 아, 이제 나도 지쳤어. 믿든지 말든지 누나 맘대로 하고, 계속 이런 식이면 나 누나 안 볼

거니까! 진짜 사람 말을 왜 그렇게 못 믿어!

"이, 이 미친 새끼가!"

서유라가 끊어진 전화를 다시 눌렀다. 최지상이 여러 번에 걸쳐 받지 않자 서유라는 그대로 힘껏 화장대를 향해 핸드폰을 던졌다. 쨍, 하는 소리와 함께 화장대 거울이 날카롭게 깨졌다.

"아아아아아악!"

서유라가 몸을 쥐어짜며 소리를 지르더니 손에 집히는 대로 물건들을 던지기 시작했다. 화장대 위의 컵이 박살 나고 노트북이 두 동강 났다.

"아주머니, 본관에 전화 좀 걸어 주세요!"

선우는 뒤를 돌아 옥수댁 아주머니에게 말한 뒤 방 안으로 들어갔다.

"다 죽여 버릴 거야!"

"유라 씨, 진정해요."

쨍그랑 소리와 함께 벽에 부딪힌 화장품이 깨지고, 라이터가 날아들었다. 담배가 들어 있던 소주병이 빠르게 공중을 날아 선우의 옆을 스치며 벽에 부딪혔다. 초록색 파편들이 날카롭게 퍼지면서 담뱃재가 섞인 소주가 벽을 타고 흘러내렸다.

"진정은 무슨 진정, 나 오늘 그년 놈들 다 죽여 버릴 거니까! 아니다, 내가 죽어 버리면 되겠네! 아 그래, 그러면 되지!"

서유라의 눈은 희번덕거리고 있었고 바닥을 밟은 발에선 피가 나고 있었다. 화장대로 휘청이며 다가간 서유라는 맨손으로 깨진 거울의 조각을 집어 들고 위로 높이 들었다. 마치 그대로 자신을 그을 것만 같은 동작이었다.

"유라 씨, 안 돼요. 그건 안 돼!"

선우는 유라에게 다가갔다. 슬리퍼 밑으로 유리 조각들이 박히는 느낌이 났지만 피해 갈 겨를도 없었다. 히스테릭하게 웃는 서유라는 금방이라도 자신의 손목을 그어 버릴 것 같았다.

"안 돼요!"

유라가 손목을 내리찍으려는 순간, 선우는 유라의 등을 안았다. 몸부림치는 서유라를 막는데 팔에 날카로운 무언가가 스치는 느낌이 났다. 마구잡이로 소리를 지르던 서유라가 괴력으로 선우를 떨쳐 냈다.

쿵, 하고 벽에 부딪히자 등으로 둔탁한 통증이 느껴졌다. 벽을 짚어 휘청이는 몸을 세우려는데 팔에서 피가 흐르는 것이 보였다. 길게 베인 상처가 화끈거리며 아파 왔지만 선우는 기를 쓰고 몸을 일으켰다.

"그러지 말아요!"

죽지 마. 당신은 이렇게 죽어서는 안 돼. 다쳐서도 안 돼. 내 남은 희망을 이런 식으로 깨트리지 마.

다시 한번 서유라를 끌어안는데 쾅, 하는 소리와 함께 문이 열렸다. 짐승 같던 서유라가 흠칫 몸을 굳혔다. 두 손을 팬츠 주머니에 찔러 넣은 서문도가 표정 없이 걸어 들어오고 있었다.

무심한 표정으로 걸어오는 서문도의 슬리퍼 밑에서 유리 조각들이 부서지는 소리가 들려왔다. 우뚝 멈춰 있는 서유라 때문인지, 난장판이 된 방 안은 일시 정지가 된 화면 같았다. 그 화면 안에서 서문도 전무 혼자만이 움직이는 것 같다고 생각을 할 때였다.

"죽어 버릴 거야! 다 죽여 버릴 거야! 최지상 불러와, 그 새끼 데려오라고!"

서문도의 등장에 얼어 있던 것도 잠시, 서유라가 다시 발작하듯 괴성을 질렀다.

"진정해요, 유라 씨. 이러지 말아요."

발악하는 서유라의 힘은 사람일까 싶을 정도로 셌다. 피를 뚝뚝 흘리며 허공으로 거울 조각을 휘두르는 서유라 때문에 선우의 몸도 함께 휘청거렸다.

흔들리는 시야 속에서 남자가 걸어오는 모습이 보였다. 느린 건가, 빠른 건가. 침착한 건가, 화가 난 건가. 걸어오는 모습만으로는 알 수가 없었다. 다만 하나, 남자가 다가올수록 서유라의 발악도 세어진다는 걸 알 뿐이다.

"최지상 데려와! 확 죽어 버릴 거니까!"

"유라 씨, 그만해요. 이러다 진짜 다쳐요."

선우가 서유라를 저지하는 사이 서문도가 두 사람 앞에 멈추어 섰다. 발악을 하던 서유라도 막상 서문도가 눈앞에 서자 높이 든 팔을 휘두르지 못하고 부들부들 떨기만 했다.

"죽어, 그럼."

서문도가 서유라를 보면서 말했다.

맹수 앞에 서면 이런 기분이 들까. 특별한 행동을 한 것도 아닌데 선우는 숨이 잘 쉬어지지 않았다. 서유라를 보는 시선을 옆에서 바라보고 있는 것만으로 목이 졸리는 것 같았다. 이익, 하고 소리를 낸 서유라가 팔을 더 높이 치켜들며 말했다.

"내가 못 할 거 같아? 내가, 어?"

서유라는 금방이라도 날카로운 거울 조각으로 눈앞의 남자를 그어 내릴 것만 같았다. 그만큼 가까운 거리였다. 그런데도 남자는 서유라를 말 없이 응시했다. 허공에 들린 서유라의 팔이 가늘게 떨리고 있었다.

"하지 말아요, 유라 씨. 네?"

선우는 서유라에게 간절히 말했다. 서유라가 서문도 앞에서 더 이상 발악을 하게 둘 수 없었다. 남자는 서유라를 병원으로 보내 버릴 수 있는 사람이었다. 이런 식으로 자극을 해서는 안 된다. 일단 저 거울 조각을 뺏어야 하는데. 선우는 팔을 높이 뻗었다. 유리 조각에 손끝이 닿으려 했을 때였다.

"뭐 하는 짓인지."

서문도가 말했다. 어이가 없는지 잠깐 웃는다. 그리고 손을 뻗어 서유라의 손목을 한 손으로 쥐었다. 그대로 팔을 당기자 서유라의 몸이 쭉 끌려갔다. 너무 간단해서 허무할 지경이었다.

"놔, 이 새끼야."

서유라가 반항했지만 소용없었다. 몸부림은 남자의 악력 앞에서 무의미했다.

"놓으라고 했다?"

이를 악물고 버티고 있는 서유라의 손가락이 점점 벌어지기 시

124

작했다. 으, 하는 소리와 함께 거울 조각이 바닥으로 떨어졌다.

쨍그랑.

날카로운 소리가 방 안을 울렸다. 여전히 서유라의 손목은 서문도에게 잡혀 있었다. 벌어진 상처에서 흘러내린 서유라의 피가 서문도의 손을 적셨지만 남자는 손목을 놓지 않았다. 아으, 서유라는 고통에 못 이긴 신음을 내며 항복하듯 말했다.

"아, 아파. 아파. 아프다고!"

아프다고 호소하는 서유라를 남자는 아무런 감정이 비치지 않는 눈동자로 보고 있었다. 허공에 들린 서유라의 손이 붉어지다 못해 보랏빛으로 변해 갔다. 서유라의 얼굴이 고통으로 일그러지고 있는데도, 남자의 눈에는 일말의 감정이 없었다.

선우는 처음으로 남자가 무서웠다. 무감한 눈동자로 서유라를 응시하고 있는 남자는 이대로 서유라의 손목을 바스러뜨릴 것만 같았다. 멈춰야 해. 그렇지 않으면 정말 부러질지도 몰라. 겁이 덜컥 난 선우는 남자에게 말했다.

"놓아주세요."

선우의 말에 서문도가 천천히 고개를 틀었다. 눈동자가 선우를 향했다. 남자의 눈동자가 무감하다고 생각했던가. 감정이 없어서 무섭다고 생각을 했었나. 아니었다. 마주한 남자의 눈동자 뒤로 검은 불이 활활 타고 있었다.

"이만 놓아주세요."

눈빛에 압사를 당할 것 같은 기분이 들었지만 선우는 조금 더 용기를 내어서 말했다. 남자가 가늘게 웃는 것 같았다. 손목을 더 힘주어 잡는 건지 서유라가 아악, 비명을 질렀다. 허옇게 얼굴이 질린 서유라의 눈에서 굵은 눈물이 뚝뚝 흘러내렸다.

"아파하잖아요. 제발 놓아……."

일순간 서문도가 서유라의 팔목을 팽개치듯이 놓았다. 숨도 못쉬고 꺽꺽거리던 서유라가 풀려나며 선우에게로 무너졌다. 선우는 비틀거리며 서유라의 몸을 안았다. 때마침 바깥에서 소란스러운 목소리가 들려왔다.

"여사님, 이쪽이에요. 아유 이걸 어째."

"아니, 대체 무슨 일이길래 방이 이렇게……."

옥수댁과 함께 방 안으로 들어오던 장 여사가 헉 소리를 내며 멈췄다.

"전무님! 손에, 피가!"

"저는 괜찮고요."

장 여사가 부랴부랴 주머니를 뒤져 손수건을 내밀었다. 서문도는 무심하게 손에 묻은 피를 닦았다. 그리고 침착하다 못해 담담하게까지 들리는 목소리로 장 여사에게 지시를 내렸다.

"두 사람 모두 본관으로 데려가세요. 간호사 선생님께 치료 맡기고, 필요하면 오 박사님께 부탁해서 의사 부르시고요."

장 여사에게 다시 손수건을 건넨 뒤 비스듬히 고개를 돌려 선우에게 말했다.

"이선우 씨는 치료받고 2층으로 올라오시고."

목소리가 나오지 않아 멍하니 바라만 볼 때 서문도는 등을 돌려 방을 나갔다.

"선우 씨, 이게 대체 어떻게 된 일이야. 팔은 또 왜 다쳤고."

장 여사가 방을 둘러보며 선우에게 말했다. 서유라가 어엉— 울음을 터트리며 선우에게 안겨 들었다. 언제 챙겨 왔는지 빗자루를 가져온 옥수댁 아주머니가 혀를 차며 방을 쓸기 시작했다.

선우는 서유라의 등을 감싸며 장 여사를 바라보았다. 서문도가 머물렀던 몇 분 동안 얼마나 긴장을 했는지, 손에서 축축하게 땀이 나고 있었다. 팔의 상처도 이제야 화끈화끈 아파 왔다.

"나중에 말씀드릴게요. 유라 씨 먼저 치료하고요."

장 여사가 고개를 끄덕였다. 몇 년 치 기운은 다 쓴 느낌이었지만 선우는 서유라의 손을 묶을 만한 것을 찾아 두리번거렸다. 급한 대로 장 여사가 들고 있던 손수건을 받아 서유라의 손에 감았다. 깊게 벌어진 상처에서는 피가 흘렀고, 하얀 손목에는 선명한 붉은 손자국이 남아 있었다.

"아프겠다."

저도 모르게 중얼거리자 서유라가 눈물을 뚝뚝 흘렸다.

"그러게 왜 그러셨어요."

선우는 희미하게 웃으면서 말했다. 뭐라고 탓을 할 기운도 없었다.

"그 새끼가 바람을 폈잖아. 그렇다고 이렇게 세게 잡냐. 미친 새끼. 으흑, 나 손목 부러지는 줄 알았어."

"가요. 가서 치료부터 받아요."

선우는 절뚝이는 서유라를 부축했다. 밖은 어느새 어둠이었다.

사색이 된 박소영은 바로 의사를 불렀다. 의사가 도착하기를 기다리면서 선우는 장 여사에게 자초지종을 설명했다. 최지상의 기사가 뜬 것부터 팔을 다치게 된 경위까지 모두 이야기를 했다.

이야기를 마친 선우의 모습이 지쳐 보였는지, 장 여사는 잘 알겠으니 이만 치료를 받고 푹 쉬라는 말을 했다. 필요하면 내일 하루 휴가를 낼 수 있도록 서문도 전무에게 말을 해 주겠다고도 했지만 선우는 괜찮다고 답을 했다.

서유라는 찢어진 손바닥을 스무 바늘 넘게 꿰맸고, 선우의 팔은 깊이 베인 건 아니라 꿰맬 정도는 아니라고 생각했지만 주변에서 치료를 받으라고 닦달을 해서 덩달아 꿰맸다.

발바닥 치료까지 마친 서유라는 본관에 남겨졌다. 엉망이 된 게스트 룸 정리를 이유로 본관에서 자라고 했지만, 다시 한번 사고를 칠까 봐 감시를 겸해서 남겨 두는 것 같았다. 장 여사의 지시에 따라 본관에 빈방이 빠르게 준비가 되었고, 선우는 서유라를 본관에 두고 다시 별채로 돌아왔다.

"다친 데는 잘 치료했어?"

방을 치우고 나오던 옥수댁 아주머니가 걱정스런 목소리로 물었다. 선우는 희미하게 웃으며 고개를 끄덕였다.

"보이는 데는 다 치웠는데, 아무래도 내일 다 들어내고 한 번 더 꼼꼼히 치워야 할 것 같아. 침대 밑이며 화장대 안으로도 파편이 들어갔을 수도 있으니까."

"저 때문에 너무 고생하셨어요."

"에이, 선우 씨가 왜."

"제가 빨리 대처를 했으면……."

서유라가 방으로 들어가려 할 때 쫓아가서 막았더라면. 통화가 안 된다고 날뛸 때 그러지 말라고 막았더라면. 그랬더라면 좀 덜 날뛰었을까. 자해를 안 했을까. 그러면 최소한 서문도 전무에게 그런 모습을 보이는 일은 없었을 텐데.

"아이고, 그걸 어떻게 대처를 해. 이런 일 전에도 있었어. 너무 마음 쓰지 말고 어여 올라가. 전무님 기다리실라. 나는 먼저 건너 갈게."

"네, 들어가세요."

선우는 주방의 뒤쪽으로 종종걸음을 옮기는 옥수댁 아주머니에게 꾸벅 인사를 하고 고개를 들어 2층으로 올라가는 계단을 보았다. 새하얀 대리석으로 된 계단이 오늘처럼 막막해 보인 적이 없었다.

마주치기 싫으니 늦게 와서 일찍 가라는 소리를 들은 게 얼마 전이다. 열심히 하는 모습을 보여도 못마땅해하는 판에, 이런 일까지 생겨 버리니 마음이 심란했다. 서유라가 다친 게 전부 자신의 책임인 것만 같았다.

올라가서 다시 처음부터 설명을 해야겠지. 화가 난 서문도 전무가 서유라를 병원에 보내겠다고 하면 어쩌나. 그런 생각이 안 들게 앞으로 더 신경을 기울이겠다고 이야기를 해야겠다.

한 발 한 발 계단을 딛다 보니 어느새 2층이었다. 선우는 활짝 열려 있는 2층의 중문을 바라보았다. 막상 들어가려니 긴장이 되는 것은 어쩔 수 없었다. 선우는 침을 한 번 삼킨 뒤 중문 안으로 발을 디뎠다.

거실 TV 앞, 1인용 소파에 앉아 있는 서문도가 보였다. 선우가 들어오는 모습을 빤히 보는 서문도의 손에는 아직도 말라붙은 핏자국이 있었다. 고개를 숙여 인사를 한 뒤 선우는 천천히 서문도의 앞으로 걸었다. 뚫어져라 자신을 보는 눈빛에 하얗게 머리가 바래지는 기분이었다. 그래도 먼저 경과보고를 해야 할 것 같아 적당한 자리에 멈춰서 입을 뗐을 때였다.

"아까 일은……."

"이제 그만 나가 주시죠."

선우가 입을 떼는 동시에 서문도가 말했다. 선우는 멍한 눈으로 서문도를 바라보았다. 분명 두 귀로 들었지만, 환청인 듯 실감이 나지 않는 말이었다.

이제 그만 나가 달라니.

선우는 눈만 깜빡이며 문도가 한 말을 생각했다. 잘못 들었던 것 같다. 아니, 잘못 이해한 것 같다. 설마 지금 해고를 하는 건 아닐 테니.

어디에서 나가란 말인가. 이 거실에서? 별채에서?

그래. 아마 그런 뜻인가 보다. 꼴 보기 싫으니 2층에서 내려가라는. 별채에서 나가라는. 얼굴 보기 싫으니 눈에 띄지 말라는 그런 뜻. 애써 긍정적인 방향으로 생각을 하는데, 서문도가 의자에서 일어나며 말했다.

"퇴직금이나 상여금에 대해선 조만간 명 실장이 알려 줄 거고,

2, 3일 정도 정리할 시간 줄 테니 준비되는 대로 천천히 나가세요."

아주 멀리에서 소리가 들려오는 기분이었다. 귀로 흘러들어 온 목소리는 금방 해석이 되지 않고 머리를 울렸다. 그 와중에 유난히 크게 들리는 단어가 있었다.

퇴직금. 상여금.

선우는 멍한 시선을 들어 일어서는 서문도를 바라보았다. 등을 완전히 편 남자는 키가 커서 고개를 들어야만 했다. 내려다보는 시선을 마주하니 너무나 잘 알겠다. 남자는 자신을 해고하는 중이었다.

"혹시 오늘 일 때문인가요?"

문도는 떨리는 목소리로 묻고 있는 선우를 내려다보았다. 자신이 왜 갑자기 잘려야 하는지 이해를 못 하겠다는 표정이었다. 납득을 하는 데 대답이 필요하다면 얼마든지.

"잘 아시네요."

"유라 씨가 다쳐서요?"

가벼운 웃음이 났다. 서유라가 다친 게 대수일까. 서유라의 상처는 그에게 아무런 이유가 될 수 없었다. 문도가 웃기만 할 뿐, 대답을 하지 않자 선우가 다시 물어왔다.

"혹시 유라 씨가 난동을 피워서 그러세요?"

문도는 급히 물어 오는 여자를 물끄러미 보았다. 헝클어진 머리카락, 지쳐 있는 얼굴, 이리저리 피가 묻은 옷, 무엇보다 팔뚝에 감겨 있는 붕대. 그 안의 상처가 눈에 보이는 듯했다. 길게 찢어진, 붉은 피가 흘렀던 상처. 뜨끔하게 그를 베는 것 같았던 이선우의 상처.

"네. 그래서 이럽니다."

문도는 간단히 긍정했다. 이유를 길게 말하고 싶지 않았다. 서유라가 난동을 피우는 것도 지겨웠고, 이선우에게 흔들리는 것도 그만두고 싶었다.

문도가 짧게 대답을 하자 선우는 급하게 해명을 시작했다.

"유라 씨가 난동을 피우긴 했지만 이유가 없는 건 아니었어요. 최지상 씨가 다른 여자랑 사귀고 있다는 기사를 봤거든요. 그래서 그랬던 거예요. 처음부터 그랬던 게 아니라 전화를 안 받아서, 연락이 안 되니까 화가 나서."

문도는 물끄러미 여자를 내려다보았다. 이선우는 구구절절 설명을 하고 있었다. 서유라에게는 그럴 만한 이유가 있었다고. 이선우는 모르겠지만 서유라의 발광은 언제나 이유가 있었다. 악플을 받아서, 돈이 필요해서, 누군가 자신의 약점을 잡았다고 생각을 해서 등등. 주기적으로 그래 왔다. 아마도 평생 저럴 테지. 아무리 타당한 이유가 있다고 해도 오늘로 끝이다. 더는 봐줄 수 없었다. 서유라도, 눈앞의 이선우도 이 집에서 싹 다 치워 버리고 싶었다. 그러면 평온해질 수 있을 것만 같았다.

"이유가 있으면 난리를 쳐도 될까요? 난리를 친다 한들, 내가 왜 그걸 다 받아 줘야 하죠?"

"받아 달라는 게 아니라……."

"됐습니다. 더 이상은 받아 줄 수 없다는 게 내 결정입니다. 그렇게 아시고 이만 내려가세요."

문도는 등을 보이며 돌아섰다. 여자와 오래 마주하고 싶지 않았다. 같이 있는 시간이 길어질수록 머저리 같은 서문도가 튀어나올 테니.

아니, 실은 벌써 튀어나와 있었다.

실제의 이선우를 마주한 뒤로 눈을 못 떼고 있는 서문도가. 팔에 칭칭 감긴 붕대만 보고도 가슴이 지끈거리는 서문도가 이선우의 주변을 서성거린다. 그러니 빨리 들어가야 했다.

"유라 씨는 어떻게 되나요?"

돌아서는 그에게 선우가 물었다. 대답할 가치가 없다는 표정으로 걸음을 옮기자 뒤를 따라 쫓아왔다.

"병원으로 보내실 건가요?"

다급해 옷자락이라도 잡을 기세였다. 문도는 걸음을 멈추고 피곤한 한숨을 쉬었다. 꼭 모진 말을 해야 떨어져 나갈 건가. 왜 한 번에 물러서지를 않아.

"이선우 씨가 상관할 문제가 아니라는 거 잘 알 텐데요. 오늘부로 해고라는 말, 꼭 해야 하나요? 좋게 좋게 말하면 알아들어야지, 왜 이렇게 구차하게 굴어."

상처받는 표정이었다. 상처받으라 한 말이기도 했다. 상처받아도 상관없었다. 문도는 다시 등을 돌렸다. 이젠 떨어져 나가겠지. 후련하기도 하고 공허하기도 했다.

차갑게 말하며 돌아서는 문도의 뒷모습을 보다가 선우는 주먹을 말아 쥐었다. 이럴 수는 없었다. 고작 이런 일로 해고를 당할 수는 없었다. 자신이 서유라를 돌보는 길었던 시간 중에 단 한 번 있었던 난동이었다. 한 번의 일로 이러는 건 너무한 일 아닌가.

"전무님."

선우는 멀어지는 서문도를 쫓아갔다. 또 무슨 일이냐는 듯 걸음을 멈추며 서문도가 인상을 썼다. 짜증을 감추지 않는 표정이었다. 그래도 그동안의 노력들이 물거품이 되게 할 수 없었다.

"유라 씨 좋아지고 있었어요. 아시잖아요."

이제 간신히 자신에게 마음을 연 서유라였다. 여기까지 오는 데 몇 개월이 걸렸다. 그런데 병원이라니. 핸드폰을 찾아야 하는 자신의 일은 차치하고서라도 삭막하기만 할 병원이 서유라에게 좋을 리가 없었다.

"유라 씨 많이 노력 중이었어요. 운동도 하고, 식단도 조절하고, 담배도 줄였고요. 그런데 병원으로 보내면 이제까지 해 왔던 게 전부 수포로 돌아갈 거예요."

픽, 남자가 가볍게 웃었다. 진심을 조롱하기엔 조소만 한 게 없다고 선우는 생각했다. 그렇지 않으면 이렇게 마음이 쓰릴 리가 없을 테니.

"누가 서유라를 병원에 보낸다고 했었나."

병원이 아니면 어디? 생각을 하다가 다른 사람을 알아보고 있었다는 것이 갑자기 떠올랐다. 계속해도 좋다고 해 놓고, 사실은 해고를 할 구실을 찾고 있었던 건 아닐까.

"다른 트레이너를 구하실 생각이세요?"

"이선우 씨가 상관할 문제가 아니라고 말했을 텐데요."

왜 상관이 없어.

선우는 주먹을 움켜쥐었다. 몇 개월을 고생하며 돌본 건 다른 누구도 아닌 그녀였다. 뭐라도 알아내고 싶어서 접근을 했지만, 서유라를 돌보는 일만큼은 소홀히 하지 않았다고 자신할 수 있었다.

주스를 뒤집어쓰고, 음식이라 부르지 못할 것들을 꾸역꾸역 먹었다. 때로는 눈물을 참아 가며, 때로는 목을 조르고 싶은 마음을 눌러 가며 서유라를 돌봤다. 술을 줄여라, 담배를 줄여 보라 부탁을 하는 것도 자신이었고, 어쩌다 한 번씩 어깨 으쓱이며 담배 안 피웠다고 하면 손바닥 부르트게 박수를 치는 것도 자신이었다.

그러는 동안 민우의 일과는 별개로 선우는 서유라가 건강해지기를 원했다. 다른 사람들을 함부로 대하지 않기를 원했다. 최지상 같은 남자를 끊어 내기를 원했다. 그런 자신의 마음들까지 매도할 수는 없는 거였다.

"병원도, 다른 트레이너도 서유라 씨에게는 좋지 않다고 생각합니다. 분명 지금보다 더 안 좋아질 거예요."

그 말에 서문도가 웃었다. 아주 많이 웃긴 얘기를 듣기라도 한 듯이, 그래서 웃지 않을 수 없다는 듯이 웃고 나서 선우에게 물었다.

"뭐지. 이선우 씨가 서유라에게 최선이라는 뜻인가?"

"네. 저는 그렇게 생각해요."

물러서고 싶지 않았다. 이건 명백한 갑질이었다. 대체 이 집에 들어와서 자를 거라는 말을 들은 게 몇 번이던가. 누군가에겐 생계일 수도 있는 일을, 성실히 일을 하는 사람을, 이렇게 제멋대로 뗐다 붙였다 할 수는 없는 거였다.

하아. 문도가 가는 한숨을 쉬었다.

"이선우 씨가 단단히 오해를 하는 모양인데. 내가 지금 서유라에게 최선을 다하려고 이러는 걸까요? 응? 내가, 서유라를 잘 모시고 싶어서 여기에 두는 걸로 보여?"

남자의 눈동자에 서슬이 퍼렇게 섰다.

"지금 내가 서유라가 발광을 했다고 이선우 씨를 자르는 걸까? 뭔가 대단히 착각하나 본데, 이선우 씨 능력 없어요. 그래서 지금 잘리는 거라고."

선우는 뺨을 맞은 기분이었다. 뭔가 멍해진다. 내 능력이 부족했다고?

"하지만, 이제까지 서유라 씨와 이렇게 오래 있었던 사람은 없었어요. 그것만으로도 저는……."

"서유라 성질 참아 주고, 받아 주고, 오냐오냐해 주는 그거? 비위 맞추면서 별 잡스런 일 대신 해 주는 그거? 그게 능력이라고 생각해요? 정말로?"

그동안의 노력들도 전부 그렇게 생각을 했었나. 선우의 눈동자가 충격으로 흔들렸다. 이 남자의 눈에는 자존심도 뭣도 없이 참아내던 모습들이 무능력으로 보였을까.

문도는 그런 선우를 비웃으며 신랄하게 말을 이었다.

"오늘 일만 해도 그래. 날뛰는 서유라를 무슨 수로 제압하겠다고 혼자서 그 방에 들어갔어요? 그렇게 상황 판단이 안 되나? 머리가 안 돌아가? 이 집에 상주하는 경비 인력이 몇 명인데, 혼자 들어갔지? 죽겠다고 지랄을 떨고 있으면 사람부터 불렀어야지! 장 여사한테 연락을 해야겠다는 생각은 안 하나?"

아니. 그렇게 무모하게 들어가지 않았다. 선우는 문도의 말에 반박을 했다.

"불렀어요. 옥수댁 아주머니께 본관에 전화해 달라고 하고서 들어갔습니다. 서유라 씨 상황이 위험하다고 판단해서 들어갔고, 그런 일로 해고를 하시는 건⋯⋯."

"불렀으면 기다렸어야지! 뭘 잘한다고 거길 기어들어 가! 다치고 싶어서 환장했어? 왜 가만히 있지를 않아! 왜 자꾸!"

씨발. 문도는 욕설을 내뱉으며 말을 멈추었다.

누가 그딴 노력을 바랐다고. 길게 찢어진 팔의 상처를 보았을 때가 아직도 생생하기만 했다. 순간 뚝, 하고 무언가 끊어지는 기분이 들었지. 눈에 뵈는 게 없어진다는 말을 실감했던 순간이기도 했다. 그리고 그게 결정적으로 해고를 결심한 사유였다.

치워 버려야겠다. 너는 매번 나를 그렇게 만들 테니, 눈에 안 보이게. 어지럽지 않게. 더는 등신처럼 굴지 않게. 다시는 돌이킬 수 없도록. 완전히 치워버려야겠다.

이래서 길게 마주 보고 싶지 않았는데.

"저는⋯⋯."

선우는 뭐라 말을 하려고 입을 열었지만 아무 말도 생각이 나지 않았다. 무슨 말을 들은 건지 멍했다. 남자의 눈동자 속에서 여전히 일렁거리고 있는 불꽃만이 보일 뿐이다.

멍하게 서 있는 선우에게 문도는 싸늘하게 말했다.

"재고는 없습니다. 이만 내려가세요."

쿵, 하고 문이 닫혔다. 선우는 그저 닫힌 방문을 바라볼 뿐이었다.

20. 완벽한 패배

선우는 터덜터덜 숙소 동으로 돌아왔다. 몹시 피곤했다. 그리고 멍했다. 한 가지 확실한 건 오늘부로 잘렸다는 것.

그리고…….

모르겠다. 무슨 말을 들은 건지. 해고라는 말 외엔 전부 머릿속에서 엉켜드는 기분이었다. 가벼운 한숨을 쉬며 문을 열고 들어가니 주방에 불이 켜져 있고, 장 여사와 조리사 아주머니가 차 한 잔씩을 앞에 두고 이야기를 나누고 있었다. 선우가 들어가자 자동으로 두 사람이 선우를 바라보았다.

"다녀왔습니다."

선우는 지친 미소를 보이며 두 사람에게 인사를 했다. 조리사 아주머니의 시선이 선우의 팔로 향했다.

"다쳤다면서. 어쩌다 그랬어. 조심을 했어야지."

걱정스러운 표정으로 선우를 보면서 말을 해 주는데, 마음에 뜨거운 물이 차오르는 것만 같다.

"그러게요. 조심할걸 그랬어요."

이런 이유로 잘리게 될 줄 알았다면 조심을 할걸 그랬다. 서유라를 감싸는 멍청한 짓은 하지 말고 바깥에서 구경이나 할걸. 그랬더라면…….

당신은 나를 자르지 않았을까.

"고생했어, 선우 씨. 막내 아가씨가 걱정하더라. 내가 반나절 쉬게 해 준다고 했으니까 내일은 점심 먹고 천천히 본관으로 와."

"네. 감사합니다."

서유라는 언제까지 본관에 머무르게 되는 걸까. 운동복이며 촬영 장비 같은 게 전부 별채에 있는데 가지고 가야 하나. 그런 생각 끝에 선우는 장 여사에게 물었다.

"유라 씨는 언제쯤 별채로 돌아오나요?"

"내일 별채 대청소를 하려고. 전무님도 유럽 출장 가시고 막내 아가씨도 본관에 있으니까. 이 김에 업체 불러서 싹 한번 청소하게. 한나절이면 끝나. 저녁엔 별채로 가셔야지."

네, 하며 장 여사의 말에 고개를 끄덕였지만, 머릿속을 맴도는 말은 하나였다. 서 전무가 유럽으로 출장을 간다는 말. 2, 3일 시간을 주겠다는 건 돌아오기 전에 나가라는 뜻이었구나. 그러니까 오늘이 진짜 마지막이었어. 찾아가 다시 일하게 해 달라고 부탁도 못 하겠네.

허무한 웃음이 나왔다. 그 모습이 피곤해 보였는지 장 여사가 안쓰러운 눈으로 선우를 보며 말했다.

"올라가서 쉬고, 내일은 천천히 나와요."

"그래, 늦잠도 좀 자구."

조리사 아주머니도 한마디 거들었다. 네, 그럴게요. 대답을 하면서 선우는 선선히 웃었다.

며칠이 지나면 아주머니들도 못 보게 되는 건가, 그 생각이 잠깐 스쳤지만 일단 덮어 놓았다. 그런 생각은 나중에 진짜로 헤어지게 될 때나 해야 할 것 같았다. 벌써부터 하면 못 견딜 것 같으니까.

"먼저 올라가겠습니다. 안녕히 주무세요."

어느 평범한 날의 밤처럼 선우는 아주머니들에게 인사를 했다. 계단을 오르며 씻어야겠다는 생각만 고집스럽게 했다. 씻고, 어서 잠이나 자야겠다고.

그렇게 될 리가 없지.

씻고 나와서 지친 몸을 침대에 누였을 때, 선우는 허탈하게 웃었다. 눈이 쑥 파이는 것처럼 피곤한데도 잠이 오지 않았다. 어둠이 더 어두워지도록 선우는 두 손으로 얼굴을 덮었다. 어둠 속에서 이런저런 생각들이 끊이지 않고 밀려들었다.

서유라에게는 언제 말을 해야 하나. 2, 3일이라고 했으니 3일째에 나가면 되나. 명 실장님에겐 내가 먼저 연락을 해야 할까. 아니면 알아서 찾아오는 건가. 아주머니들에겐 작은 선물이라도 드리고 싶은데 쇼핑을 할 시간이나 있을까.

여기가 정말로 끝인 걸까.

길게 한숨이 나왔다. 이렇게 정리를 해야 하는 건가. 그런데 왜 나는…….

선우는 재고는 하지 않겠다며 돌아섰던 서문도를 떠올렸다. 아니, 떠올리고 싶지 않은데 자꾸만 떠올랐다. 실은 돌아오는 길부터 내내, 머릿속에는 서문도 그 남자뿐이었다.

'다치고 싶어서 환장했어? 왜 가만히 있지를 않아! 왜 자꾸!'

그때 그 순간 남자의 눈에서 보였던 불꽃같은 것이, 점점 커지던 목소리와 눈을 질끈 감으며 씨발, 하고 욕설을 뱉던 모습이 자꾸 생각이 난다.

아니, 아닐 거야.

선우는 고개를 저었다. 자신이 생각하는 그런 게 아닐 것이다. 다친 자신을 걱정할 리가 없다. 자신 때문에 심란해할 그런 남자는 아니지 않나. 그런 이유로 해고하는 건 아닐 거였다.

일순간 자신을 잘라 냈던 남자였다. 마주치는 것조차 싫어서 출퇴근 시간까지 조정시킨 사람이었다. 그런 남자에게 미련 같은 게 남아 있을 리가 없었다. 끓는 눈동자 같은 거, 자신이 만들어 낸 환영일지도 몰랐다.

그래도……. 만약에.

아주 만약에.

아주 작은 미련이라도 남은 거라면. 여전히 자신을 원하는 마음이 남자에게 남아 있는 거라면. 거기까지 생각을 하다가 선우는 허탈한 미소를 지었다.

혼자서 뭐 하고 있니, 이선우. 그 사람은 널 잘랐어. 꼴도 보기 싫다는 뜻이야. 거기다 내일이면 유럽으로 날아가 버린다잖아. 그런데 네가 뭘 할 수 있다고.

선우는 감고 있던 눈을 한 번 더 질끈 감았다. 그래도 서문도는 뇌리에서 떨어지지 않았다. 오히려 더 짙어질 뿐. 감긴 눈 안에서 서문도가 가볍게 웃는다. 노을을 등지고 서서 부드러운 미소를 짓고 있었다. 당신은 왜 내게 그렇게 웃어 주었을까. 이렇게 잘라 버릴 거였으면서.

울컥하고 목이 메어 왔다. 못된 사람이라는 생각을 한다. 너무나 쉽게 자신의 마음에 상처를 내는 못된 사람이라고. 그러니 기대 같은 건 하면 안 된다고 생각하면서 선우는 눈을 꾹 감았다. 꿈 없는 깊은 잠이 간절한 밤이었다.

다음 날 선우는 일부러 늦게 일어났다. 최대한 늦게 움직이겠다 생각하고 일어났는데도 아침 8시였다. 출근을 한 옥수댁 아주머니와 마주 앉아서 아침을 먹었다. 한창 방영 중인 드라마 이야기를 들으면서 커피도 마셨다.

옥수댁 아주머니가 청소를 감독하러 별채로 건너간 뒤에는 조리사 아주머니들과 함께 식재료를 다듬었다. 양파를 까고, 소박이용 오이를 다듬고, 부추를 물에 씻었다.

점심으로는 늙은 오이 무침과 고구마 줄기 무침을 넣고서 밥을 비벼 먹었다. 매운 고추장을 넣어서 부채질을 해 가며 맛있게 먹고 후식으로는 단물이 뚝뚝 떨어지는 복숭아를 먹었다.

그렇게 반나절의 휴식 시간을 보낸 뒤에 선우는 숙소 동을 나섰다. 별채가 아닌 본관 쪽으로 난 길을 처음으로 걷는데, 꼭 다른 집에 가는 것 같은 느낌이 들었다.

하긴, 다른 집이 맞지.

바보 같은 자신의 생각에 피식 웃으면서 본관의 정원을 걸었다. 소박한 숙소 동의 정원이나 심플하고 넓은 별채의 정원에 비해 본관의 정원은 전체적으로 화려한 느낌이었다. 화단처럼 길게 설치된 물길도 있고, 잉어가 노니는 연못도 있고, 파고라와 조각상도 있는 본관의 정원에는 이름 모를 정원수들이 푸르게 우거져 있었다. 한 바퀴를 빙 둘러보는데 별채와 본관을 나누는 담을 따라서 능소화가 주렁주렁 피어 있는 모습이 보였다.

이쪽에서 넘어왔던 거구나.

푸른 잔디만 있을 뿐, 꽃도 나무도 없는 별채의 후원에서 유일하게 화려함을 뽐내는 존재가 벽을 뒤덮은 능소화였다. 새하얀 회벽을 뒤덮은 붉은 노을색의 꽃이 태양 아래에서도 꼿꼿하게 머리를 들고 있었다. 눈을 아리게 하는 주황빛 꽃을 잠시 바라보다 선우는 벨을 눌렀다. 어서 들어와요, 장 여사의 목소리가 들리더니 삑 소리가 나며 현관문이 열렸다.

"우 대표님 오늘 쉬는 날이시거든. 선우 씨 대표님 뵌 적 있나?"

주방에서 나와 선우를 맞아 주던 장 여사가 선우에게 물었다. 아니요, 라고 말하며 선우는 고개를 저었다. 언젠가 서문도 전무의 서재에서 액자에 걸려 있는 사진으로 본 적은 있었지만 실제로는 한 번도 마주친 적이 없었다.

"그럼 인사부터 드려요."

선우에게 작게 말한 장 여사가 이쪽으로 오라며 손짓을 했다. 거실을 지나 안쪽으로 들어가니 앤티크 가구로 고풍스럽게 꾸며놓은 다이닝 룸이 보였다.

"대표님, 이선우 씨가 인사드린대요."

선우는 장 여사를 따라 다이닝 룸으로 들어갔다. 우현희 대표는 가로로 긴 식탁 한쪽에 앉아 노트북을 보고 있었다. 그 옆으로 김이 오르고 있는 커피 한 잔과 예쁘게 깎아 놓은 복숭아가 접시에 놓여 있었다.

"안녕하세요, 대표님. 서유라 씨 담당하고 있는 이선우입니다."

선우는 고개를 숙여 인사를 했다.

"우현희예요. 어제 이야기는 장 여사님께 들었어요. 팔은 괜찮아요?"

"네, 괜찮습니다."

고개 들어 우현희 대표를 보는 순간, 선우는 서문도 전무를 떠올렸다. 길고 늘씬한 체형도, 갈색의 눈동자도, 잘생긴 이목구비도 서문도를 떠올리게 했다. 다만, 우 대표의 눈빛은 강인한 듯 부드러웠다. 날카롭게 빛나는, 그래서 때로는 숨을 막히게 하는 서문도의 눈빛과는 다르게.

"유라 아가씨는 아직 기상 전인 듯하니 게스트 룸 거실에 편히 있어요. 장 여사님, 선우 씨도 커피 한 잔 내려 줘요."

"그럴게요. 어때요, 대표님. 제 말대로죠?"

장 여사가 주방 쪽에서 목소리로만 물었다. 무슨 소리일까 싶어 선우는 주방 쪽을 보았다. 앞치마에 손을 쓱쓱 닦으며 장 여사가 나왔다.

"그러네. 장 여사님 말대로 선우 씨 곱고 예뻐요. 그리고 또 내 눈에는."

우 대표의 시선이 머쓱해하는 선우에게 잠시 머물렀다. 그 시선이 서문도와 다른 듯 비슷해서 마주하는 동안 선우는 숨을 쉬기가 불편해졌다.

"이선우 씨, 단단하고 강해 보이네. 문도가 유라 아가씨 옆에 두는 이유를 알겠어요."

아직 우 대표에게 자신을 해고했다는 말은 하지 않았나 보다. 장 여사도 그렇고 우 대표도 그렇고 그만두는 것에 대해선 일절 언급이 없었다.

"감사합니다."

선우는 어찌 대답을 해야 할지 몰라서 그냥 감사하다고만 했다. 부드럽게 미소를 지은 우 대표가 이만 물러가도 좋다는 듯 고개를 끄덕였다. 선우에게 향했던 시선은 이내 숫자 가득한 노트북 화면으로 향했다.

"선우 씨, 이쪽으로. 회장님은 지금 침 맞으시는 중이라 나중에 인사드리면 될 거야."

선우는 장 여사의 안내를 따라 2층으로 올라갔다. 웅장한 본관답게 공간은 몇 군데로 나뉘어 있었는데, 장 여사를 따라가니 별도의 작은 거실을 가진 게스트 룸이 나왔다.

"아가씨 일어날 때까지 쉬고 있어."

"네."

장 여사가 내려가는 모습을 바라보다 선우는 소파에 앉았다. 혼자가 되자마자 남자의 목소리가 다시 들려왔다.

'왜 가만히 있지를 않아. 왜 자꾸.'

그 뒤의 말은 무엇이었을까. 욕설로 대신했던 그 말은 무엇일까.

해고는 이미 결정된 일이었다. 뒤에 말이 무엇이든 자신은 나가야 했다. 그러니 이렇게 자꾸만 떠올리는 것도 아무런 쓸모없는 일임을 알지만.

선우는 눈을 감았다. 내내 그 목소리가 마음을 떠나지 않고 있었다.

느지막이 일어난 서유라는 히죽히죽 웃고 있었다. 핸드폰을 들고 통화를 하며 거실로 나오다가 선우를 보고는 눈을 찡긋하며 인사를 했다.

"으응. 그랬구나아. 진작 말을 하지 그래썽. 난 그런 줄도 모르고 자기만 의심했지 모야. 아이, 미안하다니까. 웅웅. 마니 다쳐쏘. 어제 스무 바늘도 넘게 꼬맸궁. 자기가 나중에 호 해 줘야 해? 알았지?"

소파에 풀썩 앉으며 나누는 서유라의 대화가 선우의 귀를 의심케 했다. 하루 만에 최지상과 화해를 했다고?

"그래 들어가궁. 응응. 올라올 때 꼭 연락하궁. 응응. 나도 따랑해."

혀가 반 토막이 난 것 같은 소리를 내며 서유라는 전화를 끊었다. 손에 감긴 붕대만 아니었으면 어젯밤의 그 난동이 꿈인가 싶을 정도로 해맑은 얼굴이었다.

"어떻게 된 거래요? 스캔들은 거짓말이었던 거예요?"

"웅. 그렇대. 좀 있음 기사 뜰 거야. 울 쟈기가 열받아서 난리 쳤대. 좀 이따 정정 기사 뜰 거구, 걘 서우철이랑 사귀는데 그것도 곧 터질 거래. 둘이 만나는 자리까지 데려다준 거래. 난 기사랑 사진 벌써 받아서 봤징.”

머리를 벅벅 긁더니 히죽 웃으면서 말했다.

“그러게 울 쟈기가 그럴 리 없지. 아, 배고프다. 오늘 점심 뭐 준비했는지 물어봐. 졸라 매운 거 먹고 싶은데. 야, 우리 닭발 시킬래? 아휴, 괜히 지랄했네.”

맥이 탁 풀린다. 이렇게 금방 손바닥 뒤집듯이 하하호호 웃을 거였으면 왜 그런 난리를 피웠는지. 다치는 것도 감수하고 뛰어들었던 자신의 마음은 무엇이었으며, 발을 동동 굴렀던 아주머니들은 또 무엇이었나. 목으로 뜨거운 것이 치받치는 기분이었다. 그일로 인해 서문도 전무에게 밉보이는 바람에 자신은 잘리게 되었는데, 어떻게 저렇게 아무렇지 않을 수가 있을까. 허무하고도 허탈했다.

“야, 뭐 해. 닭발 주문하라니까.”

끓어오르는 마음을 식히느라 가만히 있는 선우에게 유라가 눈꼬리를 치켜세우며 말했다. 그래도 좋아지고 있다고 생각했었는데, 혼자만의 착각이었을까.

서문도 전무 앞에서 열변을 토하던 자신의 모습이 떠올랐다. 서유라가 난동을 부린 건 그럴 만한 이유가 있어서 그랬던 거라고. 좋아지고 있지 않냐고. 누구보다 잘 알고 있지 않냐고. 목소리 높여서 항의를 했었는데. 얼마나 바보같이 보였을까. 그때의 비웃음이 너무나 생생했다.

“아, 주문하라고!”

서유라가 벌컥 소리를 질렀다. 선우는 대답 없이 자리에서 일어났다. 아래층으로 내려가 장 여사에게 서유라가 매운 닭발을 먹고 싶어 한다고 전달을 하고 2층으로 올라오는 계단에서 걸음을 멈추었다. 가슴이 답답했다. 명치 근처를 문지르며 숨을 깊이 마셨지만 좋아지지 않았다. 커다란 돌덩이가 얹힌 것처럼 꽉 막혀 있었다.

"닭발 시켰어요. 배달 오면 가져다주신대요."

계단을 마저 올라가서 말했더니 유라가 건성으로 고개를 끄덕였다. 두 손으로 빠르게 핸드폰 화면을 두드리며 게임에 열중하고 있었다.

선우는 유라와 떨어진 자리에 앉아 창밖을 바라보았다. 짙은 초록색의 물감을 힘차게 휘갈긴 것 같은 여름의 정원이 눈에 들어온다. 억세고 질긴, 힘이 넘치는 계절이었다. 생명들이 징그러울 정도로 무성해지는 계절.

짙푸른 정원을 바라보는데 가슴속에 무언가가 꿈틀거렸다. 이렇게는 떠날 수 없다. 살아남아야지. 저 푸른 생명들처럼 질기고 강하게 살아남아야겠다는 생각을 한다. 사람 하나 해고하는 일쯤 아무렇지 않게 해치우는 서문도 전무. 그 난동을 피워 민폐를 끼치고도 낄낄거릴 수 있는 서유라. 이렇게 무도한 사람들 사이에서 어떻게든 살아남아야겠다고. 자신을 한낱 소모품으로밖에 여기지 않는 그런 사람들의 눈치 같은 거 보지 말고, 진심 같은 거 다하지 말고, 어떻게든 살아남아야겠다고.

그러려면 이제 어떻게 해야 할까. 어떻게 해야 이 집에 하루라도

148

더 남아 있을 수 있을까.

선우는 그 생각만 하기로 했다.

이륙을 마친 비행기 안은 이내 어두워졌다. 프랑크푸르트의 깜깜한 밤하늘을 밝히는 건 비행기의 날개에서 깜빡이고 있는 붉은색의 등뿐이다.

"아니, 얘들은 덩치도 좋은 애들이 왜 이렇게 자리를 좁게 만들어. 이게 비즈니스석이 이게. 다리를 어디다 올려야."

야구선수처럼 체격이 좋은 송 팀장이 구시렁거렸다. 비즈니스석치고 좁은 좌석 때문인지 엉덩이를 이리 댔다 저리 댔다 하며 자리를 잡다가 문도와 눈이 마주치자 머쓱하게 웃으며 말을 건넨다.

"한 시간이면 도착하니까요. 잠깐 눈 붙이세요."

취리히까지 가는 밤 비행기 안에는 인적이 드물었다. 듬성듬성 미등이 켜진 자리가 보일 뿐이다. 문도는 시트를 뒤로 기울여 몸을 눕혔다. 붉게 깜빡이는 날개등이 시야의 끝에 걸렸다. 한국은 지금쯤 새벽일 테니, 이선우는 자고 있겠지.

자신을 바라보던 이선우의 얼굴은 깜빡이는 등처럼 켜졌다 꺼지기를 반복했다. 믿을 수 없다는 표정을 지었다가, 단단한 눈동자로 항의를 했다가, 마지막에는 멍하니 서 있었다.

과한 처사라는 것은 알고 있다. 잘릴 만큼 잘못한 것도 없다는 걸 안다.

하지만 그래서, 뭐.

이미 고용인과 한집에서 뒹굴 결심을 했을 때부터 합리적이고 이성적인 판단은 물 건너가지 않았나. 눈앞에서 왔다 갔다 하는 이선우를 멀리하기란 자학에 가깝다. 내가 내 집에서 왜 그런 고통을 받아야 하는 건데. 취리히의 호텔에 도착을 하면 이선우를 정리하라고 명 실장에게 연락을 해야겠다는 생각을 한다. 집으로 돌아갈 때쯤엔 이선우도 없겠지.

문도는 그렇게 생각하며 눈을 감았다.

오늘은 명 실장님이 올까.

아침 일찍 별채로 건너온 선우는 한숨을 쉬었다. 금방이라도 잘라 버릴 것처럼 굴었던 서문도 전무였으니, 명 실장에게 바로 연락이 올 거라 생각했는데 어제 하루가 지나도록 연락이 없었다.

선우는 쑥 꺼지는 것 같은 눈동자를 손으로 꾹 눌렀다. 며칠 동안 잠을 제대로 자지 못해서 그런지 머리에 뿌연 수증기가 낀 것 같았다.

명 실장에게 연락이 오면 못 나가겠다고 우겨나 볼까. 그런 생각을 하며 한숨을 쉬는데 인터폰이 울렸다. 아직 7시도 안 된 시간에 인터폰이 울리다니. 무슨 일일까 생각하며 수화기를 들었더니 장 여사의 급한 목소리가 들렸다.

— 선우 씨, 막내 아가씨 깨워요. 회장님께서 작은 사모님이랑

평창 별장엘 가시겠대. 어지간한 건 거기 다 있으니까 갈아입을 옷이랑 화장품 같은 거나 챙겨서.

"네?"

— 일단 아가씨부터 깨우고, 얼른.

아닌 밤중에 홍두깨 같은 이야기였다. 갑자기 별장에 간다고? 아무런 통보도, 준비도 없이?

"잠시만요, 별장에 가신다고요?"

— 응, 응. 회장님 곧 출발하신다고.

"유라 씨도요?"

— 그래. 막내 아가씨도 가야 한다니까. 회장님이 데려가시겠대. 회장님 성격 급해서. 준비 서둘러요. 바로 출발하실 것 같아. 아, 집사님, 잠시만요. 그거 그쪽 아니야.

장 여사가 금방이라도 통화를 끊을 것 같았다. 선우는 급히 다시 물었다.

"혹시 저도 같이 준비를 해야 할까요?"

— 그러게. 그건……. 네, 사모님. 지금 가요. 선우 씨, 그건 전무님께 여쭤봐요. 내가 좀 바쁘네. 번호 알지?

본관 안쪽의 소란함이 인터폰을 통해서 들려왔다.

"아, 그런데."

전무님은 출장 중이신데요, 라는 말을 다 하기도 전에 인터폰이 뚝 끊겼다. 선우는 신호가 끊어진 수화기를 들고 멍하니 서 있었다. 서문도 전무와 통화를 할 수 있다고? 이렇게 갑자기?

심장이 쿵쿵 뛰기 시작했다. 무슨 말을 어떻게 해야 하지? 별장까지는 따라가고 싶다고 할까? 한 번만 더 기회를 달라고 빌어야 할까? 갑자기 머리가 뜨거워진다.

일단 서유라를 깨우자. 복잡하게 엉키는 생각을 멈춘 선우는 일단 게스트 룸으로 가서 문을 두드렸다.

"유라 씨. 일어나셔야겠어요. 유라 씨."

두어 번을 노크해도 기척이 없어서 선우는 문을 열었다. 해가 절반 이상 들어온 침대 위에 안대를 쓰고 자고 있는 서유라가 보였다.

"유라 씨. 별장에 가셔야 한대요."

"으으……."

"어서 준비하라고 하셨어요."

"아으……. 무슨 준비."

"평창에 가셔야 한대요. 별장에요."

평창이라는 말에 돌아눕던 서유라가 움찔했다. 그러더니 갑자기 벌떡 일어나서 안대를 벗으며 큰 소리로 물었다.

"뭐?"

"본관에서 연락이 왔어요. 별장에 가셔야 한대요. 서둘러 준비하래요."

"나도? 나도 같이 가야 된대? 그 산골짝에? 지금?"

"네. 금방 출발하실 건가 봐요. 빨리 준비하라고 인터폰 왔어요."

서유라의 입이 멍하게 벌어졌다.

"왜? 내가 왜!"

선우는 드레스 룸으로 가서 서둘러 여행용 트렁크를 꺼냈다. 그

사이 서유라는 박소영에게 전화를 걸었는지, 큰 소리로 통화를 하고 있었다.

"아니, 손을 다쳤는데 왜 휴가를 가냐고! 좋기는 뭐가 좋아! 거기 공기를 마시는데 왜 상처가 빨리 낫는 건데? 말이 되냐고! 거기 병원이 있어 뭐가 있어! 아, 그냥 나 못 간다고 그러라니까!"

징징거리며 화를 내는 목소리가 들리더니 이내 뚝 끊겼다. 드레스 룸으로 터덜터덜 걸어온 서유라가 하아, 하는 긴 한숨을 쉬더니 선우에게 말했다.

"그거, 뭐야. 3일 정도 머문다니까 대충 알아서 싸. 화장품은 선크림하고 기초만 챙기고, 핸드폰이랑 패드 충전기도 챙겨 놔. 다 챙겼으면 건너가서 니 짐도 싸고."

당연히 선우도 같이 가는 거라고 생각하고 있는 듯했다. 선우는 수납장 안쪽에 있는 트렁크를 꺼내며 유라에게 말했다.

"저는 못 갈지도 몰라요."

"왜? 뭐야, 너만 안 가려고?"

"아뇨, 그게 아니라 장 여사님께서 일단 전무님께 허락 맡으라고 하셔서요."

"그놈의 서문도. 졸라 짜증 나. 아, 몰라 대충 하고 짐이나 싸 놔."

서유라가 욕실로 향했다. 선우는 서유라의 짐을 챙겼다. 손으로는 바쁘게 짐을 싸면서 머리로는 전화 통화할 생각을 했다. 어떻게 말을 해야 하나, 어떤 말을 해야 조금이라도 그 남자의 마음을 돌릴 수 있을까.

짐을 다 싸 놓은 뒤 선우는 가지고 온 가방에서 핸드폰을 꺼냈다. 명 실장에게 연락이 올 것 같아 가지고 왔는데, 이렇게 쓰일 줄은 몰랐다.

핸드폰을 손에 쥔 선우는 거실로 나왔다. 아무도 듣지 않는 곳에서 통화를 하고 싶어 마땅한 공간을 찾다가 지층으로 내려가는 계단을 보았다. 언젠가 박소영이 머물렀던 작은 방을 생각해 낸 선우는 아래층으로 내려갔다.

문을 닫아걸고 핸드폰을 들었다. 전화를 걸기 전에 시간 계산을 해 본다. 스위스는 자정 근처. 전화를 하기엔 늦은 시간이지만 못할 시간도 아닌 그런 시간이었다. 서문도 전무의 번호를 찾아서 화면에 띄웠다. 쿵쿵쿵쿵, 심장이 세게 뛰었다.

결심을 굳힌 선우는 통화 버튼을 눌렀다. 신호음 소리가 들려오기 시작했다.

핸드폰이 울린 건 문도가 막 샤워를 마치고 나왔을 때였다.

팀원들과 내일 좋은 컨디션으로 만나자며 각자의 방으로 흩어진 게 조금 전이다. 이 시간에 누가, 라는 생각을 하며 냉장고에서 맥주 한 캔을 꺼낸 문도는 핸드폰이 놓인 테이블을 보곤 우뚝 멈추었다.

이선우

액정에 떠 있는 글씨가 눈을 찌르는 기분이다. 잠깐 멈춰 서 있다가 무시하고 소파에 앉았다. 캔맥주를 반 정도 쉬지 않고 마셨

154

다. 열다섯 시간이 넘는 긴 여정이었다. 피로는 충분히 쌓였다. 이한 캔을 전부 비우면 시트를 푹 뒤집어쓰고 잠을 잘 테다.

끈질기게 울리던 벨 소리는 어느 순간 멎었다. 비어 있는 캔맥주를 내려놓는데 이번에는 메시지 착신음이 들렸다. 전화가 안 되니 메시지라. 대체 무슨 말을 하고 싶어서.

서유라 씨 관련한 일로 여쭤볼 것이 있어서 전화드렸습니다. 시간 되실 때 전화 주세요.

건조하고 사무적인 메시지였다. 스스로가 한심해진다. 대체 뭘 기대했던 건가. 다시 생각해 달라는 말? 이대로 일을 계속하게 해 달라는 말? 그도 아니면.

한심해서 웃었더니 바람이 새는 것 같은 소리가 났다. 서유라 관련한 일이라니 전화를 해야겠지. 돌이켜 생각하니 웃겼다. 언제는 이선우가 개인적인 용건으로 연락을 해 온 적이 있었나 싶어서.

문도는 전화를 걸었다. 뚜르르─ 신호음 소리가 들려왔다. 간단히 용건만 들을 생각으로 거는 전화인데 웃기게도 목 뒤가 팽팽하게 당겨지는 기분이 들었다.

─네, 전무님. 이선우입니다.

이선우의 목소리가 들리는 순간 문도는 눈을 감았다. 씨발, 열다섯 시간을 날아왔는데 왜 이렇게 가까워.

"서유라 관련한 일, 말씀하세요."

— 회장님께서 별장에 가신다고요. 유라 씨도 데려가신다고 하
시는데, 저도 같이 가도 되는지 여쭤보려고요.

벌써 그때가 되었나.

회장은 여름 휴가철이 되면 맑은 공기 타령을 하면서 박소영과
평창에서 며칠씩 머물다 오곤 했다. 서유라를 데려간 적도 꽤 있었
고. 문도가 그 생각을 하는 사이 선우가 말을 덧붙였다.

— 유라 씨는 제가 당연히 같이 가는 줄 알고 있어서요.

문도는 소파에 등을 기대며 고개를 젖혔다. 명 실장에게 일찍
전화를 하지 않아도 되겠다는 생각이 제일 먼저 들었다. 돌아오지
못할 휴가를 보내 놓고 내일이든 모레든 시간이 날 때 명 실장에
게 해고 처리를 하라고 연락을 해야겠다 생각하며 이선우에게 말
했다.

"따라갈 필요 없습니다. 며칠간 휴가 드릴 테니 이선우 씨는 집
에 가서 쉬고 있어요."

— 네?

"휴가가 끝나는 대로 해고 처리하겠습니다."

— 그럼 저는…….

"오늘로 업무는 종료되었다는 뜻입니다."

아, 하는 작은 목소리가 들렸다. 깨달음의 소리인지 당혹스러움
의 표시인지 구분은 잘 되지 않았다.

— 오늘 나가라는 뜻인가요?

이선우가 멀리에서 묻는다. 문도는 고개를 들어 천장을 응시했
다. 깨끗한 흰색의 천장을 바라보며 대답했다.

"네. 오늘부터 쉬면 됩니다."

수화기 너머가 조용했다. 통화를 끊어야 한다고 생각을 하는데 끊어지지가 않았다. 그래도 끊어야지. 문도는 소파 깊이 묻었던 상체를 세우면서 말했다.

"그동안 수고 많았어요. 잘 지내길 바랄게요."

마지막 인사를 건넬 때였다.

― 전무님, 잠시만요.

이선우가 말했다. 떨리는 목소리였다.

선우는 무작정 남자를 불렀다. 부르긴 했는데 무슨 말을 해야 할지 머릿속이 하얗게 바랬다. 아무 말도 하지 못하고 입술만 깨무는데 수화기 건너편에서 남자가 말했다.

― 말씀하세요.

시간이 흐른다.

1초. 2초. 3초. 그리고도 몇 초 더. 서문도가 낮은 한숨을 쉰다. 모르겠다. 우선은 한 번 더 부탁을 할 수밖에.

"제가 좀 더 노력하겠습니다. 유라 씨 난동 피우는 일 없게 할게요. 잘할 수 있습니다. 한 번만 더 기회를 주세요."

멀리에서 남자가 한숨을 쉬면서 웃었다.

― 무슨 노력을 더 합니까. 거기서 더 무슨 노력을 해. 이선우 씨할 만큼 했어요. 그만하면 됐습니다. 미련 버려요. 더 할 말 없으면 끊겠습니다.

"잠시만요. 잠시만."

선우는 급하게 문도를 붙들었다. 머릿속이 뜨겁다. 어떻게 해야 남을 수 있을까. 어떻게 해야 당신이 나를 다시 돌아봐 주나. 선우는 필사적으로 생각을 했다.

서유라의 트레이너로서 노력하겠다는 말이 더 이상 통하지 않는다면. 업무적인 관계는 이미 이렇게 끝나 버린 거라면. 선우는 질끈 눈을 감았다 뜨면서 입술을 뗐다.

"제가 정말로 싫으세요?"

미련이 잔뜩 남은 여자가 되어 남자의 발목을 잡아 본다. 이래도 잘리고 저래도 잘린다. 그게 오히려 용기를 주었다. 어차피 마지막이라면 던지지 못할 게 뭐가 있을까. 어이없는 소리 한다고 비웃는다면 잠깐 창피하면 될 일이었다.

— 그걸 지금 왜 묻는지 모르겠지만, 이미 끝난 이야기고.

왜냐면.

어째서 가만히 있지 않느냐 자신을 향해 사납게 화를 냈던 목소리가 생생하니까. 불꽃이 일렁이던 눈동자도 자꾸만 생각이 나니까. 몇 번을 생각해 봐도 내게 아직은 마음이 남은 것처럼 보이니까.

"저는 전무님 좋아해요."

침묵이 흘렀다. 대답이 없지만 상관없다. 어차피 다시 못 볼 사람, 던질 수 있는 건 다 던져 볼 거다. 눈에 보이지 않으니 조금 더 대담해지는 것도 같다. 멀리서 목소리로만 들리는 서문도 전무는 가슴 시리게 하는 싸늘한 표정을 전하지 못할 테니.

"처음부터 좋았어요. 좋아해서 그랬어요."

거짓된 고백을 하면서 선우는 남자가 흔들리기를 바랐다. 대답이 없는 남자를 향해 선우는 계속 이야기를 했다.

"그냥 가까이에 있고 싶었어요. 여기서 일하는 동안만이라도 전무님을 가져 보고 싶었어요. 주제넘은 짓인 거 알면서 그랬어요."

긴 침묵만이 두 사람 사이에 있었다. 이 침묵이 자신의 편이길 선우는 간절히 빌었다. 아직 내게 미련이 남아 있기를 바라. 나를 원하는 마음이 아주 조금이라도 남아 있기를.

"그냥 계속하면 안 돼요? 저는 전무님만 있으면 돼요. 다른 건 아무것도 바라지 않을게요."

진심으로 좋아하는 척을 하면 된다. 할 수 있었다. 몸도 주었는데 마음이라고 못 줄까. 어차피 남은 것도 얼마 없는 마음이었다. 전부를 줄 테니까 다시 나를 불러 줘. 선우는 침묵을 견디며 문도의 대답을 기다렸다.

— 뭘 계속해. 이제 와서 뭘.

간절한 선우의 귓가에 남자의 나지막한 웃음소리가 스몄다. 비틀린 웃음소리였다. 스스로를 비웃고, 이런 지저분한 관계를 비웃고, 이렇게 구차하게 매달리고 있는 선우를 비웃는 것 같은 웃음소리.

밀려나는 기분에 선우는 주먹을 꾹 쥐었다. 눈을 감고 숨을 쉬었다.

"좋아해요. 전무님."

— …….

"곁에 있게 해 주세요. 아주 잠시라도 좋아요."

남자는 말이 없다가 낮게 웃었다.

— 내가 왜.

그 말을 남겨 놓고 전화는 끊어졌다. 뚜— 뚜— 이어지는 신호음 소리가 선우의 심장을 내리긋고 있었다.

이게 무슨.

핸드폰을 부서질 것처럼 쥐고서 문도는 헛된 웃음을 흘렸다. 무슨 말을 했는지 기억도 나지 않았다. 머리가 뜨겁고 가슴이 터질 것 같았다. 이선우가 좋아한다, 그 말을 날리는 순간부터 뇌가 기능을 멈춘 것만 같았다. 벌떡 일어난 문도는 미니바를 열어 맥주 캔을 뜯었다. 그 자리에 서서 벌컥벌컥 한 번에 들이켰다. 맥주 캔 너머로 새하얀 천장이 눈앞에 보이는데,

'좋아해요.'

이선우의 목소리가 들린다. 문도는 질끈 눈을 감았다. 지난날의 이선우가 파노라마처럼 떠올랐다.

베란다에서 바람처럼 춤을 추었던 이선우. 몇 번이고 차를 들고 올라와 무작정 들이댔던 이선우. 스킨십에 서툴렀던 이선우. 동이 트는 아침에 건너와 늦은 밤이 되어서야 숙소 동으로 돌아갔던 이선우.

천천히 눈을 뜬 문도는 뜨거운 웃음을 삼켰다. 그래. 졌다. 이제 더는 못 해 먹겠다. 이제는 그만 백기를 들고 싶었다. 유구한 역사의 호구 유전자를 이렇게 증명한다. 허탈해서 웃음이 나올 지경이었다.

이렇게 넘어가고야 말 거, 의미 없는 저항은 왜 그래 오래 했는지. 애초에 염병 첨병을 떨면서 잘라 내겠다고 지랄을 했을 때 알았어야 했는데.

강한 부정은 강한 긍정이라는 걸 갖은 저항을 다 해 보고서야 깨닫다니. 병신 새끼가 따로 없지. 한숨을 삼킨 문도는 뒤를 돌았다. 방으로 들어가 아무렇게나 던져 놓았던 핸드폰을 다시 들어 통화 버튼을 눌렀다.

"이선우."

─……네.

이선우의 대답이 느렸다. 넌 왜 목소리도 어여쁠까. 그런 생각을 하며 문도는 입을 열었다.

"좋아한다는 말, 진심이야?"

문도는 무의미한 질문을 던졌다.

─……네.

이선우가 그렇다고 대답을 한다. 그거면 됐다. 더 무엇이 필요할까. 거짓일 수 있다는 거 안다. 뛰어난 연기일 수 있다는 것도. 하지만 어쩔 건가. 이미 마음에 담아 버렸는데.

거짓말 잘하고 연기 잘하는 여자를 좋아하면 되는 거지. 순수하게 내가 좋아서 그랬다는 그 말, 믿는 척하면 되는 거지. 그러다 어느 날에 질리게 되면, 그때 끝을 내면 되는 거지.

"정말 내 옆에 있고 싶어?"

─……네.

옆에 못 둘 게 뭔가. 지저분한 관계가 아니면 되지 않는가. 자신은 결혼을 한 유부남도 아니고 죽음을 앞둔 늙은이도 아니었다. 심지어 만나는 사람이 있는 것도 아니다. 돈과 섹스가 오가는 거래가 아닌 마음과 마음이 오가는 연애를 하면 되지 않나.

"계속할까."

— ……네.

눅눅해진 목소리가 들렸다. 손등으로 눈물을 밀어내는 이선우의 모습이 눈에 보이는 것 같다. 손을 뻗어 눈물을 닦아 줄 수 있다면 좋을 텐데.

문도는 이제 순순히 물살에 몸을 던지기로 했다. 막을 수 없는 물길이라면 길을 터 주는 게 답일 테니. 이렇게 흘러가다 보면 어느 순간에는 멈추기도 하겠지.

"그래. 계속해."

문도는 백기를 들었다. 차라리 후련하였다.

21. 좋아한다고 말해

촤르륵.

베란다 창문을 가리고 있던 커튼을 열자 커다란 플라타너스 나뭇잎이 가득이었다. 어두컴컴했던 집에 오후의 햇살이 환하게 쏟아져 들어왔다.

선우는 잠금장치를 풀고 창문을 활짝 열었다. 계절이 지나도록 돌보지 않은 집은 공기부터 텁텁했다. 손에 쥐고 있던 고지서와 우편물들을 식탁 위에 내려놓고 맞은편 주방 쪽 창문도 열었다.

관리비. 가스비. 보험 고지서. 전에 살던 사람과 집주인 앞으로 온 우편물들. 꼬박꼬박 월세만 냈을 뿐 계절이 흘러가도록 한 번도 들르지 않았던 집에는 우편물이 가득이었다.

선우는 싱크대에 기대어 우편물을 차근차근 살펴보았다. 버려도 되는 것들은 찢어서 쓰레기통에 넣고 집주인 앞으로 온 우편물들은 따로 챙겨 두었다.

우편물을 정리한 뒤 싱크대에 기댄 채로 허공을 바라보았다. 매미 소리가 귀를 찌를 것처럼 울려 퍼진다. 열려 있는 창문으로 미지근한 바람이 불어왔다.

'누나, 매미가 귀에 붙은 거 같아.'

이 집에서 보내는 첫 번째 여름에 민우가 말했었다.

엘리베이터도 없는 오래된 아파트의 4층에서는 아파트만큼 키가 큰 나무가 보였다. 둘이서 나란히 베란다에 서서 플라타너스나무에 붙은 매미를 찾아내기도 했었다.

우리 둘이 열심히 살자고, 언젠가 엄마 아빠를 만나게 되면 우리 정말 씩씩하게 열심히 살았다고 어깨 펴고서 말해 주자고 그랬었는데.

그땐 그게 생의 가장 큰 시련이 될 줄 알았다. 부모님을 잃고 단둘이 남겨진 것. 삶의 전부였던 춤을 접어야만 했던 것이.

후덥지근한 바람이 불어온다.

선우는 바람이 불어오는 곳을 향해 고개를 돌렸다. 그때와 보이는 풍경은 크게 다르지 않았다. 무성한 나뭇잎이 짙푸르다. 다만 이제는 민우가 곁에 없을 뿐. 문득문득 선우는 자신이 어디로 가고 있는 것인지 궁금했다. 흘러가는 강물에 떠워진 종이배 같다는 생각도 한다.

'정말 내 옆에 있고 싶어?'

울리는 매미 소리 위로 남자의 목소리가 겹쳐졌다. 그러고 싶다고 대답을 하기 전에 눈을 질끈 감았었다. 이제는 정말 돌이킬 수 없는 선택이 될 것만 같은 예감이 들었기에.

남자는 계속해 보자고 했다. 간절함이 닿았기 때문인지, 그저 변덕이었을지 알 수 없었다. 무엇이 그의 마음을 바꾸었는지 정확하게 알지 못하지만 이렇게 된 이상 최선을 다하자고 생각을 한다.

"자, 그럼."

아무도 없는 공간에서 선우는 혼자 소리를 내서 말하며 머리끈으로 머리를 질끈 묶었다.

"청소부터 해 볼까."

주방을 겸한 작은 거실에 서서 선우는 크게 숨을 마셨다. 청소를 한 뒤에는 화장실 청소와 냉장고 정리도 해야 하고, 배터리가 닳아 버렸을 차도 점검을 받아야 했다. 할 일이 많은 오후였다. 매미는 여전히 귀가 따갑도록 울고 있었다.

리마트강의 물결 위로 노을이 지고 있었다. 파랬던 하늘이 주황색과 분홍색으로 물들어 갔다. 문도는 테이블 위에 놓인 병맥주를 들어 한 모금을 마셨다. 앞자리에 앉은 강선욱 과장이 멀리 하늘을 보며 말했다.

"밤인데 해가 안 지니까 기분이 이상하네요."

며칠째 아주 긴 오후를 보내는 기분이라며 선욱은 콜라를 마셨다. 저녁 8시 반. 취리히의 하늘은 이제야 해가 지고 있었다. 출장 4일 차, 주요한 일정은 거의 마무리가 되었다. 이제 남은 일정은 현지 법인이 접대의 의미로 준비한 벤처 견학 정도. 중요한 일은 끝냈으니 맥주 한 병 정도 가볍게 마셔도 되지 않느냐는 송 팀장의 의견에 따라 호텔 근처의 루프탑 카페에 앉은 참이었다.

아직 해가 저물지 않은 강가에는 사람들 많이 있었다. 피크닉을 나온 듯 매트를 깔고 앉은 사람들의 모습도 보였고, 유유히 자전거를 타고 라이딩을 하는 사람들도 보였다.

"레고가 스위스 거였나?"

옆에 앉은 송정태 팀장이 강가를 따라 지어진 집들을 보며 혼잣말을 하듯이 말했다. 콜라를 마시던 선욱이 응대를 하였다.

"아닐걸요? 왜요?"

"집들이 말이야. 창문이랄까. 지붕이랄까. 뭔가 레고스러운 것 같아서."

스위스는 아닐 거다, 검색을 해 보자, 미국이 아니냐, 덴마크였던 것 같다, 쓸데없이 진지한 이야기가 오가는 것을 들으며 문도는 맥주를 한 모금 더 마셨다.

4일째.

그날의 통화를 끝으로 문도는 이선우에게 연락하지 않았다. 일부러였다. 이 출장이 끝나고 돌아가는 그날까지 연락은 하지 않을 생각이다.

"덴마크 거네요."

"그렇지? 어쩐지 비슷하다 했어. 유럽적인 어떤 그런 느낌적인 느낌이."

해가 저물어 가면서 선선한 바람이 불었다. 정말 출장을 보름쯤

늘려 버릴까, 직원들은 먼저 다 돌려보내고 유럽 지사에 몇 주 더 머물러 버릴까. 문도는 진지하게 생각했다.

아예 돌아가지 못할 정도로 멀어지고 싶은 마음이 있다. 웃기게 이 지경이 되었어도 저항하고 싶고 버티고 싶다. 그래서 이렇게 새로 시작한 관계에서는 이선우의 마음만 닳아 없어졌으면 좋겠다고 생각한다.

기다리게 하고 싶었다. 애가 탔으면 좋겠다고 생각을 한다. 연락이 언제 올까 서성였으면 좋겠다. 그러다 영영 오지 않는 연락에 마음이 바짝 졸아붙었으면 좋겠다. 어느덧 맥주 한 병이 다 비워졌다. 한 병을 더 주문하려 자리에서 일어서는데 핸드폰이 울렸다.

이선우

세 글자를 한참 바라보다가 문도는 핸드폰을 들고 옥상의 난간 쪽으로 향했다. 통화 버튼을 누르고 대답을 했다.

"네."

─ 전무님, 이선우입니다.

안다. 너라는 거. 문도는 조금씩 어두워지는 하늘 너머에 시선을 주었다.

"말씀하세요."

─ 유라 씨 휴가가 길어진다고 해서요. 회장님께서 당분간 별장에 머무시겠다고 하셨대요.

청정한 감옥에 갇힌 신세가 된 서유라를 생각하자 픽, 웃음이 났다. 그 뒤로 말 없이 듣고만 있으니 이선우가 조심스럽게 물어왔다.

— 제 휴가는 언제까지인지 여쭤보려고 전화드렸어요.

이쪽이 9시를 넘겼으니, 서울은 지금 새벽 4시 정도. 저 말을 하려고 새벽까지 깨어 있었던 걸까.

"그거 물어보려고 전화를 했어요?"

— 네. 업무 시간은 아니실 것 같아서요.

이선우의 대답은 투명한 느낌을 주었다. 그것 외에 다른 용건이 있을 리 없지 않냐는 듯한 목소리였다. 기대한 내가 등신이지. 문도는 잠깐 뜸을 들였다가 대답을 했다.

"휴가는 연장할 테니 더 쉬고 있어요."

— 네.

수화기 너머가 조용해졌다. 문도는 왁자하게 거리를 지나는 관광객들을 내려다보았다. 몇 초의 시간이 흘렀다.

"이만 끊죠."

— 전무님.

두 사람의 목소리가 하나로 겹쳤다. 서로 입을 다물었는지 다시 적막이 흐른다. 문도는 이마를 매만지면서 먼저 입을 열었다.

"말해요."

— 언제쯤…….

이선우의 목소리가 작아졌다. 말을 할까 말까 망설이는 모습이 눈앞에 있는 것처럼 선명하게 그려졌다. 그것만으로도 신경이 팽팽해진다. 문도는 등을 세우고 핸드폰을 바꿔 쥐었다.

— 언제쯤 돌아오시는지 여쭤봐도 될까요?

"그건 왜."

무뚝뚝한 대답에 이선우는 잠시 말이 없었다. 문도는 멀리 시선을 주었다. 석양에 반짝이는 강의 물결을 보고, 물살을 그리며 노니는 백조를 보았다.

— 기다리기가 힘들어서요.

별것도 아닌 말 한마디가 뜨거운 물처럼 속을 훑으며 내려갔다. 하늘은 이제 검푸른 잉크를 풀어 놓은 것 같다. 강 건너 레고로 만든 것 같은 집들에 하나둘 노란 등이 켜지는 것을 보며 문도는 아무런 말을 하지 않았다.

— 돌아오시면 뵐 수 있는 거…… 맞죠?

선우가 조심스러운 목소리로 물었다.

"돌아가면 연락 줄 테니 기다려요."

네, 하고 대답을 한 이선우가 잠시 머뭇거리다 이어서 말했다.

— 조심히 오세요.

그 말을 끝으로 전화는 끊겼다. 문도는 한참을 그 자리에 서서 바람을 맞았다. 아주 긴 여름의 오후가 끝나 가고 있었다.

대형 마트에 들른 선우는 생수와 복숭아를 샀다. 햇반과 라면도 골랐다. 계산을 마친 뒤에는 자율 포장대에서 커다란 박스를 집어 들었다. 그 박스 안에 복숭아도 담고 라면도 담고 햇반도 담았다.

차를 몰고 돌아오는 길, 빨간불이 들어온 횡단보도 앞에 멈춘 선우는 거리의 풍경을 둘러보았다. 가로등 불빛이 켜지는 시간. 멈추어 쇼윈도를 보는 젊은 여자 둘이 보였다.

쇼핑을 하고, 친구와 수다를 떨고, 거리를 걸었던 일이 오래전의 일처럼 아득하다는 생각을 한다. 언제가 마지막이었더라. 기억을 더듬어 보아도 마지막이 언제였는지 생각이 나지 않았다. 꽃이 피는 봄이 한창일 때 같은 국립 발레단 동기였던 지혜와 빨간색 플랫 슈즈를 샀던 기억은 났다.

놀이터 앞에 주차를 하고서 장을 본 물건들부터 가방에 담아 먼저 옮겼다. 생수와 복숭아를 냉장고에 넣고 라면과 햇반은 수납장에 넣었다. 그것만 했는데도 무더위에 땀이 송골송골 맺혔다. 아직 박스가 남았다. 선우는 다시 내려와 박스를 들고 계단을 올라왔다.

깨끗하게 청소해 두었던 민우의 방문을 열었다. 안방 겸 거실로 쓸 수 있는 큰 방은 선우에게 양보하고서 옷장 하나, 책상 하나를 두고 바닥에 이불을 깔면 꽉 차는 공간에서 지냈던 민우였다.

선우는 옷장 문을 열었다.

민우의 옷을 꺼낸다. 학교의 로고가 새겨진 점퍼와 민우가 아껴 입었던 청바지를 박스 안에 차곡차곡 넣었다. 몇 벌 되지 않는 옷에 마음이 아파서 중간중간 크게 숨을 쉬었다. 책상에 꽂혀 있는 전공 서적도 넣고 엄마 아빠와 함께 찍은 가족사진도 넣었다. 아직 반병이 남아 있는 향수도 넣었다.

스물세 살, 민우의 삶은 박스 하나로 정리가 되었다.

선우는 박스 앞에 무릎을 꿇고 앉았다. 골판지로 이루어진 박스를 가만히 어루만졌다.

민우야. 너는 처음부터 없었던 것처럼, 그렇게 정리를 할게. 그래야 누나가 견딜 수 있을 것 같아.

깊이 숨을 마신 선우는 박스를 닫고 테이프를 둘렀다. 밀봉한 박스를 베란다 창고에 넣고 문을 닫았다. 선우는 그 문에 등을 기대고 한참을 있다가 손목을 들었다. 워치를 누르고 30분 전쯤 도착한 메시지를 다시 바라보았다.

주소 보내요.

서문도 전무가 오고 있었다.

이선우의 집은 5층짜리 주공 아파트였다. 아직도 서울에 이런 곳이 남아 있었나 싶은, 곧 재개발이 된다고 해도 이상하지 않을 것 같은 낮고 커다란 단지에는 아파트만큼 키가 큰 플라타너스들이 무성했다.

304동. 이선우가 알려 준 동 앞에는 자그마한 모래 놀이터가 있었다. 문도는 놀이터 옆쪽으로 차를 대고 차창을 내렸다. 열린 창문으로 후덥지근한 밤공기가 느리게 들어왔다. 틀어 놓은 라디오 채널에서는 열대야가 이어지는 한 주가 될 거라고도 했다.

출장에서 돌아온 지는 사흘이 지났다.

그사이에 문도는 이선우에게 연락을 하지 않았다. 사장단 보고를 끝내고, 이어지는 임원 회의도 성실히 임했다. 일찍 출근하고 늦게 퇴근을 했다. 본관에서 부모님과 저녁 식사도 하고, 장 여사가 건네주는 붕어즙도 꼬박꼬박 마셨다. 텅 비어 있는 별채의 불을 끄고, 다시 켰다.

그러는 동안 마음은 낮게 가라앉아 있었다. 들뜸도 설렘도 없었다. 담담한 마음으로 식사를 하고, 보고서를 읽고, 회의를 했다. 마치 이선우는 잊은 것처럼 그렇게 살다가. 밀려 있던 업무들을 모두 마친 뒤에. 그런 뒤에.

402호.

문도는 눈으로 층을 세면서 담배를 꺼내 입에 물었다. 불은 붙이지 않았다. 한 대를 태울 시간이 지나고, 다시 한 대를 피울 시간이 흐르는 동안 불 켜진 창과 그 앞의 나뭇잎이 흔들리는 모습을 볼 뿐이다.

눈에 담고 있던 창문의 불빛이 꺼졌다. 무슨 일일까 싶어서 문도는 눈썹을 들어 올렸다. 잠시 후 계단의 불이 켜졌다.

4층, 3층, 2층, 1층.

센서 등이 하나씩 켜지며 통로가 밝아진다. 그때마다 계단의 코너에는 걸음걸이조차 춤을 추듯이 우아한 여자의 모습이 나타났다가 사라지기를 반복했다.

옅은 풀색의 원피스. 긴 머리. 가는 몸과 연한 얼굴.

통로를 나오는 이선우의 모습이 보였다. 문도는 시동을 껐다. 옆자리 놓았던 작은 쇼핑백을 들고 문을 열어 차에서 내렸다. 그를 발견한 선우의 눈동자가 커진다. 자신을 향해 있는 선우의 눈동자에 시선을 맞춘 뒤 문도는 열기가 남아 있는 밤의 더운 공기를 가르며 걸었다.

미지근한 바람이 두 사람 사이로 불어왔다. 거의 열흘 만의 재회였다.

차에서 내리는 남자를 본 순간, 선우는 걸음을 멈추었다. 딱 떨어지는 슈트를 입은 서문도가 선우에게로 걸어오고 있었다. 목 끝까지 물이 차오르는 기분이 들었다. 숨이 잘 쉬어지지 않는 것도 같았다.

꿈은 아닐까.

멈추어 선 채로 겨우 그 생각을 했다. 담담하게 걸어오고 있는 남자의 모습은 현실 같지 않았다. 눈을 깜빡이면 사라질 환영 같아서 선우는 자신에게로 걸어오는 문도를 멍하니 바라보기만 했다.

"왜 나와 있어요?"

마치 어제 만났던 사람처럼, 한 번도 틀어진 적 없었던 사이처럼, 혹은 아직 아무런 사이가 아닌 것처럼 남자는 말을 건네 왔다. 선우는 일렁거리는 마음을 마른침과 함께 넘겼다. 수없는 말들을 준비했었는데 머리가 까맣게 비워졌다. 가까스로 입을 열었을 땐 자신의 목소리가 낯설게 들려오기까지 했다.

"늦으시는 것 같아서요."

남자는 가볍게 웃었다. 그러더니 선우에게 작은 쇼핑백 하나를 내밀며 말했다.

"선물."

아, 하고 작게 소리가 터져 나왔다. 생각도 못 했던 것을 받아 들며 선우는 급하게 고개를 숙였다.

"감사합니다."

"별건 아니고."

"아니에요. 잘 쓸게요. 여기까지 오셨는데, 커피라도."

뭐가 들었는지도 모르는데 잘 쓰겠다는 말이 나왔다. 쇼핑백을 꼭 쥐고서 선우는 허둥거렸다. 잘 다녀왔냐는 인사도, 저녁은 먹었냐는 질문도 잊어버렸다. 생각으로는 자연스러웠던 일들이 막상 서문도를 마주하자 하나도 떠오르지 않았다.

그냥 마음이.

"저녁 먹었어요?"

"아, 아뇨. 저도 아직."

"그럼 저녁이나 같이 먹죠."

서문도가 그렇게 말하며 고개를 돌렸다. 먼저 돌아서서 차를 향해 걷는다. 왜 이렇게 가슴 밑바닥이 시큰거릴까. 선우는 뒤따라가며 명치를 가볍게 눌렀다. 목 끝까지 무언가 울렁거리는 기분이 멎지를 않는다.

"근처에 괜찮은 곳 있어요?"

"아. 네. 찾아볼게요."

문도가 조수석 문을 열었다. 선우는 감사하단 인사를 하고 조수석에 탔다. 냉기가 남아 있는 차 안에서 남자의 향기가 났다.

"드시고 싶으신 거 있으세요?"

운전석에 오른 문도에게 선우는 물어보았다. 문도가 시동을 켜며 대답을 한다.

"아무거나."

선우는 핸드폰을 부여잡고 검색 어플을 열었다. 동네 이름을 치고 맛집으로 검색을 하였다. 그것만이 살길이라는 듯이 리스트를 아래로 아래로 내렸다. 김밥 말고 떡볶이 말고, 너무 멀지도 너무 허름하지도 않은. 전에 괜찮은 파스타집이 있었는데. 이름이 뭐였더라. 이름이······.6월이었나. 7월?

'July' 네 글자를 치려는데 손이 자꾸 미끄러졌다. 영어로 쳐야 하는 자판을 한글로 치는 바람에 다시 버튼을 눌렀다. 검색을 돌리니 근처에서 아직 영업 중이었다.

"근처에 이탈리안 레스토랑이 있어요. 파스타하고 피자가 괜찮아요."

쓱 넘어온 손이 선우의 손을 치웠다. 핸드폰에 띄워져 있는 가게의 이름을 보더니 내비에 입력을 했다. 7분이면 도착을 하는 곳이다. 도착지 설정을 한 뒤에 남자는 벨트를 맸다. 선우도 서둘러 벨트를 맸다. 서문도가 기어를 바꾼 뒤, 운전대에 손을 올렸다. 출발을 기다리는데, 남자는 그대로 멈추어 앞만 보고 있었다.

남자가 가만히 앞을 응시한다. 숱이 많은 속눈썹이 눈동자 아래로 그늘을 드리우고 있었다. 그러다가 가늘게 웃는다. 선우는 목이 짓눌리는 기분이었다. 차 안의 공기가 부풀다 못해 터져 나갈 것 같았다.

"좆같네."

문도는 자조하듯 웃으며 말했다.

눈을 꾹 감았다 뜬 뒤 빠르게 기어 봉을 당기며 주차 버튼을 눌렀다. 그리고 눈을 둥그렇게 뜨고 있는 선우에게로 몸을 기울이면서 입술을 삼켰다. 부드럽고 따뜻한 입술이 말캉하게 입안으로 빨려 들어온다. 이선우의 체취가 물큰 밀려들었다.

이거였는데. 이걸 두고서 나는.

"벌려요."

가쁘게 숨만 쉬는 선우에게 문도는 낮게 말했다. 여자의 입술이 벌어진다. 그 안으로 혀를 밀어 넣자 선우의 신음이 몸을 울렸다. 뒷목이 바짝 서면서 욕이 나오게 좋았다. 문도는 선우의 뺨을 쥐고서 혀를 얽었다.

숨도 못 쉬게 밀어붙이자 옷깃을 쥐고 있던 선우가 팔을 풀어 문도의 목을 감았다. 문도는 정신없이 선우의 입술을 빨았다. 귀를 비비고 목덜미를 쥐었다. 저녁 식사가 이선우였으면 좋겠다는 생각을 한다. 그렇다면 샅샅이 발라먹고서 뼈만 남겨 둘 텐데.

고작 한 달이었다. 여자를 안지 않은 시간은. 긴긴 시간 중에 고작 한 달.

그런데 입맞춤이 달았다. 달아서 미칠 것 같았다. 공기 방울처럼 터져 나오는 신음 소리를 삼키며 문도는 거듭 선우의 입술을 파고들었다.

"전무님."

목덜미로 입술을 내렸을 때 선우가 문도를 불렀다. 뿌옇게 습기

176

가 찬 것 같은 목소리였다.

"그만……."

그만해야지. 문도도 알았다. 여기서 한 발짝만 더 나가면 밥이고 나발이고 집으로 올라가자고 할 판이다. 문도는 지그시 눈을 감았다. 하얀 목덜미 사이에 입술을 묻고서 깊이 숨을 쉬었다.

잘못된 선택이었다.

향기 섞인 체취에 머리가 아찔해지는 바람에 헛웃음이 나왔다. 눈을 꾹 감았다 뜬 문도는 뜨거운 숨을 삼키며 몸을 일으켰다. 어둠 속에서 선우의 입술이 반짝인다. 자신의 타액이 묻은 입술이었다. 눈을 뗄 수 없었다. 이래서 내가 미루고 미뤘는데.

"저녁은 나중에 먹죠."

이선우가 고개를 끄덕였다. 문도는 허탈한 웃음을 삼켰다. 일부러 연락을 하지 않았다. 일부러 기다리게 했고, 잊은 척 모르는 척 신경 쓰지 않는 척을 했다. 떼어 놓는 게 불가능하다는 판단이 들어 결국 무릎을 꿇었어도 마음에 들지 않았기에.

누군가를 좋아하는 게, 좋아하여 정신을 못 차리게 되는 게, 마음을 빼앗겨 자신이 자신이 아니게 되는 게 몹시 마음에 들지 않아서. 그래서 바짝바짝 버틸 수 있을 때까지 버티려 했는데.

"많이……."

이선우가 문도의 어깨에 팔을 올렸다. 목을 안으며 그에게 말했다.

"많이 기다렸어요."

이선우는 왜 늦게 왔냐는 말도 하지 않았다. 왜 연락을 하지 않았냐는 말도 없었다.

"내가 무슨 짓을 할 줄 알고."

겁도 없이 안아. 문도는 선우의 턱을 쥐었다. 자신을 보도록 고정시킨 뒤 천천히 입술을 내렸다. 선우의 눈꺼풀이 가늘게 떨리고 있었다. 이럴 거면 뭐 하러 참았나. 문도는 실소하며 선우의 입술을 삼켰다.

이선우의 집은 좁았다. 현관문 바로 앞이 주방이고, 자그마한 싱크대 뒤로 방이었다.

문도는 현관문을 닫으며 선우의 앞섶을 손으로 젖혔다. 가운 형식의 원피스는 차에서부터 풀어 헤쳐져 있었다. 가슴을 가린 천을 걷어 내자 타액에 젖은 정점이 드러났다. 선우를 현관문에 기대어 놓은 채 문도는 가슴을 빨았다. 오도독하게 솟아오른 부분은 입에 넣어 굴리며 잘근잘근 씹었다. 그때마다 이선우가 파르르 파르르 몸을 떨었다.

이걸 안 하겠다고. 미친놈이 이걸 그만두겠다고.

뜨거운 웃음이 나왔다.

그 순간 이후로 틱, 하고 선이 끊어진 느낌이었다. 문도는 이선우가 제발 그만하라고 고개를 저을 때까지 가슴을 탐했다. 사실 그리 크지도 않은 가슴이었다. 한 손으로 쥐면 부드럽게 잡히는, 선홍색의 정점이 환장하게 예쁜 가슴.

아프게 빨았다가 이로 짓씹었다. 힘껏 움켜쥐었다가 짓궂게 비틀었다. 빨갛게 부풀어 오를 때까지 괴롭히다가 가운처럼 생겨 먹

178

은 원피스의 자락을 들어 올렸다. 거칠 것 없이 속옷 사이로 손을 넣었다. 이미 축축하게 젖어 있는 부분을 세로로 훑었다. 이선우가 짧은 신음을 터트리며 고개를 저었다. 전무님, 하고 부르는 목소리는 아까부터 끝이 갈라져 있었다.

살살이 먹어 버리고 싶다는 생각을 한다.

문도는 선우의 몸을 반짝 안았다. 신을 벗고 거실이랄지 주방이랄지 복도랄지, 뭐라고 말해야 할지 모르겠는 공간으로 선우의 몸을 옮겼다. 이선우는 이제 그의 목에 매달린 채로 숨을 쉴 뿐이었다. 문도는 열려 있는 미닫이문으로 걸음을 옮겼다. 작은 침대 위에 이선우를 눕히고 그 위를 올랐다.

방 안은 어두웠다. 바람도 불지 않는, 후덥지근한 여름의 밤.

입술이 아프게 부풀어 오르는 동안에 선우는 문도의 목을 그러안았다. 누구의 것인지 모르게 혀가 감겨들고 얼얼할 정도로 빨렸다. 키스만으로 열이 오르고 숨이 찼다. 발가락이 곱아들고 몸이 엉겨 붙었다.

뜨겁고 낮은 웃음 같은 게 벌어진 잇새 사이로 흘러들었다. 남자의 손이 가슴을 듬뿍 쥐었다. 통증이 섞인 쾌감이 날카롭게 전신으로 퍼진다. 아흣, 터져 나오는 신음은 남자가 그대로 빨아먹었다.

선우의 입술을 엉망으로 씹어 놓은 문도는 그대로 머리를 내렸다. 뜨거운 입안으로 가슴이 삼켜지는 순간, 선우는 신음을 터트리며 남자의 어깨를 세게 쥐었다. 통째로 남자에게 빨려 들어가는 느낌이었다. 선우는 몸을 떨며 다리를 오므렸다. 깨물리고 빨리며 형체 없이 뭉그러진다. 문도가 뜨겁게 빨아들일 때마다 선우의 고개가 꺾어졌다. 아, 아, 소리를 내면서 선우는 남자의 머리를 감싸 안았다.

문도는 붉게 물든 가슴을 힘 있게 빨았다. 여자가 허리를 휘며 파들파들 떨었다. 짓이기듯이 움켜쥐자 새된 비명 같은 소리를 내기도 했다. 그럼에도 멈출 수 없었다. 조절할 수 없었다. 모든 것이 미칠 것처럼 달았다.

기억이 생생해서 미칠 것 같았는데, 그 생생했던 기억은 진짜 이선우에 비하면 아무것도 아니었다. 손에 닿는 촉감, 꺾어지는 신음 소리, 붉어지는 얼굴, 그 모든 것들이 합해진 그냥 이선우.

바지를 다 벗지도 않은 채 아플 정도로 부풀어 오른 분신에 콘돔을 씌웠다. 떨고 있는 선우의 허리를 쥐었다. 한 줌밖에 되지 않는 가느다란 허리를 아래로 당기며 단번에 몸을 밀어 넣는 순간, 선우가 날카로운 소리를 터트리며 목을 뒤로 꺾었다.

씨발.

형용할 수 없는 쾌감이 문도의 등줄기를 후려쳤다. 문도는 욕을 씹으며 어금니를 꽉 물었다. 끓는 용암 속에 몸을 넣으면 이럴까. 전신이 녹는 느낌이었다.

일시에 터져 나갈 것만 같아 문도는 이를 악물고서 힘을 꽉 주었다. 그 와중에 고개를 비튼 이선우가 보였다. 땀에 붙은 머리카락. 부풀어 오른 입술. 붉게 물든 가슴.

터지겠네. 낮은 웃음을 흘린 문도는 허리를 물렸다가 단숨에 다시 진입을 했다. 아, 높은 소리를 터트리며 선우가 시트를 움켜쥐었다. 뇌가 끓는다. 번쩍번쩍, 형용할 수 없는 쾌감이 문도의 등줄기를 후려쳤다.

턱턱 몸이 밀릴 때마다 견디기 힘들다는 듯 몸을 비틀던 이선우가 어느 순간 문도의 목을 안았다. 붉게 흐트러진 얼굴을 하고 간신히 숨만 쉬는 주제에 그와 눈을 맞추어 온다. 층층이 깊은 눈동자가 문도의 영혼을 움켜쥐는 기분이었다.

그래. 이게 무서웠다. 이게 그토록 이선우를 꺼려 했던 이유였고, 동시에 끝끝내 도망칠 수 없었던 이유였다. 너는 무엇일까. 무엇이길래 나를 이렇게 흔들어 댈까. 어떻게 이런 느낌이 가능한가.

이선우는 그저 예쁘게 생긴 여자이고, 이건 단순한 육체의 결합일 뿐이라고 더 이상은 눈속임을 할 수가 없었다. 한 달에 걸친 바보짓을 끝내고 드디어 제자리를 찾아온 이 기분은 대체 무엇인지.

문도는 선우의 얼굴에 시선을 고정하고 몸을 밀어 넣었다. 선우의 입이 벌어지면서 신음이 터져 나왔다. 그게 듣기 좋았다. 자신을 받으며 내는 소리가.

꽃봉오리가 터지는 것 같은 소리를 더 듣고 싶었다. 더 붉어지게, 더 흐드러지게, 마침내는 오로지 그를 향해서만 활짝 피어나게. 문도는 선우의 다리를 팔에 걸었다. 활짝 벌려 더 깊이 들어갔다. 온통 자신의 것으로 만들고 싶었다. 닿을 수 있는 한계까지 채워 넣고 싶었다. 엉망으로 휘저어 정신을 못 차리게 하고 싶었다.

그가 좋아 울게 하고 싶었다.

속력을 높이자 견디지 못한 이선우가 고개를 저으며 입술을 깨물었다. 다리를 비틀어 그를 조이며 시트를 움켜쥐었다. 아득해지는 기분에 문도는 이를 꽉 물었다.

삽입이 너무 깊고 너무 강해서 선우는 고개를 저었다. 남자의 몸이 내리꽂힐 때마다 목 끝까지 뜨거운 덩어리가 밀려오는 것만 같았다. 도망가고 싶은데 도망갈 수 없었다. 사정없이 몰아치는 남자의 몸은 선우를 반으로 쪼개고 있었다.

아니야. 아니. 그만.

무서운 곳으로 끌려 들어가는 것만 같았다. 커다란 회오리 속으로 빨려 들어가는 기분이다. 그곳은 영영 돌아오지 못할 곳인 것만 같아서 무섭고 두려웠다. 한편으로는 계속 올라가고 싶었다. 이 끝을 향해서 더 가까이 가고 싶었다.

"아, 전무님, 아, 아."

숨이 턱턱 막혀 왔다. 쿵쿵, 남자의 몸이 밀려들 때마다 뜨거운 덩어리가 울컥울컥 목울대를 쳤다. 몸 안의 모든 것들이 소용돌이를 그리며 한곳으로 모여들었다. 쾌감은 빙글빙글 빠르게 돌면서 점점 몸집을 불렸다. 선우는 정신없이 문도에게 매달렸다. 남자의 눈빛을 붙잡으려 눈을 맞추는 순간, 울컥하고 감정이 일었다.

남자의 눈동자에 불꽃이 타고 있었다.

지금 이 순간, 남자의 모든 것은 오로지 자신만을 향해서 뜨겁게 타고 있었다. 먼 길을 돌고 돌아서, 이제야 다시.

아직은 나를 원하고 있어. 안도감이 밀려오는 순간 눈물이 핑 돌았다. 참아 내려 애쓰는데도 시야가 뿌옇게 변하며 어룽지기 시작했다.

연락 없는 남자를 기다렸던 날들. 다시 밀려나는 건 아닐까 불안에 지샜던 밤들. 그래도 아무 말 없이 기다렸어야만 했던 시간들. 다시 보았을 때의 마음. 차 안에서의 시간. 데일 듯한 열기와 사납게 몰아치는 쾌감.

모든 것이 뒤섞여 밀려들었다. 숨을 죽여 별채의 계단을 올랐던 순간이, 최지상에게서 민우의 이야기를 들었던 순간이 선우를 스쳐 갔다. 끝내고 싶다는 남자의 싸늘했던 목소리를 들었을 때도 스쳐 갔고, 좋아한다고 거짓된 고백을 하며 매달렸던 자신의 모습도 스쳤다.

삼키려 애를 쓰는데도 눈물이 자꾸만 고여 들었다. 너무 많은 것들이 뒤섞인 눈물이었다. 멈추지 않는 남자의 몸짓과 솟구치는 감정이 하나로 섞이며 선우를 삼켜 갔다. 선우는 남자에게 매달린 채 흐느꼈다.

문도는 눈을 질끈 감았다. 눈물을 삼키며 그의 목을 안고 있는 여자의 모습에 모든 것이 다 상관없어진다. 어쩌란 말인가. 이렇게 가슴이 저린데. 마음이 이렇게 타는데. 어떻게 이 여자를 밀어낼 수 있을까.

이제 이선우가 어떤 사람인지 저울질하기를 그만두기로 한다. 정말 순수한 마음으로 자신을 좋아하는 것인지, 절반쯤은 계획적이었던 것인지, 작정하고 연기를 하는 것인지 이제는 그만 가늠하기로 했다.

그중 무엇이라 해도. 혹은 그 전부라고 해도.

문도는 움직임을 멈추었다. 목에 감겼던 선우의 팔이 스륵 풀어지며 바닥으로 떨어졌다가 이내 선우의 얼굴로 올라갔다. 문도는 눈을 가린 여자의 팔을 치웠다. 붉어진 눈을 마주하고서 선우의 이름을 불렀다.

"이선우."

낮게 가라앉은 눈동자가 선우를 향했다. 눈물로 흐릿해진 시야에 오로지 서문도만이 보였다. 시선을 뗄 수 없었다. 처음부터 그랬다. 그저 서유라의 보호자였을 때조차, 서문도는 등장만으로 한눈에 시선을 사로잡는 남자였다.

"네가 좋아."

그 말에 선우의 눈에서 울컥 눈물이 흘러내렸다. 그 눈물이 문도의 가슴 깊은 곳까지 뜨거운 물길을 그리며 흘러내렸다. 욕이 나오게 좋은데 뭘 어쩌라고. 그냥 이렇게 안고만 있어도 세상을 다 가진 것 같은 기분이 드는데 어쩌라고.

문도는 울고 있는 선우의 뺨을 쥐었다. 투명한 눈물이 고여 든 눈매가 왜 이렇게까지 예쁠까 싶은, 눈을 뗄 수 없이 어여쁜 얼굴이다.

"그렇다고 울 것까지야."

문도가 피식 웃으며 선우의 눈물을 닦아 주었다.

선우는 깊은 눈빛으로 자신을 내려다보고 있는 남자에게서 눈을 뗄 수 없었다. 아름답고도 위험한 남자였다. 감당하기엔 너무나 강한 존재이기도 했다.

사실은 피하고 싶었다. 매달리듯 붙잡았지만 가능하면 거리를 두고 싶었다. 이렇게 깊이까지 발을 들일 생각은 없었다. 짧은 기간 스치는 관계 그 이상도 이하도 아니었으면 했다. 몸은 섞어도 마음은 섞이지 않는 적당한 관계로, 필요한 만큼만 남자를 이용하고 싶었는데.

"좋아한다고 말해."

남자가 오만하게 요구했다. 선우는 대답하고 싶지 않았다. 이미 전화로 몇 번이나 매달리며 뱉었던 말이지만, 그러니 한 번 더 말한다고 해서 달라지는 것도 없을 테지만 어쩐지 두려워진다. 언젠가 거짓과 진심이 뒤섞이는 날이 오면 어쩌나. 이 남자에게 머물고 싶어지는 순간이 오면 어쩌지. 당신을 좋아한다는 거짓말이 영원히 거짓말로 남았으면 좋겠는데.

"말해요, 어서."

서문도가 재촉을 하며 깊은 곳까지 단번에 몸을 밀어 올렸다. 턱, 숨이 막혀 왔다. 피할 수 있는 방법은 없었다. 이 오만하고도 위험한 남자가 선우의 마지막 희망이자 유일한 등불이었다. 몸 깊은 곳에 남자를 품은 채 선우는 대답을 했다.

"좋아해요, 전무님."

그래. 이거면 됐지. 문도는 생각했다. 눈 돌아가게 좋은 걸 어쩔까. 핏줄에 흐르는 호구 유전자를 흔쾌히 받아들일 때가 되었다는 생각을 하며 고개를 숙였다. 어차피 호구가 될 거라면 자발적 호구가 되면 된다. 온 세상이 다 아는 호구 중의 호구로 당당하게 거듭나면 될 것 아닌가.

문도는 달콤한 선우의 입술에 입을 맞추었다. 눈물 맛이 나는 입술이 다디달았다. 이렇게나 간단한데, 너무 오래 기다리게 했다는 생각이 들었다.

"한 번 더."

문도는 선우에게 요구하며 상체를 세웠다.

"좋아해요, 전무님."

좋아해요.

달콤한 고백을 들으며 문도는 허리를 움직여 깊이 몸을 넣었다. 한 번 더. 요구를 할 때마다 선우가 신음을 터트리며 좋아한다고 고백을 했다. 귀가 달아서 미칠 것 같다는 생각을 하며 문도는 점점 더 몸짓을 빨리했다.

아, 아아, 선우의 신음 소리가 높아졌다. 숨이 가쁜 소리가 방 안을 울렸다. 누가 먼저랄 것도 없이 입술을 겹쳤고, 서로를 갈구하며 타액을 섞고 숨을 섞었다.

조금 더, 더, 나를, 제발.

더는 견딜 수 없다고 생각했을 때, 선우는 흐느끼며 고개를 저었다. 싫어, 제발, 안 돼. 터져 나오는 소리들은 자신의 것이 아닌 것 같았다. 남자는 자비 없이 속력을 올렸다. 열기가 터질 것처럼 부풀어 오르는 순간, 선우는 눈을 질끈 감았다.

번쩍하고 모든 것이 터져 나갔다. 세상이 산산이 부서져 내린다. 남자가 힘주어 선우를 안았다. 이마에 화인처럼 찍히는 입술을 느끼며 선우는 문도의 목을 힘껏 안았다.

　절정이었다.

22. Midsummer

커다란 파도가 휩쓸고 지나간 자리에는 낮고 긴 파도가 간간이 밀려왔다. 선우는 간헐적으로 몸을 떨었다. 아무것도 남지 않은 기분이었다. 모든 것이 다 터져 나가 산산이 부서진 기분. 시간조차 멈춘 것 같은 순간에 남자가 선우의 몸을 당겨 안았다.

허리에 남자의 팔이 감기며 등 뒤로 따뜻한 체온이 느껴졌다. 허리를 타고 올라온 남자의 손이 선우의 가슴을 자연스럽게 덮었다. 아릿한 정점이 남자의 손끝에서 나른하게 비벼졌다. 선우는 천천히 현실로 돌아왔다.

"더우셨죠?"

"조금."

문도가 대답하며 선우의 가슴을 쓰다듬었다. 발갛게 물든 부분을 손가락으로 덧그리다가 가볍게 쥐었다. 몇 번을 더 지분거리며 부풀어 있는 정점을 비볐다. 아릿한 쾌감이 다시 고여 들어 선우는 입술을 깨물었다.

"에어컨을 틀었어야 하는데, 잠시만요."

에어컨 핑계를 대면서 그만 일어나려는데 몸이 뒤로 끌려가듯 당겨졌다. 다시 서문도의 품 안에 갇힌 상태가 되었다.

"괜찮아."

괜찮을 리가. 정사의 열기까지 더해진 방 안은 후덥지근했다. 오래되어 보이는 선풍기와 벽에 붙어 있는 에어컨이 멀뚱멀뚱 자신들을 쳐다보는 것만 같았다. 버튼만 누르면 되는데 왜 그러고 있냐고.

"저는 좀 더운 것 같아요."

"참아."

참으라니. 조금 어이없어하는데 목 뒤로 따뜻한 무언가가 닿는 느낌이 들었다. 간질이는 숨과 함께 목덜미에 입술이 찍혔다.

"아."

선우는 자신도 모르게 어깨를 움츠리며 소리를 냈다.

"잠시만요. 전무님. 씻으셔야."

다리를 모으는 선우의 뒤에서 문도가 웃었다.

"조금 있다가."

문도는 목과 어깨가 이어지는 부분에 머리를 묻었다. 흰 목덜미에서 이선우의 살내음이 났다. 살에 대고 숨을 쉬었더니 선우의 몸이 움찔거렸다. 고개를 더 숙여 등으로 입술을 옮겼다. 흡, 하고 선우가 숨을 삼켰다.

귀엽긴.

문도는 점점이 입을 맞추다 선우의 몸을 돌렸다. 마주 보고 누운 자세에 문도의 팔까지 베게 된 선우의 얼굴에는 곤란함이 가득이었다. 땀에 젖어 이마에 들러붙은 머리카락을 떼어 주고는 말 없이 선우를 보았다.

대체 너는 뭘까.

이런 적은 없었다. 스스로를 통제할 수 없는 경험은 처음이다. 감정에 휩쓸려 충동적인 결정을 내렸는데 후회가 되지 않았다. 한 줌도 안 되는 이 작은 여자를 안으면 세상을 다 가진 것 같았다. 찌르륵찌르륵 울고 있는 매미 소리조차 뒤로 물러나는 느낌이 들지 않나. 선우의 얼굴을 물끄러미 보던 문도는 가볍게 입꼬리를 올리며 입을 열었다.

"내가 만만했어요?"

"네?"

"몇 번 더 찍으면 넘어올 것 같았어요? 싫다는데 뭘 그렇게 막무가내로 매달려."

이번에는 선우가 아무 말도 못 했다. 문도가 웃으며 선우의 머리카락을 넘겼다.

"내가 그렇게 쉬워 보였나?"

그건 아니었다. 선우는 가볍게 웃는 남자를 바라보았다. 쉬울 리가. 세상에서 제일 어려운 사람이라고 생각하고 있다.

"그냥."

선우는 입을 열었다.

"마지막까지 최선을 다하고 싶었어요. 포기하면 후회할 거 같아서."

서문도는 선우에게 민우의 핸드폰이었다. 가려진 진실이었다. 아무것도 남지 않은 선우에게 남아 있는 유일한 목표였고 절실한 소원이었다.

"가만 보면 근성 있어. 미련할 정도로."

아이러니하게도 맞는 말이었다. 선우는 자신의 뺨을 가볍게 감싸는 남자를 바라보았다. 연습에 연습. 시도에 시도. 발레 동작 하나하나 쉽게 된 적이 없었다. 될 때까지 꺾이고 넘어지며 비틀거리면서도 포기하지 않는 삶을 살았다.

"전무님은……."

선우의 눈에 비친 서문도는.

"어려워요. 많이 어려워요. 그래서 처음 발레 배웠을 때 생각이 나요."

서문도가 눈썹을 들어 올렸다. 그게 무슨 말이냐는 표정을 보면서 선우는 가만히 말을 이었다.

"쉬운 적이 없었어요. 단 한 번도. 그런데 포기가 안 되었어요. 자면서도 연습하는 꿈을 꿨었어요. 어렵고 힘든데, 그래도…… 좋았어요."

그 말에 남자의 입꼬리가 호선을 그리며 올라갔다. 좋았다는 것을 빼면 정말이었다. 진심을 다해 부딪치지 않으면 움직여 주지 않는 어려운 상대였다. 허락한 만큼씩만 겨우겨우 다가갈 수 있는 것도 꼭 닮았다.

문도가 고개를 숙여 선우의 입술을 찾았다. 겹쳐지는 입술이 부드러웠다. 선우의 입술이 문도의 입술 안으로 빨려 들어갔다.

정신이 아득해지면서 생각이 흩어진다.

"내가 그렇게 좋았어?"

입술을 뗀 문도가 속삭이듯 물었다.

"네."

그렇게 좋았어요.

선우의 대답은 이내 문도에게로 삼켜졌다. 얽혀 드는 문도의 혀를 받으며 선우는 눈을 감았다. 여름밤이 깊어 가고 있었다.

알람 소리가 오래도 울렸다. 선우는 눈을 감은 채로 옆을 더듬었다. 잠이 쉽사리 깨지 않았다. 알람을 꺼야 하는데. 생각을 하다 설정해 놓은 알람이 없다는 걸 기억했다. 붙은 눈을 간신히 떠서 핸드폰을 찾았다. 알람이라 생각했던 소리는 벨 소리였다. 핸드폰의 화면에는 서유라의 이름이 떠 있었다.

"네. 이선우입니다."

—야, 왤케 전화를 늦게 받아?

"잠깐 잠이 들었어요."

—뭐야, 지금이 몇 신데 처자냐?

그러게요. 선우는 속으로 대답하며 시계를 보았다. 오전 11시가 다 되어 가는 시간이었다.

—어제 늦게까지 놀고 그런 거야? 나 없다고 아주 신났네?

"그냥 늦게 잠이 들었어요."

선우는 대답하며 천천히 몸을 일으켰다. 덮고 있던 얇은 이불이 흘러내리자 맨몸이 드러났다. 가슴 위로 붉게 물든 자국들이 보였다. 새벽까지 이어진 정사의 흔적이었다.

마지막에는 맥없이 늘어져 숨만 간신히 쉬었다. 나른하게 몸을 일으켰던 남자가 선우의 위로 얇은 이불을 덮어 주었다. 씻는 물소리를 듣다가 눈을 감았던 기억이 난다. 머리카락을 넘겨 주며 다독였던 손길도 어슴푸레 기억이 났다.

― 적당히 놀아라. 나 진짜 화낸다.

"네. 그럴게요."

선우는 일어서면서 말했다. 약하게 틀어져 있던 에어컨을 끄고 창문을 열었다. 짙은 녹색의 잎새 사이로 뜨거운 햇살이 들이쳤다.

"언제 돌아오세요?"

― 몰라. 아빠가 갈 생각을 안 해. 공기만 마셔도 건강해지는 것 같다나? 기운이 쌩쌩해졌는지 갑자기 산을 타자고 하잖아? 한 5백 미터 걸었나? 나 별장 가서 휠체어 가지고 올라왔잖아. 그거 밀고 가는데 환장하는 줄.

서유라는 길게 이야기를 늘어놓았다. 산 모기가 얼마나 지독한지, 늙은이들만 있는 별장이 얼마나 무료한지, 회장과 박소영이 얼마나 눈꼴 사나운 애정 행각을 벌이는지. 한참을 투덜거리다가 곧 돌아갈 테니 기다리고 있으라는 말을 끝으로 전화를 끊었다.

전화를 끊은 선우는 욕실로 들어갔다. 자신의 칫솔 옆에 꽂힌 푸른색 칫솔이 보였다. 늦은 시간, 문을 연 식당이 별로 없어서 24시간

김밥집에서 밥을 먹고 그 옆의 편의점에서 샀던 것이었다.

선우는 고개를 들었다. 욕실 안 거울 속에 자신의 모습이 비쳤다. 거울 속 이선우는 목에 가느다란 목걸이를 하고 있었다.

'다시 사 줄게.'

차에 두고 왔던 선물은 목걸이였다. 면세점 아무 곳에서 대충 샀던 거라며 남자는 다른 걸로 새로 사 주겠다고 했지만 선우는 가느다란 금색의 줄과 작은 리본 모양의 펜던트가 부담스럽지 않고 좋았다.

마음에 든다고 말했더니 못마땅한 표정을 짓던 서문도는 마지못해 목에 목걸이를 걸어 주었다. 그때의 간지럽던 느낌이, 멈춘 듯 느리게 흘렀던 시간이 정말로 존재했었던 걸까 싶은데 거울 속의 이선우는 목걸이를 하고 있었다.

'푹 자요, 연락할 테니.'

목걸이를 받고, 밤새 몸을 나누었어도 사실은 실감이 나지 않았다. 정말로 다시 시작하게 된 게 맞나. 이제 다시 밤마다 그와 몸을 나누는 관계로 돌아간 것이 맞나. 자신을 보았던 남자의 다정한 눈빛과 가벼웠던 미소 같은 것도 실감 나지 않았다. 믿기지 않는다는 게 더 맞는 표현일까.

'네가 좋아.'

남자가 뱉어 냈던 말이 귓가를 스쳤다. 선우는 고개를 저었다. 함께 밤을 보내는 관계를 다시 시작하게 되었지만 그 말에 기대어서는 안 된다. 너와의 잠자리가 아직은 좋다는 뜻 정도일 테니. 서문도가 그녀에게 준 것은 작은 기회일 뿐이다. 관계를 다시 시작할 수 있는 기회. 지난번처럼 바보같이 마음을 놓아서는 안 되었다.

샤워를 마치고 나와서 선우는 전기 주전자에 물을 올렸다. 보글보글 끓는 물소리를 들으면서 핸드폰으로 메시지 창을 켰다.

전무님, 잘 들어가셨어요? 어제는 인사도 못 드렸어요.

거기까지 적은 뒤 천장을 바라보았다. 뭐라고 써야 하지? 한마디를 덧붙이면 좋겠는데 적당한 말이 생각나지 않았다. 연락 주세요, 좋은 하루 보내세요, 그런 말들을 떠올렸지만 마땅하지 않았다.

점심 맛있게 드시고 좋은 하루 보내세요.

결국 이도 저도 아닌 말을 덧붙인 뒤 보내기 버튼을 눌렀다. 잠시 뒤에 메시지가 왔다.

5분.

5분 뒤에 연락을 하겠다는 건가.

잠자리에 기운을 모두 썼는지 허기가 돌았다. 선우는 냉장고에서 복숭아를 꺼냈다. 물에 씻어서 과도로 껍질을 벗겼다. 복숭아를 먹고 나서 컵라면도 먹어야겠다고 생각할 때였다. 핸드폰의 벨이 울렸다. 서문도 전무였다. 선우는 과즙으로 끈적해진 손을 씻고 전화를 받았다.

"네."

— 점심 먹었어요?

"아니요. 이제 일어났어요."

건너편에서 남자가 웃었다. 그리고 잘했네, 라고 말했다.

— 저녁 뭐 먹을래요?

"시간이 괜찮으세요?"

밤늦은 퇴근이 기본이었던 남자였다. 평일 저녁에 시간이 될까.

— 장담은 못 하겠는데, 8시 정도? 좀 더 늦을 수도 있고요.

"저는 괜찮아요."

— 그럼 이따 봐요.

"전무님."

선우는 문도를 불렀다. 벽에 걸린 달력은 3월에 머물러 있었다. 여름이 이렇게 깊어졌는데 날이 가는 줄도 모르고 제자리걸음만 돌고 있었다는 생각이 든다.

— 말해요.

정신을 차려야 했다. 더는 수동적으로 주어지는 기회만 기다릴 수는 없었다. 선우는 여기가 무대라고 생각했다. 아마도 자신의 마지막이 될 무대라고. 맡은 역할은 사랑에 빠진 여자. 상대역은 서문도 전무.

"조심해서 오세요."

웃는 소리가 들려왔다. 선우는 목걸이를 만지작거리며 말했다.

"보고 싶어요. 기다릴게요."

막은 올랐고 극은 시작되었다. 선우는 최선을 다할 생각이었다.

"그럼 이제, 태정 모비스와의 배터리 팩 리스 업무 협약 건에 대한 발표로 이어지겠습니다."

도시락 하나 떨렁 던져 주고 몇 시간째냐.

송정태는 앞에 놓인 커피를 쭉 빨아 마셨다. 대전 연구소에서 출장 업무를 마치고 바로 퇴근을 할 수 있을 줄 알았더니, 부회장 소집 긴급 임원 회의가 열렸다.

전지 사업부 자동차 영업팀의 홍성준 팀장이 연단에 섰고, 아래 직급의 오 과장이 빠르게 회의 자료를 돌렸다. 잔뜩 긴장된 얼굴로 자료를 돌리는 오 과장에게서 서류를 받아 옆자리의 서문도 전무에게 전달을 하는데 서 전무의 표정이 과히 좋지 않았다.

어디가 불편한가.

대전 연구소에서 업무 보고를 들었을 때는 이례적일 정도로 기분이 좋아 보이더니, 지금은 매우 심기가 틀어진 것처럼 보였다. 언뜻 집중한 것처럼 보이는 얼굴이지만 서 전무를 오래 보좌한 정태는 알 수 있었다. 저건 매우, 몹시, 기분이 안 좋은 상태였다.

저 세로로 그어진 미간의 주름이 하나도 아니고 둘. 한 번씩 돌리는 펜과 누구 하나 아작 낼 것 같은 싸늘한 눈빛.

"전무님."

서류를 전달하는데 씹, 하고 낮게 욕을 하는 소리를 들은 것 같다. 편히 먹으라고 앞에 놓아 준 도시락은 뚜껑도 열지 않은 채였다. 먹은 것도 없을 텐데, 배도 안 고픈가. 정태는 괜히 눈치를 보았다.

송정태의 짐작대로 문도는 몹시 기분이 좋지 않았다. 속이 타는 기분에 앞에 놓인 아메리카노를 들어 쭉 마시는데 식어 빠진 커피조차 속 시원히 나오지 않았다.

"이번 업무 협약의 핵심은 배터리팩의 리스라고 볼 수 있습니다. 우선 태정 모비스에서는 GK 모빌리티에 전기 차를 판매……."

프로젝트가 시작된 지 한 달이 넘었다. 실시간 자료 공유의 시대에 PPT를 띄운 석간 회의라니. 산업통상자원부 주관 업무 협약 보고 들어간 지가 언제인데.

서중호가 한 장 한 장 자료를 넘겨 가며 화면을 보았다. 문도는 한 번 더 미간을 구겼다. 이선우에게 8시 전후로 갈 수 있다고 했는데 지금 출발해도 8시 반이 넘어야 도착할 수 있었다.

문도는 핸드폰을 꺼내 메시지 창을 열었다. 조금 늦을 것 같아요, 라고 보낸 메시지 아래로 네, 하는 선우의 대답 아래로 화이팅을 외치는 토끼 모양의 이모티콘이 보였다. 문도는 피식 웃은 뒤 다시 메시지를 보냈다.

더 늦어질 듯.

잠시 후 읽었다는 표시로 숫자 1이 사라지더니 이모티콘이 올라왔다. 괜찮아요, 노래를 부르고 있는 분홍색 토끼였다.

마음 쓰지 마시고 천천히 오세요. 저는 괜찮아요.

토끼 아래로 메시지가 올라왔다. 이선우의 목소리와 말투로 읽어지는 메시지였다. 문도의 입꼬리가 미세하게 올라갔다. 마음을 어떻게 안 써. 기다리고 있는 거 뻔히 아는데.

"잠깐 멈춰 봅시다. 그러니까 지금 우리가 하는 게 배터리팩을 대여했다가 수거해서 ESS로 만들어 재활용을 하는 거다, 그건가? GK는 태정에서 전기 차 떼다가 택시 사업을 하고?"

"네, 그렇습니다."

한 달 전에 보고 들어간 걸 이제야 확인하는 서중호를 보며 문도는 한숨을 삼켰다. 아무래도 회의가 길어질 것 같은 불길한 예감이 든다. 저녁밥 한번 먹기 더럽게 힘드네. 그 생각을 하며 문도는 고개를 뒤로 젖혔다.

이선우의 집 앞에 도착했을 땐 밤 10시가 가까워진 시간이었다. 놀이터 옆으로 차를 댄 문도는 시동을 끄고 손으로 얼굴을 쓸었다.

'너무 늦었네. 저녁은 다음에 사 줄게요.'

말은 그렇게 해 놓고.

'아……. 네. 피곤하실 텐데, 들어가셔서 푹 쉬세요.'

여기까지 왔다. 아, 하고 살짝 당황해서 내는 것 같은 그 한 음절의 소리 때문에. 혹시 아쉬워하는 건 아닌가 싶어서.

광화문에 있는 회사에서 서울 북쪽에 위치한 이선우의 집까지는 빨리 달려도 30분이 넘게 걸렸다. 이선우의 집에서 이태원의 본가까지는 한 시간 정도가 걸린다.

회의 중간에 기다리지 말고 저녁을 먼저 먹으라 메시지를 보냈으니, 사실상 와야 할 이유는 없었다. 약속은 이미 빠그라졌고 만날 시간은 언제라도 있으니. 그런데 얼굴 한 번 보려고 한 시간 반을, 그것도 이 늦은 시간에. 비효율의 끝판왕이라 생각했지만 핸들이 저절로 틀어졌다. 시간 낭비일 게 뻔한데, 내일의 컨디션을 생각하면 이대로 들어가 통화나 잠깐 하고서 쉬는 게 맞다고 생각을 하면서도.

기다렸을 테니까.

문도는 차에서 내렸다. 습기가 많은 미지근한 밤공기가 뿌옇게 차 있는 밤이었다. 선우의 집이 있는 통로 쪽으로 걷는데, 뒤에서 목소리가 들려왔다.

"전무님?"

뒤를 도니 검은색 민소매 원피스 차림의 이선우가 보였다. 전에 없이 입술에 반짝이는 립글로스까지 바른 이선우가 검은색의 비닐봉지를 들고 있었다.

"어떻게…… 오셨어요?"

조금 놀란 듯한 표정으로 선우가 말했다. 시간 낭비하기를 잘했다는 생각이 제일 먼저 들었다.

"차 타고."

"아."

농담이라 봐줄 수도 없는 말에 말문 막힌 이선우가 예뻤다. 옅은 화장을 한 얼굴에 외출복을 입은 것만으로 분위기가 색달랐다. 신경 써서 데이트를 준비한 모습이었다.

"농담이고, 잠깐 얼굴만 보고 가려고 왔어요. 김밥?"

선우가 손에 쥐고 있는 비닐봉지 안에는 누가 봐도 김밥이 들어 있었다. 은박지에 둘둘 말린 김밥을 사서 들어오는 길이라는 건, 이제까지 저녁을 먹지 않았다는 건데.

"기다리지 말고 먹으라 했을 텐데. 저녁 아직 안 먹었어요?"

문도의 말에 선우가 웃기만 했다. 연한 미소에 심장이 뻐근해진다. 먹으라면 먹을 것이지 미련하게 뭘 기다려.

"아까는 배가 별로 안 고팠어요."

선우가 말했다. 아파트 가로등 불빛에 선우의 맑은 눈동자가 반짝였다. 편한 옷차림이 아닌 몸에 붙는 검은색 민소매 원피스를 입고 있는 이선우의 목에는 그가 선물한 목걸이가 걸려 있었다. 실처럼 가는 줄에 달린 자그마한 리본이 선우와 잘 어울렸다. 하나로 모아서 묶은 머리는 단정했고, 쭉 뻗은 팔은 우아했다.

"회의는 잘 마치셨어요?"

"그럭저럭."

회의 내내 인상을 찌푸리고 있었다는 이야기는 하지 않았다. 원래부터 실무 효율성을 떨어트리는 임원 회의를 싫어했는데, 이번 기회로 더욱 싫어하게 되었다는 이야기도 하지 않았다. 언제 끝나나, 내내 그 생각을 했었다는 말도 하지 않았다.

"그럼."

문도는 얼굴 봤으니 이만 가겠다는 뜻을 전했다. 김밥 봉지를 쥐고 있던 선우의 얼굴에 당황이 서린다.

머무르고 싶은 마음은 목 끝까지 차올랐지만, 쉽게 머물러 주고 싶지 않았다. 이선우에게서 눈을 뗄 수 없는 마음과는 별개로 심술궂은 마음이 늘 있었다. 원하는 걸, 좋아하는 걸 쉽게 주고 싶지 않았다. 여기까지 와서 무슨 짓인가 싶긴 한데 그랬다. 자신은 아무렇지 않은 척 돌아서고, 애가 타서 잡는 건 이선우였으면 한다. 그런 그의 마음을 알았는지 선우가 문도에게 물었다.

"전무님은 식사하셨어요?"

"이제 들어가서 해야죠."

웃으며 대답을 하자 선우가 그를 보았다. 들고 있는 김밥을 잠깐 보더니 망설이며 문도에게 물었다.

"저……. 괜찮으시면, 김밥에 라면 드시고 가실래요?"

조심스러운 물음에 문도는 대답하지 않았다. 가만히 쳐다보기만 하니 선우의 눈동자가 흔들렸다. 괜히 물어봤나, 너무 뻔한 제안이었나. 선우의 머릿속에 스치는 생각을 읽으며 문도는 입을 열었다.

"먹고 갔으면 좋겠어요?"

문도의 말에 선우가 고개를 끄덕였다.

"네. 조금 더 계셨으면 좋겠어요."

빤히 바라보자 선우가 살짝 긴장을 했다. 그러면서도 시선을 떼지 않으며 그를 보았다. 그렇게 보면 내가 갈 수가 없잖아.

"장 여사가 라면 먹지 말라고 했거든."

문도는 잠깐 사이를 띄웠다. 거절하는 거라 생각했는지 선우가 입술 끝을 작게 씹었다.

"내가 그 말을 이렇게 어기네."

붙잡는다면 잡히는 줄게.

문도는 그렇게 생각하며 고개를 숙였다. 선우의 눈이 커다랗게 떠지는 것을 보며 입술을 겹쳤다. 바스락, 비닐을 쥐는 소리가 난다. 짧은 입맞춤이 달콤한 밤이었다.

물이 보글보글 끓는데, 라면을 넣는 사람은 아무도 없었다.

"전무님."

"응."

문도는 대답을 하며 선우의 입술을 비스듬하게 바꿔 물었다. 사람을 먹게 된다면 입술이 제일 맛있는 부위가 아닐까 하는 생각이 들 정도로 이선우의 입술이 달았다.

"물이…… 하아……."

자그마한 얼굴을 쥐고서 다시 입술을 포갰다. 깊이 밀어 넣은 혀로 선우의 혀를 비볐더니 선우가 문도의 셔츠를 꼭 쥐었다.

"물이, 끓는 것 같아요."

말을 하는 선우도 문도의 어깨에 팔을 감고 있었다. 알아. 대답을 하면서 문도는 선우의 입술을 잘근잘근 씹었다. 이선우는 타액도 달았다. 달콤한 과즙 같아 자꾸만 훔쳐 오게 된다.

"아."

원피스 위로 가슴을 쥐니 선우가 얇게 신음 소리를 냈다. 입술을 턱으로 목으로 내리며 아래로 내려가는데 꼬르륵, 선우의 배에서 물소리가 났다. 선우가 흡, 하고 숨을 쉬었다. 문도는 동작을 멈추고 웃었다.

"배가…… 고파서."

선우가 민망한 목소리로 말했다. 문도는 몸을 일으켰다. 집으로 들어와 냄비에 물을 올리고 상을 차리는 이선우에게 가볍게 입을 맞춘 것이 화근이었다.

"제가 할게요."

라면 봉지를 찢고 차례로 스프를 털어 넣으니 선우가 급하게 말했다. 면까지 넣은 문도는 핸드폰을 들었다. 타이머를 맞춘 뒤 다시 내려놓고 선우에게 다시 고개를 내리며 말했다.

"3분만 더."

이선우가 어이가 없는지 웃었다. 문도도 입꼬리를 올리며 웃었다. 웃을 만한 일이 아닌데 웃음이 나왔다. 끓는 물. 급하게 털어 넣은 라면. 그 와중에 맞춰 놓은 타이머. 위잉위잉 돌아가는 낡아 빠진 선풍기. 이 방, 이 집, 이 계절의 공기와 미지근한 열기가 그를 웃게 했다.

"더 해 달라고 해."

문도는 입술이 스칠 것만 같은 거리에서 말했다. 시선이 얽히며 웃음이 천천히 사그라들었다. 선우가 기꺼이 그의 목을 감싸 안으며 말했다.

"더 해 주세요."

그 말에 문도의 등이 저릿거렸다. 입술을 겹치자 선우가 문도의 허리에 팔을 둘렀다. 아무래도 불어 터진 라면을 먹게 될 것 같은 예감이 드는 순간이었다.

하루 종일 에어컨을 켜 두어야 할 정도로 무더운 날이다.

오후가 되도록 문을 닫고 있었더니 갑갑해지는 것 같아, 선우는 잠깐 에어컨을 끄고 베란다 창문을 열었다. 널어 두었던 빨래가 바짝 말라 있기에 하나씩 걷는데 밥솥에서 삐—삐— 취사가 다 되었다는 알람이 울렸다.

선우는 마른빨래를 침대에 놓고 주방으로 건너왔다. 밥솥을 열고 주걱으로 밥을 뒤적이는데 이 집에서 처음 밥을 해 먹었을 때가 생각났다.

'민우야, 밥은 다 되면 한 번 뒤적여 줘야 해. 알았지? 안 그럼 떡지거든?'

발레단을 그만두고서 지젤 발레 학원에 막 취업을 했을 때였다. 취사 버튼을 눌러 놓고 출근을 하면서 말했더니, 막 대학교 2학년이 되었던 민우가 어이없다는 듯 말했었다.

'누나보다 내가 더 잘 알거든? 행주는 펴서 널고, 국은 한 번 끓여 놓고. 아 참, 누나. 멸치볶음 좀 냉장고에 넣지 마. 딱딱해진다구. 일부러 빼놓은 건데 왜 자꾸 넣어?'

하얀 쌀밥을 뒤적이다가 선우는 피식 웃었다. 그랬었다. 엄마를 도와서 살림을 곧잘 배웠던 것도, 김치볶음밥이니 떡볶이 같은 걸 만들어 먹었던 것도 민우였다.

'나는 걱정하지 말고 누나나 잘 챙겨 먹어. 누나가 할 줄 아는 건 발레밖에 없잖아? 갈 때 운전 조심하고, 출구 놓치면 그냥 직진으로

가서 유턴을 해. 알았지?'

다섯 살이나 어린 동생이었는데, 잔소리 많은 오빠처럼 굴었던 것이 생각난다. 밥을 잘 뒤적여 놓은 선우는 방으로 돌아와 TV를 틀었다. 침대에 앉아 아까 놓아두었던 빨래를 끌어왔다. TV에서는 뉴스를 하고 있었다. 열대야니 여름휴가니 하는 이야기들을 들으며 빨래를 개다가 고개를 돌려 창밖의 나무를 바라보았다.

여름의 오후는 느리게 흘렀다.

다 불은 라면을 먹고 간 서문도는 그 뒤로도 두 번 더 왔었다. 늦은 밤에 벨을 누르고 들어와 선우를 안았다.

아침부터 낮까지는 기다리는 시간이었다. 밤이 되기를 기다리면서 밥을 먹고, 빨래를 하고, 책을 읽었다. 남자를 대접하기 위한 과일을 사다 놓는 정도가 선우가 하는 일이었다. 밤이 내려오면 남자에게서 연락이 왔다. 오늘은 가겠다. 오늘은 가지 않겠다. 어느 연락에도 선우의 답은 같았다.

보고 싶어요. 기다릴게요.

이틀 걸러 한 번 정도 서문도가 벨을 눌렀다. 남자가 벨을 누르면, 당신이 오기를 기다렸다는 말을 했다. 당연하다는 듯 내려오는 입술을 받으며 목에 팔을 둘렀다. 그렇게 남자의 아래에서 좋아한다고 속삭이고, 눈동자를 오래도록 마주 보았다. 남자가 느슨하게 풀어진 미소를 보이면 그제야 안심이 되었다.

별채로 돌아갈 수 있는 날이 오기는 할까.

흔들리는 나뭇잎을 보며 한숨을 쉬다가 선우는 쓴웃음을 웃었다. 사람 욕심이라는 게 참 무섭긴 한가 보다. 처음엔 그저 서문도가 돌아봐 주기만 해도 좋겠고, 그걸 위해서 무엇이든 할 수 있을 것 같더니, 막상 돌아와 관계를 맺는 날이 이어지자 언제 별채로 돌아갈 수 있을까, 그것만 기다리게 된다.

일단은 그거라도 최선을 다해야지. 다시 쫓겨나는 일이 없도록 서문도 전무에게 잘 보이는 게 지금으로써는 최선이니까.

마지막 수건을 개는데 식탁 위에 올려 둔 핸드폰에서 벨 소리가 울렸다. 화면을 보니 발신인은 서문도였다.

"네, 전무님."

선우는 목소리를 밝게 하고 전화를 받았다.

— 뭐 하고 있어요?

"빨래 개고 있었어요."

선우의 말에 문도가 웃었다. 주말인 오늘도 출근을 한다는 말을 들었다. 일하다 전화를 걸었겠지, 짐작하면서도 선우는 상냥하게 물어보았다.

"전무님은 뭐 하고 계셨어요?"

— 일.

간단한 대답에서 짜증이 조금 느껴져 웃음이 나왔다.

"주말인데 일하시려면 힘드시겠어요."

의례적인 말까지 덧붙이니 수화기 너머의 서문도가 가볍게 웃었다.

— 일은 다 했고, 이제 퇴근하려는데.

선우는 고개를 돌려 벽시계를 보았다. 오후 5시를 향해 가고 있었다.

─ 어떻게 할까요.

남자가 담담한 목소리로 물었다. 마치 너 하기에 달렸다는 듯이. 선우는 개고 있던 수건을 꾹 눌렀다. 이럴 때면 조금 막막했기 때문에. 어떻게 해 달라고 해야 하나. 어떻게 해야 당신이 나를 쫓아내지 않을까. 다시 시작한 이 관계는 전보다 조금 더 어려워졌다.

"괜찮으시면……. 저녁 같이 드실래요?"

─ 안 괜찮으면요?

안 괜찮으면 처음부터 어떻게 하겠냐고 묻지를 말았어야지. 선우는 작게 한숨을 삼켰다. 다시 돌아왔어도 서문도는 여전히 어렵고, 여전히 힘들었다.

남자는 밤마다 말했다. 더 매달리고 더 좋아하라고. 그녀의 마음이 얼마나 절실한지를 시험이라도 하는 것 같았다. 선우를 향한 욕망이 남아 있을 때도 아무렇지 않게 잘라 버렸던 서문도였다. 거꾸로 말하면 욕망을 불러일으키는 것만으로는 남자를 붙잡아 두기 힘들다는 뜻이기도 했다. 돈 때문에 접근한 여자의 연기를 했을 땐 무턱대고 비싼 물건을 사면 됐었는데, 좋아한다는 애절한 고백으로 붙잡은 지금은 마음을 증명해야 했다. 그것도 사랑의 마음을.

차라리 밤에는 흉내라도 낼 수 있었는데, 이렇게 평상시 대화를 할 때면 뭐라 해야 할지 막막해질 때가 많았다. 좋아하는 남자가 이렇게 말하면 어떻게 답을 할까. 어떡하긴. 오기 싫으면 오지 말라고 했겠지. 하지만 그럴 수 없으니…….

"많이 바쁘세요?"

무턱대고 와 달라고 조를 수도 없어서 물어보았더니 서문도가 아니, 라고 답했다.

— 바쁘진 않아.

어쩌라는 거야. 선우는 자신도 모르게 한숨을 쉬었다. 왠지 수화기 너머에서 웃는 소리가 들려오는 것 같았다.

"바쁘지도 않고, 퇴근도 하시는데, 저녁 먹는 건 안 괜찮으신 거면."

그럼 그냥 오지 말고 쉬셔도 괜찮아요. 그 말이 목 끝까지 차는데 꾹 씹어 삼키고 상냥한 목소리로 말을 이었다.

"저는 어떻게 할까요?"

답을 모르겠을 땐 질문하는 것도 방법이니까. 선우의 말에 문도가 웃음기가 느껴지는 목소리로 말했다.

— 뭘 어떻게 해요?

"어떻게 하면 뵐 수 있을까요?"

— 날 왜 보려 하는데.

"그야 당연히."

선우는 턱에 핸드폰을 끼고 수건을 들었다. 욕실로 향하며 기계적으로 대답을 했다.

"보고 싶으니까요."

수화기 너머에서 피식 웃는 소리가 났다.

— 먹고 싶은 거 생각해 놔요. 지금 출발할 테니까.

"네. 조심히 오세요."

― 이럴 땐 조심히 말고, 빨리 오라고 하는 거예요.

남자의 말에 선우는 김빠진 웃음을 웃었다. 아니야. 빨리 안 와도 돼요. 그 생각을 하며 남자에게 답했다.

"늦어도 좋으니까 조심해서 오세요. 기다릴게요."

그래요. 문도의 목소리를 들으며 선우는 전화를 끊었다.

푸른색 원피스를 입은 이선우가 계단을 내려왔다. 문도는 차창을 내렸다. 선우가 문도를 보고 가볍게 고개를 숙여 인사를 하고는 조수석의 문을 열었다.

"잘 지냈어요?"

문도의 인사에 선우가 네, 하고 고개를 끄덕였다. 벨트를 하고는 잠시 앞을 본다. 이 분위기가 어색하기라도 한 듯, 작게 숨을 쉬었다.

"어색해요?"

물어보니 고개를 돌려서 문도를 본다. 입술을 맞다물며 웃더니 작게 말했다.

"네. 아직은 조금 어색하긴 해요."

반달 모양으로 휘어지는 눈매가 예뻤다. 언젠가 서유라에게만 저렇게 웃어 주어서 속이 뒤틀렸던 기억이 난다. 아무에게도 웃어 주지 말고 내게만 웃어 주라고 하면 미친놈 보듯이 보려나. 문득 사진으로 찍어 두고 싶다는 생각이 들었다. 아무 때나 꺼내 볼 수 있게.

"뭐가 그렇게 어색해. 그렇게 많이 했는데."

문도의 말에 선우의 얼굴이 붉어졌다. 어쩔 줄 몰라 방황하는 눈동자가 귀엽다는 생각을 하며 문도는 선우를 빤히 보았다.

"제가 식당을, 찾아봤어요."

핸드폰을 꺼내며 화제를 돌리는 여자의 턱을 가볍게 쥐어 자신을 향하게 했다. 깜빡깜빡 두 번 정도 눈을 감았다 뜨는 이선우를 바라보다가 고개를 기울였다. 입을 맞추자 여자의 눈이 크게 뜨였다. 놀라기는. 문도는 가볍게 입을 맞춘 뒤 입술을 뗐다. 선우가 손등으로 입술을 가리며 문도를 보았다.

"인사."

문도의 말에 선우가 눈만 깜빡였다. 그리고는 급하게 주변을 둘러본다. 끝까지 내려가 있는 차창 덕분에 누가 봤을 수도 있긴 했다.

"좀 더 길게 할걸 그랬나."

선우를 보면서 말하자, 선우가 빠끔 입을 벌렸다.

"네?"

"아쉬우면 언제든지 말해요."

얼마든지 더 할 수 있다는 표정으로 말하니 선우가 아니요, 라며 고개까지 저었다. 전혀 아쉽지 않은 표정이었다.

"그거 알아요?"

뭐를요, 하고 묻는 것 같은 눈동자를 보면서 문도는 싱긋 웃었다.

"나는 하지 말라면 더 해."

문도는 손을 뻗어 선우의 뺨을 쥐었다. 절반 이상 몸을 기울여 선우의 입술을 찾았다. 기분 좋게 서늘한 여자의 입술을 빨고 씹었다. 열린 창문을 의식한 선우의 몸이 굳어지는 것이 느껴져서 조금 웃었다.

"더 할까?"

입술만 살짝 떼고서 묻자 선우가 대답을 못 한다. 하지 말라고 하면 더 할 것 같고, 그렇다고 더 하라고 하면 진짜 더 할 것 같고. 여자의 생각이 읽혀서 문도는 웃었다. 몸을 떼어 자리로 돌아오며 물었다.

"식당 찾아봤다고 했죠?"

"잠시만요. 어디냐면요."

선우가 급하게 핸드폰을 꺼내 들었다. 저장해 둔 페이지를 여는 선우에게 문도는 문득 물었다.

"싫었어요?"

"네?"

갑자기 무슨 소리냐는 듯이 선우가 고개를 돌려 문도를 보았다.

"키스한 거."

"아……."

선우가 당황했다. 뭐라고 답을 해야 하지? 표정에 너무 정직하게 쓰여 있어서 문도는 웃음을 삼켰다.

"싫었나 본데?"

"아, 아니에요. 좋아, 좋았어요."

말을 해 놓고 다시 얼굴을 확 붉히는 선우가 예뻤다. 이런 경험은 처음인데, 이선우는 그냥 다 예뻤다. 그래서 일부러 못되게 구는 것도 있었다. 아무리 자발적 호구가 되기로 결심했다지만 너무 빠르게 무너지는 건 아닌가 싶어서.

아직은 네가 나를 더 좋아했으면 좋겠다는 마음에 심호흡을 하고 조절을 하는데도 참아지지 않을 때가 있었다. 오늘처럼 문득 달려오고 싶을 때가 있었고, 아무 때나 전화를 걸고 싶을 때가 있었다.

흠, 하고 쳐다보자 선우가 더듬더듬 부연 설명을 한다.

"아까는 창문이 열려 있는데 그러시니까 신경이 쓰여서."

"그러시는 게 뭔데요."

"그……. 키스……를……. 한 거요."

물어본다고 또 대답을 해요. 창피해하면서 대답하는 선우를 보며 문도는 차창을 올렸다. 눈을 드는 선우에게로 다시 몸을 기울였다.

이제 아무도 보지 못할 테니까.

이번에는 조금 더 길게. 더 오래. 더 많이.

달큰한 선우의 입술을 욕심껏 머금었다. 벌리라 하면 벌어지고 혀를 달라 하면 혀를 내주는 여자의 입술을 물고서 놓아주지 않았다. 공기 방울처럼 터져 나오는 선우의 신음 소리조차 예쁘다고 생각을 하면서, 문도는 선우의 뺨을 감싸 쥐었다.

저녁은 대학가 앞의 파스타집에서 먹기로 했다. 민우와 한 번씩 기분을 낼 때 가던 곳이었는데 매콤한 해물 파스타가 맛있는 곳이었다.

"어떠세요?"

선우는 파스타를 한입 먹은 문도에게 물어보았다. 별것도 아닌데 괜히 긴장이 되었다. 매번 솜씨 좋은 장 여사님이나 조리사 아주머니가 차려 주는 정갈한 음식을 먹던 사람이니 평범한 대학가 식당의 음식이 성에 차지 않을까 걱정이 된다.

"솔직하게 말해요?"

그냥 예의상 맛있다고 하는 게 보통 아닌가. 하긴 예의 같은 거 별로 안 차리는 사람이었지. 왜 이런 것까지 사람을 긴장시키는 건지 모르겠다는 생각을 하면서 선우는 대답을 했다.

"네."

살짝 긴장한 것 같은 선우의 표정에 문도는 웃음이 나왔다. 맛은 나쁘지 않았다. 평범한 대학생 연인들이 데이트하기 좋게 꾸며 놓은 실내와 적당한 가격, 그럭저럭 괜찮은 맛을 가진 곳이라는 게 솔직한 평이지만 그런 말을 할 생각은 없었다.

"맛있어요."

선우가 살짝 의심스러운 눈으로 보다가 물었다.

"정말 괜찮으세요?"

대체 뭘 얼마나 고급지게 먹고 산다고 생각을 하기에 파스타 한 접시에 긴장을 하는 건지.

"라면보다 나으면 됐지, 뭘."

심드렁한 문도의 말에 선우는 자신도 모르게 웃어 버렸다. 불어서 국물이 졸아들었던 라면이 생각나는 순간, 긴장이 풀어지며 나와 버린 웃음이었다.

맥없이 웃는 선우를 문도도 피식 웃으며 보았다. 이선우가 저렇게 웃을 때가 좋았다. 어색해하는 것도, 부끄러워하는 것도 좋았지만, 그 어색함이 풀어져 한 번씩 진짜 이선우의 모습이 보일 때는 마음이 뻐근하게 벌어지는 기분이었다.

"맛있으니까 걱정 말고 먹어요."

"네."

그 뒤로 별다른 말 없이 식사를 했다. 그러다 너무 조용한 것 같아 선우는 망설이다가 입술을 뗐다.

"내일도 출근하세요?"

"그러지 싶어요."

고개를 몇 번 끄덕이니 다시 정적이었다. 평소엔 무슨 말을 했더라. 매번 잠자리를 하거나 서유라에 대한 이야기를 했던 것이 전부라서 생각이 잘 나지 않았다. 아, 서유라가 있었지. 화젯거리를 찾은 선우는 다시 입을 열었다.

"유라 씨는 평창 별장에서 지내는 게 힘든가 봐요."

문도가 눈을 들어 선우를 보았다.

"산 모기도 많고, 같이 놀 사람도 없대요. 매일 산책도 같이 나가야 한대요."

평소라면 내가 왜 서유라 이야기를 들어야 하냐고 했겠지만, 문도는 그러지 않기로 했다. 하나도 궁금하지 않은 서유라 이야기를 하는 이선우의 표정이 편안해 보였기 때문이었다.

한 번씩 짓는 눈웃음이 예뻤고, 잔잔하게 이어지는 목소리가 듣기 좋았다. 음, 하고 생각을 하다가 다음 말을 이어 갈 때는 살짝 웃었는데, 그때마다 조명을 반사한 눈동자가 반짝거렸다.

"……그래서 서울에 빨리 오고 싶다고요."

말을 마친 선우가 다시 조금 어색한 표정으로 물잔을 쥐었다. 물을 한 모금 마시고 다시 포크를 잡는다. 문도는 냅킨으로 입을 닦은 뒤 선우에게 말했다.

"노력 많이 하네."

평소 그다지 말이 없는 걸 안다. 필요한 말을 할 때를 제외하곤 이선우는 조용한 사람이었다.

"그런 거 같아요. 어제는 휠체어도 밀었대요."

"서유라 말고 이선우 말이에요."

문도의 말에 선우가 눈을 동그랗게 떴다.

"노력하는 건 좋은데 너무 애쓰지는 말아요."

무슨 말인지 잘 모르겠다는 표정으로 선우가 문도를 보았다. 헷갈릴 수 있는 말이라는 건 알았다. 얼핏 모순되어 보이기도 하는 말이니. 이선우가 자신을 어려워한다는 건 안다. 편하게 생각할 여지를 별로 주지 않았다는 것도 알고.

문도는 이런 스스로가 좀 우습다는 생각도 했다. 자신에게 좀 더 매달리기를 바라면서, 애타는 마음으로 간절히 원하기를 바라면서, 한편으로는 자연스러운 모습을 보여 주길 원하다니.

그러니까 다시 요약하자면.

서유라의 트레이너를 원하는 게 아니다. 말 잘 듣는 직원처럼 고분고분하길 원하지 않는다. 이선우가 자신을 조금 더 보여 주기를, 스스럼없이 웃기를, 너무 낮추지 않기를 바랐다.

"날 좀 더 편하게 생각하라는 뜻이에요."

선우가 살짝 미간을 모았다. 그건 어떻게 하는 거죠? 라고 묻는 것 같아 문도는 피식 웃고 말았다.

저녁을 다 먹고 나오니 노을이 지고 있었다. 집으로 돌아오는 길, 문도는 잠깐 차를 세워 놓고 상가의 편의점에 들러 맥주를 샀다. 매대에 반 통짜리 수박이 보이길래 그것도 사고, 계산을 하려는데 냉동고에 들어 있는 아이스크림이 보여 바닐라맛과 초코맛 두 통을 샀다. 비닐봉지를 뒷좌석에 두는데, 조수석에 앉아 있던 선우의 눈동자가 커다래졌다.

"뭘 그렇게 사셨어요?"

잠깐 맥주 한 캔 사 오겠다고 했던 남자를 바라보며 선우가 물었다.

"그냥, 먹고 싶어서."

비어 있었던 냉장고가 생각나서 샀다는 말은 하지 않았다. 놀이터 옆에 주차를 하고 함께 집으로 올라와 식탁 위에 봉투를 내려놓는데 선우가 말했다.

"엘리베이터가 없어서 힘드셨죠."

수박 반 통에 맥주 한 번들, 아이스크림 두 통이 힘들 건 아니지 않냐는 물음 대신 피식 웃었더니 선우가 다시 말했다.

"수박은 들고 올라올 엄두가 안 나서 못 샀거든요."

담담히 말하는 걸 듣는데 기분이 이상했다. 왜인지 모르겠다고 생각하며 고개를 돌리는데 전에는 제대로 보지 못했던 자그마한 집의 면면이 눈에 들어왔다. 깨끗하지만 단출한 집은 묘하게 쓸쓸한 느낌을 주었다. 고요하고 외롭다. 이선우를 볼 때 느꼈던 것과 비슷한 기분이었다.

"그럼 몇 통 더 사다 놓을까요?"

문도는 가볍게 말했다. 선우가 눈을 동그랗게 뜨더니 손을 저었다.

"아니에요. 이것도 많아요. 다 먹지도 못하고요."

"먹고 싶어지면 말해요. 별로 힘든 일 아니니까."

선우는 맥주를 꺼내 냉동실에 넣는 남자의 모습을 잠시 바라보았다. 어렵고 힘들기만 한 남자는 한 번씩 저렇게 아무렇지 않게 선우의 마음을 툭 건드는 말을 할 때가 있었다.

"네. 그럴게요."

그런 일은 없겠지만, 그래도 고마웠다. 피식 웃는 문도를 보며 선우는 어쩌면 이게 문제일지도 모르겠다고 생각했다. 차라리 어렵고 힘들기만 했으면 좋겠는데, 이렇게 한 번씩 마음이 녹아 버릴 것 같은 순간들이 있어서.

"씻고 나올 테니 쉬고 있어요."

선우는 고개를 끄덕였다. 돌아서려던 문도가 문득 걸음을 멈추고 선우의 이마에 입을 맞추었다. 입술은 금방 떨어졌는데 따뜻함은 오래도록 남는다. 선우는 가만히 이마를 쓸어 보았다.

씻고 나온 문도가 냉동실을 열어 맥주 두 캔을 꺼내 침대로 왔다. 벽에 기댄 채 침대에 앉아 TV에서 해 주는 영화를 보고 있던 선우는 엉거주춤 자리에서 일어났다.

"그냥 있어요."

문도가 침대로 올라오며 말했다. 슈퍼 싱글 사이즈의 침대는 남자가 올라와 앉으니 소파처럼 보였다.

"영화 보고 있었어요."

고개를 끄덕인 문도가 달칵 맥주 캔을 땄다. 하나는 선우에게 건네고 하나를 다시 따 입에 대고 마셨다. 에어컨을 틀어 놓아 서늘해진 방에 꿀꺽꿀꺽 맥주를 넘기는 소리가 났다.

선우도 가만히 맥주를 마셨다. 술이 약한 편이기도 하고, 얼굴이 금방 붉어져서 꼭 마셔야 하는 자리가 아니면 잘 마시지 않는 편이었는데, 차가워진 맥주가 식도를 넘어가니 몸 전체가 시원해지는 느낌이었다.

"시원해요."

"그 맛에 먹는 거죠."

대답을 하는 서문도의 머리카락이 이마 위로 흩어져 있었다. 정갈하게 넘겼을 땐 빈틈 없이 매끈해 보이는 사람이었는데, 머리카락이 흘러내린 모습은 싱그러운 소년 같아 보이기도 했다.

잠깐 자리에서 일어난 문도가 불을 껐다. 밝은 형광등 불빛이 사라지자 어둠에 밀려나는 붉은 노을이 더 선명하게 보였다. 어둑한 방 안에는 TV 불빛만이 조명처럼 켜져 있었다. 화면 안에서는 진주 목걸이를 찬 여자가 부지런히 요리를 했다. 레시피를 적고, 다시 오븐에 무언가를 넣는 모습이 나왔다.

"제목이?"

"'줄리 앤 줄리아'래요."

문도의 물음에 선우가 답했다.

"영화 좋아해요?"

"가끔 봤어요. 자주는 못 봤어요. 레슨받고 연습하느라고요."

문도는 고개를 끄덕인 뒤 물었다.

"재밌어요?"

"이제 틀어 놓은 거라서요. 저 줄리라는 여자가요, 줄리아라는 유명한 쉐프의 레시피 북에 있는 요리를 전부 다 해 보는 걸 도전하기로 했어요."

얘기를 하는 선우를 보다 문도는 고개를 내렸다. 가볍게 입술을 훔치는데 이선우의 눈꺼풀이 깜빡이는 게 느껴졌다. 문도는 입술을 떼면서 말했다.

"재밌겠네."

얼굴이 조금 붉어진 이선우가 고개를 끄덕였다. 문도는 자세를 바로 하고 남은 맥주를 마시며 화면을 보았다. 선우도 맥주를 홀짝이며 화면을 보았다. 영화를 보는데, 느슨하게 벽에 기대앉아 맥주를 마시는 남자의 모습이 자꾸만 시야에 걸렸다. 눈이 마주치자 남자가 피식 웃었다.

노을이 지는 여름밤. 나란히 앉아 맥주를 마시며 영화를 보는 이 순간이 마치, 평범한 연인들의 주말 데이트 같아서.

"전무님."

선우는 맥주를 내려놓으며 문도를 불렀다. 이런 말랑한 시간들은 길지 않았으면 한다. 남자가 있는 풍경에 익숙해지고 싶지도 않았다. 이제 더는 흔들려서는 안 되었기에.

선우는 고개를 돌려 자신을 보는 문도에게로 몸을 기울였다. 함께 저녁을 먹고 맥주를 마시지만 결국은 이걸 위해 온 거니까. 알 수 없는 표정으로 자신을 보고 있는 서문도의 입술 위로 선우는 자신의 입술을 가져다 댔다. 가만히 입술만 포갰는데도 쌉싸름한 맥주맛이 난다는 생각이 드는 건, 아마도 술을 마셨기 때문일까.

"맥주 마시더니."

입술을 떼자 문도가 말했다.

"용감해졌네."

짙어지는 남자의 눈빛을 보는데 얼굴로 열이 몰렸다. 선우는 맥주를 마셔서 그런 거라고 생각했다. 한 캔을 다 마셨으니 곧 붉어지기도 할 터였다.

"조금 더 해 봐요."

문도가 선우의 허리를 잡아 제 위로 앉히며 말했다. 선우는 고개를 내려 남자의 입술을 다시 머금었다. 벌써부터 두근두근 심장이 뛰었다.

입술을 떼자 푸, 하고 숨을 쉬는 이선우의 얼굴이 평소보다 많이 발그레했다. 눈에 웃음기도 고여 있는 것 같고 눈매가 조금 더 촉촉해진 것도 같았다.

"취했네."

문도는 자신의 다리 위에 앉은 선우에게 손을 뻗으며 말했다. 흘러내린 머리카락을 귀에 꽂아 주는데 선우가 고개를 저으며 답했다.

"안 취했어요."

취하지 않았다고 말을 하는 입술을 문도가 가볍게 물고서 부드럽게 빨았다. 선우가 그의 목을 안으며 다리로 살짝 그를 조였다. 고개를 비틀어 거듭 입술을 물자 떨리는 숨을 쉰다. 문도는 맥주맛이 나는 안쪽으로 혀를 밀어 넣었다. 한 손으로 감싸 쥔 선우의 뺨에 발그레 열이 올라 있었다. 혀를 깊이 넣어 안쪽을 휘젓자 선우가 으응, 소리를 내며 그의 머리카락 사이로 손을 넣었다. 그 작은 동작에도 아랫배가 뜨끈하게 달아올랐다. 여자의 가느다란 손가락이 두피를 긁어내리자 척추에 찌르르 전기가 흘렀다.

"취한 거 맞는데?"

문도는 입술을 떼고 말했다. 이선우의 뒤로 TV의 불빛이 어른거렸다. 붉은 노을이 푸른 밤으로 변해 가는 시간, 문도는 여자가 요정 같다는 생각을 했다. 눈빛만으로도 사람을 홀리는 요정.

"안 취했어요. 그냥."

허벅지 위에 앉혀 놓은 여자가 붉은 얼굴을 하고서 말을 이었다.

"얼굴이 좀 빨개진 거고요. 심장도 조금 빨리 뛰는 거예요."

문도는 피식 웃으며 선우에게 말했다.

"사람들은 그걸 취했다고 해요."

"아니에요. 취하지 않았어요."

선우는 조금 억울한 표정을 지었다. 정말 안 취했는데, 라고 한 번 더 말했다. 원래 식구들이 전부 그랬다. 아빠도 술이 약했고, 엄마는 얼굴이 금방 빨개졌다. 얼굴부터 목까지 붉어지고 심장도 두근두근 온몸에서 뛰지만 정신은 멀쩡했다. 이러다 몇 시간이

지나면 원래대로 돌아오곤 했었다.

"그래요. 안 취했어."

문도가 봐주겠다는 듯이 말하자 선우가 미간을 찌푸렸다. 정말 아니라는 듯 눈도 힘주어 뜨고 입술도 꼭 다물었는데, 그래 봤자 얼굴이 빨개서 귀엽기만 할 뿐이었다. 재밌다는 듯이 웃으니 선우가 하, 하고 한숨을 쉬었다.

"너무 귀엽게 굴지 말아요. 잡아먹고 싶어지니까."

그 말에 선우의 얼굴이 더 붉어졌다. 얼굴이 붉어진 이선우는 주머니에 쏙 담아서 넣고 다니고 싶을 정도로 예뻤다. 고작 맥주 한 캔에 술 냄새 나는 한숨을 쉬는 것도 귀여웠다.

"원래 술 마시면 얼굴이 잘 붉어져요."

"그럼 내 앞에서만 마셔요."

이런 모습은 나만 보게. 문도는 말하며 고개를 내려 선우의 입술을 다시 베어 물었다. 이선우가 그의 입속으로 네, 하고 한숨 같은 대답을 흘려보냈다. 이럴 땐 왜 또 이렇게 고분고분해. 사람 미치게. 문도는 선우의 혀를 감아올리며 허리를 당겨 안았다. 아랫배가 맞붙고 가슴도 맞붙는다. 같은 냄새, 같은 맛이 나는 살덩이가 어지럽게 뒤섞였다. 머리가 돌아 버릴 것처럼 좋아서 한숨이 나왔다. 이러니 내가 이틀을 못 참고 달려오지.

문도는 선우를 안은 채로 몸을 돌렸다. 침대에 선우를 누이고 위에서 내려다보는데 새삼스럽게 눈이 끓는다. 욕정이라고 불렀던 어떤 것과는 조금 다른 뜨거움이었다.

"왜 이렇게 예뻐?"

너무 예뻐서 자꾸 잊어버려. 쉽게 마음을 보여 주지 않기로 결심한 것도, 너무 빨리 무너지지 않기로 다짐한 것도 자꾸 잊어.

이미 붉어졌던 선우의 얼굴에 다시금 열이 오르는 것이 보였다. 눈 둘 곳을 몰라 방황하는 선우의 턱을 잡아서 제게로 고정시켰다.

"취하셨나 봐요."

선우가 그를 보며 말했다.

"내가?"

문도는 웃었다. 말술을 마셔도 혼자 멀쩡한 게 자신이었다. 그러다 그럴지도 모르겠다는 생각을 했다. 이선우에게 취해서 이렇게 정신을 못 차리고 있는 거라고.

"네."

선우가 대답했다. 조명처럼 비추는 TV의 불빛에 여자의 얼굴이 색색으로 변했다. 어쩌다 굴러들어 온 트레이너한테 빠져선 이렇게 정신을 못 차리게 됐을까. 조금 웃음이 나왔다.

"그런가 보네."

문도는 대답하며 선우의 얼굴을 눈에 담았다.

"취해서 이선우가 너무 예뻐."

살면서 단 한 번도 누군가가 예쁘단 생각을 해 본 적 없었다. 눈이 달렸으니 객관적으로 아름다운 것들을 인식하긴 했지만, 문도의 눈에 그건 비례가 잘 맞는 조형물 같은 거였다. 눈이 아리도록 예뻐서 움켜쥐고 싶은 존재는 이선우가 처음이다. 누구와도 나누고 싶지 않았다. 갖고 있는데도 갖고 싶고, 입을 맞추고 있는데도 입을 맞추고 싶었다.

"좋아한다고 말해요."

문도는 선우의 얼굴을 눈으로 쓸면서 말했다. 선우가 그를 가만히 바라보았다. 여자의 눈동자와 마주 닿을 때면 영혼이 빨려 들어가는 느낌이 든다.

"좋아해요."

등줄기가 저릿거렸다. 문도는 눈을 감았다가 다시 떴다. 몇 번을 들어도 또 듣고 싶은 말이었고, 듣고 있는데도 부족한 말이었다.

"한 번 더."

문도가 고개를 내리며 말하자 선우가 팔을 뻗어 그의 목을 감으며 말했다.

"좋아해요. 전무님."

심장이 녹는 말이었다. 문도는 여자의 입술을 다시 베어 물었다.

선우는 부스스 눈을 떴다. 비어 있는 옆자리를 보다가 다시 눈을 감았다.

'며칠 못 올 거예요. 제주도로 출장을 가서.'

새벽 2시가 넘은 시간, 남자는 셔츠를 입으며 누워 있는 선우에게 말했다. 일어나 배웅을 하려고 하니 거울로 선우를 보며 말했다.

'나올 필요는 없고. 푹 쉬어요.'

가볍게 미소를 지은 남자가 떠난 뒤 잠깐 잠이 들었나 보다. 시간은 새벽 4시를 향해 가고 있었다. 눈을 감았지만 잠은 다시 오지 않았다. 선우는 누운 채로 TV를 틀었다. 의미 없이 채널을 돌리다가 공연을 보여 주는 아트 TV에서 채널을 멈추었다. 국립 발레단의 지젤이 상영되고 있었다. 2막이 시작되는 파드되를 보다가 선우는 채널을 돌렸다. 아까 잠깐 보았던 영화 채널을 틀고 화면을 물끄러미 바라보았다.

'아쉽지 않아? 나 같으면 미련 많이 남을 것 같은데. 그냥 재활 받고 발레 계속하는 건 어때?'

흘러가는 화면을 보며 선배 은정이 했던 말을 떠올렸다. 아쉽지 않을 리 없었다. 평생 해 온 일이었고, 그것 말고는 따로 하고 싶은 것도 없었으니까.

초등학교 2학년 때였다. 친구를 따라 학원에 갔다가 한눈에 반해서 엄마에게 발레 학원을 다니고 싶다고 했었다. 하고 싶은 일은 해 봐야 한다는 신념을 가진 엄마가 흔쾌히 보내 주었지만, 시간이 지날수록 돈이 정말 많이 들었다. 아빠의 사업이 피기 전에는 낡은 토슈즈를 몇 번이나 고쳐서 신었다.

그렇게 좋아했던 일이었지만 그만두게 되었을 때 생각만큼 그렇게 마음이 아프고 아쉽지는 않았다. 어쩔 수 없는 일이었으니까.

부모님이 돌아가신 것. 이제 막 대학생이 된 민우의 보호자가 된 것. 그건 자신이 어쩔 수 없는, 주어진 상황이었다. 상황이 바뀌었으니 바뀐 상황에서 최선을 다하는 게 선우의 할 일이라고 생각했었고, 기꺼운 마음으로 학원을 선택했었다.

'누나, 괜찮아?'

민우가 물었을 때도 담담한 마음으로 대답을 했었다.

'응. 괜찮아.'

거기까지였으면 좋았을걸.

선우는 남자가 떠난 자리를 눈으로 더듬으며 생각했다. 서문도는 그녀를 뜨겁게 안고 난 뒤에 차분히 옷을 입었다. 다정한 미소로 더 자라 말을 하고 미련 없이 등을 돌려서 별채로 돌아가곤 했다. 아무리 늦은 시간이라도 밤을 지새고 가는 일은 없었다.

그건 다행인 일이면서 한편으로 허무한 일이었다.

남자가 떠난 뒤의 집은 관객이 모두 떠난 무대 같았고, 선우는 혼자서 쓸쓸히 무대에 남은 배우가 된 것 같아서.

민우야.

무릎을 끌어안고서 민우의 이름을 소리 내지 않고 불러 보았다. 상자 하나 속에 들어 있는 민우의 삶을 더럽히지 않기 위해서 선택한 길이었다.

누나는 괜찮지 않아.

선우는 무릎에 얼굴을 묻었다. 한 번씩 그만두고 싶어지는 순간이 있다. 아무리 목표만 생각하고 버텨 보자 생각을 해도, 한 번씩은 모든 걸 멈추고 그냥 편히 쉬고 싶을 때가 있었다.

그러지 못하는 건……

사랑했던 동생의 마지막 순간을 바로잡지 않고서는 제대로 살아지지 않을 것 같아서였다. 엄마와 아빠, 민우까지 잃어버린 삶은 너무 외롭고 쓸쓸해서 하루에도 몇 번씩 허공으로 발을 딛고 싶을 때가 있었다. 그때마다 선우의 발목을 붙든 건 가려진 진실이었다. 진실을 알지 못한 채로는 살 수도, 죽을 수도 없어서.

어쩔 수 없는 일.

선우는 지금의 시간들을 그렇게 생각했다. 민우의 핸드폰을 찾기 위해서는 어쩔 수 없는 일. 그날의 진실을 알기 위해선 어쩔 수 없는 일. 그렇지만 외롭고 외로운 일.

"생각은 그만."

눈을 꾹 감은 선우는 소리 내서 말했다. 반짝 눈을 뜬 뒤 시트를 걷고 자리에서 일어났다. TV는 끄고 불을 켰다. 밤이라서 그런 거였다. 잠시나마 온기를 주었던 남자가 떠난 후라서. 별채로 돌아가는 날을 기다리느라 지쳐서 괜한 생각들이 머리를 어지럽히는 것뿐이다.

찬물이라도 마시고 정신을 차릴 겸 선우는 냉장고를 열었다. 서문도가 사 온 수박이 보였다. 선우는 붉은 속살을 드러낸 수박을 바라보다 두 손으로 꺼내 식탁 위에 올려놓았다. 숟가락을 꺼내고 설탕도 꺼냈다. 어릴 적 외할머니가 해 줬듯이 수저로 수박을 몇 스푼 떠 놓고 그 위로 설탕을 솔솔 뿌렸다. 붉은색의 수박즙이 수박 살 아래로 고이며 설탕을 품는다.

"괜찮아."

다 괜찮아질 거야. 별채로 들어가게 되면 민우의 핸드폰을 찾을 테니까. 그럼 이모가 있는 세종으로 내려가서 작은 학원을 차릴 거니까.

환한 햇살이 잘 들어오는 연습실에 보고만 있어도 귀여운 아이

들을 모아 놓고 앙 바 자세부터 가르쳐 줘야지. 예쁜 토슈즈도 선물해 주고, 가방도 만들어서 나눠 줘야지.

그때는 조금 덜 외로웠으면 좋겠다는 생각을 하며 선우는 숟가락을 들었다. 설탕을 품은 수박이 달콤하고 시원해서 견딜 수 있는 밤이었다.

23. Come back

서유라가 돌아왔다. 떠날 때만큼이나 갑작스러운 컴백이었다.

"허. 진짜 좋다. 이 매연 냄새. 이 탁한 공기. 역시 서울이야."

하늘이 낮게 드리운 날이다. 활짝 열어 놓은 게스트 룸의 창으로 흐린 하늘이 보였지만 매연이라고 할 만큼 공기가 탁하지는 않았다. 탁한 매연은 서유라의 손에 들린 담배에서 피어나고 있었다. 그런데도 서유라는 팔을 활짝 벌리고 크게 숨을 쉬었다.

"평창 진짜 와, 씨. 내가 거기 다시 들어가면 진짜 손에 장을 지진다. 공기 좋은 감옥이지, 그게 사람 살 집이야?"

"그렇게 좋으세요?"

"어. 여기가 감옥인 줄 알았는데, 아니야. 거기가 감옥이야. 여긴 거기 비하면 호텔이지. 야, 닭발은 언제 오냐? 주방에 전달한 거 맞아?"

"확인해 볼게요."

유라의 짐을 정리하던 선우는 자리에서 일어났다. 숙소 동 주방에 호출하고 대답을 기다리는 순간이 새삼스러웠다.

얼마 만에 인터폰을 들어 보는 건지.

서문도 전무에게 내색하지 않았지만, 마음은 닳고 닳아 있었다. 언제까지 집에서 대기를 해야 하는 건지, 이러다 영영 별채로 돌아가지 못하면 어떻게 되는 건지 물어볼 수도 없어서 혼자서 마음만 졸이고 있었다. 그러다 오늘 새벽, 6시를 조금 넘겼을 때 서유라의 전화를 받았다.

회장이 이제 그만 집으로 가자고 했단다.

아침 먹고 나면 출발할 거니까 대기하라고 명령을 내리는 서유라의 목소리가 그렇게 반가울 수가 없었다. 자신보다 늦게 오면 죽을 줄 알라며 으름장을 놓는 것조차 반가웠다.

간단하게 집 정리를 하고 바로 출발을 했다. 옥수댁 아주머니가 어서 들어오라며 직원 전용의 작은 쪽문을 열어 주었을 땐, 정말 집에 돌아온 것처럼 안도감이 느껴졌을 정도였다.

"아주머니, 별채예요. 유라 씨가. 아, 네. 제가 나갈게요."

이제 막 조리사 아주머니가 배달 온 닭발을 들고 숙소 동 현관을 나섰다는 말을 전해 들은 선우는 인터폰을 내려놓고 주방의 뒷문으로 향했다.

"제가 들게요. 이리 주세요."

"이그, 아직 점심도 못 먹었지?"

조리사 아주머니가 반찬이 든 찬합을 담은 에코 백을 먼저 내밀며 말했다. 선우는 에코 백을 손목에 걸면서 대답을 했다.

"괜찮아요."

점심시간에 도착한 서유라는 오자마자 선우를 호출했고, 막 숙소 동에서 점심상을 차리려던 선우는 서둘러 건너오느라 점심을 건너뛰었다.

"배고파서 어째."

"진짜 괜찮아요."

조리사 아주머니에게 선우는 웃어 보였다. 왜냐면 정말 괜찮았으니까. 배가 고프면 뭐라도 주워 먹으면 되고, 눈치껏 커피라도 한 잔 내려서 마시면 되었다. 이 집, 이 공간에 자신이 다시 왔다는 게 중요했다.

"눈치 봐서 잠깐 들러. 나 없어도 샌드위치랑 주먹밥이랑 있으니까 먹고."

국물이 있는 닭발 위에 콩나물과 부추를 올린 넓은 냄비를 넘겨주며 아주머니가 말했다.

"네. 그럴게요."

조리사 아주머니가 어서 들어가라고 손짓을 했다. 선우는 가볍게 고개를 숙인 뒤에 별채로 돌아왔다. 아일랜드 위의 인덕션에 냄비를 올리고 전원 버튼을 눌렀다.

"유라 씨. 닭발 세팅했어요."

찬합을 꺼내 주먹밥도 그릇에 담아 놓고 계란찜도 담은 뒤에 유라를 불렀다. 냉동실에 넣어 두었던 소주까지 꺼내니 서유라가 멀리에서부터 환호성을 지르며 달려와 장갑을 낀 손으로 닭발을 들었다. 입에 넣고서 오물거리더니 작은 그릇에 뼈를 퉤, 뱉었다. 꼴

깍꼴깍 소주를 넘기고 캬, 하고 감탄을 한다.

선우는 물을 한 잔 들고 소파에 앉았다. 투둑투둑 밖에서 비가 내리는 소리가 들려왔다. 커다란 창 위로 굵은 빗물이 사선을 그리며 흘러내린다. 닭발을 먹는 서유라와 거대한 창. 푸르른 정원과 쏟아지는 빗방울.

비로소 별채였다.

주차장 엘리베이터 버튼을 누른 문도는 핸드폰을 들었다. 자정을 넘긴 시간이었지만 주저하지 않고 이선우의 번호를 찾아 통화 버튼을 눌렀다. 바로 이선우의 목소리가 들렸다.

— 네, 전무님.

"빨리 받네요."

문도는 엘리베이터에 오르며 말했다.

제주도에서 막 출발하려 할 때 회장이 돌아왔다는 보고를 받았다. 그리고 곧바로 이선우에게 메시지가 왔었다. 서유라에게 전화가 와서 별채로 가는 중이라고.

"지금 엘리베이터. 이제 막 도착했어요."

일정이 빠듯해 공항에서 바로 회사로 갔어야 했었다. 남은 일들을 마무리 짓고 나니 늦은 밤이었다.

— 보고드리러 건너갈까요?

보고는 무슨. 문도는 피식 웃었다.

"그래요. 올라와요."

엘리베이터에서 내린 문도는 중문을 적당히 열어 두고 진열대 앞으로 갔다. 막 시계를 풀 때였다. 똑똑 소리가 들리고 선우가 조용히 안으로 들어왔다. 문도는 눈을 들어 선우를 보았다. 선우가 잠깐 멈칫하더니 문을 닫고서 몇 걸음 안으로 들어왔다. 적당한 거리에 멈춰 서더니 입을 열었다.

"오늘 유라 씨 일과 보고드릴게요."

"그래요."

한번 해 봐. 문도는 픽 웃으며 시계를 마저 풀었다. 집에 돌아왔다고 금방 직원 모드가 되는 이선우가 신선하긴 했다.

"오전 6시쯤에 유라 씨한테 서울로 돌아온다는 전화를 받았고요, 저는 9시에 숙소 동으로 복귀했습니다. 11시 반 정도에 회장님 도착하셨다는⋯⋯."

타이를 풀어 툭 던진 뒤 문도는 선우에게로 걸었다. 선우가 잠깐 말을 멈추었다가 다시 잇는다.

"도착하셨다는 연락을 받았습니다. 서유라 씨 짐 내려서 정리를 하고, 점심으로는 닭발을 먹고 싶다고 하셔서."

문도는 선우의 바로 앞에 섰다. 선이 고운 턱까지 천천히 눈으로 훑었다. 가볍게 웃으니 선우가 말끝을 줄이며 문도를 올려다보았다.

"닭발 먹고 싶었대요?"

"네. 그래서."

대답을 하는 선우의 입술에 문도는 입을 맞추었다. 선우가 숨을 삼킨다.

"오랜만이네. 여기서 이러는 거."

올려다보는 선우의 입술을 가볍게 물었다. 살짝 어깨를 움츠린 선우가 네, 하고서 대답을 했다. 오랜만이에요. 자그마한 목소리가 문도의 입술 안으로 흘러들었다.

"계속해야지."

눈에 물음표를 띄우고 쳐다보는 선우에게 문도는 말했다.

"보고. 하러 왔다며."

"아……. 네. 닭발을……."

순진하시긴. 더듬거리며 말을 잇는 선우의 입술을 다시 눌렀다. 점을 찍듯이 입맞춤을 하다가 선우를 들어 안았다. 아, 하고 터지는 소리를 듣는데 귀가 찌릿 울렸다.

"올라오고 싶어서 기다렸어요?"

소파의 등받이 위에 선우를 앉히면서 서문도가 물었다. 선우는 고개를 끄덕였다. 10시에 퇴근을 하고 나서 침대에 앉아 시계만 보았다. 언제 퇴근하냐는 메시지도 보낼 수가 없었다. 혹시나 기다리지 말라는 소리를 들을까 봐.

"네. 기다렸어요."

"그래서 전화도 그렇게 빨리 받고?"

입술이 닿을 것만 같은 거리에서 남자가 물었다. 선우는 다시 고개를 끄덕였다.

"네."

남자가 웃으며 입을 맞추었다. 가볍게 한 번, 다시 한 번. 쪼듯이 이어지던 입맞춤은 어느새 진득한 키스로 변해 갔다. 커다란 손이 원피스의 단추를 풀었다. 몇 개의 단추가 풀어지자 원피스는 선우의 허리춤에 걸렸다. 반쯤 벗은 선우에게 문도가 말했다.

"움직이지 말아요."

문도는 선우의 가슴을 덮은 브래지어를 하나씩 젖혔다. 가슴을 불빛 아래에 꺼내 놓은 뒤 입매를 비틀어 웃었다.

"그거 아나. 한 번씩 생각하는데. 일하다 말고, 이선우 씨 가슴 빨고 싶다고."

가슴으로 향하는 눈길에 선우의 얼굴이 붉어졌다. 환한 불빛이 쏟아지는 자리였다. 나른한 욕망이 번져 있는 남자의 눈동자가 선우를 쓸어내렸다.

입속으로 가슴이 삼켜졌다. 뜨거운 열기에 허리가 절로 들렸다. 쓰윽 혀로 쓸어올리는 느낌에 등줄기에 우르르 소름이 돋았다. 싸악 싸악 훑어 올리는 동작이 느리고도 뜨거워서 선우는 바르르 몸을 떨면서 주먹을 쥐었다.

아.

짧은 신음을 터트렸을 때는 흡입하듯이 삼켰을 때였다. 서문도의 입안에서 짓뭉개지는 작은 살점과 연결된 실들이 한꺼번에 당겨지는 기분이 들었다. 질척이는 소리와 함께 문도의 혀가 이리로 저리로 움직였다. 그때마다 찌릿찌릿 전기가 몸을 관통하는 기분이었다. 아, 선우는 고개를 저으면서 입술을 깨물었다. 발가락에는 하얗게 힘이 들어갔고, 손가락은 소파의 가죽을 꽉 쥐었다.

"그리고 또 무슨 생각도 하나면."

선우의 머리카락을 쓸어 넘기는 남자의 목소리가 기이하게 다정했다. 이런 목소리를 듣는 날에 어떤 식으로 몸을 겹쳤었는지 이제는 아는 선우는 마른침을 삼켰다.

"……싫다고."

남자가 선우의 귓가에 속삭이면서 가슴의 정점을 비볐다. 소름이 오스스 일면서 털이 한 올씩 서는 기분이 들었다. 차마 입에 담지 못할 말을 속삭인 남자가 선우를 보면서 웃었다. 화사하고도 야한 웃음을 웃은 남자는 서슴없이 선우의 원피스를 들추었다. 허리에 아슬아슬 걸려 있던 원피스가 서문도의 팔에 걸쳐졌다. 다리 사이로 파고든 손이 쓰윽 물기를 훑어 내듯이 움직였다. 선우는 문도의 어깨를 힘껏 움켜쥐었다.

"전무……님. 그만……. 이제 그만……."

선우는 애원하듯이 말했다. 다리 사이에서 느긋하게 움직이고 있는 손가락과는 달리 남자의 눈동자는 어두웠다. 탁하고 진한 눈을 하고는 비릿하게 웃는다.

"뭐를 그만하라는 걸까."

"그게 아니라. 아훗."

말을 하다 말고 선우는 신음 소리와 함께 고개를 푹 수그렸다. 입술을 아프게 깨물며 다리를 파르르 떨었다. 작은 절정이 몸을 관통하면서 눈이 질끈 감겼다. 감긴 눈꺼풀 사이로 번쩍이는 빛이 터졌다가 사그라든다.

"그게 아니면?"

"이제 그만……."

쾌락으로 흐려진 눈으로 남자를 보면서 선우는 말을 뱉었다.

"안아 주세요."

남자의 목울대가 느리게 솟았다가 내려왔다. 열기 어린 웃음을 삼킨 남자가 선우의 얼굴을 쥐었다. 물컹 밀려드는 남자의 혀를 선우도 휘어 감았다. 남자의 입에서 낮은 탄성 소리가 흘러나왔다.

지금 이 시간을 얼마나 기다렸는지 당신은 모르겠지.

그러니 나를 안아 줘. 이지를 잃고 욕망에 몸을 던져 줘. 민우의 핸드폰을 찾을 수 있도록, 나를 저 방 안으로 데려가 줘.

"안아 줘요."

입술이 떨어질 때마다 선우는 말했다. 문도가 선우의 몸을 들어 올렸다. 방문이 열린다. 어둠 속으로 들어가며 선우는 눈을 감았다.

엎드린 선우의 위로 남자의 몸이 한 번 더 세게 들어왔다. 끝까지 닿아 버린 남자의 분신이 안쪽에서 부풀었다가 가라앉는 것이 느껴졌다. 흐으, 탄식 같은 신음 소리를 내며 시트를 움켜쥐는 선우의 손가락 사이사이에는 남자의 손가락이 얽혀 있었다.

움켜쥐듯이 선우를 안은 문도가 몸을 빼지 않은 채로 옆으로 몸을 돌렸다. 늘어진 선우의 몸을 제 품으로 힘주어 당겨 안고는 목 뒤에 입을 맞추었다. 아무것도 할 수 없을 정도로 탈진한 선우는 힘겹게 숨을 골랐다. 등 뒤에서 움켜쥐듯이 선우를 안은 문도가 몸을 빼지 않은 채로 물었다.

"같이 씻을까?"

선우는 고개를 저었다. 말을 하는 것도 힘에 겨웠다. 한참을 숨만 쉬다가 간신히 목소리를 냈다.

"조금 있다가 씻을게요."

가볍게 웃는 소리가 들렸다.

"그래요 그럼. 조금 더 쉬고 있어."

웃으며 말한 문도가 침대를 내려갔다. 달칵, 파우더 룸의 문이 닫히는 소리에 선우는 길게 한숨을 내쉰 뒤 천천히 몸을 일으켰다. 꼼짝도 하고 싶지 않을 정도로 기진맥진했지만, 지금 이 시간을 위해 여기까지 왔기에 멈춰 있을 수 없었다. 후우, 심호흡을 한 선우는 일단 침대 옆, 협탁의 서랍을 열었다.

콘돔과 몇 개의 동전, 충전을 위한 선.

전과 다르지 않아 보였지만 그래도 한 번씩 더 확인을 해야 했다. 그동안 시간이 많이 흘렀다는 것을 생각해야 했으니까. 선우는 느리게 몸을 움직여 침대의 왼쪽과 오른쪽에 놓인 협탁의 서랍을 확인했다. 그 뒤엔 맞은편의 길고 낮은 수납장의 서랍도 한 칸씩 조심스레 열어 보았다.

전자 기기들, 한쪽에 모아 놓은 리모컨. 노트북과 패드 종류들.

희미한 물소리에 귀를 기울이면서 한 칸 한 칸 열었다가 닫았다. 다리 사이가 아직도 아릿해서 숨을 깊게 마시는데 안쪽에서 위잉— 바람 소리가 났다. 드라이기가 돌아가는 소리였다. 선우는 열려 있는 서랍은 없는지 확인을 한 뒤에 옷을 쥐고 침대 가장자리에 앉았다.

"누워 있지 않고."

샤워 가운을 입은 서문도가 끝이 젖은 머리를 하고 나오며 물었다. 딱히 할 말을 찾지 못해서 그냥 기운 없이 미소만 지었더니 문도가 가까이 다가왔다.

"힘들면 씻겨 줄 수도 있는데."

흘러내린 머리카락을 넘겨 주면서 말하는 문도를 보며 선우는 고개를 저었다. 절대 있을 수 없는 일이다. 여기까지 어떻게 왔는데.

"아니에요. 많이 쉬었어요."

"물?"

선우가 대답을 하기 전에 문도가 협탁 위의 생수병을 들어 선우에게 내밀었다.

"씻고 올게요."

몇 모금을 마신 선우는 물병을 협탁에 내려놓으며 말했다. 문도가 고개를 끄덕였다. 욕실을 향해 걷다가 선우는 멈췄다. 남자의 곁에 있을 수 있을 때 가능한 많은 시간을 확보해야겠다는 생각이 들었다.

"저, 잠깐 욕조에 몸을 담그고 싶은데, 괜찮으세요?"

전이라면 이렇게 물어보는 일은 주제넘은 행동이라고 생각해서 하지 않았겠지만 지금은 할 수 있었다. 그러기 위해서 남자에게 매일 밤 사랑을 속삭였으니까.

더 이상 주제넘은 행동인지 아닌지 따져 볼 시간이 없었다. 그런 걸 고려할 시간에 차라리 무리를 해서라도 조금 더 찾아봐야겠다고 마음을 굳혀 왔다. 언제 그만두게 될지 모르는 사이, 기회가 있을 때 조금 더 적극적으로 활용을 해야 하니까.

"같이 들어가 달라고?"

서문도가 침대에 걸터앉으면서 말했다. 무슨 소리야. 거긴 왜 들어와. 괜히 욕심을 부리려다 일을 망치게 생겼다. 선우는 고개를 저었다.

"아니에요. 그냥 씻을게요."

"써요. 그게 뭐 큰일이라고 물어보기까지 해."

한 걸음 한 걸음이 조심스러운 선우의 상황을 알 리 없는 문도가 속 편한 소리를 했다.

"감사합니다. 조금만 쓸게요."

고맙다고 인사를 하고서 다시 욕실로 가는데 문도가 입을 열었다.

"가끔."

선우는 뒤를 돌았다. 문도가 웃지 않는 눈을 하고서 선우에게 말했다.

"속을 모르겠어. 이선우는."

무슨 소릴까. 선우는 굳어져 눈만 깜빡였다. 심장이 두근두근 뛰었다.

"내가 이선우랑 연애를 하는 건지, 서유라 트레이너랑 잠을 자는 건지 헷갈리게 하지 말아요. 너무 낮추면 매력 없어."

아무렇지 않게 말하고 있는 서문도를 보는데 멍해진다.

매력이라고. 이제는 매력까지 있어야 하는 건가.

별채였다. 여기까지 오려고 남자를 유혹했고, 잠자리를 가졌다. 밀어내는 남자를 다시 잡으려 바짝 엎드려 붙잡았고, 밤마다 좋아한다 고백을 했다. 그런데 이제는 매력까지 갖추어야 한다고.

어딘가 허탈한 마음을 참으며 선우는 담담히 대답을 했다.

"별채라서 그런가 봐요. 아무래도 긴장이 되는 것도 있고요."

"그런가?"

가볍게 되묻는 남자에게 선우는 애써 웃어 보였다.

"아직 전무님이 어렵기도 하고요."

나는 원래 매력 같은 거 없어요. 너무 낮추지 않고 당신을 어떻게 대해야 하는지도 잘 모르겠는데, 어쨌든 노력은 해 볼테니까. 그렇게 생각하며 선우는 미소를 지었다.

"씻고 올게요."

마뜩잖은 표정으로 끄덕이는 남자를 보며 선우는 문을 닫았다. 파우더 룸의 문을 소리 없이 잠근 뒤에 크게 숨을 내쉬었다. 안쪽의 욕실로 들어가 욕조에 물을 틀어 놓았다. 씻는 건 나중에라도 할 수 있으니 우선은 핸드폰을 찾아보는 게 먼저였다.

선우는 조심스럽게 걸음을 옮겨 파우더 룸 안쪽에 딸린 작은 드레스 룸으로 들어갔다. 사방이 서랍인 공간이 선우를 내려다보고 있었다.

선우가 욕실로 들어간 뒤, 문도는 담배를 빼 물었다. 창가에 앉아 불을 붙이고 깊게 들이마셨다. 후우, 긴 숨이 한숨처럼 흘러나왔다.

괜한 말을 했나.

씻고 오겠다고 말을 한 이선우는 애써 미소를 짓고 있었다. 별채로 돌아온 첫날이기도 하고, 아직은 자신이 편하지 않다는 것도 잘 알겠다. 사실 크게 트집 잡을 일도 아니었다.

그냥⋯⋯.

너무 조심스러워하는 모습이 마음에 들지 않았다. 이선우의 집에서는 이렇지 않았으니까. 조금씩 편하게 웃고 한 번씩 자그맣게 한숨을 쉬던 여자는 사라지고 별채의 직원만 남은 기분이었다. 관계 중에는 느끼지 못했는데 씻고 나오니 확연히 그 차이가 느껴졌다.

괜찮으시면. 감사합니다. 조금만 쓸게요.

그 말을 듣는데 속이 뒤틀렸다. 서유라의 트레이너와 잠자리를 가졌던 과거로 돌아간 느낌이라고 해야 하나. 묘하게 거리를 두는 느낌이라고 해야 할까. 거리를 둔다기보다 선을 넘지 않으려 한다는 것이 더 정확한 말이겠다. 아직은 어려운 데다 별채에 돌아와서 그렇다는 이선우의 말을 생각하면 납득은 된다. 그냥 기분상의 문제인가.

"괜히 지랄을 떨었나."

자신이 어려워서 조심스럽게 말을 하는 여자에게 쓸데없이 날카롭게 굴었다는 생각이 들었다. 문도는 한숨을 쉬며 욕실로 향하는 문을 보았다. 이선우가 나오면 아까 했던 말은 신경 쓰지 말라는 말을 하려고 기다리는데, 시간이 꽤 지나도록 나오지를 않았다.

설마 잠이 든 건가.

욕실로 향하던 여자의 지친 걸음걸이가 떠올랐다. 정사가 끝난 뒤에 숨만 쉬며 엎드려 있었던 모습도 생각나 갑자기 욕실에 들어간 선우가 신경 쓰이기 시작했다.

며칠 만인 데다가 공간이 달라져서 조금 격하게 하긴 했다. 파르르 몸을 떨면서 그에게 바짝 붙어 오는 게 좋아서 길게 시간을 끌기도 했고. 중간중간 그만하고 싶다는 걸 몇 번이나 붙잡아 다시 흩뜨려 놓았던 게 기억난다.

아니다. 피곤을 푸느라 오래 몸을 담그고 있는 것일 테다. 어련히 알아서 나오겠지.

혹시 식은 물에서 잠이 든 건 아닐까. 가뜩이나 한 줌밖에 안 되는 몸에 감기라도 들면 어쩌려고.

하다 하다 별.

혼자 북 치고 장구 치고 있다는 걸 깨달은 문도는 한숨을 쉬었다. 담배를 비벼 끄고 일어나 욕실로 향하는 문고리를 잡았다.

"이선우."

바깥에서 서문도의 목소리가 들렸다. 동시에 덜그럭거리며 문고리가 돌아가는 소리도 들려왔다. 선우는 깜짝 놀라 고개를 들었다. 10분도 채 지나지 않은 것 같은데 바깥에서 서문도가 문을 열려 하고 있었다.

선우는 빠르게 서랍을 닫고 물을 받아 놓은 욕조로 향했다. 따뜻한 물에 발을 담그며 몸을 낮추었다. 똑똑똑, 문을 두드리는 소리가 나며 다시 한번 서문도의 목소리가 들렸다.

"네."

물에 몸을 담그며 선우는 대답을 크게 했다.

"깨어 있어요?"

"네. 지금, 나가려고요."

대답을 하고서 꼬르륵 물속에 몸을 완전히 담갔다. 물이 출렁이며 흘러넘쳤다. 머리끝까지 물에 담그고 얼굴도 몇 번 문지른 뒤에 욕조에서 일어섰다. 수건으로 머리카락을 감싸고 걸려 있는 샤워 가운을 대충 두른 뒤 파우더 룸으로 나가 문을 열었다.

"혹시 잠들었을까 봐."

"노곤하긴 했는데 잠든 건 아니었어요."

문도가 고개를 끄덕이더니 말했다.

"문은 왜 잠가. 가릴 게 뭐가 있다고."

뭐가 있다니. 뭘 찾으러 들어가지 않아도 욕실 문은 당연히 잠그는 거 아닌가. 언제고 벌컥 열고 들어올 수 있다고 생각하면 마음 편히 씻을 수 없잖아. 선우는 놀라 쿵쿵 뛰는 자신의 심장 소리를 들으며 문도에게 말했다.

"편히 씻으려면 잠가야죠……."

어디가 웃긴 말인지 모르겠는데 서문도가 웃었다. 후우. 이렇게 넘어가는구나. 안도감이 든 선우는 머리에 둘렀던 수건을 풀면서 말했다.

"그럼 머리만 말리고 건너갈게요."

"천천히 해요. 어차피 다들 잠들었을 테니까."

"네."

선우는 대답을 하고 파우더 룸의 화장대에 놓인 드라이기를 집어 들다가 문도를 불렀다.

"전무님."

"응."

"머리 말려 주실래요?"

너무 낮추지 말라고 했지. 이런 걸 말하는 것일까. 선우는 시험을 하는 기분으로 문도에게 드라이기를 내밀었다. 반짝이는 은색의 드라이기를 본 문도가 피식 웃었다.

"중간이 없네, 이선우는."

남자가 말했다. 드라이기가 남자의 손으로 넘어갔다.

이런 거였구나. 선우는 바람을 맞으며 거울로 남자를 바라보았다. 입꼬리가 올라간 남자가 위잉— 선우의 머리카락에 바람을 불어 주었다.

문도는 본관의 문을 열고 안으로 들어갔다. 휴가에서 돌아온 회장에게 인사를 겸한 아침 식사를 같이하기 위해서였다.

"오셨어요?"

손에는 반찬 그릇을 올려놓은 쟁반을 든 장 여사가 주방에서 나오며 문도에게 인사를 건넸다. 온 집 안에 진득한 육수 냄새가 감돌고 있었다.

"냄새가 진하네요."

"어제 말복이었잖아요. 삼계탕으로 부족하셨는지 회장님이 해신탕 요청하셨어요."

별장에서도 별의별 음식들을 찾아서 먹었다는 이야기를 들었다. 민어를 통째로 올려놓고 껍질부터 부레까지 오물오물 먹었다고.

"오래 사시겠네, 우리 회장님."

문도의 말에 장 여사가 눈을 끔뻑하며 다이닝 룸으로 고갯짓을 했다. 회장이 다이닝 룸에 있다는 뜻이었다.

"일찍 일어나셨네요. 휴가는 잘 다녀오셨어요?"

문도는 다이닝 룸으로 들어가며 회장에게 인사를 했다. 아버지와 어머니는 아직이었고, 상석에 회장이, 그 옆자리에 박소영이 앉아 있었다.

"무, 문도. 오, 오랜만에, 보는, 거, 같아. 로, 롱타이프, 노 씨."

손을 흔들며 인사를 하는 회장의 얼굴이 반질반질하게 빛나고 있었다. 굽었던 허리도 제법 꼿꼿해졌고 쭈그러들었던 피부도 팽팽해졌다. 하루가 멀다 하고 보양식을 찾아 먹은 결과인가.

"평창이 좋았나 보네요. 회장님 10년은 젊어지신 것 같은데요."

자리에 앉으며 말하자 회장이 벙글 웃었다. 옆자리에 앉은 박소영이 문도에게 눈웃음을 보이며 말했다.

"아유 요즘 기운이 얼마나 좋아지셨는지, 휠체어 거의 안 쓰잖아. 우리 회장님 30년은 더 사셔야죠. 그쵸오?"

생글생글 웃는 박소영의 얼굴은 피곤해 보였다. 하루 24시간 남의 비위를 맞추고 산다는 게 그리 쉽지만은 않은 일인지 회장이 날로 건강해질수록 박소영은 조금씩 푸석해지고 있었다.

"누가 30년을 더 산다고요? 아버지, 어뜨케 잠자리는 편안하셨어요?"

서중호의 목소리가 들리더니 이내 모습이 보였다. 말끔히 넘긴 머리에 스킨 냄새를 풍기며 들어온 서중호는 문도의 옆자리에 앉았다.

"아유, 누구겠어. 우리 회장님이시지. 나는 더도 말고 덜도 말고 울 회장님 딱 30년만 더 사셨으면 좋겠어."

박소영의 말에 서중호가 멈칫하더니 둥글게 눈을 굴리며 크게 웃었다.

"아하하, 그래야죠. 그럼요. 우리 회장님 30년이 무어야 50년은 더 사셔야죠. 이 작은 아들 소원입니다. 만수무강하소서."

문도는 물을 마시며 실소를 감췄다. 30년을 더 살면 아버지 서중호는 아마 미칠 것이다. 평생토록 왕이 되지 못하고 세자로 살다 죽으라는 건 지독한 저주였다. 눈이 돌면 사고를 가장한 살인을 저지를지도 모르지.

"좋은 아침입니다. 아버님, 편히 주무셨어요?"

우현희가 내려와 인사를 하면서 안으로 들어왔다. 모일 사람은 모두 모였다. 장 여사가 주방에 신호를 주었고, 방짜 유기 그릇에 담긴 해신탕이 앞앞이 놓였다.

"오오오오."

다리를 꼬아 앉은 자그마한 닭에 통째로 올린 낙지와 손바닥만 한 전복을 보고 서명구가 감탄을 했다. 아직 턱관절은 조절이 되지 않는 것인지 벌어진 입으로 침이 흘러내렸다.

"아이참. 이렇게 아이 같으시다니까. 회장님, 천천히 드셔야 해요. 장 여사, 낙지랑 전복 잘게 잘라 줘요."

248

박소영의 목소리를 들으며 문도는 젓가락을 들었다. 아침부터 낙지 다리 물고 뜯을 기분은 아니라 가볍게 무쳐 낸 배추 샐러드를 먼저 먹은 뒤 숟가락을 들었다.

이런 건 이선우를 먹여야 하는데.

걸쭉하고 진한 국물이 미끄덩거리며 목구멍을 넘어가는 순간, 자연스럽게 이선우가 생각났다. 어젯밤의 지친 걸음걸이를 생각하니 불러다 한 그릇 떠 주고 싶은 심정이다. 다 먹을 때까지 지켜보는 것도 나쁘지 않을 것 같다.

싸 달라고 할까.

진심으로 그런 생각이 드는 순간 웃음이 나왔다. 제대로 미쳤구나. 숙소 동 주방에서도 어련히 알아서 잘해 먹일 건데.

그래도.

문도는 숟가락을 내려놓았다. 뽀얀 닭의 배에는 마늘과 찹쌀이 빼곡히 차 있었다. 국물에는 인삼과 대추가 모양 좋게 올라가 있고 손바닥만 한 전복은 질기지 않도록 섬세하게 칼집이 들어가 있었다.

살고자 하는 욕망이 드글드글한 음식이었다. 진시황이 불로초를 찾으라 동쪽으로 사람을 보냈다던가. 죽고 싶지 않다는 회장의 집념이 이 한 그릇에 가득 묻어나고 있었다.

이선우에게 이 음식을 먹이고 싶은 이유는, 그 여자는 스스로를 돌보지 않기 때문이었다. 오로지 본인 목으로 넘어가는 음식에 집착을 떠는 회장을 보니 그 대비가 더욱 극명해진다.

이선우는 심하다 싶을 정도로 그를 조심스러워하고 서유라의 각종 만행을 덤덤히 견디지만, 심지어 숙소 동 직원과 장 여사를 위해 제 일이 아닌 일까지 손을 걷고 나서지만, 스스로를 돌보지는 않았다.

서유라를 대신하여 다치는 것을 아무렇지 않아 하는 것만 보아도 그랬다. 자그마한 아파트의 냉장고에는 과일 몇 개와 생수만이 있었다. 한때 탐욕 때문에 그에게 접근을 했다고 생각했었다는 게 믿기 어려울 정도로, 이선우는 스스로에게 무심하고 담백했다.

그런 이선우가 선명한 욕망을 드러낼 때는 오직 한순간, 그의 곁에 있고 싶다고 말을 할 때였다. 그럴 때만 자신의 마음을 뚜렷하게 드러냈다. 다 필요 없고 서문도 하나만 있으면 된다는 말이 진심이었다는 것을 이제는 믿었다.

"먼저 일어나겠습니다."

문도는 해신탕에는 거의 손을 대지 않은 채 자리에서 일어섰다. 이선우가 보고 싶었다. 주말이 되면 나가서 뭐라도 사 먹여야겠다는 생각이 든다. 좋아하는 음식을 맘 편히 먹을 수 있게 해 주고 싶었다.

"벌써 일어나게? 출근하려고?"

문도가 자리에서 일어나자 서중호가 고개를 들어 물었다.

"네."

"아니 뭘 벌써부터 출근을 하고 그래. 넌 일을 너무 독하게 하더라. 쉬엄쉬엄해. 그러다 몸 상할라."

자기 자식이 열일하고 있음을 회장에게 깨알같이 어필하는 아버지에게 웃어 보인 뒤 어머니와 회장에게 인사를 하고는 문도는 다이닝 룸을 나왔다.

별채에 돌아가면 이선우가 와 있을까. 진하게 내린 커피를 마시고 싶어지는 아침이었다.

뒷문이 열리는 소리에 고개를 돌려 보니 서문도가 들어오는 모습이 보였다. 눈이 마주치자 선우가 인사를 하기도 전에 문도가 먼저 인사를 건넸다.

"왔어요?"

"네. 식사하시고 오시는 길이세요?"

"응."

건성으로 대답한 문도가 커피 머신으로 다가가 컵을 놓고 버튼을 눌렀다. 위잉— 머신이 돌아가는 소리가 들리더니 향긋한 커피 냄새가 거실까지 물씬 풍겨 왔다.

"커피?"

문도가 물었다. 선우는 순간 잘못 들은 줄 알았다.

"네?"

피식 웃음이 나온 문도는 선우에게 다시 한번 물었다.

"커피 마실 거냐고요."

"아……. 저는 괜찮아요. 나중에 따로 마시면 돼요."

"아무도 없는데 같이 마셔요."

선우의 대답도 듣지 않고 문도는 커피 한 잔을 더 내렸다. 아일랜드 위에 올려놓고서 선우를 보니, 여전히 머뭇거리고 있었다.

"식겠네."

문도의 말에 선우가 주위를 살피더니 조용히 다가왔다. 아일랜드 앞에 서는 선우에게 문도는 머그잔을 내밀었다.

"잠은, 잘 잤어요?"

선우가 고개를 끄덕이며 네, 하고 대답을 했다. 문도는 커피를 마시는 선우를 물끄러미 내려다보았다. 원래는 쿠키라도 꺼내 줄 생각이었다. 테이블에 마주 앉아 마시다가 혹시라도 누가 오면 서유라에 대해 이야기하는 중이었다는 말을 하면 그만이니까.

그런데 이렇게 나란히 아일랜드 앞에 서서 커피를 마시고 있노라니 헛웃음이 나온다. 눈에 이선우 입술밖에 보이지 않았다. 이런 새끼가 조절은 무슨 조절. 문도는 선우의 손에서 머그잔을 빼앗아 들었다. 아일랜드 위에 내려놓으며 고개를 숙였다.

"아. 잠시만요. 여기는."

어깨를 움츠리며 피하는 선우의 턱을 문도가 잡아서 제게로 돌리며 가볍게 입을 맞추었다. 선우는 굳은 채로 움직이지 못했다.

"뽀뽀하자고 2층까지 갈 순 없잖아."

입술을 뗀 문도가 태연하게도 말했다.

"누가 오면 어떻게……."

"안 와."

선우의 말을 끊으며 다시 입술을 찾는데, 선우가 입술을 피하며 말했다.

"그래도."

"오면 어쩔 거야. 같이 커피 마시는 중이라 하면 되지."

누가 이렇게 커피를 마셔요. 선우는 목까지 차오른 말을 삼켰다. 기어이 선우의 입술을 가져간 남자는 급기야 선우의 허리를 당겼다. 꼼짝 못 하게 가두어 놓은 뒤 다정한 눈빛으로 선우를 보며 부드럽게 입을 맞추었다. 정말이지, 이 남자는 키스를 너무 달콤하게 하는 게 문제였다. 순식간에 발끝까지 저릿저릿하게 만들어 놓는 남자를 보며 선우는 애원하듯 말했다.

"전무님, 그만요."

큰 소리도 낼 수 없어 작게 속삭이는데 멀리서 벌컥, 문이 열리는 소리가 났다. 깜짝 놀란 선우가 문도를 올려다보았다.

"방해꾼이 있긴 있네."

문도는 피식 웃으며 몸을 돌렸다. 거실로 나가니 하아아암— 하품 소리를 크게 내며 서유라가 복도를 걸어 나오고 있었다. 문도는 유라에게 가볍게 인사를 건넸다.

"우리 고모님, 부지런해지셨네요?"

"아 씨."

걸어 나오다 문도를 본 서유라가 깜짝 놀라며 욕을 했다.

"너무 부지런해지지는 말고요. 적응 안 되니까."

웃으며 말하는 문도를 서유라가 흘끔거리더니 왜 저래, 라고 하며 화장실로 들어갔다. 커피 머신 옆에 두었던 핸드폰을 가지러 주방으로 향하니 선우가 긴장한 얼굴로 서 있는 것이 보였다. 문도는 피식 웃었다.

"진짜 놀랐어요?"

고개를 끄덕이는 선우가 토끼 같다는 생각을 하면서 문도는 가볍게 선우의 머리카락을 넘겨 주었다.

"다녀올 테니까 기다리고 있어요."

빨리 보내 버리고 싶은 건지 선우가 바로 대답을 했다.

"네."

그러더니 잠깐 머뭇거리다 작게 말했다.

"기다릴게요."

부드러운 바람 같은 목소리가 문도를 스쳐 갔다. 하루 종일 생각 날 것 같은 목소리였다.

다음 날 아침, 정원을 건너는데 햇살이 뜨거웠다.

"아무리 맛있어도 바깥 밥이 밥인가요. 간단하게 먹어도 집에서 먹어야 든든하고 그렇지."

현관을 열고 들어와 다이닝 룸으로 가는데 장 여사의 목소리가 먼저 들려왔다.

"이거는 약이다, 생각하고 드세요. 회장님 드실라구 주문한 거라 최고급이래요."

테이블 위로 무언가 내려놓는 장 여사가 보였다. 선우는 고개를 숙여 문도에게 먼저 인사를 건넸다.

"전무님, 좋은 아침입니다."

눈이 마주치자 남자가 싱긋 웃었다. 선우는 얼른 시선을 돌렸다. 장 여사가 뒤를 돌아 있길 망정이지. 정말이지, 요즘 너무 아슬아슬했다. 선우는 눈 마주칠 틈을 주지 않고서 장 여사에게 인사를 했다.

"여사님, 안녕히 주무셨어요."

"선우 씨도 잘 잤어?"

살가운 물음에 선우는 미소를 지으며 대답을 했다.

"네."

쟁반을 들고서 아일랜드 쪽으로 오고 있는 장 여사에게 웃어 주면서도 시선 한끝은 식탁에 앉은 서문도에게 쏠린다.

왜 이렇게 빤히 봐. 들키면 어쩌려구요.

선우의 마음을 읽기라도 한 건지 문도가 피식 웃었다. 웃긴 왜 웃어요. 지금 웃을 일이 뭐가 있다고. 선우는 돌아서 거실로 나오며 휴, 작게 한숨을 쉬었다. 들킬까 봐 애타는 건 언제나 선우뿐이었다.

아침이건 저녁이건 하고 싶은 건 기어이 하고 마는 서문도는 뻔뻔했고, 태연했고, 심지어 짓궂었다. 조심성이 없는 건지, 조심하지 않아도 된다고 생각을 하는 건지. 콘돔 때도 느꼈지만 서문도는 제멋대로 상황을 판단하는 경향이 있는 것 같았다. 들키면 곤란한 사람은 본인이 아니니까 그러는 거겠지.

이젠 절대 넘어가지 말아야지 생각하는데, 뒤에서 서늘한 목소리가 들려왔다.

"이선우 씨는 잠깐 나 좀 보죠."

"네?"

뒤를 돌아보니 말끔한 차림의 서문도가 자리에서 일어나 거실로 나오고 있었다. 그리고는 별다른 말 없이 그녀를 쓱 스쳐 지나서 계단을 올라갔다. 무심한 표정이 뭔가 잘못한 게 있나 되짚어 보게 하였다.

"선우 씨 뭐 잘못한 거 있어?"

쟁반을 정리하던 장 여사가 슬그머니 위의 눈치를 보며 물었다.

"잘…… 모르겠어요."

"막내 아가씨 일로 부르는 거겠지? 얼른 올라가 봐요."

선우는 고개를 끄덕이고 긴장한 마음으로 계단을 올랐다. 2층 복도를 지나 살짝 열려 있는 중문 앞에 섰다.

"전무님, 이선우예요. 들어가겠습니다."

대답이 없어서 문을 열고 들어갔다. 잘 닫은 뒤 뒤를 돌았더니 마스터 룸의 문이 열려 있는 것이 보였다.

"전무님?"

고개를 기울여 안쪽을 보다가 파우더 룸을 나오는 남자와 눈이 마주쳤다. 뭔가 들킨 건가. 가슴이 졸아드는데 문도가 걸어오더니 선우를 당기는 동시에 달칵, 방문을 닫았다. 놀란 소리를 낼 겨를도 없이 털썩 침대에 눕혀졌다. 무릎을 굽혀 자신의 위로 올라온 남자를 선우는 기막힌 눈으로 바라보았다.

"정말……. 왜 이러세요."

참다못해 한숨을 쉬었더니 문도가 웃었다. 그리고 선우의 뺨을 쓱 쓸면서 말했다.

"왜 이러겠어요."

내려오는 입술에서 민트 향이 났다. 가볍게 입을 맞추더니 웃음 머금은 눈으로 선우를 내려다보았다.

속은 내가 바보지.

그 생각을 하는데 다시 입술이 내려온다. 장난처럼 선우의 입술을 깨물었고, 그러다 순식간에 깊이 들어오기도 했다. 기어이 숨결을 흐트러트려 놓은 문도가 입술을 뗐을 때, 선우는 한숨처럼 말했다.

"들키고 싶지 않아요."

"안 들키게 하잖아."

씩 웃는 눈동자가 얄미웠다. 몸을 일으킨 남자는 선우의 몸도 일으켜 주었다. 옷매무새를 털어 주고 머리카락까지 귀 뒤로 넘겨 준다.

"밤에 만나잖아요."

정말 이러지 말았으면 했다. 들킬까 봐 무섭기도 하지만 익숙해질까 봐 무서웠다. 순간순간 이루어지는 짧은 입맞춤과 그 뒤를 잇는 장난스러운 미소는 단단하게 닫아 놓으려는 선우의 마음을 자꾸만 두드렸다.

"어제는 못 봤잖아."

문도가 많이 늦은 데다 숙소 동 거실에서 정원을 손보는 인부들이 잠을 자는 바람에 건너올 수가 없었다. 대신 통화를 조금 오래 했다. 잘 들어갔느냐는 말이 무얼 먹었냐는 말로 이어졌고, 지금은 무엇을 하고 있는지로 이어졌다. 수화기 너머로 통화를 하다가 테라스로 나와 통화를 이어 갔다. 남자는 별채의 데크에서, 선우는 숙소 방의 테라스에서 서로를 멀리서 보며 목소리를 들었다.

알고 있다. 심기를 거스르지 않는 한, 이 남자는 꽤 다정한 사람이라는 걸.

잘리기 전에도 그랬었다.

거실에서 가만히 입을 맞추었고, 아무렇지 않게 다이닝 룸에서 같이 식사를 하자고 했다. 눈이 마주치면 웃어 주었고, 다정히 머리를 넘겨 주었다.

그걸 아는데도, 그래서 다시 속지 않으려고 마음을 꾹꾹 닫아 두려 하는데도, 이런 순간이면 마치 몰래 연애를 하는 연인이 된 것 같았고, 정말로 사랑을 받는 것 같은 착각이 들었다.

물론 아니라고 매번 생각한다.

잊지 않는다. 이 남자의 마음이 가벼운 욕망에 불과한 것임을. 더하여 자신은 그런 남자를 속여야만 하는 처지인 것도.

속이되, 속아서는 안 되는 것.

욕망하게 만들되, 욕망해서는 안 되는 것.

선우에게 남자는 그런 존재였다. 그래서 이런 순간들이 힘들었다. 그리고 걱정이 되었다. 혹시나 남자가, 서문도가 조금씩 진심이 되어 갈까 봐.

"이거."

문도가 협탁 위에 놓인 무언가를 집어 선우에게 내밀었다. 언제 그런 열정에 휩싸였냐는 듯 다시 매끄러워진 모습으로.

"어제 주려 했는데 못 줘서 올라오라 했어요."

문도가 내미는 쇼핑백 안의 상자에는 선우가 차고 있는 목걸이와 같은 모양의 팔찌가 들어 있었다.

"마음에 들어 하는 것 같아서."

문도는 상자 안의 팔찌를 들어 직접 선우의 손목에 채워 주었다. 실처럼 가느다란 줄에 자그마한 리본이 붙어 있는 팔찌가 가는

258

손목에 동그랗게 걸렸다.

"예쁘네."

선우의 손을 들어 올린 남자가 손등에 입을 맞추었다. 장난스럽게 웃는 미소가 마음을 쿡 찌른다. 사랑하는 사이도 아닌 사람에게 그런 미소를 보이는 건 반칙이야. 어쩌면 당신은 죄가 많은 남자였겠다. 선우는 속으로 생각하며 문도에게 말했다.

"감사합니다."

잊지 말아야 해.

이 사람은 민우의 핸드폰을 가지고 있는 사람이야. 언젠가는 떠나야 하는 사람이야. 그러니 너무 깊지 않게. 너무 얕지도 않게. 들키지 않을 정도로만.

"마음에 들어요."

선우는 가볍게 문도의 뺨에 입을 맞추며 말했다. 문도가 만족스럽다는 듯 미소를 지었다.

마지막 더위를 태우기라도 하는 듯한 오후였다.

사방에서 매미가 정신없이 울어 대는 소리를 들으며 명규진 실장은 카페의 문을 열었다. 소음이 일제히 멎으며 시원하고 쾌적한 바람이 가득한 공간이 나왔다.

"실장님, 여기입니다."

키가 작은 중년의 남자가 엉거주춤 자리에서 일어서며 규진을 불렀다. 소문난 심부름센터의 한세호 탐정이었다.

"한 탐정님, 일찍 나오셨네요. 잘 지내셨어요?"

규진은 공손히 인사를 건넸다. 공적으로 이용하는 건 아니지만 어쨌든 하청 업체라면 하청 업체였는데, 규진은 세호에게 한 번도 함부로 대한 적이 없었다.

"저야, 뭐. 예, 잘 지냈습니다. 아이쿠. 커피 나왔나 봅니다. 얼른 가져올게요."

세호가 가벼운 걸음걸이로 카운터로 향했다. 얼음이 가득 든 아이스커피에 빨대를 착착 꽂았다. 동작은 가벼운데 시선은 끌지 않았다. 몸집이 작은 중년의 남자는 아무 곳이나 잘 섞여 들었다.

전직 소매치기. 절도 전과 5범인 남자는 담당하는 형사와 엮이며 다른 식으로 본인의 재주를 펼치기 시작했다. 자그마한 심부름센터를 차려 은밀히 들어오는 의뢰를 받는다. 폭력적인 일도, 심하게 불법적인 일도 하지 않는다. 조용히 누군가를 따르며 기록을 할 따름이다.

"지난달 최상규 기록입니다."

최상규. 예명으로는 최지상.

한세호가 건네는 노란색 파일 위에는 매직으로 7월, 이라는 글자가 크게 쓰여 있었다. 서유라가 병원에서 나와 이태원 저택으로 들어온 뒤로 서문도가 지시한 사항이었다. 최지상의 동선을 지켜볼 것. 서유라와 같이 있게 될 때는 즉각 즉각 알릴 것.

한세호는 서유라와 최지상이 만나는 날은 짧은 메시지로 명 실장에게 보고를 해 왔다. 나머지 잡다한 동선에 대해서는 지금처럼 한 달에 한 번 정기적으로 파일을 건넸다.

"주로 촬영장에 있었어요. 지금 찍는 드라마가 시간에 쫓겨서 그런지 대부분 문경에 있었는데."

는데, 라는 말꼬리가 규진의 귀를 붙잡았다.

"그런데요?"

"이게 서유라 씨를 만난 건 아니라 즉시 보고는 안 드렸는데, 잠깐 서울에 올라와서 어떤 여자분을 만났습니다. 위치는 한남동 묵밥집인데, 시간은 얼마 안 되었구요."

"흠."

"이날입니다. 여기 사진이고요."

수평이 맞지 않는 비뚤어진 사진 한 장이 규진의 눈에 들어왔다. 묵밥집을 나서는 여자의 얼굴을 규진은 한눈에 알아볼 수 있었다.

"7월 첫째 주 금요일이네요."

"네."

모자를 깊이 눌러쓴 최지상의 뒤로 이선우의 모습이 보였다. 연속된 사진이 아래에 붙어 있었다. 최지상이 먼저 가게를 나오고, 모르는 사람인 것처럼 이선우가 나오고, 각자의 길을 가는 모습이었다.

"수고하셨습니다. 다음 달도 잘 부탁드립니다."

"예, 또 연락드리겠습니다. 거의 촬영장이랑 모텔에만 있어서 요즘 같아선 거의 공돈 버는 기분이에요."

"더위 조심하시고요. 먼저 가 보겠습니다."

"예, 예."

남아서 커피를 마저 마시겠다는 남자를 뒤로하고 명 실장은 카페를 나섰다.

최지상과 이선우.

서유라의 심부름이 있었을 가능성이 제일 높겠다고 생각하면서 파일을 가방에 넣었다. 여전히 밖은 델 듯이 뜨거웠다.

24. 7월 보고서

모처럼 여유가 있는 토요일 오전이었다. 일부러 만든 여유이긴 하지만.

"네, 여사님. 별채인데요, 유라 씨가 점심으로 비빔국수가 먹고 싶다고 해서요."

1층 거실 소파에 앉아 있는 문도의 귀에 선우의 목소리가 들려왔다. 부드럽고 차분한 목소리를 들으며 문도는 커피를 한 모금 마셨다. 식어 버린 지 오래인 커피였지만 그리 나쁘지 않았다.

"네. 아, 잠시만요. 유라 씨 요구 사항이 따로 있는데요, 고추장은 넣지 말고 식초랑 간장, 고춧가루, 설탕……. 아니다. 여사님 제가 잠깐 들를게요. 네. 금방 가요."

둘이서 유튜브를 보니 마니 왔다 갔다 거리더니 결국 그 먹방인지 무엇인지를 보았나 보다. 영상에 나온 비빔국수가 그렇게 먹고 싶다는 서유라의 요청에 선우가 나선 듯했다.

"유라 씨 저 잠깐 숙소 동에 다녀올게요. 아주머니께 아까 그 영상 보여 드리고 올게요. 네. 금방 다녀올게요."

게스트 룸으로 간 이선우가 서유라에게 이야기를 하고는 몸을 돌려 다시 거실로 나왔다. 손에는 태블릿 패드를 들고 주방의 뒷문으로 향하였다.

"이선우 씨."

문도는 소파에 앉은 채 고개만 꺾어서 선우를 불렀다. 거꾸로 보이는 이선우가 멈칫 뒤를 돌았다.

"잠깐 이리로."

회사에 가지 않은 이유를, 2층의 서재에서 해도 되는 일을 1층 거실까지 끌고 내려온 이유를 정녕 모르나. 노트북 펼쳐 놓고 두 시간 남짓 설렁설렁 일을 하고 있는데, 이선우는 그를 삭삭 잘도 피해 다녔다.

"먹고 싶은 거 뭐 있어요?"

"네?"

"뭐 좋아하냐고. 내일 점심 같이하려는데, 예약을 해 둘까 싶어서요."

물어보는데 답은 안 하고 주위만 둘러본다. 아무도 없다고. 없으니까 물어보지. 뭘 다시 확인을 해.

"저는 다 괜찮아요. 전무님 드시고 싶으신 걸로 고르시면 될 거 같아요."

선우의 얼굴에 빨리 대화를 마치고 싶어 하는 마음이 고스란히 드러났다. 문도는 피식 웃으며 일부러 천천히 말했다.

"아니이, 나 말고 이선우 씨요. 이선우 씨가 먹고 싶은 거 말하라고요."

하아. 선우는 돌아서려다 다시 멈칫 걸음을 멈췄다. 손에 든 태블릿 패드를 움켜쥐고 게스트 룸 쪽을 보았다. 서유라가 언제 나올지 모른다. 거기다 조리사 아주머니가 기다리고 계실 텐데, 하는 생각이 들자 마음이 급해졌다.

"저는……."

빤히 보는 서문도 때문에 생각이 흐려졌다. 아까부터 거실에 나와서 일을 하고 있는데, 신경이 쓰여서 자꾸만 헛손질을 하게 되었다. 서유라가 불러도 잘못 알아들었고, 흘깃 쳐다보다 물을 흘리기도 했다.

넓은 2층 두고 왜 여기서 이러는 건지. 왜 굳이 바깥에서 뭘 먹자는 건지. 그리고 아무거나 먹으면 될 걸 메뉴까지 고르라고 하는 건지. 이러다 정말 들키면 어쩌려고.

선우는 한숨을 삼키며 방해하는 방법도 여러 가지라고 생각할 때였다. 문득 외할머니가 만들어 주시던 김치만두가 생각이 났다.

"만두요. 만두 좋아해요."

선우의 말에 문도가 고개를 끄덕였다. 선우는 잠깐 고개를 숙여서 인사를 하고 얼른 걸음을 돌렸다.

문도는 핸드폰을 들고 주방 뒷문을 열고 나가는 선우의 뒷모습을 보며 피식 웃었다. 가끔씩 가는 만둣집이 하나 있어 검색을 하는데 화면이 사라지더니 전화가 왔다. 명 실장이었다.

"네. 말씀하세요."

— 전무님, 명규진입니다.

"네."

— 어제 한 탐정님 만나 자료 받았습니다. 월요일에 뵐까 했는데 조찬 모임 참석하시는 것 같아 연락드렸습니다. 시간 언제쯤 괜찮으실까요?

벌써 날짜가 그렇게 되었나. 문도는 창 너머 푸른 정원으로 시선을 두며 명 실장에게 대답을 했다.

"오후에 시간 됩니다. 집으로 오세요."

— 네, 그럼 이따 4시 정도 괜찮으실까요?

"괜찮습니다."

— 그럼 이따 뵙겠습니다.

통화를 마치고 만둣집에 전화를 걸었다. 오후 1시. 예약을 잡으며 문도는 소파에 등을 기댔다. 거실 창으로 들어오는 볕이 두껍고 진했다. 이 자리에 앉은 이선우는 늘 이 햇살을 고스란히 맞고 있었겠지. 낮에는 집에서, 더군다나 1층의 거실에서 지낼 일은 거의 없어 서유라가 뭐라 지껄이던 신경 쓰지 않았는데 마음이 쓰인다.

블라인드를 달아 볼까.

보는 앞에서 태연히 블라인드를 내리면 이선우는 어떤 표정을 지을까, 궁금해진다.

똑똑.

최지상은 카페의 미팅 룸 앞에서 문을 두드렸다. 스터디나 미팅을 위해 만들어 놓은 격리된 공간의 문을 열고 들어가자 정희준의 웃는 얼굴이 나타났다.

"지상 씨, 어서 와. 요즘 아주 난리도 아니던데. 앉아요."

정희준은 지상파 방송국의 예능 프로 메인 PD였다. 드라마 '바람소리'가 온 에어되면서 프로그램 홍보 차원에서 토크쇼 출연 스케줄이 있었는데, 오늘 따로 만나자는 요청이 있어 나온 참이었다.

"예, PD님. 잘 지내셨죠."

"아이스 아메리카노로 먼저 시켜 놨는데 괜찮죠?"

"그럼요. 잘 마시겠습니다."

바람소리의 주인공을 맡았던 배우들과 토크쇼 녹화는 벌써 떴고, 방영일은 다음 주 화요일이었다.

"지상 씨가 토크가 좀 되더만. 센스가 좋아. 편집하는데 지상 씨 컷을 많이 살리게 되더라고."

"하하. 전 그냥 시키는 대로 열심히 했는데요."

메인 PD가 따로 만나자 하고, 만나서 칭찬을 할 때는 프로그램 섭외 시도가 있기 마련이었다. 평소라면 어떻게든 잘 보이려 노력했겠지만 지상은 조금 느긋한 마음으로 의자에 등을 기댔다.

"바람소리로 아주 빵 떴어. 정원 선배 인기가 어마어마해. 얼마 전에 유성 전자 컬러풀 시리즈 광고도 계약했다며."

"아, 하하. 아니에요, 뭐 그냥 단발로 3개월짜리. 잠깐인데요."

PD 앞에선 겸손을 떨고 있지만 생각할 때마다 가슴이 벅차올랐다. 유성 전자는 국내를 넘어선 세계적인 기업이었다. 게다가 유성 전자 광고는 세련되고 감각적이기로 유명하기도 했다. 그 광고에 짧게나마 출연을 했다는 건 현재 가장 핫한 인물이라는 뜻이고, 광고 계약이 성사되는 순간 여기저기서 물밀듯이 출연 섭외가 들어왔다.

"이 사람아, 너무 겸손해도 안 되지. 자랑할 건 해야지."

껄껄 웃는 정희준의 웃음소리가 공간을 울렸다.

"아직 익숙하지가 않아서요. 그런데 PD님, 오늘 보자고 하신 건."

"스타 다큐 한 편 찍읍시다. 어때요?"

지상의 입꼬리가 올라가려다 꾹 다물어졌다. 그러나 하하 웃으며 손사래를 저었다.

"제 주제에 무슨요. 주인공인 민혁 선배도 있고 은지 씨도 있는데. 전 아직 스타라기엔. 하하, 아이고 민망하다."

지상은 머리를 긁적이며 쑥스럽게 웃었다.

"이거 왜 이래. 소문 다 났어. 이번에 넷피아 뭐야, 그거 이강옥 작가 거 주인공 땄다며."

"아니에요. 아 왜 또 소문이 그렇게 나. 주인공 아니고 그냥 조연. 거기 얼마나 대선배님들이 나오는데요."

지상은 부끄럽다는 듯 얼굴을 붉히며 아이스커피를 쭉 빨아 마셨다. 겸손을 떨고 있지만 요즘 구름 위를 걷는 기분이었다.

얼마 전, 세계적인 OTT 서비스 플랫폼의 자체 제작 드라마에 주조연급으로 출연이 확정되었다. 작가는 스릴러 장르물을 잘 쓴다고 소문난 이강옥 작가였고, 감독은 감각적인 장면과 독특한 구성으로 유명한 영화감독 주태준이었다. 넷피아에서도 전격 지원을 한다고 들었다.

같이 출연하는 출연진들은 또 어떻고. 이름만 들어도 헉 소리 나는 대형 배우들이 줄줄이 출연을 한다. 지상은 그중 젊은 교수이지만 강인한 의지로 사건을 풀어가는 데 핵심이 되는 오윤상 역을 맡게 되었다.

"나는 자기가 이렇게 뜰 줄 알았다니까. 바람소리 첫 회 보는데 따악 감이 왔어."

5회차까지 방영된 지금, 각종 커뮤니티는 '정원 선배'로 들끓고 있었다. 일전에 지상이 고생하며 찍었던 케이블 채널의 예능이며 단편 영화들도 다시 주목을 받았다.

"다 주변에서 잘 도와주신 덕분이죠. 일단 실장님이랑 상의도 해 보고요."

"아 거기랑은 벌써 다 얘기가 됐지. 지상 씨가 어지간한 프로들은 고사한다고 해서 내가 직접 만나자 한 거고."

하하. 지상은 다시 쑥스럽게 웃었다. 희준의 말은 사실이었다. 이런저런 프로그램 섭외가 물밀듯 밀려들었지만 신중하게 골라 몇 개만 출연하는 중이었다. 너무 빠른 이미지 소비는 득이 될 게 없다는 게 지상의 생각이었고, 그 저변에는 이러다 뭐라도 터지면 어쩌나, 하는 불안이 깔려 있었다.

"자기는 지금 찍을 거리가 넘쳐. 아침에 일어나는 걸로 시작해서 광고 미팅, 촬영 현장 스케치에, 대본 연습에. 정원 선배의 평범한 일상도 좀 보여 주고."

"네. 생각해 볼게요. 하하 아이고, 요즘 정말 정신없네요."

그 뒤로 몇 마디를 더 나누고, 연락을 하겠다는 의례적인 인사를 나눴다. 정희준이 먼저 스케줄이 있다며 카페를 나갔고, 지상은 매니저 성원이 오기를 기다렸다.

"하하. 서유라만 아니면 할리우드 가는 건 시간 문젠데."

중얼거린 지상은 남은 커피를 마시며 생각에 잠겼다. 쭉쭉 뻗어 나가는 만큼 불안감도 크기를 키우고 있었다. 호스트 경력이야 눈속임하기 좋은 모델 에이전시 소속이었던 데다, 관련된 인물들도 내로라하는 사모님들이라 어지간해선 터지지 않을 테지만 서유라가 문제였다. 기회를 봐서 헤어지고 싶은데 그러지 못하는 건 서유라 성격에 가만있지 않을 거라는 걸 알아서이다. 더군다나 핸드폰까지 그쪽에 있으니.

처음부터 서유라랑 엮이지 말았어야 했는데.

후회의 한숨이 나왔다. 많고 많은 사모들 중에 젊고 예쁜 데다 심지어 재벌 2세이기까지 해서 봉 잡았다고 생각했더니 썩은 동아줄이었다.

서유라와의 염문설이 터지는 것도 걱정이었다. 서유라의 이미지는 바닥 중 바닥이다. 조용히 남자나 밝히며 살았더라면 대중들이 누군지나 몰랐을 텐데, 셀럽을 자처하며 연예인보다 더 화려하게 하고 다니니 대한민국에서 서유라를 모르는 사람이 없었다. 선량하고 건강한 이미지의 정원 선배가 저런 여자와 연애 중이라고 하면 발칵 뒤집힐 거였다.

남자를 하나 붙여 줘? 하……. 어렵다, 어려워.

지상은 생각 끝에 핸드폰을 잡았다. 핸드폰은 잘 찾고 있는지 중간 점검도 한번 해 둬야지. 지상은 이선우의 번호를 누르고 메시지를 적었다.

그런데 정말 이 추세라면 할리우드 진출을 하는 게 빠를지도 모르겠네. 그땐 서유라고 뭐고 이 땅 떠 버리는 거야.

지상은 비열한 미소를 지으며 남은 커피를 마셨다.

"7월 보고서입니다."

명규진이 문도에게 노란색 파일을 내밀었다.

문도는 서재 책상에 걸터앉아 파일을 받았다. A4용지 속 간단한 서식의 투박한 표에 최지상의 동선이 날짜별로 기록이 되어 있었다.

"주로 문경 촬영장에 있었다고 합니다. 일전에 터졌던 스캔들은 최지상 소속사가 언론에 발표한 대로 오해였고요."

문도는 서유라가 죽겠다고 난동을 피웠던 날을 기억했다. 이선우의 팔에 길게 상처가 난 날이기도 했다. 눈이 뒤집혔던 날. 그래서 이선우를 잘랐던 날. 그날을 생각하며 최지상의 행적을 눈으로 읽었다. 간결했다. 문경 촬영장. 모텔. 술집. 모텔. 촬영장. 그러다 어느 한 줄에 시선이 멎었다.

서울. 한남동 묵밥집. 신원 미상의 여자.

문도의 시선이 그 줄에 머물렀을 때 명규진이 말했다.

"최지상이 이선우 씨를 만났습니다. 뒷장에 사진 첨부했습니다."

순간 문도는 눈을 좁혔다. 꿈틀하고 핏줄이 움직였다. 한 장을 넘기니 방금 전 거실에서 보았던 여자가 거기 있었다. 그리 좋지 않은 화질의 사진 속, 깊게 모자를 눌러쓴 최지상의 뒤에.

문도의 시선이 잠시간 선우의 얼굴에 머물렀다. 왜, 라는 간단한 질문을 던진 뒤 사진을 물끄러미 보았다. 우습게도 두더지 잡기 게임이 생각났다. 이선우가 최지상을 왜 만났는지를 추측하는 이런저런 가정들이 여기저기서 튀어 올라서.

문도는 눈을 감았다 뜨는 것으로 생각을 지웠다. 모두가 섣부른 추측들이지.

"왜죠."

문도의 짧은 질문에 명규진은 답했다.

"정확한 사실은 아직 모릅니다. 개인적으로는 서유라 씨의 심부름이 아닐까 추측하고 있습니다. 조금 더 알아볼까요?"

최지상이 이선우를 통해 서유라에게 약을 건넸을 것이라 명규진은 추측하는 듯했다. 이 가정은 설득력이 없다. 서유라는 외출이 자유로우므로.

서울까지 올라온 최지상이 약을 전달하기 위해 서유라를 제치고 이선우만 만났을 리 없다. 문도는 사진 속 최지상의 미끈한 얼굴을 바라보다가 눈을 들었다.

"우선."

명규진이 네, 하고 대답을 했다.

"최지상과 이선우가 과거에도 만난 적이 있었는지 알아봐 주시죠. 그러니까, 이선우가 여기 취직을 하기 이전에. 그리고 8월에도 두 사람이 따로 만난 일이 있는지 체크해 주시고요."

"네."

"전에 이선우 면접 볼 때 올렸던 고용계약서 있죠?"

"네."

"백그라운드 체크되었죠?"

"네. 뒷장에 첨부했었습니다."

쓱쓱 사인을 했던 자신의 모습이 기억난다. 이력을 자세히 보지는 않았다. 어차피 명 실장 선에서 백그라운드를 체크하고 최종 면접에 올렸기 때문이었다. 더구나 그때는 이선우가 며칠 안에 그만둘 사람이라 생각해서 대충 눈으로 훑고 넘겼었다.

"메일로 다시 보내 주시고."

"네."

한 가지 가정으로 생각이 자꾸 모여들었다. 최지상의 미끈한 얼굴. 은밀한 만남. 이선우는 최지상의 핸드폰을 찾으러 온 그의 여자일까. 피가 싸늘히 식어 가는 기분이지만 일단 판단은 보류했다.

"최지상 여자관계 알아봐 주시고요."

"네."

마지막 말은 할까 말까 잠깐 생각했다가 입을 열었다.

"이선우 남자관계도 체크하세요."

"네."

"따로 연락할 것 없이 알아보는 대로 바로 메일로 보내시고요."

"고용계약서는 회사 복귀하는 대로 올리겠습니다."

고개를 끄덕인 문도는 명 실장에게 물었다.

"바로 회사에 복귀하시나요?"

"아뇨, 회장님께서 찾으셔서 잠깐 뵙고 갑니다."

"용건은요?"

"아직 모르고요, 뵈면 알게 될 것 같습니다."

명 실장이 고개를 숙여 인사를 하고 서재를 나갔다. 문도는 책상에 걸터앉은 채로 창문 너머의 후원을 바라보다가 담배를 꺼내 물었다.

바람이 없는 서재에서 연기는 일직선으로 뻗어 나가다 어느 순간 구름처럼 퍼졌다. 올라간 담배 연기는 이선우의 여러 모습들이 되어 그를 둘러싼다. 보고를 하는 이선우. 서유라를 감싸던 이선우. 그가 좋다던 이선우. 다리를 벌리는 이선우. 최지상의 뒤에 있던 이선우.

아직은.

느리게 눈을 깜빡이며 생각했다. 판단은 모든 자료들이 모였을 때 하겠노라고.

선우는 2층의 서문도를 바라보았다. 난간에 팔을 걸친 서문도가 자신을 보고 있었다. 조금은 무심한 표정으로 구경을 하듯이 아래를 본다. 그 모습을 바라보다 선우는 이내 가방을 들고나온 유라에게로 고개를 돌렸다. 그러면 안 되는데 서문도가 지날 때마다 자신도 모르게 눈이 갔다.

"어때, 둘 중에 어떤 거 팔까?"

"저는 잘 모르겠어요."

서유라는 유행 지난 가방을 팔아야겠다며 옷장을 뒤엎었다. 카드만 주고 현금은 주지 않는 부회장 부부 때문에 이런 식으로 현금을 마련한다고 했다.

"아씨, 이거 구하기 힘들었는데. 한정으로 VIP 고객한테만 나온 거라서 몇 개 없는 거거든. 넘 귀엽지?"

손바닥만 한 미니백 세 개를 이리저리 둘러보며 서유라가 말했다. 선우는 대강 고개를 끄덕였다.

"이선우 씨."

난간에 서 있던 서문도가 선우를 불렀다. 서유라도 고개를 들었다. 서문도를 보곤 인상을 쓰더니 고개를 내려서 입을 삐죽거렸다.

"네, 전무님."

"내일 쉬죠?"

"네."

"고모님 심심하겠네."

그 말에 서유라가 혀를 내밀고 비아냥거리는 표정을 지었다.

"오늘 퇴근이 6시죠?"

"네."

2층의 서문도가 고개를 끄덕이곤 입을 열었다.

"오늘은 보고하러 올라올 필요 없어요. 시간 되면 퇴근하고, 가서 쉬어요."

담담한 목소리였다. 2층을 올려다보던 선우는 속으로 입술을 깨물었다. 다른 날엔 시시때때로 잘만 불러올리더니 왜 하필 시간 많은 오늘은 왜 올라오지 말라는 건지.

"네."

서문도가 빙그레 웃었다. 웃는 얼굴을 보는데 마음이 일렁이는 기분이 들었다. 선우는 얼른 시선을 내렸다. 서유라도 있어서 뭐라 물어볼 수도 없었다.

"결정 못 하겠다. 일단 얘는 킵. 대여섯 개는 팔아야 돈이 좀 되는데. 엄마가 미국에서 사 왔던 거 그거부터 팔까?"

왜 들어가지 않는 걸까.

아직도 서문도가 2층의 난간에서 아래를 내려다보는 것이 느껴졌다. 위에서 드리운 그림자에 신경이 쓰여서인지 서유라의 말에 집중이 잘 되지 않았다.

"야, 나 담배 한 대 피고 올게."

서문도가 있어서 거실에서 담배를 피지 못하는 서유라가 속삭였다.

"저는 커피 한 잔만 마실게요."

"어 그럼 나두. 아이스로 내려 줘."

네, 대답을 하고 선우는 짧게 위를 바라보았다. 그림자가 느껴져서 아직 그곳에 있을 줄 알았는데 서문도는 사라지고 없었다.

"전무님 주말에 집에서 쉬는 거 보니까 좋네요. 물막국수에 민어전 했어요."

건너온 장 여사가 저녁을 차려 주며 말했다. 문도는 자리에 앉으며 건너편의 빈자리를 보았다.

"서유라는요?"

"아직 저녁 전이신데 샐러드만 드시겠대요. 전무님 드시면 차려 주려고요."

"잠깐 불러 주세요. 비싼 민어전 맛은 봐야죠."

6시를 넘겼으니 이선우는 퇴근을 했다. 문도는 자리에 앉아 서유라를 기다렸다. 쿵쾅대며 나온 서유라가 왜 불렀냐는 표정으로 맞은편 자리에 앉았다.

"여사님, 자리 좀."

문도의 말에 장 여사가 서유라 앞에 앞접시와 젓가락을 놓아 주고 주방의 뒷문으로 나갔다. 싸하게 고요한 공기가 다이닝 룸을 감돌았다.

"드세요, 고모님."

서유라가 계란물을 입혀 노랗게 부쳐 낸 민어전을 흘깃 보더니 픽 하고 고개를 돌렸다.

"너나 먹고, 용건이나 말해."

문도는 민어전을 집어 엷게 만든 소스를 찍으며 물었다.

"최지상 만날 때 약 하는 거, 이선우가 알아요?"

"허. 무. 슨. 야아악?"

서유라가 기막히다는 표정으로 입을 벌렸다. 거짓말을 할 거면 눈깔을 흔들면 안 되지. 참 발전이 없는 인간이었다.

"본론으로 갑시다. 약 하는 거 아냐고."

"나 걔 안 만나거든?"

또 못 알아듣고 딴소리를 한다. 이런 인간과 피가 섞였다는 이유로 마주 앉아야 한다는 건 참 괴로운 일이었다.

"내가 몰라서 물을까?"

문도는 서유라의 눈동자를 똑바로 보면서 말했다. 실금 같은 웃음을 웃자 서유라가 입술을 깨물었다.

"알면서 왜 물어보는데? 다 알면서 뭐 하러 묻냐고! 그래, 나 최지상 만난다. 어쩔래!"

"질문을 왜 여러 번 하게 하지? 약 하는 거 이선우가 아냐고 물었을 텐데."

"아씨, 걔가 어떻게 알아!"

흠. 문도가 가볍게 숨을 쉬었다.

"그런데 그건 왜?"

눈을 둥글리며 서유라가 물었다. 문도는 민어전을 입에 넣고 씹었다. 초조해진 서유라가 다리를 떨었다.

"이선우가 나한테 거짓말을 하는가 싶어서."

"무슨 거짓말?"

"고모님 약 안 한다고 하길래. 뒤로 약 하는 거 도와주면서 나한테는 거짓말하는 것일 수도 있으니까요. 그럼 잘라야지 않겠어?"

서유라가 고개를 저었다.

"걔는 모르지. 아, 아니. 나 약 안 하거든? 무슨 쌉소리야. 진짜
웃겨. 왜 아무 죄도 없는 애를 잘라? 자르기만 해!"

핸드폰에 메일 알람이 떴다. 명 실장이었다. 문도는 냅킨으로
입을 닦으며 자리에서 일어났다.

"야, 진짜 걔는 모른다구!"

서유라가 외치는 소리를 들으며 2층으로 올라왔다. 노트북을
켜고 화면을 클릭했다. 이선우의 고용계약서였다.

이름 : 이선우

나이 : 28세

학력 : 서울예고, 한국예술종합학교

이력 : 국립 발레단, 지젤 발레 학원

가족관계 : 부, 이장명, 사망

　　　　　모, 정혜숙, 사망

　　　　　제, 이민우, 군복무 중

출력을 해서 책상 위에 놓고, 책상 위에 올려 두었던 서류들을
왼쪽부터 차례로 훑었다. 그의 7월 첫째 주 금요일 스케줄. 한 탐정
의 7월 보고서. 최지상과 이선우가 차례로 나오는 사진. 이선우의
고용계약서.

나란히 놓인 네 장의 서류 위로 그날, 이선우의 목소리가 들렸다.

'전무님은 어떻게 지내셨어요?'

병원은 잘 다녀왔냐고 이선우에게 물어보는 자신의 모습이 영상처럼 보였다. 드레스 룸이었고, 이선우는 진열장 앞에 있었다. 거기서 무얼 하냐는 자신의 질문에 당황했던 표정을 지우면서 대답을 했었다.

'그냥……. 구경했어요.'

'무슨 구경.'

'넥타이랑 시계랑.'

이선우.

'전무님이요. 저는 그냥 전무님이 필요했어요.'

이선우.

'곁에 있게 해 주세요. 아주 잠시라도 좋아요.'

이선우.

딩동, 하는 소리와 함께 새 메일이 날아왔다. 명규진이었다. 내용은 한 줄.

'좋아해요, 전무님.'

씨발, 이선우.

문도는 커다란 손으로 얼굴을 쓸었다. 웃음이 나와 참을 수가 없었다.

25. 스릴 있겠네

만둣집은 부암동 꼭대기에 있었다.

택시에서 내린 선우는 커다란 소나무가 지키고 있는 2층의 양옥집을 바라보았다. 고재나무로 만든 간판이 있었고, 안쪽 정원으로 들어가는 긴 산책로가 보였다.

1시, 다온 손만두.

선우는 핸드폰을 들어 메시지를 다시 확인했다. 서문도가 보내온 메시지에는 만둣집의 위치가 나와 있는 웹사이트 링크가 걸려 있었다.

군이 밖에서 따로 식사까지 할 필요는 없는데.

차라리 밤에 2층으로 올라오라고 불러 주면 좋겠다고 생각하며 선우는 열려 있는 대문 안으로 들어갔다. 안쪽으로 보이는 너른 마당에 몇 대의 차가 주차되어 있었다. 언덕 꼭대기에 있는 위치적 특성 때문에 대체로 차를 타고 오는 듯했다. 그래서인지 정갈하게 정리된 마당을 걷는 사람은 선우 혼자였다.

묘하게 기시감이 들었다.

처음으로 별채로 들어갔던 날이 생각난다. 마당이 넓고, 맞은편에 보이는 건물이 흰색이어서일까. 2층 어딘가에서 서문도 전무가 자신을 내려다보고 있을 것만 같은 느낌이 들었다.

건물 앞까지 다가가니 서문도의 차가 보였다. 선우는 고개를 들어 건물을 올려다보았다. 해가 건물 위로 높이 솟아 있어서인지 볕이 하얗게 보이며 눈이 시려 왔다.

"어서 오세요. 혹시 예약하셨나요?"

가정집 현관문을 열고 들어가니 개량한복을 입은 종업원이 다가와 물었다.

"네. 1시, 서문도 씨로 예약되어 있을 거예요."

"일행분 안쪽에 계시네요. 2층, 6번 방입니다."

선우는 고풍스러운 난간을 가진 목재 계단을 올라갔다. 2층이 나오고 몇 개의 방이 보였다. 열려 있는 방문을 훑는데 창을 등지고 식탁에 앉아 있던 남자와 눈이 마주쳤다. 선우는 살짝 묵례를 하며 걸음을 걸었다.

"앉아요."

서문도가 선우의 물컵에 물을 따르며 말했다.

"일찍 도착하셨나 봐요. 많이 기다리셨어요?"

선우는 자리에 앉으며 물었다. 1시가 몇 분 남은 시간이니 선우도 늦은 건 아니었다.

"조금."

짧게 대답한 문도가 선우를 보며 빙그레 웃었다. 물잔을 선우의 앞에 놓아 주고 메뉴판을 건네준 뒤 벨을 눌러 종업원을 불렀다.

"네. 주문하시겠어요?"

"만둣국 하나 하고. 이선우 씨는?"

"같은 걸로 할게요."

선우는 메뉴판을 열지 않고 대답했다. 고개를 끄덕인 문도가 주문을 마저 했다.

"만둣국 두 개하고 녹두전 하나 주문하겠습니다."

"네."

종업원이 계산서에 주문 내용을 적고 테이블에 내려놓았다.

"아. 나가실 때 문 좀 닫아 주시고요."

"네."

종업원이 나가며 방문을 닫았다. 옆 테이블이 비어 있어서 둘만 남겨졌다. 적적한 공간에 둘만 남자 살짝 어색해진다. 그러고 보니 환한 낮에 밖에서 보는 건 처음이었다. 선우는 물을 한 모금 마시며 맞은편의 창문을 보았다. 커다란 창문으로 부암동이 내려다보였다.

"여기 와 봤어요?"

문도가 물었다.

"아니요. 처음이에요. 경치가 좋네요."

"만두도 맛있어요. 내 취향이야."

문도가 싱긋 웃었다. 취향이라는데 뭐라고 할 말이 없어서 네, 하고 선우는 대답을 했다. 그런 뒤에도 남자는 태연한 시선으로 선우를 보고 있었다. 선우는 애꿎은 식탁만 내려다보다 창밖으로 시선을 돌렸다.

잠시 침묵이 흘렀다.

선우는 별채가 아닌 곳에서 그와 마주 앉게 되니 무슨 말을 해야 할지 잘 모르겠다는 생각을 했다. 그러다 수저가 아직 놓이지 않은 것을 깨닫고 수저통으로 손을 뻗었다. 선우의 손을 가볍게 저지한 남자가 선우의 앞에 수저를 나란히 놓아 주었다. 자신의 앞에도 놓고, 작은 종지에 간장도 따랐다. 동작이 세련되고 매끄러웠다.

"너무 낮추지 말라고 했을 텐데요."

수저 놓는 게 뭐 그리 낮추는 일이라고.

"끈질긴 이선우한테 내가 잡혀 줬잖아. 이선우 씨가 위너야."

남자는 매끄럽게 웃었지만, 선우는 어설프게 미소를 지을 뿐이다. 이런 위너가 어디 있을까.

"그런가요?"

되묻는 선우를 보면서 서문도가 미소를 지었다.

"즐겨요. 어려워하지 말고. 뭐든 다 해 줄 테니까."

또렷한 눈동자가 선우를 향해 있었다. 밝은 햇살 아래 남자의 눈빛은 사람을 불편하게 할 정도로 직선이었다.

"뭐든지요?"

"뭐든지."

그럼 내 동생 핸드폰, 그거 돌려줘요. 선우는 목 끝까지 차오르는 말을 삼키며 흐린 미소를 지었다.

"생각해 볼게요. 감……."

감사합니다, 인사가 자동으로 나오려고 해서 선우는 입을 다물었다. 서문도가 피식 웃으며 물잔을 든다. 때마침 방문이 열리고 종업원이 다가왔다. 만둣국이 나와서 다행이라 생각하며 선우는 숟가락을 들었다.

명 실장이 보내온 메일은 한 줄이었다.

서류와 다르게 이선우 씨 남동생 이민우 씨는 사망으로 나옵니다.

그 메일을 보는 순간 문도는 이선우가 왜 최지상을 만났는지 알 수 있었다. 그토록 끈질기게 자신에게 접근했던 이유. 서유라의 만행들을 견뎌 내며 이 집에 붙어 있어야만 했던 이유. 그 이유가 저 한 줄에 들어 있었다.

최종 확인은 아침에 회사에서 했다. 장 변호사에게 건네받았던 경찰 측 최종 파일을 열고 사망자의 이름을 확인했다.

이민우.

그 모든 모순을 꿰뚫는 하나의 화살. 그림을 완성하는 마지막 퍼즐 조각. 이선우와 이민우.

"괜찮아요?"

문도는 반으로 가른 만두를 입에 넣는 선우에게 물었다.

"맛있어요."

선우가 대답을 했다. 기막혀 웃음도 나오지 않았다. 저 맑고 연한 얼굴이라니. 이토록 긴 시간 그를 속여 온 여자는 거짓말이라고는 한마디도 못 할 것처럼 선한 눈망울을 하고 있었다. 참으로 아이러니한 일이 아닐 수 없었다.

"다행이네. 많이 먹어요. 부족하면 더 시키고."

그의 말에 선우가 말 없이 웃었다. 마치 회사의 상사에게 웃어주는 직원처럼. 그리고는 담담히 만둣국을 먹는다. 차라리 식사를 하는 게 마음이 편하다는 얼굴로.

그 순간 문도는 뼈저리게 깨달았다.

이선우는 한순간도 자신을 좋아했던 적이 없었다. 그 긴 시간 내내 여자는 단 한 순간도, 그에게 개인적인 관심을 가진 적이 없었다. 왜 몰랐을까. 이렇게나 선명한 것을.

문도는 뜨끈한 웃음을 속으로 삼켰다. 그래. 이상하다 했지. 너는 앞뒤가 맞지 않았어. 네가 하는 그 행동 하나하나가 마치 모두 다른 사람 같았는데.

돈 때문에 견디는 거라고 했던 여자와 서유라를 돌보는 일에 이상할 정도로 사명감을 가졌던 여자.

남자의 침대로 몸을 내던지는 여자와 잠자리에 소극적이고 서툴렀던 여자.

그에게 건조한 목소리로 보고를 하던 여자와 좋아한다고 절절한 고백을 하며 매달렸던 여자.

그렇게나 모순적인 모습을 내내 보여 왔는데 몰랐다. 아니, 몰랐던 게 아니라 두 눈으로 똑똑히 보면서도 그 모습에 꼴려 했었지. 주체 못 하고 꼴려 있다가 잠자리 한 번에 아주 그냥 눈이 돌아 버렸고.

서문도, 이 역대급 호구 새끼는 상등신이기도 해서 의심을 하기는커녕 그 사이의 간극에 그저 몸이 달아 욕정만 채우고 있던 거였다. 욕정만 채웠으면 다행이게. 결국은 순정도 바쳤지. 네가 어떤 여자이든 상관없다고 생각하면서. 문도는 실소를 멈출 수 없었다.

"이렇게 나와서 데이트하는 거 어때요?"

문도는 국물을 떠서 입에 넣으며 말했다. 무슨 소리인지 짐작 못 하겠다는 표정으로 선우가 고개를 들었다.

"이제 그만 이선우랑 편하게 만나고 밥도 먹게, 서유라 내보내려고."

선우의 눈동자가 크게 떠지는 것을 웃으며 바라보았다. 굳어진 표정과 당황한 눈동자를 보니 이선우는 그리 대단한 사기꾼도 못 되는 여자였다. 속은 사람이 등신일 뿐.

"어, 저는. 저는 지금도 괜찮아요."

"서유라 나가 살라고 하고, 이선우 씨 앞으로 집 하나 해 줄게요. 이선우 씨 집은 둘이 지내기엔 좁아서."

"아니요. 그러실 필요 없어요. 진짜로요."

그럴 필요가 없는 게 아니라, 그래서는 안 되는 거겠지. 별채에서 내쫓으려 하니 절박해지는 이선우를 보는데 웃음만 나왔다. 문도는 녹두전을 찢으며 선우에게 말했다.

"돈이 문제라면, 학원 하나 차려 줄 테니까."

태연한 문도의 말에 선우의 눈동자가 흔들렸다.

"일하기 싫으면 그냥 쉬면서 지금처럼 월급으로 받아 가도 좋고."

문도는 조각낸 녹두전을 선우의 앞접시에 놓아 주며 미소를 지었다.

"그건 너무……."

"너무 뭐?"

스폰 관계 같다고? 몸 파는 여자 같다고? 이제껏 그 연기를 그렇게 펼쳐 놓고 새삼 무엇이 달라서?

"그렇게까지 도움 주지 않으셔도 돼요. 전무님께 그런 식으로 돈 받고 싶지 않고요, 유라 씨 일도 계속하고 싶어요."

"뭐 하러. 힘들기만 한데. 서유라 보는 게 보통 일인가? 내 옆에 있고 싶어서 했던 일이니까, 이제 그만둬도 되잖아요?"

이선우가 어렵게 침을 넘기는 모습을 보며 문도는 다정하게 말했다.

"내 여자 힘든 거 나는 싫은데."

"힘들지 않아요. 유라 씨랑 같이 있는 거 힘들지 않고, 좋아지는 모습 보면서 책임감도 느끼고요. 무엇보다."

무엇보다, 그 뒤의 말은 무엇이 될까. 기대하는 마음으로 문도는 선우를 보았다. 선우가 그의 눈을 보면서 답했다.

"그렇게 되면 전무님 매일 뵐 수가 없어서요. 지금은 매일 밤마다 만날 수 있고, 가까이에서 뵐 수도 있으니까요."

기어이 웃음이 터졌다. 문도는 크게 웃었다. 이선우의 얼굴이 그렇게 진심일 수가 없었다.

"그럼 그냥 이대로 숨어서 연애나 할까요?"

"네. 저는 그러고 싶어요."

문도는 웃음이 남아 있는 얼굴로 선우를 보았다. 이 여자는 자신이 방금 마지막 시험을 통과하지 못했다는 걸 알기나 할까. 너는 그렇게 하자고 했어야 했다. 서유라 일은 그만둘 테니 학원을 차려 달라고 했어야 했다. 숨어서 하는 연애는 그만하고 커다란 집을 얻어 우리 둘이 편하게 만나자고 했어야 했다.

그랬더라면, 나는 이 모든 것들을 눈감아 주었을 텐데.

너의 의도가 무엇이었든 전부 잊어 주었을 텐데.

기꺼이 역대급 호구 새끼 노릇을 이어 갔을 텐데.

"스릴 있겠네."

문도는 웃으며 대답했다. 진심이었다.

"맛있게 잘 먹었어요. 감사합니다."

선우가 계산대 앞에서 인사를 하니 계산서를 들고 있던 서문도가 고개를 까딱였다. 계단을 내려올 때부터 생각한 거지만, 새삼스럽게 키가 큰 사람이었다. 한 손은 주머니에 꽂고 다른 손으로 계산서를 들고 있는 서문도는 사람들의 이목을 집중시켰다.

늘씬한 몸, 커다란 키, 화려하다 싶을 정도로 잘생긴 얼굴과 특유의 무심하고도 오만한 표정.

남자는 자신이 선우에게 잡혀 주었다고 표현했다. 같이 잠을 자는 사이로 돌아간 것만으로도 이선우 네가 위너라는 시혜적인 태도를 보였는데, 왜 그런 말을 아무렇지 않게 했는지 겉모습만 보아도 알 것 같긴 했다.

"오랜만에 나왔는데 하고 싶은 거 있어요? 가고 싶은 곳이나."

차가 주차되어 있는 앞마당으로 가면서 문도가 물었다. 선우는 고개를 저었다.

"아니요. 특별히 하고 싶은 건 없어요."

"가고 싶은 곳은?"

데이트랄 것까진 없겠지만 그래도 휴일 오후, 두 사람이 처음으로 바깥에서 보내는 시간이었다. 서문도가 선우를 위해 따로 시간을 빼서 일부러 만든 자리. 그러니 남자를 좋아하는 역할에 충실해야 했다.

좋아하는 사람과 처음으로 데이트를 하게 되면 어떤 걸 하고 싶을까. 멀리까지 가는 드라이브, 골목골목을 걷는 느린 산책, 우유얼음이 곱게 갈린 팥빙수를 나누어 먹는 데이트, 그런 것들이 머리를 스쳤지만 선우는 그냥 무난한 대답을 택했다.

"저는 아무 데나 괜찮아요. 전무님 가고 싶은 곳으로 갈게요."

"나만 있으면 된다?"

"네. 전무님만 있으면요."

습관이 되어 버린 말은 어렵지 않게 나왔다. 서문도가 그 대답을 듣고 피식 웃었다. 그러더니 조수석의 문을 열어 주며 말했다.

"타요."

차는 부암동 언덕길을 부드럽게 내려갔다. 차창 너머로 북악산이 보였다.

하늘은 새파랗고 산은 푸르른, 그림같이 예쁜 여름날이었다. 뭉게구름은 선명한 하얀색이고 나뭇잎 사이를 통과한 햇볕은 길 위에 반짝이며 내려앉았다.

"햇볕이 달라진 것 같아요."

선우는 운전을 하고 있는 문도에게 먼저 말을 붙였다. 어디가? 라고 물어보는 것처럼 서문도가 선우에게 잠깐 시선을 돌렸다.

"습기가 걷혀서 그런지 가을 느낌이 나요. 말복이 지나니까 귀신같이 서늘해졌다고 옥수댁 아주머니가 그러셨는데 진짜 그런 것 같아요."

선우의 말에 문도가 입꼬리를 비스듬히 올렸다. 차 안에는 다시 정적이 흘렀다. 데이트를 하는 동안 다른 여자들은 무슨 말을 할까. 서문도 전무의 취향에 맞춰서 너무 낮추지 않으며, 어려워하지 않고 즐기는 건 또 어떤 걸까. 그런 생각을 하다가 아무래도 좋다는 생각을 했다. 날씨는 그림처럼 예뻤고, 만둣국은 맛있었으니까.

굳이 나와서 남자를 만나야 하는지 회의감이 들었던 것도 스르륵 잊혀진다. 조용하고 쾌적한 차 안에 앉아 아무런 생각 없이 풍경을 보는 것만으로 기분 전환이 되었다. 그렇게 흘러가는 풍경들을 눈에 담고 있을 때, 문도가 입을 열었다.

"부모님 돌아가신 지는 얼마나 되었어요?"

갑작스러운 이야기였다. 선우는 고개를 돌려 문도를 바라보았다. 흘깃, 선우에게 시선을 던진 문도가 말했다.

"이런 질문 무례한가."

"아, 아니에요. 돌아가신 지는 4년 정도 되었어요."

"사고?"

"네."

흔한 사고라고 했다. 도로에 낀 얇은 얼음에 미끄러진 사고는.

모처럼 친구들과 제주 여행을 가는 엄마를 공항까지 바래다주러 아빠가 이른 새벽에 나섰던 날이었다. 며칠간 눈이 내렸다 녹았다를 반복했던 길이, 커다란 다리 밑을 지나는 그늘진 부분에 살얼음이 얼어서.

차는 여러 바퀴를 회전하면서 돌다가 앞서가던 대형 화물차의 뒤를 받았고, 뒤이어 속력을 줄이지 못했던 덤프트럭에 한 번 더 받쳤다.

즉사였다고 했다.

"힘들었겠네요."

선우는 문도를 바라보았다.

힘들었어요. 사고의 책임이 전부 아버지에게 있었거든요. 그래서 누구의 탓을 할 수도 없었어요. 그 말은 하지 못하고 흐리게 웃으며 말했다.

"이제는 괜찮아요."

"부모님은 돌아가셨고, 남동생은? 군대 갔다고 했었나요?"

그 순간 선우의 심장이 쿵, 하고 내려앉았다. 긴장해서 서문도를 보는데, 핸들을 돌리는 남자의 표정은 평온하기만 했다.

"이력서에 쓰여 있었던 것 같은데 기억이 흐려서."

이력서를 쓸 당시 동생에 대한 것까지 샅샅이 살펴보지는 않을 거라 생각했기에, 군복무 중이라고 썼었다. 운이 나빠 자세히 조사를 한다고 해도 서류에서 탈락하는 것뿐이니 잃을 것은 없다고 생각하기도 했었다. 배짱을 부려 모험을 했는데 무사히 면접까지 마쳤다.

이번에도 그렇게 넘길 수 있어.

그냥 으레 하는 가족 관계에 대한 질문에 당황한 모습을 보여서는 안 된다고 생각하며, 선우는 천천히 입술을 뗐다.

"네. 군대 갔어요."

"언제 나와요? 요즘엔 휴가도 자주 나오죠?"

선우는 침을 삼킨 뒤 목소리가 태연하길 바라며 대답했다.

"멀리 있어서요. 자주 나오지는 않아요."

멀리 있는 군부대를 물으면 어떡하지. 아는 부대 이름이 하나도 없는데. 뭐라도 생각해 내려 애쓰다 보니 머리가 뜨거워졌다.

"동생 나오면 말해요. 휴가 줄 테니까."

"네, 그럴게요."

다행히 부대가 어디냐고 묻지는 않았다. 눈이 마주치자 빙그레 웃어 주던 남자가 방향 지시등을 켜며 말했다.

"다 왔어요."

신호가 바뀌고 차가 왼쪽으로 방향을 틀었다. 커다란 건물 밑으로 들어간 차가 멈추어 서자 도어맨들이 보였다. 여기는…….

창문 너머 호텔이라는 글씨가 보였다. 당황스러운 마음으로 선우는 문도를 바라보았다.

"내가 가고 싶은 곳."

서문도가 너무 당연하다는 듯 웃으며 말해서 선우는 아무런 말도 할 수 없었다.

벽이 없는 방이었다.

유리로 된 창이 벽을 대신하는 방. 햇볕이 사정없이 들이치고 건너편 광화문의 빌딩과 서소문 거리가 경계 없이 보이는 방. 선우는 모던한 한옥 스타일로 꾸며 놓은 방을 어색하게 둘러보았다.

너무 환한 것 같은데.

사방이 유리라 그런지 오후의 햇살이 방의 거의 모든 곳에 닿아 있었다. 환한 빛이 닿지 않는 공간이라고는 침대의 헤드 부분 정도.

서문도와 관계를 가진 것은 셀 수 없었어도, 늘 밤이었다. 장소 역시 침실을 벗어난 경우가 거의 없었다. 남자와 호텔에 온 것도 처음인데, 이렇게 환한 낮이라니. 선우는 지금의 이 상황이 낯설고 어색했다.

"먼저 씻어요."

침대와 소파 그 사이 어디쯤에 어색하게 서 있는 선우에게 문도가 말했다. 문도는 커다란 옷장 문 앞에 서서 소매의 단추를 풀고 있었는데, 그 모습이 너무 자연스러워 이곳이 별채인가 싶은 착각이 들 정도였다.

"아…… 네."

선우는 들고 있던 가방을 소파 테이블에 조심스럽게 올려놓았다. 욕실까지 가는 것도 괜히 어색했다. 서문도가 묵묵히 단추를 풀고 있어서 더 그런 듯했다.

미닫이문을 열고 들어간 욕실 역시 유리로 되어 있어 햇빛이 가득이었다. 숨을 고른 선우는 대리석으로 된 세면대에서 손부터 씻고 구비된 칫솔을 찾아 양치를 했다.

너무 환한 햇살이라 옷을 벗는 것도 괜히 의식이 되었다. 두리번거리다 블라인드를 내리는 리모컨을 발견한 선우는 버튼을 눌러 블라인드를 반 이상 내렸다. 그래도 밝았지만 아까보다 한결 나았기에 옷을 벗고서 샤워 부스로 향했다. 숙소에서 샤워를 하고 온 터라 머리는 감지 않고 간단히만 씻었다.

젖은 몸으로 샤워 부스를 나와 타월로 물기를 닦으려는데 드르륵 예고 없이 문이 열렸다. 화들짝 놀란 선우는 수건을 움켜쥐며 고개를 들었다.

"뭘 그렇게 놀라요."

태연하게 욕실로 들어온 남자가 말했다.

"아, 그게……."

뭐라 할 말을 잇지 못하고 수건으로 대충 몸을 가리는 선우를 보더니 피식 웃고는 세면대로 향했다. 쏴아, 물을 틀고는 손을 씻는다. 수없이 옷을 벗었어도, 이렇게 준비 없이 알몸을 보이는 건 익숙하지 않았다. 선우는 몸을 돌리고서 수건으로 대충 물기를 훔친 뒤, 세면대 한쪽에 올려 두었던 옷에 손을 뻗었다. 다리를 들어 속옷부터 입는데 물소리가 끊겼다.

수건으로 손을 닦은 남자가 다가왔다. 속옷 한 장 입고서 어색하게 서 있는 선우를 돌려세웠다. 얼굴. 가슴. 그리고 그 아래. 차례로 내려다보더니 세면대에 기대서며 말했다.

"그건 벗겨 달라고 입은 거예요?"

"아, 아니요."

어색해서 입었다는 말 대신 더듬거리는 대답만이 나왔다.

"처음 보는 건데, 새로 샀어요?"

별것 아닌 질문인데 얼굴이 뜨거워졌다. 선우는 얕게 고개를 끄덕였다. 명도 낮은 햇빛이 가득한 욕실. 셔츠에 슈트 팬츠까지 입은 남자가 나신에 가까운 몸으로 서 있는 선우를 감상하듯 바라보았다.

"예쁘네."

남자의 말이 신호라도 되는 것처럼, 투명한 물방울 하나가 선우의 가슴을 타고 도르륵 굴러 내렸다. 긴 길을 그리며 내려간 물방울이 선홍빛 유두에 맺혔다. 그 모습을 잠시 응시하던 문도가 수건을 들었다.

물방울이 맺혀 있는 젖가슴에 수건이 닿는다. 익히 아는 수건의 감촉인데도 선우는 작게 소리를 내며 몸을 움츠렸다. 가볍게 선우를 앞으로 당긴 문도가 남아 있는 물기를 부드럽게 닦아 내기 시작했다.

가슴. 배. 팔. 돌려세워서 등까지.

몸을 닦아 주는 남자의 손길은 차분하기만 한데도 선우는 긴장으로 숨을 얕게 쉬었다. 자신을 둘러싼 공기마저도 팽팽히 당겨진 것만 같았다.

등을 모두 닦은 남자가 선우를 다시 돌려세웠다. 남은 물기가 있는지 점검이라도 하듯 천천히 훑어보고는 수건을 내려놓았다. 눈이 마주치자 뭘 그렇게 긴장하고 있냐는 듯 가볍게 웃는다. 그러다 웃음을 지우고 가만히 선우를 보았다. 무표정에 가까운 얼굴로 선우를 보다가 손을 들어 머리카락을 귀 뒤로 넘겨 주었다. 관자놀이에 닿은 손가락이 귀 뒤를 타고 내려가는 느낌에 선우는 작게 숨을 들이켰다.

남자가 고개를 기울인다. 몸이 가볍게 당겨지며 입술이 닿았다. 한 번은 가볍게, 두 번째엔 맞물리듯이, 세 번째에는 완벽하게 포개어지면서.

"아."

부드럽게 밀려든 혀가 선우를 감아올렸다. 감미롭게 느껴질 정도로 혀를 섞더니 매끄럽게 빠져나갔다가 다시 깊숙이 들어와 강하게 혀를 빨았다.

하아.

달뜬 숨이 섞일 때마다 세상이 멀어졌다. 어느새 가슴은 남자의 손에서 이지러지고 있었고, 정점 역시 손가락 끝에서 눌리고 있었다. 혀가 얽혀 드는 소리, 가느다란 신음 소리. 세상에는 오로지 남자와 선우 둘만이 남은 것 같았다. 몸이 발갛게 달아오르고 숨은 어지럽게 흩어졌다.

가슴을 쥐었던 문도의 손이 허리를 타고 아래로 내려왔다. 동그란 엉덩이를 바짝 쥔 손은 이내 앞으로 돌아와 속옷 사이를 깊게 파고들었다.

훗.

선우는 자신도 모르게 허리를 들었다. 깊게 들어온 손가락이 바로 속살을 파고들었기 때문이었다. 그 감각도 버거운데, 문도가 머리를 내려 가슴을 베어 물었다. 선우는 손등으로 입술을 누르며 고개를 젖혔다. 뜨거운 입김에 솜털이 바짝 서며 등이 절로 휘어졌다. 얕게 숨을 내쉬는데 아래로 들어온 손가락이 앞뒤로 움직이기 시작했다.

"아, 훗."

몸에서 가장 예민한 곳에 자극이 퍼부어졌다. 가슴의 정점은 남자에게로 딸려 갈 것만 같이 세게 빨렸고, 아래의 살점은 둥그렇게 비벼졌다.

"전무, 님. 잠시, 아, 이런 건."

너무 농도가 짙었다. 혼자만 달뜬 채로 흐느끼고 있는 것이 창피하기도 했다. 이대로라면 혼자서 무너질 것만 같은데, 그런 모습을 보이고 싶지는 않았다.

"침대, 로. 가서. 아, 전무, 님."

선우는 가슴을 물고 있는 남자의 어깨를 잡았다. 침대로 가고 싶었다. 흐트러지는 건 조금 더 은밀한 장소에서, 조금 더 친근하게 서로를 안았을 때 하고 싶었다.

입을 맞추다가 장난스럽게 머리카락을 넘겨 줄 때, 깊게 입을 맞추며 천천히 들어와 주었을 때, 삽입을 하는 남자의 몸에서도 탄성이 나왔을 때. 그럴 때 보이고 싶은데 남자는 꿈쩍하지 않았다. 소리가 나도록 가슴을 빨면서 아래를 매만질 뿐이었다.

아, 아…… 안 돼.

몇 번의 손짓에도 세상은 금방 흔들렸다. 남자와 세면대 사이에 갇힌 채 선우는 몸을 떨었다. 고개를 저으며 몰려오는 감각들을 거부해 보았지만 소용이 없었다.

질척이는 물소리가 점점 빨라졌고, 선우가 뱉어 내는 신음 소리도 점점 커져만 갔다. 다리가 움찔거렸고 등이 굽어졌다. 비틀거리는 선우를 문도가 단단히 받쳤다. 선우는 남자의 목에 팔을 감고서 괴로운 숨을 쉬며 이리저리 고개를 저었다. 그러다 어느 순간 허리를 크게 들며 파들파들 몸을 떨었다.

아흑.

강렬한 쾌감이 몸을 덮치며 빛이 깨어져 나갔다. 선우는 파들거리며 숨을 몰아쉬었다. 신음을 흘리며 다리를 움츠리는데 갑자기 몸이 돌려세워졌다.

아.

커다란 거울로 마주하게 된 자신의 모습에 어리둥절할 사이도 없었다. 세면대를 움켜쥐고 뒤를 도는데 툭, 세면대 위로 뜯어진 콘돔의 포장지가 놓였다.

"전무님."

선우는 당황하여 문도를 불렀다.

"네."

대답을 하는 문도의 목소리와 지퍼가 내려가는 소리가 동시에 들려왔다. 선우는 허둥거리며 뒤를 돌아보았다. 눈이 마주치자 피식, 가볍게 웃은 문도가 팬티의 아랫부분을 옆으로 젖혔다.

"아, 잠깐만요, 잠깐, 아, 아니, 아흡."

굵은 성기가 젖은 살을 비집으며 밀려들었다. 선우는 세면대를 움켜쥐며 바르르 떨었다. 빠듯하게 벌어진 선우의 입구가 남자의 뿌리까지 간신히 삼켜 냈을 때, 문도가 말했다.

"잠깐만이 아니라, 좋아해요."

선우는 눈을 들었다. 거울을 통해 남자와 눈이 마주쳤다. 고요한 정염을 담은 눈동자에 목이 조여 왔다.

"좋아해요, 전무님."

문도가 말했다. 네가 해야 하는 말은 그것이라고 알려 주며 선우의 허리를 움켜쥐었다. 남자의 몸이 밀려온다. 아웃, 선우는 휘청이며 세면대를 꽉 움켜쥐었다.

잠깐잠깐 거울 속 여자가 보였다. 남자가 푹푹 찔러 올 때마다 선 채로 흔들리며 달뜬 신음을 토해 내는 여자가.

남자의 손끝에서 일그러지고 있는 선홍색 정점. 출렁이는 가슴. 대리석을 하얗게 움켜쥔 손가락. 그런 것들이 보일 때마다 선우는 눈을 감았다.

눈을 감았다 뜰 때면 남자의 모습도 언뜻언뜻 보였다. 옷을 모두 입은 남자는 허리를 흔드는 동작이 아니었다면 정사 중인 것을 알 수 없을 정도로 흐트러짐이 없었다.

남자가 아래로 밀려올 때마다 저릿저릿한 쾌감이 몸을 들락거려 선우는 입술을 깨물며 신음했다. 낯선 장소. 낯선 자세. 차마 바로 볼 수 없는 낯선 풍경.

"눈 떠요."

난잡하게 움직이고 있는 아래와 달리 남자는 목소리조차 단정했다. 선우는 눈을 뜨지 않았다. 못 뜨겠다고 고개를 저었다. 그러다 앗, 하고 짧게 소리를 질렀다. 남자의 몸이 빠져나가는 동시에 몸이 돌려지는가 싶더니 세면대에 앉혀졌다. 그대로 다리가 벌어지며 다시 남자가 밀려왔다.

아흑.

선우는 밀려오는 남자의 어깨를 그러안았다. 맨살에 닿는 천의 느낌조차 자극이었다. 선우는 문도의 어깨에 목을 묻고 애원하듯 말했다.

"침, 대로…… 침대, 로 가고, 싶어요."

"나는 여기가 좋은데."

"그래도……."

"그럼 조금 더 애원을 해 봐요."

선우는 남자의 목에 감고 있던 팔을 풀었다. 자신을 내려다보는 얼굴을 감싸 쥐고 입술을 맞대었다. 가까스로 혀를 밀어 넣는데 문도가 피식 웃었다.

남자가 움직임을 멈췄다. 어디 한번 해 보라는 듯 가만히 있는다. 선우는 조금 더 고개를 비틀었다. 더 깊이 입술을 물고서 혀를 밀어 넣었다. 꼼짝하지 않는 혀를 빨며 어떻게 감아 보려 애를 썼다. 꼼짝을 하지 않는 남자 때문에 울고 싶어지는 순간 아프게 혀가 삼켜졌다. 머리가 젖혀지며 목이 꺾였다. 아플 정도로 선우를 삼켜 낸 남자가 입술을 떼더니 선우를 내려다보았다.

"오늘따라 왜 이렇게 예쁜지."

그 말에 어째서 마음이 조여드는지 알 수 없다는 생각을 할 때, 문도가 반짝 그녀를 들어 올렸다. 맞물린 부위가 더욱 깊게 결합이 되어 선우는 신음을 흘리며 문도의 목을 그러안았다.

침대에 등이 닿았어도 아래는 여전히 맞물려 있는 상태였다. 선우만 침대에 내려놓은 문도가 선우의 무릎을 잡았다. 선우는 넓게 벌어지려는 다리를 움츠리며 말했다.

"너무 밝아요."

햇빛이 사방에서 들이치는 방은 지나치게 밝아 가릴 것이 하나 없었다. 블라인드를 내려 달라는 말을 하려는 찰나였다. 문도가 선우의 다리를 활짝 벌렸다. 그리고는 아래를 반쯤 가리고 있는 선우의 팬티를 손가락에 걸어 옆으로 젖혔다.

"잠깐만요."

말리려고 급하게 고개를 내린 선우의 눈에 적나라한 풍경이 보였다. 팽팽히 젖혀진 속옷. 반쯤 선우의 안에 잠겨 있는 굵은 성기. 움찔거리고 있는 자신의 속살. 엉겨 붙은 체모와 애액. 확 뜨거워지는 얼굴을 가릴 새도 없이 반 정도 들어와 있던 굵은 몸이 뒤로 물러나더니 단숨에 끝까지 밀려들었다.

아흑. 선우는 신음하며 몸을 뒤틀었다. 이루 말할 수 없이 부끄럽고 창피한 와중에도 쾌감은 강하게 선우를 내리쳤다. 내벽이 기다렸다는 듯 수축을 하며 아래에 박힌 분신을 강하게 조였다.

"하……. 씨발."

조금 기막히다는 듯한 표정으로 욕설을 뱉은 남자가 선우의 허벅지를 눌렀다. 넓게 벌어진 다리 사이를 내려다보며 속력을 높이기 시작했다. 아, 이런 건 너무 창피해. 선우는 다급히 말했다.

"너무 환해요, 너무. 아, 블라인드를, 블라인드라도 내려 주세요."

전무님, 하고 부르며 한 번 더 말을 하려는데 남자가 강하게 허리를 쳐올렸다. 선우는 훗, 신음을 흘리며 입술을 말아 물었다.

"그럼 눈을 감아."

간단히 답을 알려 준 남자가 허리를 밀어 넣는다. 눈을 감아도 소용없었다. 살이 부딪히는 소리와 뜨거운 열기, 햇볕 아래 고스란히 드러난 아래를 남자가 보고 있을 거라는 생각. 이런 것들이 뒤엉켜 타오르듯 얼굴이 뜨거워질 뿐이었다.

찰랑찰랑 고여 있던 쾌감에 다시 불이 붙었다. 뜨거운 기둥이 몸을 파고들 때마다 선우는 신음을 터트렸다. 속옷이 다시 젖혀지는 느낌에 엉덩이를 비트는데 작은 살점에 남자의 손이 닿았다.

"앗, 잠깐만요."

놀라서 문도를 불렀지만 소용없었다. 빙글빙글 살점이 문대지는 순간 선우는 신음을 터트리며 허리를 들었다. 도리질을 치며 문도의 팔을 잡았다. 애원하듯 바라보며 몸을 비틀어 보아도 움직임은 멈추지 않았다.

아, 아, 그만, 전무님, 제발.

선우는 자신이 무슨 말을 하는지도 모르고 시트를 움켜쥐었다.

터질 듯 터지지 않는 쾌감이 팽팽하게 부풀어 올랐다. 온몸이 터지기 직전의 커다란 풍선이 된 것 같을 때, 쿵 하고 남자의 몸이 끝까지 밀려들어 왔다.

"아흐읏."

선우는 허리를 비틀며 허리를 높이 들었다. 절정에 올랐다 내려오는 몸이 파르르 떨리고 있었다.

후우.

숨을 내쉰 문도는 젖은 성기를 빼냈다. 몸을 물리는 그 동작조차 자극이었는지 선우가 한 번 더 가늘게 신음을 하며 시트를 비틀었다. 콘돔을 벗겨 내 대충 묶어 바닥에 던진 문도는 셔츠의 단추를 풀었다. 셔츠와 바지, 브리프까지 벗어 던지고 선우의 허리에 걸려 있는 팬티를 잡아 내렸다. 충분히 자극적이긴 했으나 앞으로 할 일에는 방해가 될 거였다.

문도는 침대의 모서리까지 선우의 허리를 당겼다. 다리를 벌리고 머리를 내리자 늘어져 있던 선우가 화들짝 놀라 짧게 소리를 냈다.

"전무님!"

문도는 개의치 않고 선우의 속살을 손으로 활짝 열었다. 체모가 별로 없는 아래가 적나라하게 열리며 물기 맺힌 입구가 드러났다. 아니요, 잠시만요, 당황한 선우가 외치는 소리를 들으며 문도는 머리를 내렸다. 혀를 내밀어 아래에서 위로 넓게 훑었다.

선우는 목을 뒤로 꺾으며 시트를 움켜쥐었다. 뜨거운 혀가 아래를 헤집었다. 샅샅이 훑어 올리더니 안쪽까지 깊이 들어왔다. 안쪽의 속살을 파고들어 내벽까지 들쑤셨다. 선우는 울 것 같은 소리를 내며 두 손으로 얼굴을 가렸다. 이런 건 생각도 못 했다. 한 번씩 아래를 입으로 해 줄 때가 있었지만, 그건 언제나 은밀한 밤의 일이었고 그나마도 선우가 원치 않아서 요즘엔 거의 하지 않았다.

"아흑."

남자의 혀가 안을 파고들 때마다 소리가 절로 터져 나왔다. 선우는 고개를 저었다. 너무 환했다. 너무 밝았고, 너무 적나라했다. 빠져나가고 싶었지만 꽉 잡고 있는 남자 때문에 허리만 들썩일 뿐이었다.

"오늘은, 왜 이렇게. 왜 이런 걸."

선우로서는 도무지 상상할 수 없었던 일이었다. 방금 전까지 서로 뒤섞였던 곳이 아닌가. 왜 이러는지 묻고 싶었다. 침대에서 짓궂게 구는 순간들이 있긴 했어도 이렇게 노골적이었던 적은 거의 없었는데.

"하고 싶은 거 하라면서."

남자가 잠시 입술을 떼고 말했다.

"그동안 이선우한테 맞추느라 힘들었거든."

입김이 된 말들이 젖은 살을 스쳤다. 선뜩한 느낌에 다리에 힘을 주는 찰나, 단단해진 살점이 남자의 입속으로 빨려 들어갔다.

"아읏."

첫 번째 정사로 이미 예민해질 대로 예민해진 곳이 흡착되어 뭉개졌다. 뇌리가 터질 것만 같은 잔혹한 쾌감에 선우는 눈을 질끈 감았다. 남자의 입속으로 모든 것이 빨려 들어간다. 어딘가 부서지고 망가질까 봐 와락 겁이 나는데 때려 붓듯이 퍼부어지는 쾌감에 허리를 들썩이며 흐느끼게 되었다.

"전무. 님. 아흑. 아, 하지, 으응."

남자가 클리토리스를 압착하듯 빨았다. 살을 빠는 소리가 난잡하게 방을 울린다. 선우는 미칠 것만 같았다. 새된 비명이 저절로 튀어나왔고 엉덩이는 제멋대로 조여들었다. 소리를 내며 헐떡이는 것을 알아도 멈출 수가 없었다.

"싫어……. 싫어요……. 이상해."

쾌감이 터질 듯 부풀어 오르는 것이 느껴졌다. 선우는 흐느끼며 고개를 저었다. 무서웠다. 어떻게 되어 버릴 것만 같았다. 정신이 나가 버릴 것만 같은데 남자가 멈추지 않았다.

"그만, 아, 너무."

정말 어떻게 되어 버릴 것만 같아 몸을 비틀 때였다. 아래에서 부터 쭉 뻗어 올라온 커다란 손이 선우의 가슴을 쥐었다. 가슴의 정점이 눌리는 동시에 예민한 살점이 잘근 씹혔다. 불이 번쩍하고 눈앞에서 터지는 느낌에 선우는 결국 긴 소리와 함께 허리를 뒤틀었다.

"아……흑."

허공에 들린 허리가 바들바들 떨려 왔다. 숨도 쉬지 못한 채로 떨고 있는데, 남자가 새 콘돔을 뜯으며 말했다.

"뭘 했다고 벌써 가."

선우의 몸이 주룩 아래로 끌려갔다. 상체를 세우고 앉은 문도가 선우의 다리를 쭉 당겨 제 허벅지에 올렸다. 가느다란 허리를 양손으로 잡아 제게로 단숨에 당긴다.

아아아.

선우는 고개를 젖히며 등을 높이 들었다. 남자의 성기에 꿰뚫리는 순간 뇌가 번쩍하고 터져 나간 것만 같았다. 아래가 세차게 수축을 하자 남자가 낮게 웃으며 선우의 골반을 쥐었다.

"이러니 내가 환장을 하지."

웃으며 가슴을 움켜쥔 남자가 허리를 쳐올리기 시작했다. 흐느낌에 가까운 소리가 저절로 흘러나왔다. 흘러나온 신음 소리 위로 살이 부딪히는 소리가 섞여 들었다. 정신없이 흔들리던 어느 순간 선우는 반짝 눈을 뜨고 짧게 비명을 질렀다.

아니야.

다리 사이에 다시 남자의 손이 내려오고 있었다. 여러 번의 자극으로 스치는 것만으로도 고통스러울 정도로 민감해진 지점에 남자의 손끝이 닿는다. 아니야, 안 돼. 고개를 저으며 허리를 비틀었지만 클리토리스를 찾아낸 남자가 힘을 주어 문지르기 시작했다.

"뭐가 아닌데."

박자에 맞추어 클리토리스가 비벼졌다. 선우는 시트에 이마를 비비며 말했다.

"싫, 어요, 훗, 싫어, 아, 전무님, 잠깐, 웅, 만요."

"맨날 하는 짓인데, 뭐가 싫어요."

"그래도 아, 아, 이렇게는. 아훗."

쾌감이 튀어 오르는 감각에 선우는 허리를 비틀었다. 비틀면 비틀수록 남자의 손에 대고 비비는 꼴이 되었다. 자극은 짙어져 점점 선우를 삼켜 왔다. 아흑, 선우가 말을 잇지 못하고 고개만 젓는데 문도가 말했다.

"이선우는 뭐가 그렇게 싫은 게 많아."

"아훗, 아, 아."

"더 해 달라고 해야지."

"아, 응, 거기, 너무."

"박아 달라고."

"아흐, 아니, 흐, 너무."

"허리도 흔들고."

"아, 흐으."

"신음도 내면서."

"아, 아, 응, 으응."

"이제는 좀 맞춰 갈 때도 되지 않았나 싶은데."

"아흐, 그, 만. 아, 훗, 아, 아아."

아래를 쳐올리며 살점을 눌러 대는 동작에 눈앞이 팡팡 터져 나갔다. 머리가 어떻게 되어 버릴까 봐 무서운 쾌감이 때리듯 퍼부어졌다. 선우는 울먹이며 시트를 움켜쥐었다. 더는, 더 이상은 견딜 수가 없었다. 이건 아니야. 아닌 것 같아.

"아, 안 돼, 안 돼요! 아, 아!"

선우는 비명을 터트리며 무너졌다. 번쩍, 세상이 일시에 소멸되며 그대로 흩어졌다. 죽음은 이런 기분일까. 아주 잠깐 그런 생각을 했던 것 같다. 생각조차 깊은 물속으로 천천히 가라앉는다. 선우는 천천히 눈을 감았다.

문도는 맥없이 늘어진 선우의 다리를 벌렸다. 발갛게 부어오른 속살이 보였다. 흠뻑 젖은 채 움찔거리고 있는 틈으로 빳빳하게 서 있는 분신을 밀어 넣었다. 으윽, 선우의 목이 다시 한번 하얗게 휘었다. 푸른 정맥이 보이는 흰 목덜미를 보며 문도는 한숨처럼 웃었다. 고작 이 정도로 눈이 뜨겁게 끓으며 마음이 풀어지려 했다.

두 손으로 얼굴을 대충 가린 이선우가 가여워서. 햇살이 얼룩진 하얀 몸이 한 줌이어서. 붉게 흐트러진 이선우의 눈에 눈물이 그렁그렁 맺혀 있어서, 마음이 약해지려 했다.

뭘 했다고.

고작 호텔에 데려와 벗기고 몸을 탐하는 게 그가 생각한 한심한 복수였다. 그 와중에도 이선우가 최지상의 여자는 아니었다는 것이 만족스러운 호구 새끼는 그것부터 확인을 했다.

너는 침대에서도 거짓이었을까.

대체 어떤 여자이길래 이미 죽은 동생을 위해 낯선 남자에게 몸을 던졌나. 내가 아니었어도, 그 누가 되었어도 이럴 생각이었나. 내가 나이기 때문이 아니라, 네가 찾는 무언가를 가진 남자라서 기꺼이 다리를 벌렸던 걸까.

허리를 쥐고 사정없이 몸을 밀어 넣을 때마다 선우가 흐느꼈다.

쿵쿵 몸이 부딪힐 때마다 반쯤 허공에 들린 몸이 춤을 추듯이 흔들거렸다. 가느다란 손가락이 시트를 움켜쥐는 것이 보였다. 허우적거리며 베개를 쥐는 모습도 보였다. 마침내는 그 베개로 얼굴을 가리고 울음을 터트리는 것도 본다.

문도는 허리 짓을 하는 자신이 짐승 같다고 생각했다. 천박한 개새끼 같다고. 그럼에도 몰아붙이는 것을 멈추지 않았다.

그렇게 선우가 원치 않는 절정에 오르는 모습을 지켜보았다. 붉은 눈꼬리를 타고 눈물이 길게 흘러내리는 것을 무감하게 바라본 뒤 문도는 선우의 몸을 뒤집으며 말했다.

"허리 들어요."

아래를 관통하듯이 남자가 들어왔다. 허리를 세운 채 엎드린 선우는 흑, 울먹이며 눈을 감았다. 지금 이 순간 가장 견딜 수 없는 것은 네 발로 엎드린 짐승 같은 자세도, 아까보다 난폭하게 들어오는 남자의 몸도 아니었다. 거친 삽입에도 자지러지는 소리를 내며 남자를 조이는 자기 자신이었다.

어째서 이렇게 쾌감이 느껴지는 걸까. 이런 식으로는 느끼고 싶지 않은데. 어째서.

"아, 으, 응, 아흡."

울음이 섞인 교성이 자신의 목소리라는 것이 믿기지 않았다. 남자가 치받쳐 올릴 때마다 아랫배에서 폭죽이 터졌고, 그때마다 선우는 고개를 저으며 흐느꼈다. 목 끝까지 치받치는 느낌이 아찔했다. 안을 긁으며 나가고 다시 벌리며 들어오는 동작에 다리

사이가 뜨겁게 달아올랐다. 불덩어리가 몸을 빙빙 돌아다니는 것만 같았다.

"흐으윽."

한 마리 짐승이 된 것만 같았다. 온몸이 성기가 되어 버린 것도 같았다.

"아, 아아아."

몸이 다시 한번 뒤틀리며 잘게 경련을 했다. 절정은 이제 어렵지 않았다. 벌써 몇 번째인지 셀 수도 없었다. 쾌감에 허물어질 대로 허물어진 몸은 몇 번의 동작에도 쉽게 다시 절정에 올랐다. 질척하게 젖은 아래가 남자를 꽉 조이며 제멋대로 수축을 한다.

절정이 와도 쉴 수가 없었다. 선우가 절정에 올랐건 말건 남자는 뒤에서 바로 다시 밀려들었다. 목 끝까지 치받치는 느낌에 흐느끼며 선우는 시트에 얼굴을 비볐다.

"그만……. 흐윽."

그만, 제발 그만. 울며 부탁을 해도 남자는 쉴 새 없이 선우를 몰아쳤다. 상체를 받치던 팔이 무너지고 가슴이 뭉개져도, 허리가 주저앉고 다리가 무너져도.

결국 버티지 못하고 허물어진 선우 때문에 결합이 풀리자 후우, 남자가 긴 숨을 내쉬었다. 선우는 엎드린 채 쌕쌕 숨을 쉬었다. 울멍울멍한 시야에는 환한 빛들이 어룽지며 부유했다. 자신이 누구인지, 여기가 어디인지, 그런 것들조차 멍했다.

"선우야."

남자가 선우의 아랫배에 손을 넣으며 말했다.

"허리 똑바로 세워야지."

어느 것에 진저리가 쳐졌는지 모르겠다. 아랫배를 받쳐 허리를 세워 주는 남자 때문인지. 태연히 불리는 선우라는 이름 때문인지.

허리를 세운 남자가 등을 눌렀다. 높이 솟은 엉덩이를 남자의 양손이 잡아 벌린다. 선우는 눈을 감았다. 어디가 어떻게 보여지고 있을지 생각하고 싶지 않았다.

붉게 젖은 속살을 남자의 손이 쓸어 올렸다. 이어 성기의 뭉툭한 끝이 젖은 틈새를 문질러 댔다. 굵은 기둥이 젖은 살을 벌리며 밀려들었다. 아릿한 고통조차 쾌감이 되어 머리가 저릿거렸다.

으흑.

세상이 너무 밝아 선우는 다시 눈을 감았다. 맺혀 있던 눈물이 뺨을 타고 흘러내린다. 끊일 듯 끊어지지 않는 신음 소리가 가늘게 울리는 방 안에서는 비릿한 짐승의 냄새가 나는 것만 같았다.

물소리가 들렸다.

문도가 샤워하는 소리를 들으며 선우는 천천히 몸을 일으켰다. 침대 모서리로 다리를 내리는데 마른침이 목구멍을 힘겹게 넘어갔다. 눈을 꾹 감았다가 뜬 선우는 천천히 몸을 굽혀서 바닥에 떨어져 있던 샤워 가운을 주웠다.

온몸이 얼얼해서 자신의 몸이 아닌 것만 같았다. 끔찍할 정도로 길었던 정사였다. 그 끝이 오기는 할까 싶었던 잔인한 쾌락의 시간.

커피를 마시러 갈 줄 알았는데.

순진했던 자신의 생각에 허탈한 웃음이 나오려다 그마저도 사그라들었다. 다정한 데이트를 할 거라 생각하진 않았다. 정사를 하게 될 거라 예상 못 했던 것도 아니었고.

그래도 그냥 기본적인 코스가 있으니까. 밥을 먹고 커피 한 잔 정도는 하고, 그러고 나서…… 막연히 늦은 시간일 줄 알았고, 별채의 침실처럼 어둡고 평범한 공간일 거라 생각했었다.

이렇게 환한 햇살 아래에서 정신을 잃을 정도의 쾌락 속으로 잔인하게 떠밀릴 줄은 몰랐지. 맹수 앞에서 찢어발겨진 먹잇감이 된 기분을 느끼게 될 줄은 몰랐다.

"씻어요."

문도의 목소리에 선우는 천천히 고개를 돌렸다. 욕실을 나오는 남자는 옷을 입은 모습이었다. 깨끗하고 차분한 얼굴로 물병의 뚜껑을 따는 남자는 낯선 사람 같았다. 비릿한 욕망을 숨기지 않으며 가늘게 웃던 모습이 방금 전이었는데.

어떻게 저럴 수 있을까. 어떻게 저렇게 빠르게 평정심을 찾을 수 있을까.

선우는 아주 천천히 자리에서 일어났다. 알겠다고 대답을 할 기운도 없었다. 한 걸음을 떼는데 아랫배 안쪽이 욱신거렸다. 물리고 빨려서 얼얼하게 부어 버린 부분들은 스치는 공기에도 예민하게 자극을 받았다.

"힘들어요?"

느리게 걷는 선우에게 문도가 물었다. 선우는 대답 없이 남자를 바라보았다. 물병을 손에 쥔 남자가 선우에게 다시 묻는다.

"씻겨 줄까?"

다정한 목소리로 하는 말을 듣는데 허탈한 웃음이 나왔다. 선우는 힘겹게 침을 넘긴 뒤 천천히 대답을 했다.

"아니요."

소파에 걸쳐진 옷을 들었다. 커다란 대리석 세면대 위에 옷을 두고 샤워 부스로 향했다. 뜨거운 물을 틀고서 한참을 가만히 서 있었다.

샤워를 한 뒤엔 세면대 한쪽에 올려 두었던 옷을 하나씩 입었다. 부어오른 부분들이 천에 쓸릴 때마다 아려 와서 숨을 고르며 속옷을 입고 스커트를 걸쳤다. 마지막으로 옅은 하늘색 블라우스를 들어 팔을 넣었다. 앞섶의 단추를 채우는데, 손가락 힘이 풀렸는지 자꾸만 헛손질을 하게 되었다.

하아.

뜻대로 되지 않는 손놀림에 가벼운 한숨을 쉰 선우가 다시 천천히 단추를 여밀 때였다.

"잘 안 돼요?"

선우는 반사적으로 고개를 들었다. 세면대 거울에 비친 서문도와 눈이 마주쳤다. 뒤에서 성큼성큼 걸어오는 모습을 거울로 보고 있는데 몸이 돌려지더니 서문도와 마주 보게 되었다.

문도가 단추를 쥐고 있던 선우의 손을 아래로 내렸다. 그리고 제일 아래에서부터 하나씩 차분히 단추를 잠그기 시작했다. 뼈가 굵은 긴 손가락이 섬세하게 움직인다. 손등에 불거진 핏줄도 움직임을 따라서 꿈틀거렸다. 저 손가락이 어디에서 어떻게 움직였는지 자동으로 떠올라 선우는 눈을 질끈 감았다.

위에서 두 번째 단추까지 잠근 문도가 손을 떼는 듯해, 선우는 눈을 떴다. 단추에서 떨어진 손가락이 옷깃 사이의 맨살에 닿는다. 남자의 검지손가락이 실처럼 가는 목걸이를 느리게 훑었다. 움찔 놀란 선우가 숨을 들이켜자 피식 웃었다.

"오늘 좋았어요."

쇄골 사이에서 빛나는 리본을 만지작거리다 손을 뗀 서문도가 선우의 머리카락을 넘겨 주며 말했다. 태연히 웃고 있는 서문도가 선우에게도 묻는다.

"이선우 씨도 좋았나?"

그 말에 선우는 울컥 마음이 솟았다. 좋았을 리가 없잖아. 선우는 주먹을 쥐었다. 아무리 내쳐지면 안 될 처지라지만 이 말은 해야 했다.

"저는……. 저는 싫었어요."

남자의 한쪽 눈썹이 비스듬하게 올라갔다.

"이런 식은, 이런 식으로는 별로 하고 싶지 않아요."

"어떤 식?"

"너무, 날 것 같은 이런……."

표현을 할 수 있는 말이 잘 떠오르지 않았다. 때려 붓듯이 퍼부어지는 쾌감은 정신을 놓게 했다. 수치심이 더해진 자극들은 선우를 헐떡이게 했다. 보이고 싶지 않은 부분까지 남자는 샅샅이 파헤쳤고, 긴 시간 동안 선우는 무방비하게 허물어졌었다.

"그런 것치곤 너무 가 버리던데?"

문도의 말에 선우의 얼굴이 확 달아올랐다.

"그건, 전무님이 저를……."

뒷말을 잇지 못하는 선우를 보며 문도가 말했다.

"나 좋아한다며?"

선우의 입이 다물렸다. 아무런 말을 할 수 없게 만드는 말이었다.

"익숙해져요. 이선우가 좋아하는 서문도는 그런 식으로 하는 걸 무척 좋아하니까."

네가 나를 좋아한다면 이 정도는 해야 하지 않겠냐는 말을 태연히 던진 남자가 빙그레 웃었다. 할 말을 잃게 만드는 미소였다.

"저는……."

익숙해지겠단 말은 차마 나오지 않았다. 그렇게까지 바닥을 보이고 싶지는 않았기에.

"싫어요. 이런 건 싫어요."

"뭐가 그렇게 싫었어요?"

물어보는 남자의 목소리가 꿀처럼 부드러웠다. 선우는 고개를 들었다. 눈을 마주하고서 한참 서로를 보았다. 남자가 천천히 선우의 머리카락을 귀 뒤로 넘겨 주면서 말했다.

"얘기해요. 뭐가 싫었는지."

"너무…… 창피했어요."

"더한 짓도 할 건데, 그땐 어떻게 감당하려고."

놀란 선우가 고개를 들었다. 문도는 장난스러운 미소를 지었다.

"농담이에요."

방금 전의 일들을 잊어버리게 만드는 달콤한 미소였다. 흠, 가볍게 한숨을 쉰 남자가 선우를 당겨 안았다. 커다란 손이 등을 감쌌다. 말 없이 선우를 안고서 등을 다독였다. 남자의 품이 따뜻하게, 심지어 안전하게까지 느껴지는 것이 기막힌 일이라 생각하면서도 선우는 그 품에 안겼다. 길쭉한 손가락이 선우의 턱을 들어 올렸다. 입술이 부드럽게 포개어진다.

　"참아 볼게요. 가끔은 못 참겠지만."

　살짝 입술을 뗀 남자가 말했다. 왠지 목이 메어 온 선우는 고개를 끄덕였다. 다시 입술이 포개어진다. 달콤한 키스에 취해 갈 때 문도가 천천히 입술을 떼고 말했다.

　"저녁은 고기 사 줄 테니까 많이 먹고."

　"네."

　선우의 대답에 서문도가 만족스러운 듯 웃었다. 선우도 비로소 웃어 줄 수 있었다.

　어둠이 내려앉은 밤이었다.

　침실의 창으로 숙소 동이 보인다. 문도는 창가의 윈도우 시트에 앉아 담뱃재를 털었다. 담배를 다시 입에 물고 핸드폰을 들어 조금 전에 도착한 메시지를 다시 보았다.

　고기 맛있게 잘 먹었어요. 운전하시느라 피곤하셨을 텐데 푹 쉬세요. 내일 뵐게요.

메시지 아래에서 깜찍한 토끼가 꾸벅 인사를 한다. 문도는 무심한 눈으로 메시지를 보다가 화면을 바꾸어 명 실장에게 전화를 걸었다. 뚜르르르, 신호음이 가는 동안 건너편 숙소 동을 본다. 2층 제일 가장자리의 방에는 불이 켜져 있었다.

— 네, 전무님.

"보내 주신 건 확인했고요. 내일 출근하시면."

— 네.

차갑게 가라앉은 눈동자가 건너편 숙소 동을 향했다. 닫힌 블라인드 뒤로 선우의 그림자가 어른거리는 것이 보였다. 이선우에 대해 알아봐야 하는 것들이 아직 많았다.

"이선우 백그라운드 조사 새로 해 주세요. 부모님, 남동생까지 싹."

— 네, 알겠습니다.

"남동생 사망 이후 이선우 행적, 재정 상태, 친인척 관계도 알아보시고."

— 네.

그리고 또 뭐를 해야 하더라. 짧아진 담배를 한 번 더 마시고 재떨이에 비벼 끄면서 문도는 말을 이었다.

"업체 하나 수소문합시다. 핸드폰 풀어서 보는 곳들 있죠?"

— 네. 알아보겠습니다.

문도는 은행 금고에 넣어 둔 네 개의 핸드폰을 떠올렸다. 사건이 있던 날 가지고 있는 게 안전할 거라며 장 변호사가 건네준 것들이었다.

한꺼번에 네 개의 핸드폰이 사라졌지만 경찰은 문제 삼지 않았고, 문도 역시 그럴 거라 생각했었다. 압박과 뇌물을 동시에 써서 틀어막았겠지. 아버지와 장 변호사가 서유라의 치부가 될, 나아가 약점이 되고 목줄이 될 증거물을 외부에 공개할 리는 없었으니.

이선우가 찾고 있는 건 그중 하나거나, 모두이거나.

서유라를 거쳐 그에게, 더 나아가 최지상에게까지 접근을 하는 이유는 뻔했다. 너무 뻔해서 한숨이 나올 정도였다. 목표물을 향해 꾸역꾸역 돌진하는 이 여자는 속임수도 쓸 줄 모르고 자신을 가릴 줄도 몰랐다. 한 겹만 들추면 모든 게 탄로 나는 아슬아슬한 상황인데 이렇게 무모할 수가 있을까.

핸드폰이 별채에 있을 거라 믿는 그 순진함은 또 어떻고.

이미 한 번 서유라가 뒤집어 놓은 별채였다. 핸드폰을 찾겠답시고 그가 출장을 갔을 때 2층에 올라와 서랍을 전부 뒤집어 놓았다. 제 딴엔 다시 되돌려 놓는다고 정리를 한 것 같은데 그의 눈에는 난장판 그 자체라 모를 수가 없었다.

서유라만큼 미련한 여자를 생각하며 문도는 웃었다. 애초에 별채에는 가지고 오지도 않았다는 것을 알면 어떤 표정을 지으려나.

"보고는 전부 메일로 바로 주시고요."

—네.

조사를 하다 보면 이선우가 서유라의 사건과 간접적으로 관련이 있다는 것을 명 실장도 알게 되겠지만 상관없었다. 문도는 자리에서 일어나며 핸드폰을 바꿔 들었다.

"회장님 뵌 건 어떻게 되었습니까?"

— 아, 네. 차 한 대 뽑아 놓으라 하셨습니다. 노란색 페라리로요. 박소영 씨께 선물할 거라고 비밀리에 준비하라고 하셨고요.

웃음이 나왔다. 저게 뭐 하는 짓인가 싶어서.

첩 주제에 낭비하면 안 된다고 기어코 국산 차를 뽑아 주더니, 기뻐하지 않았다는 이유로 역정 내며 무르고, 토라진 첩 달래 보겠다고 차 값만큼 명품 관에서 돈을 쓰고는 결국은 사 주겠다고.

그 유전자를 받았으니 내가 이 모양 이 꼬라지. 칼을 쥔 여자가 턱밑까지 쳐들어온 줄도 모르고 절절하게 네가 좋다고.

끓는 마음으로 고백을 하던 자신을 생각하니 뜨거운 덩어리가 치밀어 올랐다. 뿌리까지 흔들려 영혼을 바치기 일보 직전이었다고 생각하면 피가 거꾸로 솟았다.

— 그럼 내일 뵙겠습니다.

전화를 끊는 명 실장의 인사에 이선우의 메시지가 겹쳐진다.

내일 볼게요.

내일도, 모레도, 그다음 날도 또 그다음 날도 봐야지. 바라는 것 따위 쥐여 주지 않을 것이다. 그렇다고 놓아주지도 않을 것이다.

시작은 이선우가 했으니, 끝은 그가 결정할 차례였다.

26. 끝내주는 밤

똑똑.

노크 소리와 함께 명 실장의 목소리가 들렸다.

"전무님, 명규진입니다."

"들어오세요."

책상에 앉아 있던 문도는 응접용 테이블로 걸음을 옮겼다. 꾸벅 인사를 하며 들어온 명규진도 테이블로 향했다.

"커피 드릴까요?"

사무실 한편에 놓인 커피 머신의 전원을 누르며 문도가 말했다.

"네, 감사합니다."

문도는 머그잔을 아래에 놓고 버튼을 눌렀다. 두 잔을 내려 한 잔은 규진의 앞에 두고 한 잔은 자신의 앞에 내려놓으며 자리에 앉았다. 명규진의 앞에는 여러 개의 파일철과 태블릿 패드, 자그마한

USB가 차례로 놓여 있었다. 명 실장이 제일 앞의 파일을 문도에게 건넸다.

"우선, 이선우 씨 부친인 이장명 씨가 운영하던 '베스트 수학 학원' 관련 서류와 가족관계입니다."

파일을 연 문도의 눈동자가 검은색 글씨를 쭉 훑는 동안 규진은 뜨거운 커피를 천천히 마셨다. 조사한 바에 의하면, 이선우의 부친과 모친은 모두 중학교 선생님이었다. 모친은 사망하는 그날까지 학교에서 재직 중이었고, 부친은 8년 전쯤 교직에서 물러나 학원을 차렸었다.

문도는 다음 장을, 또 다음 장을 넘겼다.

이장명은 사업에 소질이 있었던지, 학원은 해마다 규모를 달리했다. 학군 좋기로 유명한 동네에서도 잘나가는 학원이었던 모양이다. 사망했던 그 시점, 그는 전 재산을 걸고 대출과 투자까지 크게 받아 학원을 체인으로 키워 내려는 중이었다.

성공하는 건 오래 걸려도 굴러떨어지는 건 한순간이다. 더구나 모든 것을 혼자서 진두지휘하던 배의 선장이 사라졌을 땐 더욱. 투자자. 은행. 사고 피해자. 변제해야 하는 채무는 많고, 남아 있는 돈은 그리 많지 않았다. 나락은 금방이었다. 부모의 그늘이 사라진 남매의 삶은 곧바로 고단해지기 시작했다.

남매는 학군이 좋은 곳으로 소문났던 동네를 떠나 먼 곳에 있는 작은 평수의 아파트로 이사를 했다. 이선우는 발레단을 그만두었고, 이민우는 군대를 갔다. 친가의 유일한 친척인 큰아버지 이성명은 캐나다로 이주한 지 20년이 넘었고, 외가로는 이모인 정미숙이

세종에서 살고 있었다.

다음 장을 넘기자 사진이 먼저 보였다.

밝게 웃고 있는 청년의 모습이었다. 이선우와 그리 닮지는 않았지만 반달처럼 휘어지는 눈매가 비슷했다. 그 아래에도 사진이 있었다. 커다란 꽃다발을 들고 공연용 의상을 입은 이선우와 함께 찍은 사진. 그다음으로는 네 식구가 환하게 웃으며 같이 찍은 사진.

이민우의 학력란에 이선우의 집 근처에 있는 대학교의 이름이 적혀 있었다. 이선우가 왜 그 동네를 골랐는지 설명이 되는 부분이었다. 문도가 읽어 내리는 속도에 맞추어 명규진이 설명을 더했다.

"이민우 사망 당시 사건 파일도 첨부했습니다."

서유라의 이름이 보였다. 최지상의 이름도. 문도는 별다른 말 없이 고개만 끄덕였다. 명규진도 차분히 보고를 이었다.

"사망 당시 이민우는 복학 준비를 하면서 카페 아르바이트와 대리운전 아르바이트를 하고 있었습니다. 그날 클럽에 있었던 것도 아르바이트 중이었던 것으로 파악되었고요."

서류상의 이민우는 평범한 대학생이었다. 부모를 한 번에 잃었으니 평범하다고 하긴 어려웠지만, 특별한 비행의 흔적도, 사고를 친 흔적도 없었다.

"평판은 어땠습니까?"

"SNS와 페이스북으로 보여지기로는 친구도 많고 활발한 성격이었습니다."

문도는 엎드려 피를 흘리고 있던 청년을 떠올렸다. 그에게는 죽은 남자 1이었을 뿐인 엎드린 시체를.

그날 아침 경찰 조사를 받고 나온 서유라를 병원에 보낸 뒤 그쪽으로는 한 번도 관심을 가지지 않았었다. 찍었던 사진은 USB로 옮기며 핸드폰에서 바로 지웠고, USB는 장 변호사가 건네준 핸드폰과 함께 금고에 보관을 했다.

어찌 된 일인지 궁금하지 않았고, 궁금하지 않았으므로 묻지도 않았다. 서유라의 문제는 서유라의 문제일 뿐, 그가 엮일 필요는 없는 일이므로. 아버지야 보호자를 자처하고 나선 상황이니 개입을 한다 쳐도, 그와는 관련이 없는, 없어야만 하는 일이었기에 문도는 먼지 묻은 손을 툭툭 털고 다시 일상을 살았다.

"이건 김영재와 최지상 관련한 파일이구요."

다른 파일이 문도에게 넘어왔다. 후루룩 읽으며 명 실장의 보고도 같이 들었다.

"김영재는 최지상이 속해 있던 더블 에이전시 소속이었습니다. 최지상이 이선우 씨와 접촉한 건 묵밥집이 처음이었고, 여자관계는 현재 깨끗합니다. 마지막으로."

커피 잔을 테이블에 내려놓은 규진은 마지막 파일을 문도의 앞으로 밀었다.

"이선우 씨 관련한 파일입니다."

고개를 끄덕인 문도는 파일을 열지 않았다. 다른 파일들 위로 올려놓고 명 실장을 보았다.

"핸드폰 업체는요?"

"오후에 약속 잡아 놓았습니다. 만나 보고 다시 알려 드리겠습니다. 관련 파일들 전부 담아 둔 USB입니다."

USB까지 건넨 뒤 규진이 전무실을 나갔다. 문도는 소파 깊이 등을 기댔다. 잠시 그렇게 있다가 적막 속에서 파일을 열었다. 그리고 종이 위에 쓰여 있는 이선우의 삶으로 걸어 들어갔다.

마지막 장을 덮은 문도는 핸드폰을 꺼냈다. 이선우의 번호를 올려 두고 잠시 바라보다 통화 버튼을 눌렀다.

— 네, 이선우입니다.

소란스러운 소리와 함께 선우의 목소리가 들렸다.

"전화를 받네요?"

— 아, 네. 워치로 받을 수 있는데 이게 스피커폰처럼 다 들리는 거라. 잠시만요.

뭐야, 누군데, 서문도?

서유라의 목소리가 크게 들렸다. 네, 전무님이세요, 잠시만 통화하고 올게요. 야, 빨리 와야 해! 네, 금방 와요.

이선우의 대답이 들린 뒤 수화기 너머가 고요해진다.

— 네, 전무님. 말씀하세요.

"그냥. 뭐 하고 있나 궁금해서."

창 너머의 구름을 보며 문도는 말했다.

— 아……. 네……. 유라 씨랑 동영상 촬영하고 있었어요.

"무슨 동영상?"

— 유행하는 커피를 만드는 건데요. 믹스 커피를.

거기까지 말한 선우가 잠시만요, 라고 했다. 네, 유라 씨, 가요, 라고 말한 뒤 그를 부른다.

— 전무님, 죄송한데.

"죄송할 짓은 하지 말고."

— 유라 씨가 불러서요.

문도는 발을 동동 구를 이선우를 생각했다.

누군가 파일을 읽었다면 팔자 한번 더럽게 사납다고 했을 이선우는 서문도와 서유라 사이에 끼어서 이러지도 저러지도 못하고 있었다.

"서유라가 중요해요, 내가 중요해요?"

너는 발을 동동 구르고, 나는 그걸 지켜보겠지. 헛된 노력을 계속하도록 내버려 두고 구경을 하겠지. 부모를 잃고, 꿈을 잃고, 동생도 잃은 팔자 사나운 너는 마지막까지 재수가 없어서.

— 네?

"서유라가 좋아, 내가 좋아?"

불행에 불행을 거듭해 온 너는 왜 마지막까지 불행을 안겨 줄 나에게 뛰어들었을까. 운도 더럽게 없지. 왜 하필 나를 기만해서, 제 발로 걸어서 나락으로 가는 줄도 모르고 있나.

이선우 빨리 안 와! 멀리서 찢어지는 목소리가 들려왔다. 이선우가 한숨을 쉬었다.

— 전무님 그건, 당연히…….

아, 거품 꺼지기 전에 빨리 오라구! 서유라의 목소리가 이선우의 목소리를 잡아먹었다.

─죄송해요. 가 볼게요.

다급히 말한 이선우는 그렇게 전화를 끊었다. 질문에 대한 답을 들은 셈이었다.

"전무님, 들어가겠습니다."

자정 즈음하여 호출 전화를 받고 2층으로 올라온 선우는 중문을 두드리며 말했다. 안으로 들어가자마자 마스터 룸에서 나오던 서문도와 눈이 마주쳤다.

"왔어요? 앉아요."

문도가 소파로 향하면서 말했다. 1인용 라운지체어에 앉을 거라 생각했는데, 3인용 긴 소파에 앉는다. 선우는 살짝 난감한 표정으로 1인용 체어를 보았다. 앉으라 하니 앉긴 해야겠는데 1인용 상석에 앉는 건 꺼려져서였다.

"이쪽으로 앉으라고."

서문도가 자신의 옆자리를 가리켰다. 어색할 것 같은데…… 선우는 조심스럽게 사이를 띄우고 문도의 옆자리에 앉았다.

"보고……할까요?"

보고를 해야 하냐고 물어보는 이유는, 서문도의 머리가 선우 쪽으로 많이 기울었기 때문이었다. 코끝이 닿을 것 같은 거리에서 서문도가 되물었다.

"어떻게 하고 싶어요?"

어떻게 하고 싶냐니……. 그건 당신이 결정할 일이잖아.

"저는, 음."

뭐라 말을 시작하기 전에 입술이 포개졌다. 치약의 민트 맛이 전해지며 입안이 화해졌다.

정말, 이 사람은 정말, 키스를 너무 잘해.

부드럽게 빨았다가, 세게 당겼다가, 놀리듯이 핥는다. 세포들이 사르르 녹아드는 기분에 선우는 손끝에 힘을 주었다. 그걸 눈치챘는지 서문도가 선우의 팔을 들어 자신의 어깨에 얹게 했다. 자세가 바뀌는 줄도 몰랐다. 입술이 떨어지는 바람에 눈을 드니 서문도의 다리 위에 올라앉아 있었다.

"그래서, 누가 더 좋다고요?"

현실 세계로 막 돌아온 선우에게 서문도가 물었다. 선우는 눈을 깜빡였다. 갑자기 무슨 이야기인가 싶어서. 그러다 생각이 났다. 낮에 왔던 전화와 난처했던 질문이.

"그야, 당연히……."

전무님이죠. 한마디면 되는데 자신을 빤히 올려다보는 눈동자를 보니 괜히 얼굴이 화끈거렸다. 아이처럼 무릎에 올라앉은 자세로, 자신의 한쪽 뺨을 감싸 쥐고 있는 남자에게 당신이 좋다고 말을 하는 건 생각보다 어려운 일이었나 보다.

"노력이 모자랐나?"

비스듬히 웃은 서문도가 선우의 얼굴을 당겼다. 커다란 손으로 뺨과 귀, 뒷머리까지 감싸고서 입술을 맞추어 온다. 아까보다 진하고 깊은 입맞춤은 선우가 달뜬 숨을 뱉을 때까지 멈춰지지 않았다.

"이제 대답할 수 있겠어요?"

언제 자세가 변했는지 이번에 선우는 소파에 누워 있었다. 자신을 올라타다시피 한 서문도가 조명을 가리며 선우의 위로 그림자를 드리우고 있었다.

"누가 더 좋아."

빛을 가린 남자에게서 빛이 쏟아지는 것 같다. 자꾸 대답을 잊는 선우에게 문도가 다시 입을 맞추었다. 벌을 주듯 아프게 깨물고 숨이 막히도록 깊이 파고들었다.

"말해요."

잠시 숨을 터 주며 남자가 물었다.

"전무, 님이요."

선우는 토해 내듯 말했다.

"전무님, 이…… 좋아요."

기어이 대답을 받아 낸 남자의 입꼬리가 올라갔다. 선우의 상기된 뺨을, 흐트러진 머리카락을, 부풀어 오른 입술을 손끝으로 만지더니 웃으며 물었다.

"방으로 갈까?"

네.

선우가 할 수 있는 대답은 그것뿐이었다.

중반을 넘긴 최지상의 드라마 '바람소리'가 연일 화제였다. 드라마 자체의 시청률은 그리 높지 않았는데, 민정원 역을 맡은 최지상의 주가는 날로 높아져 TV만 틀면 최지상의 모습이 보였다.

"내가 눈이 높다니까. 난 얘 진짜 잘될 줄 알았어. 이때까지 키운 보람 있다, 있어. 와, 게시판에 정원 선배 찾는 년들 왤케 많아. 기사 또 올라왔네."

신선한 마스크에 요즘 보기 드문 순애보 역할을 잘 소화해 내서 이름보다 정원 선배로 불리는 일이 더 많아진다는 기사를 유라가 소리 내어 읽었다. 그런 서유라를 멍하니 보고 있는데 아침에 보았던 서문도의 모습이 환영처럼 나타난다.

'인사 안 해요?'

'잘 다녀오세요.'

선우가 인사를 건네자 피식 웃은 서문도가 그녀의 가까이 다가와서 말했다.

'그렇게 말고.'

그럼 어떻게? 라고 생각하며 서문도를 보았을 때 입술이 포개졌다. 또 시작이라 생각하며 밀어내는데도 남자는 웃으며 다시 입술을 겹쳐 왔다. 선우는 뒷걸음질을 치다 벽에 막혔고, 남자는 기어이 그녀의 숨을 흩뜨려 놓았다.

'이렇게 심장이 콩알만 해서 어디 큰일 하겠어요?'

다시 내려오는 입술을 막지 못했다. 누가 올까 봐 심장은 쿵쿵 뛰었지만 입술 사이로는 젖은 숨소리가 새어 나왔다. 발밑이 물컹거리는 것 같았고, 아랫배에는 뜨거운 물이 고여 드는 것 같았다.

'이따 봅시다.'

머리를 흩뜨리며 했던 말. 그때의 그 눈웃음과 가벼운 미소.

"야, 봤냐고. 이선우, 뭐 해?"

서유라의 날 선 목소리가 선우를 현실로 돌려놓았다.

"네?"

"이거 사진 봤냐고. 진짜 잘 나왔지? 정원 선배 나도 있었으면 좋겠다. 나 같으면 진짜 정원 선배 고른다. 남자 주인공보다 훨씬 낫지 않아?"

서유라는 최지상과 정원 선배를 동일시하기 시작했다. 드라마 리뷰는 물론, 기사와 사진, 각종 커뮤니티를 훑느라 정신이 없었다.

"보디 프로필 다시 준비하실 거죠?"

선우의 질문에 유라가 고개를 끄덕였다.

"응응. 해야지."

"사진작가 스케줄 다시 잡아 놓을까요?"

"응. 다시 잡아 봐. 아, 정원 선배한테 전화는 언제 오는 고야. 금방 한댔는데, 왤케 안 와."

서유라가 다시 통화를 해 봐야겠다며 거실로 나갔다. 선우는 토스트와 샐러드가 반절씩 남아 있는 접시를 개수대에 가져다 놓고 음식물 쓰레기를 정리했다.

빈 접시는 수세미로 깨끗하게 닦고 물로 뽀득뽀득하게 헹구었다. 커다란 테이블도 닦고, 물기가 남은 아일랜드와 싱크대도 행주로 여러 번 닦았다. 가만히 있으면 자꾸 마음이 어지러웠기 때문이었다.

"아니, 왜 이걸 선우 씨가 했어. 내가 할 일인데."

목소리에 퍼뜩 고개를 들으니 조리사 아주머니가 뒷문을 열고 들어오고 있었다.

"그냥요."

뭐라도 하지 않으면 서문도 생각이 자꾸 나기 때문이라는 말은 못 하고 머쓱하게 웃는 선우에게 조리사 아주머니가 고맙다는 인사를 했다. 빈 반찬통을 챙겨서 돌아가는 아주머니의 뒷모습을 보며 선우는 다시 한숨을 쉬었다. 수시로 그녀를 찾는 서문도에게 자꾸만 익숙해졌다. 몰래 하는 도둑 키스에 정신을 차릴 수 없었다.

지난번 호텔에서의 난폭했던 잠자리에 대한 보상이라도 해주듯, 남자는 부쩍 다정하고 부드러웠다. 밤에는 한 번씩 거칠게 그녀를 안을 때도 있었지만 이내 다독이며 달래 주었다. 헤어질 땐 아쉽다 말했고, 만났을 땐 기다렸다는 듯 입술부터 삼켜 왔다.

'자고 가면 좋을 텐데.'

지난밤, 아쉬워하며 입을 맞추던 남자의 목소리가 떠올라 선우는 질끈 눈을 감았다.

마음을 주면 안 돼.

그건 정말 안 돼. 한 번 더 질끈 눈을 감으며 생각했다. 어서 핸드폰을 찾는 것만이 방법이라는 생각이 든다.

물소리가 들렸다.

문도는 방금 전까지 이선우가 앉아 있던 침대의 모서리를 보며 실소를 흘렸다. 그가 씻고 나오면 항상 이선우는 모서리에 옷을 쥐고 앉아 있었다. 허물 같은 옷으로 알몸을 가리고 욕실로 가서는 물을 튼다. 물소리는 항상 길었다.

때로는 욕조에 몸을 담가 가며, 때로는 샤워를 아주 길게 하며 이선우는 안쪽의 드레스 룸을 칸칸이 뒤졌다. 많이도 아니었다. 하루에 네 칸, 많으면 여덟 칸.

조금씩 꾸준하고 성실하게 여자는 서랍을 뒤졌다. 그 네 칸을 뒤지기 위해 기꺼이 그와 혀를 얽었고, 몸을 열었고, 쾌락을 견뎠다. 이미 죽고 없는 동생을 위해.

똑똑.

문도는 욕실의 문을 두드렸다. 그리고 바로 문고리를 돌렸다. 덜컥덜컥 소리가 나도록.

"이선우 씨, 잠들었어요?"

들어간 지 10분이 채 되지 않았다. 씻기도 버거운 시간을 주어놓고 문도는 문을 퉁, 두드렸다. 안쪽이 조용하더니 찰박, 물에서 나오는 소리가 들렸다. 움직임이 가벼운 여자는 소리를 거의 내지 않았다.

"아니요. 욕조에 있었어요."

샤워 가운을 제대로 여미지도 못하고 문을 열어 준 여자의 얼굴에서 물방울이 흘러내렸다.

"얘기를 하지. 같이 들어갔을 텐데. 다음부턴 같이 씻을까요?"

웃으며 말하는 그를 보는 여자의 얼굴이 희게 질렸다. 이런 점들이 문도는 못내 안타까웠다.

더 완벽한 가면을 써야지. 더 교묘해야지. 태연히 나를 가지고 놀아야지. 그래야 들키지 않지.

"다음에요."

기껏 한다는 말이 다음이란다. 언제라는 약속도 하지 않는 여자에게 문도는 다시 물었다.

"다음에 언제."

"다음에, 제가 준비가 되면."

준비는 무슨 준비.

웃음이 나오는 동시에 뒷목도 홧홧해졌다. 가까스로 대답을 하며 낯을 붉히는 이선우에겐 면역이 생기지 않는다. 여기서 한 번 더 안을까, 그런 생각만 들 뿐.

"그래요. 준비되면 말해요. 기다릴 테니까."

문도가 웃으면서 말하자 선우가 네, 그럴게요. 작게 대답을 하면서 고개를 끄덕였다. 이게 문제였다. 이선우가 순순히 그러겠다고 대답을 할 때마다 뜨끈한 무언가가 속을 훑고 내려가는 기분이었다. 그러고 나면 어김없이…….

"전무……님."

널 한입에 삼키고 싶어지지.

"훗."

문도는 선우의 말캉한 입술을 삼켰다. 치약맛과 단내가 얽힌 이선우의 입술을 빨았다가 벨벳 같은 혀에 자신의 혀를 마주 대었다. 쓱 훑을 때마다 이선우가 신음하며 그의 팔을 쥐었다.

입술을 뗀 문도는 벌어진 가운 사이로 고개를 내렸다. 물방울이

도르륵 굴러가고 있는 가슴에 얼굴을 묻었다. 잘근잘근 아프지 않게 씹을 때마다 선우가 몸을 움찔거렸다. 숨이 넘어가는 신음 소리를 낼 때, 문도는 입술을 뗐다. 다리 사이에 손을 내려 안쪽의 물기를 확인하며 일부러 젖은 소리를 나게 했다. 선우가 수치심으로 얼굴을 붉혔다.

"이런 건 싫어했던가."

그렇다고 고개를 끄덕이는 이선우를 보면서 젖은 소리를 계속나게 했다. 두어 번을 그러다 아쉬운 듯 손을 뗐다. 이 정도에서 참아 주겠다는 듯한 표정을 지으면, 가여운 이선우는 아무 말도 하지못했다.

"이리 와요."

손을 이끌며 말을 하니 이선우의 얼굴에 긴장이 서렸다. 침대에선우를 앉힌 문도는 협탁 서랍에 두었던 주얼리 박스를 꺼냈다.

"선물."

문도는 여자의 눈앞에서 주얼리 박스를 열었다. 이선우가 멍한얼굴로 반짝이는 목걸이를 보았다. 도톰하고 동그란 메달에는 자그마한 다이아가 촘촘하게 박혀 있어서 달빛에도 반짝반짝 눈부신 빛을 냈다.

"아, 저는 이런 거……. 안 사 주셔도 돼요."

"지난번 거는 너무 싸구려라."

"저는 이게 마음에 들어요."

가격도 얼마 되지 않는 실처럼 가느다란 목걸이를 만지작거리며 선우가 말했다.

그렇겠지. 부담이 없으니까.

"나는 마음에 안 들어."

"그래도 이건 너무……."

부담스러워요. 비싸요. 하고 싶지 않아요. 그런 말들을 삼키며 이선우가 그를 올려다보았다.

그래, 나는 네가 곤란해지길 원해. 받고 싶지 않은 것들을 받아야만 해서 마음이 무거워지길 원해. 족쇄 같은 목걸이를 차고서 스스로를 팔아 버린 기분을 느끼기를.

"사귀는 사이에 이 정도는 해 줘야지."

그의 말에 이선우가 눈을 크게 떴다. 믿지 못할 말을 들은 것처럼 눈을 깜빡였다. 그런데 대체 뭐에 놀랐는지 짐작이 되지 않았다. 문도는 더듬거리는 이선우의 다음 말을 기다렸다.

"저희……."

저희 뭐.

"사귀는 거였어요?"

처음엔 이 여자가 무슨 말을 하는 건가 했다. 사귀는 거냐니. 당연한 걸 왜 내게 되묻지? 이제까지 본인이 연기한 것들이 대체 뭐라고 생각을…….

헛웃음이 터져 나온 건 그다음 순간이었다. 섹스 파트너였다. 이선우에게 서문도는. 사귀는 흉내조차 내려 하지 않는, 단순한 잠자리 상대.

"그럼 뭐라고 생각했어요?"

문도는 매끄럽게 미소를 지으며 선우에게 되물었다. 머리가 뜨거워지니 생각은 차가워졌다.

"저는 그냥 이전처럼 돌아갔다고…….."

이전처럼 돌아가기 위해서 내가 그 염병 첨병을 떨었다고. 웃음이 터졌다.

떼어내도 떼어내도 떼어지지 않는 너를 선택하면서, 내가 어떤 타협을 했는데. 어떤 마음으로 다시 시작을 했는데.

결정을 번복해서 인생의 방향을 비트는 짓 따위 하고 싶지 않다. 원칙을 부수는 일 따위 하고 싶지 않았고 한낱 감정 앞에 무릎 꿇고 싶지도 않았었다. 감정을 인정하기까지, 그래서 모든 걸 내려놓기까지 나는 내내 너를 향해 있었는데. 그런데 너는 아예 그런 척을 할 생각도 없었다고.

시작도 끝도 없이 찰나의 순간에 몸이나 섞어 주고 이용이나 당해 주는, 이선우의 일회성 남자. 그게 자신이었다.

"이전이라면 돈 받고 몸 주는 그런 관계?"

노골적인 문도의 표현에 선우가 입술을 떼었다가 다시 붙였다. 그건 아니라는 말을 하고 싶은 표정이었다.

"그게 아니라, 제가……."

말을 고르는 선우를 문도는 기다렸다.

"전무님 곁에 있을 수 있는 그런 사이로요."

그를 몇 번이나 흔들었던 이선우의 표정이었다. 도무지 거짓이라 보기엔 너무 진심인 표정. 이제는 알겠다. 그가 왜 속았는지, 어째서 마음이 흔들렸는지.

정말로 거짓이 아니기 때문이었다. 그의 앞에서 이선우는 늘 진심이었다. 다만 생략된 몇 마디가 있을 뿐. '제가'와 '전무님' 사이에 생략된 말.

'동생의 핸드폰을 찾기 위해'.

이선우는 그토록 진심이었던 거였다.

"고작 그 짓이나 하자고 내가 계속하자고 했을까."

그럴 거면 애초에 중단할 필요도 없었지. 부르기만 하면 올라와서 다리를 벌려 주던 너였는데. 문도는 비스듬히 웃으며 말했다.

"몰랐으면 이제라도 알아 둬요. 나는 이선우한테 진심으로 진심이야."

문도가 머리카락을 넘겨 주자 선우가 난처함을 숨기며 애써 웃었다. 정말이지 끝내주는 밤이 아닐 수 없었다.

27. 뱀술

재개발을 앞둔 상가의 골목은 한낮에도 을씨년스러웠다. 문도는 커다란 상가동의 통로를 걸었다. 전파사와 음향사, 공구사와 수선소 등을 지나자 모서리의 금칠이 거의 다 벗겨진 계단이 나왔다. 문도는 핸드폰으로 주소를 다시 확인했다.

B동 209호

계단을 올라 전선과 기물들이 여기저기 놓여 있는 복도를 지나 조그맣게 걸려 있는 명패를 올려다보았다.

209호 가나통신사

유리로 된 문에는 누렇게 바랜 통신사 로고들이 붙어 있었고,

오래전에 나왔던 핸드폰 기종들을 최신형이라 홍보하는 포스터들이 붙어 있었다.

출장중

핸드폰 번호도 적어 두지 않은 채 출장 중이라는 간단한 팻말만 걸어 놓은 상가 앞에서 문도는 핸드폰을 들었다. 명 실장에게 받은 번호를 찾아 통화 버튼을 눌렀다.

—네, 가나 핸드폰입니다.

심드렁한 남자의 목소리가 들려왔다.

"명규진입니다."

—오셨구나, 어디세요?

"문 앞입니다."

불이 꺼져 있던 상가의 안쪽에 희미한 불빛이 들어오더니 덜 컹 잠금장치를 푸는 소리가 들려왔다. 많이 보아야 20대 후반 정도로 보이는 노란 금발 머리의 남자가 문도를 향해 까딱 인사를 했다.

"들어오세요. 잘 찾아오셨네요."

문도의 대답은 필요 없다는 듯 남자는 말을 이어 갔다.

"지난번처럼 카페에서 얘기하기 힘들 것 같아서 가게로 오시라 했어요. 앉으세요. 커피?"

어두운 공간을 지나 안쪽에 보이는 철문을 열고 들어가니 불이 환하게 밝혀진 사무실이 나왔다. 낡은 철제 책상과 간이침대, 대용

량 서버, 노트북과 데스크톱 따위가 보였다.

"작업은 전부 끝났습니까?"

문도는 종이컵에 탄 믹스 커피를 받아 들며 남자에게 물었다.

"네, 뭐. 할 게 별로 없었어요."

틱이 있는지 남자가 양쪽 눈을 동시에 꿈쩍 감았다 뜨며 책상 서랍을 열었다. 두 개의 핸드폰이 담겨 있는 비닐 팩을 들고 와서 소파 테이블 위에 올려놓고 풀썩 자리에 앉는다.

"어디 보자. 어, 이거부터 말씀드리면."

남자는 1이라 네임택을 붙인 낡은 핸드폰을 꺼냈다. 모서리가 깨져 있고 액정의 필름도 군데군데 들떠 있는 낡은 핸드폰이었다. 쓱쓱 패턴을 그린 남자가 잠금장치를 풀었다.

"주인이 돈도 없고, 숨길 것도 없고, 꼬인 데도 없는 사람이죠? 의뢰받은 핸드폰 보면 대강 성격 나오는데, 딱 본인들처럼 쓰거든요."

나름의 근거가 있다는 표정으로 남자는 말을 이었다.

"핸드폰 3사 중에 제일 인기 없는 회사 거죠? 최소 3년은 더 된 모델인데, 이게 한참 특가로 풀렸을 때 거의 무료였거든요. 이렇게 비춰 보면, 패턴은 니은."

남자가 핸드폰을 비스듬히 불빛에 비춰 보이고 액정 위로 크게 'ㄴ'자를 그렸다.

"누가 니은으로 패턴을 쓰냐면, 자기 핸드폰을 아무나 열어 봐도 괜찮은 사람들. 다시 말하면 숨길 게 없는 사람들이 그러거든요. 열어 보면, 역시 별게 없죠."

남자가 능숙하게 화면을 넘기며 설명을 이었다.

"사진첩 보시면 친구들하고 찍은 사진도 좀 있고. 고양이 좋아하고, 여자친구랑 소소한 음식점에서 데이트하는 뭐 그냥 평범한 대학생?"

쓱쓱 지나가는 사진에는 친구들이 많았고, 커피 사진도 많았다. 길고양이 사진과 음식 사진도 보였다.

"특이 사항이라면 알람이 많더라고요. 알바를 많이 했나 봐요? 커피 사진도 라테 아트 연습한 걸로 보이고."

알람 어플을 보여 주며 남자가 말했다. 시간을 쪼개 이곳저곳에서 아르바이트를 하고 학원을 다녔더라면서.

"메시지 어플은……. 직접 보시죠."

문도는 낡은 핸드폰을 받았다. 메신저 어플을 누르자 몇 개의 대화방이 보였다. 제일 먼저 보이는 '아허니'와 '선우 누나'. 그다음으로 학과 단톡방, 친구들 단톡방.

별표가 붙어 있는 아허니와의 대화방과 이선우와의 대화방에는 숫자가 떠 있었다. 읽지 못하는 이민우에게 보낸 메시지들이 있다는 이야기였다. 문도는 이선우와의 대화를 읽으려고 손을 가까이 가져갔다가 멈추었다.

이걸 누르면 숫자가 사라지겠지.

문도는 그 아래 '영김재', 라고 쓰여 있는 대화방을 눌렀다.

"영김재, 그 사람이 김영재고요. 가끔씩 친한 친구 이름 뒤집어서 별명처럼 쓰는 사람들 있더라고요."

다시 눈을 꿈쩍인 남자가 말했다.

"둘이는 꽤 친한 친구고, 김영재는 졸라 떨린다고 했고, 이민우는 꼭 거기 들어가야겠냐고 물었고요."

묽게 탄 믹스 커피를 한 모금 마신 남자가 화면을 쓱 보곤 설명을 이었다.

"김영재가 룸서비스 시키면 니가 들고 올라와야 한다고 말했고, 이민우가 알겠다는 말도 했고. 그 뒤로 통화도 한 번 했고요."

문도가 대화방을 거꾸로 읽어 올라가기를 기다린 남자는 2번 핸드폰을 내밀었다.

"이건 신형이라 풀기가 까다로웠다는 점 알아주시고요."

남자가 패턴을 그려 보인 뒤 문도에게 핸드폰을 넘겼다. 같은 대화가 있고, 무수히 많은 대화방이 있었다. 김영재의 핸드폰을 대충 넘겨 본 문도는 두 개의 핸드폰을 다시 비닐로 된 지퍼 백에 넣으며 말했다.

"고생하셨습니다."

"아니요, 별로 할 것도 없었어요. 보수가 좋아서 위험한 일 아닌가 했는데, 이쪽이 더 감사하죠."

남자의 인사를 받으며 문도는 다시 상가를 나왔다. 주차장에 세워 둔 차로 돌아와 조수석에 놓아두었던 최지상과 서유라의 핸드폰 옆에 이민우와 김영재의 핸드폰을 내려놓았다. 그렇게 잠시 있다 손바닥으로 얼굴을 쓸어내린 뒤, 머리를 헤드레스트에 기대며 눈을 감았다.

서유라와 최지상의 핸드폰 비밀번호는 처음부터 알고 있었다. 서유라를 병원에 넣기 전, 눈앞에 던져 주고 풀어 보라 했으니까.

그걸 직접 눌러 볼 일이 생길 줄은 꿈에도 몰랐지만.

천천히 눈을 뜬 문도는 최지상의 핸드폰을 들었다. 녹음 파일을 열고 재생 버튼을 눌렀다. 듣다가 멈춰 놓았던 부분부터 다시 재생이 시작되었다. 이민우의 목소리가 들려온다.

'그냥 친구 얼굴 한 번만 볼게요. 김영재, 아시죠? 영재 걔가 이거 시켰는데, 저한테 팁 진짜 많이 준다고 그랬거든요. 저 그 돈 받아서 여자친구 선물 사러 가야 돼요. 잠깐, 잠깐이면 된다니까요?'

안 된다고 말하는 혀 꼬인 목소리는 서유라. 너 뭐야, 크고 날카로운 소리를 내는 남자는 최지상. 그리고 다시 이민우.

'영재야, 김영재! 팁 준다며! 빨리 가지고 오라며! 어딨냐?'

'씨발, 너 뭐야! 문 닫고 꺼져 이 새끼야!'

'잠깐이면 돼요, 잠깐만.'

'야, 정신 차려! 얘 왜 이래요? 김영재! 야! 너 왜 이래! 119 불러……'

퍽, 하는 둔탁한 소리. 쨍그랑, 유리가 부서지는 소리. 쿵, 하고 누군가 쓰러지는 소리. 서유라의 비명 소리. 최지상의 욕설 소리. 녹음 파일은 밖에서 문을 부수고 들어오는 소리로 끝이 났다.

문도는 지그시 눈을 감았다.

쓰디쓴 웃음이 목을 타고 흘러내렸다. 이선우가 찾는 진실이 여기 있었다. 서유라가 숨겼고, 아버지가 도왔으며, 그가 외면했던 진실이.

바로 그의 손안에 있었다.

피식.

웃음이 술처럼 흘렀다. 아니, 실제로 술이 흘렀나. 어쩌면 침일지도.

문도는 손목의 안쪽으로 입가를 닦았다. 오랜만의 폭음이었다. 어지간히 마셔서는 취하지도 않는 체질인 까닭에 취할 때까지 시간이 오래 걸렸다.

중간중간 기억이 없었다.

어떻게 자신이 엘리베이터를 타게 되었는지. 바 테이블에서 주차장까지 어떤 경로로 이동을 했는지. 기억은 점멸등처럼 깜빡거렸다.

후우.

문도는 긴 숨을 뱉으며 허리를 바로 세우고 휘청이는 땅을 디뎠다. 2층의 홀을 휘청휘청 가로지르며 뱀술 생각을 했다.

건강식품을 유난히 좋아하는 회장의 담금주 컬렉션은 보란 듯이 거실 한편에 장식되어 있었는데, 백사를 산 채로 담가 만든 술을 가만히 바라보고 있으면 뱀이 움직이는 듯 보일 때가 있었다. 뻐끔, 하고 숨을 쉬는 것만 같고. 한 번씩 눈동자가 쉭, 움직이는 것도 같고.

그런데…… 내가 그 뱀이 됐네?

웃음 머금은 문도는 주머니를 더듬었다. 아직 할 일이 남았다. 집에 돌아왔으니 이선우에게 전화를 해야 했다.

전화를 걸었더니, 벨 소리가 근처에서 들렸다. 환청인가. 그렇다면 웰컴이지. 이제라도 하나씩 맛이 가 버렸으면 좋겠다는 생각이 들었다.

귀도, 눈도, 입도, 코도, 진작 죄다 맛탱이가 가 버렸어야 했는데. 그랬어야 했는데. 눈에 담은 것도, 귀로 들은 것도 없게.

"전무님."

앞에 이선우가 보였다. 홀에 있는 소파에서 일어나 그에게로 다가오는 이선우는 흔들흔들 두 개였다가, 세 개였다가, 다시 하나로 합쳐져서는 그의 앞에 섰다.

"내가 전화를 했던가?"

손에 쥐고 있던 핸드폰을 보면서 말했더니 선우가 그를 잡으며 알려 줬다.

"아니요. 아까 전화를 하셨다가 끊으셔서."

"언제?"

"조금 전에요."

이선우가 그랬다면 그런 거지. 문도는 고개를 끄덕이고 손을 들어 얼굴을 쓸었다. 깊이 숨을 마시고 길게 내뱉은 뒤 터벅터벅 걸었다. 중문을 활짝 열고 어두운 거실로 들어갔다. 불을 켜려고 벽을 더듬다가 귀찮아서 그만두었다.

"괜찮으세요?"

안으로 들어온 이선우가 물었다. 물어 오는 이선우에게서 이선우 냄새가 났다. 씨팔, 너는 왜 냄새도 좋을까. 문도는 웃으면서 선우를 안았다.

"안 괜찮아."

이선우의 허리에 팔을 두르고 목덜미에 머리를 묻었다. 흰 목덜미, 쇄골 윗부분의 옴폭하게 파인 부분에 코를 비비면서 숨을 마셨다. 숨을 크게 마셔도 이선우가 모자라서 허리를 바짝 당겨 안았다. 그래도 모자랐다.

나란히 술에 담가지면 좋을 텐데.

이렇게 둘이서 꽉 껴안은 채로 술병에 들어가서, 평생을 취해서 나는 너를 쓱, 보았다가 한 번씩 숨이나 뻐끔뻐끔 쉬면서 살면. 이렇게 네 목에서 나는 냄새나 맡으면서 살 수 있으면.

문도는 술에 절여지는 생각을 하다가 우스워서 웃었다. 천천히 고개를 들고 이선우와 눈을 맞추었다. 자그마한 얼굴에 걱정이 묻어 있는 게 웃겼다. 네가 내 걱정을 할 리가 없는데.

"지금이 몇 시죠."

"새벽 3시요."

"새벽 3시."

문도는 자꾸만 흘러내리는 웃음을 쓰읍, 하고 닦았다. 술에 취했더니 웃긴 일들이 자꾸만 생긴다.

"이선우는 새벽 3시에도 부르면 오네. 아무것도 모르면서."

문도가 선우의 티셔츠 안으로 손을 밀어 넣으면서 말했다. 내가 이 짓거리를 하려고 불러도 오고. 오지 말라고 해도 오고. 그치?

함부로 더듬었더니 이선우가 아픈 소리를 냈다. 그래도 하지 말라는 말은 안 해. 문도는 그게 또 웃겨서 움직임을 멈추었다.

가슴이 답답했다. 그래서 자꾸 웃음이 난다. 한숨처럼 웃은 문도는 선우의 뺨을 쥐었다. 호수처럼 일렁이는 눈동자가 그를 보고 있었다.

"네가 너무 좋아. 좋아서 미칠 것 같아."

그래. 미칠 것 같아.

한 번 더 말하며 문도는 선우의 입술을 물었다. 모든 것이 참을 수 없이 우스워서 이선우의 입술을 물고서 웃었다.

낮은 웃음소리가 문도의 발밑에 술처럼 고이는 밤이었다.

서문도의 웃음소리가 맞물린 입술 사이로 흘러들어 왔다. 낮고 깊은, 어딘가 뒤틀린 웃음소리는 이내 뜨거운 입맞춤으로 변했다. 마주 댄 입술이 형체 없이 뭉그러진다. 혀가 비벼지고 타액이 삼켜졌다. 머리가 젖혀지고 숨이 넘나들었다.

데일 것 같았다. 아니, 타는 것 같았다. 남자의 온몸에서 흘러넘치는 알코올 냄새가 선우를 집어삼킨 것 같았다. 화한 알코올 냄새는 희고 푸른 불꽃이 되어 식도를 타고 등줄기를 내려갔다. 아랫배와 다리를 지나 발바닥까지 불이 붙는다.

"하아……."

어느 순간 입술이 떨어졌다. 파란 숨을 쉬는 선우의 양팔을 잡고서 남자가 몸을 뗐다. 선우를 밀어내며 한 발짝 뒤로 물러선 문도가 천천히 머리를 들었다. 실핏줄이 터진 붉은 눈이 선우를 느리게 훑는다.

"전무님……."

할 수 있는 말이 그것밖에 없었다. 내게 왜 이러냐는 물음은 차마 나오지도 않았다. 사귀는 사이라는 말을 들은 어제부터 오늘까지 선우의 속은 엉망으로 휘저어진 진창이었다.

"늦었으니 건너가요."

등을 세운 남자가 말했다. 서늘한 목소리였다. 쓱, 선우를 스쳐서 걷는 걸음은 무심하기까지 했다. 정말이지 종잡을 수 없는 남자다. 늦는다는 말 한마디를 안 해 줘서 새벽까지 기다리게 해 놓고, 갑자기 전화를 해서 아무 말 없이 끊더니 이제는 가라고.

진심으로 진심이라는 말이 말뚝처럼 가슴에 박혀 뽑히지 않던 하루였다. 덜컹 내려앉아 버린 심장은 하루 종일 흔들거렸다.

'그래. 계속해.'

그렇게 돌아온 서문도와 보냈던 지난 시간들이, 친밀했던 미소와 농담들이, 건네주었던 선물들이 차례로 떠올라 숨을 쉴 수 없었다.

정말이지 이상한 남자였다. 서문도는 시리도록 차가웠다가 데일 듯이 뜨거웠다. 수치심을 주었다가 매끄럽게 웃었다. 희망을 주었다가 절망을 주었고, 절망에 잠겨 갈 때 손을 뻗어 끌어냈다.

그러니…….아마 아닐 것이다.

네가 좋다는 말은 술에 취한 농담일 거였다. 서문도가 자신을 진지하게 만날 리 없었다. 그건 마치 해가 동쪽에서 뜨고 서쪽으로 저무는 것처럼 너무 당연한 거여서 의심조차 해 본 일이 없었다.

몸만 섞는 관계에서 아주 조금 더 마음을 내어 준 정도일 거야. 그러니까 주말에 데이트 정도는 할 수 있는, 차 한잔 마시면서 대화는 할 수 있는 그런 사이. 그래, 그 정도의 사이.

나는 당신 안 믿어.

뜨거웠던 입맞춤이 다음 날이면 차가운 조롱으로 변했었지. 다정히 웃어 주고서 며칠 뒤에 그만하자고 했었잖아. 내가 좋다고 매달리니까 그제야 받아 주는 정도인 거잖아.

"네. 전무님도 주무세요."

선우는 마스터 룸으로 들어가는 서문도에게 인사를 건넸다. 휘청이며 걷는 남자는 뒤를 돌아보지 않는다. 한숨을 쉬며 중문을 향해 걸어가는데 쿵, 하는 소리가 들렸다. 선우는 반사적으로 고개를 돌렸다.

씨발, 욕을 씹는 소리가 들리더니 이어 킥킥 웃는 소리가 들렸다. 그러다 짙은 한숨 소리가 흘러나오고 다시 쿵, 하고 부딪히는 소리가 났다.

하아.

선우는 잡고 있던 중문의 문고리를 힘껏 쥐었다. 신경 쓸 것 없이 여기서 나가야 한다는 마음과 되돌아가서 살펴보고 싶은 마음이 팽팽하게 맞섰다.

"내가 진짜……."

돌아가면 마음 편히 못 잘 것 같아서 그래.

선우는 스스로에게 그렇게 말하며 몸을 돌려 열려 있는 마스터 룸으로 걸어갔다. 활짝 열린 방문을 지나니, 침대 발치에 구겨져 있는 문도가 보였다.

"전무님. 일어나세요."

어깨를 흔들었더니 귀찮은 듯 고개만 비틀었다.

"일어나셔서 침대로 가요."

선우는 구겨져 있는 남자의 팔을 잡았다. 비틀거리며 일어서는 문도를 부축해서 간신히 침대에 눕혔다. 괜찮을까, 살펴보는데 남자가 눈을 감은 채로 말했다.

"가. 신경 쓰지 말고."

어떻게 신경을 안 써. 이렇게 엉망인데.

선우는 입술을 꾹 맞다물었다가 한숨을 쉬며 일어났다. 마스터 룸을 나가 중문을 닫고, 다시 돌아와 방문도 닫았다.

이걸 어떻게 벗기지.

재킷을 어떻게든 벗겨 보려다 포기하고 느슨하게 걸려 있는 타이를 먼저 풀었다. 목을 조이는 셔츠의 단추도 시너 개 풀고 소매의 커프스 링크도 풀었다. 몸을 일으키다 허리의 벨트가 눈에 밟혀서 그것까지 풀었다.

아무렇게나 누워 있는 남자를 지나쳐 욕실로 향했다. 따뜻한 물에 담근 수건을 비틀어 짠 다음 침대로 향했다. 남자는 여전히 눈을 감고 있었다.

선우는 머뭇거리다 수건을 얼굴에 가져다 댔다. 조심스럽게 이마를 닦았다. 관자놀이를 닦고, 뺨에도 수건을 댔다. 잠이 들지 않았다는 걸 알았지만 남자는 눈을 뜨지 않았고, 선우도 아무 말을 하지 않았다.

깨트릴 수 없는 침묵이 침실을 가득 메운 것 같았다. 젖은 수건이 조심조심 움직이는 소리만 들렸다. 그러다 셔츠 깃을 벌려 쇄골 아래를 닦아 줄 때였다. 문도가 선우의 손목을 잡았다. 반짝 눈을 뜬 남자와 어둠 속에서 시선이 부딪쳤다.

"가라니까 말 안 듣고."

손목이 휙 당겨지며 선우의 몸이 기울어지더니 남자의 품으로 빨려 들어갔다. 당황한 선우는 젖은 수건을 움켜쥐며 말했다.

"갈게요. 이제 가려고 했어요."

일어나려는 선우의 허리에 문도의 팔이 감겼다. 등 뒤로 뜨거운 체온이 느껴진다. 남자는 선우를 바짝 당겨 안았다. 등과 가슴이 맞붙고, 다리와 다리가 얽혔다. 선우의 어깨에 머리를 묻고서 남자가 말했다.

"가지 마."

숨이 막힐 정도로 선우를 꽉 안은 채 문도가 말했다. 남자의 목소리는 등을 통해 울렸다. 마음이 울렁거린다. 술에 취해 그런 거라 애써 생각했지만, 등에 닿는 체온이 너무나 뜨거웠다.

"조금만."

아주 조금만.

서문도는 작게 말하며 선우의 어깨에 얼굴을 비볐다. 명치 끝이 시큰거려 선우는 입술을 깨물었다.

한참을 그렇게 있었다. 어둠 속에서 숨만 쉬었다. 그조차도 크게 쉴 수 없었다. 영원히 이어질 것만 같은 침묵이 더는 견디기 힘들어졌을 때, 선우는 천천히 입을 열었다.

"전무님."

선우는 자신의 목소리가 낯설다고 생각했다. 자신이 아닌 다른 누군가가 말을 하는 것만 같았다.

"응."

남자의 대답이 선우의 몸속으로 퍼져 나갔다.

"저희 정말…… 사귀는 거예요?"

차마 나를 정말 좋아하는 거냐고 물을 수는 없어서 돌려서 물어 보았다. 낮은 웃음소리가 몸을 울렸다.

"저 싫어하셨잖아요."

한순간에 선우를 밀어냈던 남자였다. 심장까지 얼려 버릴 것 같은 차디찬 눈으로 마주치는 것조차 싫다고 했었다.

"싫어한 적 없는데."

남자의 목소리가 닿은 어깨가 홧홧했다. 얼굴이 보이지 않아 더 그랬다. 숨쉬기 어려울 정도로 자신을 옥죄고 있는 남자는 가끔씩 선우의 등에 얼굴을 비볐다. 그 행동에 울컥, 뜨거운 무언가가 치밀어 오르려 했다.

"그럼 왜……."

나를 밀어냈느냐는 말이 제대로 나오지 않았다.

"너무 좋아져서."

선우는 눈을 질끈 감았다. 목의 안쪽에 뜨거운 덩어리가 걸린 것만 같았다. 커다란 덩어리가 목을 틀어막고 가슴을 틀어막았다. 아니야, 그럴 리 없어. 생각을 하는 선우에게 남자는 이어 말했다.

"그때가 아니면 도저히 못 놓을 것 같았거든."

뜨거운 불씨 같았던 말이 목을 뻐근하게 넘어갔다. 어째서 울고 싶은 기분이 드는 것인지 선우는 알 수 없었다.

"그런데……."

남자는 피식 웃었다. 조금 더 깊이 선우의 어깨에 머리를 묻으며 작게 속삭였다.

"너는 나 안 좋아하지."

질문 같기도 하고 혼잣말 같기도 한 말을 중얼거린 뒤 남자는 소리 없이 웃었다. 선우는 눈을 꾹 감았다. 뭉근한 통증이 명치에 일어 숨이 잘 쉬어지지 않았다.

남자의 고른 숨소리가 들려오고도 한참이 지난 후에 선우는 천천히 허리에 얹힌 남자의 팔을 들었다. 소리 없이 몸을 일으켜 잠이 든 서문도의 얼굴을 내려다본다. 기분이 이상했다.

아니야. 그만.

숨을 깊이 쉰 선우는 바닥에 떨어져 있는 젖은 수건을 집었다. 남자의 옆자리, 자신이 누웠던 자리의 구겨진 시트를 펴고, 수건은 파우더 룸의 빨래통에 두었다.

그대로 나가려다 발을 멈추었다. 입술을 깨물고 욕실 안쪽의 드레스 룸을 보았다. 한 발을 디뎌 안으로 들어가는데 자신을 비웃던 남자의 목소리가 들렸다.

'너는 그런 여자인데. 나는 자꾸 그걸 잊어.'

뜨거운 것이 목을 치고 올라왔다.

서문도의 말이 맞았다. 자신은 원하는 바를 이루기 위해서 남자를 속인 여자였다. 몇 번이나 차를 들고 올라갔고, 잠자리를 하고 싶다고 했다. 카드를 받았고, 시계를 샀다. 거짓으로 웃음을 웃었고, 거짓으로 고백을 했다.

나는 그런 여자이니까.

잠든 남자를 뒤로하고 선우는 욕실 문을 닫았다. 이제 얼마 남지 않은 몇 칸의 수납장을 뒤졌다.

'좋아한다는 말, 진심이야?'

마지막 서랍을 여는데 남자의 목소리가 귀를 울렸다. 선우는 주먹을 꾹 쥐었다.

아니야.

'왜 이렇게 예뻐?'

아닐 거야.

'네가 너무 좋아.'

아니어야만 해.

'좋아서 미칠 것 같아.'

선우는 눈을 질끈 감았다. 가슴이 뻐근해서 숨이 잘 쉬어지지 않았다. 아니야. 그만. 마음을 다잡으려는 순간 목덜미에 스며들었던 남자의 마지막 말이 생각났다.

'넌 나 안 좋아하지.'

지끈거리는 통증이 일었다. 선우는 서랍을 잡고서 주저앉았다. 아프게 쉬어지는 숨을 가다듬으면서 생각했다.

응, 맞아. 난 당신 안 좋아해.

나는 그래야 해.

천천히 눈을 뜬 선우는 마지막 서랍을 열었다. 접혀 있는 베갯

잇들을 모두 손으로 만져 본 뒤 허리를 폈다. 민우의 핸드폰은 이곳 마스터 룸에는 없다. 이제 거실에 있는 드레스 룸을 제외하곤 모두 찾아보았다.

바깥 드레스 룸까지 살펴볼까. 욕심이 생겼지만 오늘은 이만하기로 했다. 더 지체하다간 날이 밝을 수도 있으니.

발소리를 죽인 선우는 조용히 욕실을 나왔다. 깊게 잠든 서문도를 지나쳐 마스터 룸을 나왔다. 숨을 멈춘 채로 중문을 열고 다시 소리 없이 닫아 두었다. 조심스럽게 2층의 계단을 내려와 주방의 뒷문을 열었다. 후원을 건너는데 그동안 한 번도 느껴보지 못했던 감정들이 울렁거렸다. 발밑의 땅이 물컹이며 발목을 잡아채는 것만 같았다.

선우는 어둠이 걷혀 가는 하늘을 뒤로하며 서둘러 후원을 건넜다. 누군가 눈을 둥그렇게 뜨고서 바라보고 있다는 건 꿈에도 알지 못한 채였다.

"아니 잠깐만, 선우 씨가 왜 저기서 나와."

본관을 나오던 장 여사의 옴폭 파인 눈이 끔뻑거리고 있었다.

28. 백일몽

잠을 거의 자지 못한 채로 선우는 출근 준비를 했다. 제대로 잠을 자지 못해서인지 머릿속에 안개가 낀 것 같았다.

"선우 씨, 오늘은 조금 늦었네?"

아래층으로 내려가니 조리사 아주머니가 먼저 인사를 건네 왔다. 식탁에 앉아 있던 장 여사가 뒤를 돌아 선우를 보았다.

"네. 조금 늦었어요. 안녕히 주무셨어요?"

장 여사가 커피 한 모금을 호록 마시며 선우에게 물었다.

"막내 아가씨 어제는 뭐 했어? 아직도 늦게까지 선우 씨 붙잡아 놓고 그래?"

선우는 정신을 차릴 수 있게 뜨거운 커피 한 잔을 마셔야겠다고 생각하며 대답을 했다.

"아니요. 어제는 마사지 받고 일찍 주무셨어요. 저는 제시간에 퇴근했고요."

"그렇구나. 아 참, 내 정신 좀 봐. 별채에 붕어즙 가져다 놓으려고 들러선, 얼른 커피 한 잔만 마신다는 게 너무 오래 있었네. 어제 아주 인사불성이 돼서 들어왔다는데."

"누가요? 서 전무님이?"

장 여사의 말에 조리사 아주머니가 물었다.

"강 기사가 데려왔다고 하더라고. 대체 무슨 일이래, 내 이제까지 우리 전무님이 술 마시고 그렇게 됐다는 얘기는 들어 본 일이 없는데. 어디서 몰래 연애라도 하는 건가."

"아."

머그잔에 뜨거운 물을 받던 선우가 작게 소리를 냈다. 생각 없이 물을 너무 많이 받다가 튀어 오른 뜨거운 물방울에 손등을 데었다.

"선우 씨, 괜찮아?"

"네. 물이 튀어서 그랬어요. 괜찮아요."

머그잔을 내려놓고 다른 손으로 손등을 문질렀다.

"나는 먼저 가요. 선우 씨, 이따 보고."

김치냉장고에서 붕어즙을 꺼낸 장 여사가 주방을 나섰다.

"선우 씨는 아침 뭐로 먹을래? 미역국 있는데 그거 줄까?"

"아니에요. 오늘은 그냥 쿠키 한 조각 먹을게요."

선우는 아일랜드 한쪽에 놓여 있는 쿠키 상자에서 하나를 꺼내 식탁에 앉았다. 느리게 커피를 마시고 쿠키를 조각내서 먹었다.

이제 서문도 전무의 얼굴을 어떻게 보나. 잠은 잘 잤을까. 어제 일은 기억할까. 나는 왜 이런 생각을 하는 거지. 선우는 한숨을 쉬며 시계를 보았다. 출근 시간인 7시가 다 되어 가고 있었다. 오늘은 서문도 전무가 일찍 출근을 하고 없었으면 좋겠다고 생각하며 선우는 자리에서 일어났다.

별채로 들어가니 다이닝 룸에서 말소리가 들렸다. 서문도 전무가 다이닝 룸에 있다는 걸 멀리서도 알 수 있었다. 막연히 품었던 기대가 깨지는 순간이었다.

"선우 씨 또 보네, 아침은 먹었어?"

주방을 들어가자마자 장 여사가 먼저 선우에게 인사를 건네 왔다.

"네. 먹고 왔어요."

선우는 대답을 한 뒤 괜히 입술만 잘근 씹었다. 옆을 보아 서문도 전무에게 인사를 해야 하는데 괜히 곤란하고 등이 따끔거렸다.

"왔어요?"

머뭇거리며 인사를 하려는데 서문도의 목소리가 먼저 들려왔다. 고개가 저절로 돌아가며 앉아 있는 남자와 눈이 마주쳤다. 매끈한 모습의 서문도가 가볍게 웃으며 자신을 보고 있었다.

"네, 전무님. 안녕히 주무셨어요?"

"네. 잘 잤습니다."

문도가 커피가 든 머그잔을 들었다. 평소와 아주 같다고 볼 수는 없었지만, 남자에게서 술기운은 느껴지지 않았다. 어디서 에너지 수혈이라도 받아 오는 걸까 싶을 정도로 힘이 느껴지는 모습이었다.

"잘 자기는 뭘 잘 자요. 기억이 안 난다며. 커피는 고만 드시구 이거 드셔요."

장 여사가 데운 붕어즙을 꺼내면서 타박하듯 말을 했다.

"기억이 안 나니까 잘 잤겠죠."

"어제 어떻게 들어오셨는지는 알고요?"

"잘 들어왔겠죠. 그러니까 이렇게 장 여사님도 보는 거고."

못 말린다는 표정으로 장 여사가 문도를 보았다. 장 여사가 내어 주는 비릿한 붕어즙을 웃으며 받은 문도가 컵을 들어 꿀꺽꿀꺽 마시기 시작했다.

"무슨 술을 그리 드셨대."

"잔소리는 1절만."

빈 컵을 내려놓은 뒤, 장 여사가 들고 있는 접시에서 초콜릿 하나를 집어 먹으며 서문도가 말했다. 밉지 않게 흘겨보는 장 여사를 보며 입꼬리를 올리는 서문도는, 너무나 평소의 서문도 전무 같았다.

그러니까, 이전과는 같고 어젯밤과는 다른.

남자가 말끔히 지워 낸 것은 술기운만이 아니었나 보다. 어제 새벽의 일들은 남자에겐 모두 기억나지 않는 일인 듯했다. 다행인데. 그런데.

"토요일인데 출근하세요?"

"해야죠."

"낮에 2층 대청소 한번 하려는데 괜찮으신가 해서."

"하세요. 퇴근 늦게 하니까."

이야기를 나누는 두 사람을 두고 선우는 뒤를 돌았다. 거실로 나와서 소파에 앉으며 생각했다. 잘된 일이다. 다행인 일이고. 남자도 기억하지 못하는 일, 선우 역시 없었던 일이라 생각하면 되었다.

"그럼 드시구서 가세요."

장 여사가 주방 뒷문으로 나가는 소리가 들렸다. 흘깃 뒤를 돌아보니 서문도는 핸드폰에 시선을 둔 채로 커피를 마시고 있었다. 너무 멀쩡한 거 아닌가. 기억하지 못하는 건 다행인데, 흐트러짐 없는 모습은 괜히 억울했다. 사람 마음을 그렇게 흔들어 놓고 혼자만 멀쩡해.

"잘 잤어요?"

출근을 하려는지 거실로 나온 문도가 선우에게 물었다. 입이 잘 떨어지지 않아서 선우는 문도를 올려다보기만 했다. 가까이서 보니 남자의 눈가에 피로가 남아 있는 것 같기도 했다.

"네. 잘 잤어요."

조금 느리게 나온 선우의 대답에 문도가 피식 웃었다.

"토요일은 일찍 끝나죠?"

"네."

"저녁에 시간 비워 둬요."

대답을 하지 못하고서 바라보고 있으려니 선우의 머리를 툭 가볍게 짚으며 문도가 말했다.

"목걸이 하고 나오고."

선우는 자신도 모르게 목에 걸려 있는 얇은 목걸이를 만졌다. 그제 밤에 새로 사 준 목걸이는 상자에 다시 넣어서 숙소 방에 넣어 두었다.

"숙소에서 하기엔 너무 비싼 거라서요."

"알아요. 그러니까 이따 보여 달라고."

"네."

고개를 끄덕이면서 대답하는 선우를 문도가 내려다보았다. 미간을 찡그리면서 웃더니 소파의 등받이를 잡고 고개를 내린다.

"전무님."

"조금만."

남자의 입술이 선우의 입술에 가볍게 포개졌다가 느리게 떨어졌다.

"아무도 없으니까."

슬쩍 웃는 얼굴이 다시 다가와 선우의 입술을 한 번 더 훔쳤다. 짧은 입맞춤인데 눈을 볼 수 없는 것은 어째서인지.

"이따 나와요."

서문도가 인사를 남기고 출근을 했다. 마음이 자꾸만 복잡하게 엉겨들어서 선우는 무릎을 끌어안았다. 차라리 아무것도 몰랐던 며칠 전으로 돌아가고 싶은 심정이었다.

빌딩 주차장 안에 차에 세운 문도는 핸드폰을 들었다. 뚜르르르― 신호음이 가는 동안 무표정한 얼굴로 앞을 응시했다.

― 장현성입니다.

"주차장입니다. 내려오시죠."

—네, 전무님.

긴장한 남자의 목소리가 수화기를 타고 들어왔다. 문도는 전화를 끊고 시트 깊이 몸을 기댔다. 옅은 두통과 뻐근한 눈이 숙취의 흔적이었다. 두 손으로 눈두덩이를 꾹꾹 누르는데 환청이 들려왔다.

'저 싫어하셨잖아요.'

목소리는 머릿속을 한 바퀴 돌아 목구멍 안쪽으로 흘러내렸다. 뜨거운 물처럼 속을 훑으며 내려가서 단전 아래 어디쯤에 고였다.

꾹욱, 손끝으로 눈을 눌렀다가 뗀 문도는 조수석에 놓아두었던 파일을 들었다. 2월 4일 밤부터 5일 새벽까지 순서대로 정리한 파일이었다. 이민우, 김영재, 최지상, 서유라 각기의 동선과 통화 내역, 메시지 내역이 들어 있었다.

멀리서 금테 안경을 쓴 장현성이 걸어오는 것이 보였다. 보통 체격에 금테 안경을 쓴 남자의 얼굴은 굳어져 있었다. 문도는 가까이 다가와 조수석을 기웃거리는 남자에게 창문을 내리고 말했다.

"타시죠."

"네. 그런데 전무님, 일단 사무실로 올라오시면."

"타세요."

장현성이 조수석에 앉았다. 문도는 창문을 올리고 잠금장치를 걸었다. 핸들에 손을 올린 채로 무심히 앞을 보면서 장현성에게 말했다.

"참고로 저는 두 번 말하는 거 싫어합니다."

현성은 침을 삼켰다. 별말을 하지 않아도 서문도는 사람을 긴장시켰다. 차 안에 가두어 놓은 공기까지도 틀어쥐고 있는 느낌이었다.

서문도의 아버지인 서중호의 뒤를 닦아 준 지 5년째. 제법 드나드는 일이 있었음에도 서문도를 직접 만난 건 이번이 세 번째다. 서유라와 최지상이 사고를 쳤을 때 한 번, 사건 마무리 후 최종 사건 파일을 정리해서 올렸을 때 한 번, 그리고 지금 이 자리에서 한 번.

"이건 올라가서서 읽으시고."

서문도가 파일을 건넸다.

"메일로 보내 드릴 파일도 있으니 같이 확인하세요."

"네."

현성은 빠르게 파일을 눈으로 훑었다. 며칠 전 만나자는 전화가 왔을 때부터 직감은 했었다. 무엇을 알아낸 것인가. 꼼꼼히 봉해 두었을 텐데 어떻게. 부회장님 지시였다고 하면 그만이지만 긴장이 되는 건 어쩔 수 없었다.

"이제 장 변호사님 차례입니다. 정리해서 말씀해 주시죠."

"듣고 싶으신 게 정확히 어떤."

서문도가 웃었다. 입꼬리가 슬쩍 올라갔다가 내려오는 동안 눈동자에서는 빛이 났다. 사람을 꿰뚫을 것만 같은 빛이었다.

"그건 장 변호사가 알아서 판단하시고."

전부를 듣겠다는 말이다. 그 말은 전부를 알고 왔다는 말과 같았다. 현성은 침을 삼키고 입을 열었다.

"경찰서에 가서 서유라 씨가 최지상의 알리바이를 댔습니다. 최지상은 남자 둘이 쓰러진 뒤에 왔고, 당황해서 신고하겠다고 하는 최지상을 서유라 씨가 내쫓았다고요."

최지상은 이제 막 뜨는 배우인 자신의 입지를 위해, 서유라는 그런 최지상을 위해 거짓말을 했다. 핸드폰을 받은 서문도가 현장을 뜬 뒤에 현성은 현장에서 최지상부터 내보냈다. 현장에 경찰이 도착했을 땐 서유라와 현성 둘뿐이었다. 서유라가 거짓말을 하고 있다는 건 당연히 알았다. 부회장에게 보고를 했을 때, 덮으라는 지시가 있어 그대로 실행했을 뿐이다.

살인 사건이 아닌 사망 사건으로 만드는 것은 어렵지 않았다. 증인이 되어야 하는 당사자 둘은 죽었고, 몸에는 치사량의 약물이 있었으며, 서유라와 최지상의 증언이 있었다.

핸드폰은 몇 개를 더 거둬서 분실로 처리했고, 웨이터 몇몇을 매수해서 최지상의 입장 시간에 대해 증언을 하게 했다. 출입구 쪽 CCTV는 클럽과 합의하에 고장 난 것으로 해 두었다. 경찰과 검찰은 굳이 검증을 하려 하지 않았다.

"아버지는 어디까지 알고 계시죠?"

이야기를 전부 들은 서문도가 물었다. 현성의 머릿속에 순간 두 가지 대답이 동시에 떠올랐다. 어느 쪽의 줄을 잡아야 하나. 분명한 건 서중호와 서문도 사이에는 금이 그어져 있다는 것이다. 딛고 있는 땅이 다른 느낌.

지금은 등과 등을 맞대고 한 몸처럼 움직이고 있지만 언젠가는 떨어져 나올 존재였다. 그렇다면 누가 누구의 숨통을 쥐게 될까. 답은 어렵지 않았다.

"전부, 알고 계십니다."

"최지상이 범인이고 서유라가 공범인 것 전부요."

"네."

자신을 빤히 보는 서문도의 눈빛은 서중호를 닮았다. 아니, 닮았지만 달랐다. 서중호가 뱀의 눈을 하고 있다면 서문도는 호랑이의 눈을 하고 있었다.

"알겠습니다. 오늘 만난 일에 대해서는."

서문도가 잠시 사이를 띄웠다. 현성은 문도가 원하는 답을 말했다.

"함구하겠습니다."

서문도가 짧게 웃었다.

"알려도 상관없습니다. 그래도 고맙네요. 수고하셨습니다."

서문도의 차가 천천히 주차장을 빠져나갔다. 현성도 조용히 걸음을 옮겼다.

지난번처럼 시간과 장소를 보내올 줄 알았는데, 서문도는 전화를 걸어왔다. 저녁 6시, 선우가 막 퇴근을 하고서 숙소 동 방으로 올라왔을 때였다.

─준비하는 데 얼마나 걸리죠?

선우는 손목에 걸린 시계를 보았다. 대답을 하기 전에 서문도가 먼저 말했다.

─한 시간 정도면 넉넉한가?

"네. 그 정도면 괜찮아요."

— 그럼 7시, 택시 보낼 테니까 타고 와요.

"아니에요, 제가 나가서."

— 예쁘게 하고 오고. 이따 봅시다.

택시는 알아서 탈 수 있다는 말을 하기도 전에 전화는 그렇게 끊겼다. 어디를 가는 건지, 무엇을 할 건지 물어볼 사이도 없었다. 그렇다고 다시 전화를 해서 물어볼 수도 없었다.

선우는 핸드폰을 책상 위에 내려놓았다. 서랍 안에서 목걸이도 꺼내고 서문도 전무가 돌려주었던 시계도 꺼냈다. 물끄러미 바라보다가 작게 입술을 깨물었다.

그날 이후로 이상하게 현실감이 없었다. 서문도는 너무나 감쪽같이 원래대로 돌아왔고, 일상은 아무 일 없다는 듯 다시 반복되었다. 그래서 뭐랄까……. 눈을 뜨고 꿈을 꾼 기분이었다.

하기야.

허무한 웃음이 나왔다. 이 모든 것이 백일몽일지도 모르겠다는 생각을 한다. 거대한 저택에 발을 들인 순간부터 꿈속에 들어와 있는 것일지도.

꿈에서 깨는 방법은 하나뿐이다. 그때까지는 그만둘 수도, 멈출 수도 없었다. 다시는 돌아보지 않을 꿈속의 세상. 누가 누구를 걱정하고 마음을 쓴단 말인가. 다른 누구도 아닌 서문도 전무인데.

자신이 좋아했던 여자가 꿈속의 허상이라는 것을 알아채는 순간 싸늘히 식어 버릴 사람이다. 그러니 지금은 그냥 남자가 꿈에서 깨지 못하도록, 아직은 달콤한 꿈에 취해 있도록 웃어 주어야 할 때였다.

선우는 옷장에서 제일 좋은 옷을 꺼냈다. 그래 봐야 몸에 붙는 검은색 민소매 원피스일 뿐이지만 그래도 가진 옷 중에는 제일 비싸고 좋은 옷이었다. 화장품 파우치도 꺼내 놓은 뒤 얼마 전에 산 새 속옷을 챙겼다.

몇 달 전까지만 해도 이렇게 남자에게 보이기 위한 속옷을 사고, 보란 듯이 입고 가게 될 거라곤 정말 상상도 못 했었는데.

그래도 괜찮아. 여기는 꿈속이니까. 한낮에 꾸는 길고 긴 꿈일 뿐이니까. 거짓된 사랑을 속삭이며 달콤하게 웃어 주는 여자는 꿈속의 나일 뿐이니까.

선우는 욕실로 향했다. 7시까지 준비를 하려면 서둘러야 했다.

"선우 씨 오늘 무슨 일 있어?"

화장을 하고 원피스를 입고서 아래층으로 내려가니 조리사 아주머니가 눈을 크게 뜨면서 물어보았다.

"데이트라도 하러 가는 거야?"

옥수댁 아주머니도 놀란 눈으로 선우를 훑었다. 그 옆에 앉은 장 여사만이 조용히 커피를 마시고 있었다.

"아니요. 친구 만나러 가요."

말을 해도 믿지 않는 눈치였다. 그렇다고 서문도를 만나러 나간다고 솔직히 말할 수는 없으니까.

"아유, 꾸미니까 너무 예쁘다. 평소에도 좀 그러고 다녀 봐."

"별채에 막내 아가씨랑 갇혀 있는 사람이 뭐 하러. 잘 다녀와."

인사를 건네는 아주머니들에게 웃어 보인 뒤 현관을 나섰다. 주차장 옆쪽의 쪽문을 열고 나오니 골목 건너편에 택시 한 대가 서 있었다.

"이선우 씨, 맞으시죠?"

기사가 내려 뒷좌석의 문을 열어 주었다. 차에 타면서 어디로 가는 건지 물어볼까 하다가 그만두었다. 그곳이 어디든, 선우에게는 서문도만 있으면 되니까.

택시는 호텔 앞에 섰다. 언덕을 오르기 전, 커다란 체육관이 보였을 때부터 짐작했던 일이었다. 짐을 받는 도어맨, 차에서 내리는 사람들, 발레파킹을 맡기는 사람들, 안내하는 직원들로 분주한 출입구가 보였다.

"감사합니다."

인사를 하고 택시에서 내리려는데 정복을 입은 직원이 다가와 문을 열어 주었다.

"이선우 님, 맞으신가요?"

말끔하게 머리를 하나로 묶은 직원은 문을 열어 주면서 상냥하게 물었다.

"네."

"이그제큐티브 라운지로 안내해 드리겠습니다. 가지고 오신 짐은 룸으로 바로 올려 드릴까요?"

"아……. 짐은 가지고 오지 않아서요."

"네에, 그럼 이쪽으로 안내해 드리겠습니다."

직원을 따라 로비로 들어섰다. 금빛이 쏟아지는 화려한 로비는 미술관 같기도 하고 유럽의 어느 박물관 같기도 했다.

"그럼, 편안한 시간 보내세요."

선우를 엘리베이터에 태운 직원이 라운지층의 버튼을 눌러 주며 인사를 했다. 택시에서부터 라운지층에 도착하기까지 가만히 있어도 모든 것이 일사천리로 흘러갔다. 아무것도 모르는 건 선우 혼자였다. 선우는 그것조차 어딘지 모르게 서문도답다는 생각을 했다. 배려 넘치는 듯 보이지만 실은 아무것도 배려하지 않는 그런 것이.

딩, 하는 가벼운 소리와 함께 엘리베이터가 멈춰 섰다. 한 발을 내딛자 프런트 데스크 앞에 서 있는 서문도의 뒷모습이 보였다.

"전무님."

그리 크게 말하지 않았는데도 서문도는 단번에 뒤를 돌아보았다. 선우를 훑는 눈동자에 만족감이 어렸다.

"진짜로 예쁘게 하고 왔네요."

남자의 팔이 허리에 감겼다. 선우는 가볍게 미소를 지어 보였다.

"뭐 먹고 싶어요?"

입술을 떼면서 문도는 선우에게 물어보았다. 저녁 어스름 속에서 반짝이는 게 두 가지가 있었다. 물기 어린 선홍색 입술과 그를 보는 반짝이는 눈.

룸에는 잠깐 겉옷이나 벗어 두려고 들렀었다. 재킷을 벗어 두고 손을 씻고 나와 보니 이선우가 소파에 앉아 있었다. 남산타워의 불빛을 보는 여자의 표정은 마치 꿈을 꾸는 듯 보였고, 문도는 자연스럽게 그런 여자의 입술을 베어 물었다.

뭘 하든 어차피 거부도 못 하는 여자, 바로 침대에 눕혀 버리고 싶은 충동이 일었지만 한 번쯤은 참아 넘길 줄도 알아야 하지 않겠냐는 자성의 목소리가 들려와 메뉴를 물은 참이다.

"전무님 드시고 싶으신 거 먹을게요."

"나는 이선우 먹고 싶은데, 그걸로 할래요?"

웃으면서 물어보았더니 선우의 얼굴이 붉어졌다. 돌이켜보면 이선우에 대해서는 늘 충동적이었다. 순간의 충동은 예외를 부르고, 거듭된 예외는 뼈아픈 실수가 된다. 눈앞의 여자를 통해 그걸 배웠으니 이제는 반성을 해야 하지 않겠나.

"편하게 라운지에서 먹어도 되고, 아래 식당으로 내려가도 좋고. 좋아하는 걸로 골라요."

"네."

이선우는 테이블 위에 놓인 안내 책자를 펼쳤다. 다이닝 섹션을 펴고 소개되어 있는 레스토랑의 메뉴 부분을 읽고 있었다. 그러다 머뭇거리며 그를 돌아보았다.

"왜요, 마음에 드는 곳이 없어?"

"혹시 점심에 뭐 드셨어요?"

세심하기도 하시지. 메뉴가 겹칠까 봐 물어보는 선우에게 문도는 간단히 답을 주었다.

"짜장면 먹었습니다."

"아, 네."

아, 하고 네, 사이에 짧은 쉼표 같은 아쉬움이 느껴졌다. 다시 책자를 보는 선우에게 문도는 말했다.

"중식당 가고 싶어요?"

"아니에요. 괜찮아요. 저는 라운지가 편할 것 같아요."

피식 웃은 문도는 책상 위에 놓인 전화를 들어 중식당을 예약했다. 당황한 이선우의 표정이 볼 만했다.

"하고 싶은 거 해요. 먹고 싶은 거 먹고. 그렇게 해 주려고 불러낸 거니까."

이선우는 잠깐 말이 없었다. 그러다 이내 네, 하고 대답을 했다. 문도는 아마도 그런 일은 없을 거라는 생각이 들었다. 서문도 앞에서 이선우가 자신을 온전히 드러내는 일은. 그가 보고 있는 것은 파편처럼 흩어진 여자의 조각들일 뿐이다. 진짜 이선우는 몇 장의 서류와 이민우의 핸드폰 안에 있었다.

다정한 가족. 성실한 노력. 따뜻한 미소.

부모님의 사고로, 동생의 사망으로 찢겨져 나간 여자의 삶은 단단하고 따뜻했었다. 그걸 세세히 들여다보지 않는 게 나았을까. 어차피 너는 눈먼 내 등에 칼을 꽂으려 다가온 여자일 뿐인데. 그리고 나 역시 네 등에 무참히 칼을 꽂을 텐데.

"예전에요."

선우의 목소리가 들려 문도는 고개를 돌렸다.

"외할머니 환갑이셨는데, 그때는 아빠가 엄마한테 용돈 받아서 쓰실 때였거든요. 아빠가 몇 달 동안 그 돈을 모아서 이모네랑 우리 식구랑 외할머니랑 청연에서 식사를 사 줬어요. 할머니 환갑 기념으로요."

사진 속, 지적인 인상에 체격이 호리호리했던 중년 남자의 모습이 어렵지 않게 그려졌다.

"아빠는 큰마음 먹고 코스 요리를 사 줬는데, 할머니랑 동생이랑 저랑 셋이서."

선우가 잠깐 말을 끊고 가만히 미소를 지었다.

"식사로 나온 짜장면이 제일 맛있었다고 했어요. 엄마는 그 말에 아빠 마음 상할까 봐 아니라고, 다른 게 훨씬 고급인데 우리가 뭘 모르는 거라고 하셨고요."

추억을 말하는 이선우의 눈동자는 따뜻하고 쓸쓸했다.

"아빠가 크게 웃더니 다음에는 짜장면하고 탕수육만 먹자고, 아빠도 사실 그게 제일 맛있었다고 했어요. 그냥 아까 잠깐 그 생각이 났어요."

이런 이야기는 아마도 그에게 독이 될 터였다. 팻말이 땅땅 써 붙여져 있다. 금지 구역이라고. 수심이 깊으니 들어가서는 안 된다고. 어느 순간 발이 푹 꺼져 너는 그 안에 잠겨 죽을 수도 있다고.

"좋은 아버지셨네요."

"네."

"어머니는 어떤 분이셨어요?"

문도는 부드럽게 물었다. 어스름이 저물어 가는 창문 너머로 묽게 탄 잉크 같은 하늘이 보였다. 선우가 가만히 그를 바라보다가 천천히 입을 열었다.

"엄마는요, 중학교 국어 선생님이셨어요."

이선우는 조용히 정혜숙에 대해 이야기를 했다. 밝고 따뜻한, 활기차고 용감한 사람이었다며. 그런 엄마를 동생이 꼭 닮았다고 도 했다.

물어본다고 또 순진하게 이야기를 하고 있는 이선우의 이야기 를 문도는 차분히 들어주었다. 쓸쓸하고 따뜻한 그의 연인은 한 번 씩 그를 보면서 작게 미소를 지었다.

"지루하셨죠?"

엄마 이야기를 마친 선우가 문도에게 물었다.

"아니. 전혀."

문도는 고개를 저으며 대답했다. 그는 자신이 무엇이 되고 싶은 지 이제 정확히 알았다. 서문도는 자신이 이선우가 의지하는 유일 한 사람이 되기를 바란다. 곁에 아무도 남아 있지 않은 이선우가, 얼마 남아 있지 않은 그 쓸쓸한 마음까지도 그에게 내어 주기를 원 한다.

아무것도 모르고서 그의 다정에 두 눈이 멀기를.

자신도 모르는 사이에 마음을 빼앗기기를.

그러다 어느 날 모든 것을 알게 되었을 때 산산이 부서지는 경험 을 하기를.

내어 주었던 마음들까지 모두 무참히 깨어지기를.

이선우의 하나뿐인 빛이, 희망이, 안식처가 되기를.

그리하여 생의 가장 큰 절망이 되기를.

그런 날이 온다면 이 순간이 독이 되어도,

그러다 어느 순간 잠겨서 죽어도.

그래도 좋겠다고, 문도는 생각했다.

짜장면과 탕수육은 믿을 수 없을 정도로 맛있었다. 맛있는데, 불편하기 짝이 없었다. 꼭 이렇게 먹어야 할까. 칸막이로 막혀 있는 작은 룸의 동그란 테이블 앞에 앉아서 선우는 문도가 집어 주는 탕수육을 난처한 얼굴로 받아먹었다.

"저…… 이런 건 좀."

"청연 탕수육이 왜 맛있는 줄 알아요?"

문도는 아랑곳하지 않고 다른 한 점을 집어 자신의 입에 넣으면서 말했다.

"아니요, 몰라요."

호텔이니까 맛있겠지. 비싸니까 맛있겠지. 그런 대답들은 넣어 두고서 선우는 그냥 웃었다.

"항정살로 만들어서 부드럽대요."

"아…… 네."

"그래서 몇 점 먹으면 느끼해져."

"아…… 네."

가능한 똑같은 대답은 하고 싶지 않았지만, 그것밖에 생각나는 말이 없었다. 서문도가 피식 웃으면서 선우를 보았다.

"또 뭐 할래요."

식사도 거의 끝물이었다. 여기서 더 뭘 할 수 있을까 생각해 보았지만 여긴 호텔이고, 생각나는 건 남산이 보이는 룸밖에 없었다.

"술 마셔도 되고. 수영장도 있고. 커피도 괜찮겠네."

말을 하는 서문도의 표정이 담담했다. 이 남자는 이런 식으로 데이트를 했겠구나, 자신도 모르게 그런 생각을 하게 된다. 만나는 여자가 무엇을 해 달라고 하든 담담한 표정으로 그래, 그러자고. 너 하고 싶은 건 무엇이든 같이해 주겠다고. 늘 이렇게 연애를 했을까. 그 생각이 드는 순간 왜 마음이 욱신 아팠는지 모를 일이었다.

"산책 괜찮으세요? 배불러서 산책하고 싶어요."

"산책해요, 그럼."

문도가 알겠다는 듯 고개를 끄덕였다. 계산을 마치고 아래층으로 내려와서 커피를 한 잔씩을 테이크 아웃으로 샀다. 따뜻한 커피를 든 남자는 익숙하다는 듯 선우를 커다란 정원이 있는 산책로로 이끌었다.

"자주 오셨나 봐요?"

물어볼 생각이 없었던 말이 왜 튀어나왔는지. 익숙해 보여서 그런 거야. 그냥 그런 거야. 선우는 그렇게 생각하며 입술을 맞다물었다.

"가끔. 왜, 신경 쓰여요?"

서문도가 웃으며 물었다. 선우는 고개를 저었다.

"신경 좀 써요."

질투도 하고. 서문도가 스치듯 말하며 커피를 한 모금 마셨다. 선우도 애꿎은 커피만 넘겼다. 기름진 음식을 먹어서인지 뜨겁고 쓴 커피가 개운하게 느껴졌다.

"오늘 뭐 했어요?"

낮에는 더웠는데, 저녁에는 찬 기운이 묻은 바람이 불었다. 여름이 물러가고 가을이 다가오는 계절의 이음새에서 서문도가 묻는다.

"서유라 씨 보디 프로필 찍으셨어요. 정확하게는 비교 전 사진이요. 사진 찍고 나서 운동한 다음에 다시 찍으시겠다고요."

"서유라 말고 이선우."

선우는 커피를 입에 가져가는 문도를 바라보았다.

"이선우 뭐 했냐고."

픽 웃으면서 말하는 서문도를 보는데 기분이 이상했다. 얼마 전에도 이런 말을 들은 것 같은데.

"아, 저는……."

하루의 일과는 서유라의 일과와 비슷했다. 여기서 이렇게 데이트를 하는 것 외에는 평소와 다를 것 없는 하루였다.

"서유라 씨 사진 찍는 거 도왔구요. 사진 찍고 나서 늦은 점심으로 즉석 떡볶이 드시고 싶다는 거 안 된다고 말렸고요."

서문도가 웃었다. 입꼬리가 말려 올라가는 웃음에 발바닥이 저릿거렸다. 선우는 발끝에 힘을 주며 나머지 말을 이었다.

"유라 씨 샐러드 챙겨 드리고 2층 대청소하신대서 옥수댁 아주머니 잠깐 도와 드리고, 전무님 전화받고 나온 거……. 그게 전부예요."

"아침엔 뭐 먹었어요?"

"커피하고 쿠키 먹었어요."

"점심은?"

오렌지색 조명이 환하게 밝은 정원을 걷는 남자가 별로 궁금하지도 않은 얼굴로 질문을 이었다.

"유라 씨 샐러드 줄 때 토마토 갈아서 먹었어요."

"배고팠겠네. 어쩐지 잘 먹더라."

선선한 밤바람이 불어왔다. 아래로는 하월재의 모습이 보였다. 누군가 결혼식을 올렸는지 차려입은 사람들이 행사에 쓰였던 꽃을 쥐고서 단청 아래를 걷고 있었다.

"이만 올라갈까."

커다란 정원을 두 바퀴 정도 돌았을 때 서문도가 말했다. 선우는 잠시 호텔동을 올려다보았다. 올라가면 그렇고 그런 시간들이 기다리고 있겠지. 조금만, 아주 잠시만 더 이렇게 있고 싶은데.

"네. 올라가요."

선우는 미련을 버리고서 대답했다. 호텔로 오면서 바로 잠자리를 갖게 될지도 모르겠다고 생각하며 긴장했었는데 뜻밖에도 평범한 시간을 가졌다. 처음으로 가족 이야기를 했고, 처음으로 먹고 싶었던 음식을 먹었다. 잠시지만 오래전의 평범한 이선우로 돌아갔던 것 같은 시간.

이 정도로 충분했다. 조금 더 길어지면 돌아가고 싶지 않아질 수도 있으니까.

"하나만 더 얘기해 봐요."

서문도의 목소리가 뒤에서 들렸다. 선우는 뒤를 돌았다. 테이크아웃용 종이컵을 가볍게 움켜쥔 남자가 묻는다.

"올라가기 전에 뭐 하고 싶은지."

가끔, 당신이 내 속을 꿰뚫어 보는 게 아닌가 싶을 때가 있어. 들어가기 싫다고 내 얼굴에 쓰여 있었을까.

"팥빙수 먹고 싶어요."

백일몽 같다고 생각했었지. 한낮에 꾸는 길고 긴 꿈이라고.

한 번쯤은 좋은 꿈을, 생각하면 마음이 따뜻해지는 그런 꿈을 꾸어도 좋지 않을까. 한 번쯤은 깨고 싶지 않은 그런 좋은 꿈을 꾸어도 괜찮다면.

"실은 여름 내내 팥빙수가 먹고 싶었어요."

선우는 솔직하게 말했다. 그게 뭐라고 이제껏 참았는지, 말해 놓고도 머쓱해서 웃음이 나왔다. 문도가 조금 어이없다는 듯 웃으며 커피 컵을 구겼다.

"소박하네. 팥빙수 먹으러 갑시다."

결론적으로 말하자면 팥빙수는 전혀 소박한 것이 아니게 되었다. 라운지 카페에서는 망고빙수만을 팔았고, 선우는 그걸로도 충분하다고 했지만 문도는 둘은 같은 음식이 아니라며 기어이 차를 몰아 호텔 아래로 내려왔다.

내려와서도 문을 닫은 빵집 때문에 이리저리로 헤매야 했다. 마침내 동네 빵집에서 팥빙수를 먹게 되었을 땐, 허무한 웃음이 나올 지경이었다.

"맛이……."

스푼을 물고서 선우가 말하자 문도가 답했다.

"없죠."

단호한 대답에 선우는 그만 웃음이 터졌다. 얼음이 덜 갈린 팥빙수가 왜 이렇게 웃긴 일인지 모르겠다. 팥은 이가 아릴 정도로 달았고 덜 갈린 얼음은 덜걱덜걱 씹혔다.

"먹어요. 먹고 싶다 했잖아."

서문도가 단호한 표정으로 말해서 더 웃겼다. 선우는 웃음을 참으며 숟가락을 다시 들었다. 맑은 국물을 한 숟갈 뜨는데 으득, 얼음이 씹히는 소리가 났다.

"시원하고 좋네. 이에 금 가겠어."

웃음이 또 터졌다.

"웃으라고 한 말이 아닌데?"

안 웃긴 말인 거 선우도 너무 잘 알았다. 그냥 다 웃겼다. 툴툴거리면서 빙수를 먹는 서문도도, 돌고 돌아 사 먹게 된 팥빙수가 정말 정말 맛이 없는 것도, 이렇게 웃을 일이 아닌데 자꾸 웃음이 나왔다.

"자꾸 그렇게 웃음으로 때우려 하지 말고 먹어요. 장 여사가 음식 남기지 말랬어."

"네. 그럴게요."

웃음을 머금은 채로 선우는 다시 숟가락을 들었다. 문득 이 남자의 어린 시절은 어땠을까 궁금해졌지만, 거기까지는 들어가지 않기로 했다. 지금으로도 충분히, 깊다는 생각이 들었기 때문이었다.

이선우의 부탁대로 불을 켜지 않았다.

커튼까지 내린 방은 완벽한 어둠이었다. 눈에 어둠이 익을 때까지 문도는 선우에게 입을 맞추었다. 도톰한 입술을 벌리고 그 안에 고여 있는 달콤한 즙을 거듭 마셨다. 한 번씩 이선우는 고개를 틀어서 숨을 쉬었다. 문도는 그런 여자를 뒤쫓아 다시 숨을 빼앗았다.

어둠에 눈이 익었을 때부터는 이선우의 실루엣을 따라 고개를 내렸다. 둥글게 부푼 가슴을 오래오래 머금었고, 오목하게 파인 배꼽에도 입을 맞추었다.

"그냥……. 그냥 하셨으면 좋겠어요."

아래로 내려가려 하니 이선우가 그를 붙잡았다. 이선우는 쾌감이 증폭하는 구간을 못 견뎌 했다. 수치스럽다 생각하고 낯 뜨겁다 생각했다. 그런 이선우가 기어이 그의 앞에서 흐트러지는 모습을 보는 게 그의 쾌감 중 하나였지만, 그래. 오늘만큼은.

"싫어서 그래요?"

"그게 아니라."

뒷말을 씹는 여자의 얼굴이 붉었다. 어둠 속에서도 느껴질 만큼 열이 오른 얼굴이었다.

"아니면?"

"빨리……. 전무님을."

문도의 목이 뜨거워졌다. 이게 거짓인지 진실인지 가늠할 길도 없으면서, 그를 견뎌 내는 일을 적당히 해치우려고 하는 말인 걸 알면서도.

이선우의 무릎을 세우고 몸을 맞추었다. 허리를 당기며 단번에 안으로 삽입을 하는 순간 두 사람에게서 동시에 낮은 탄성이 흘러나왔다.

"많이도 젖었네."

그의 말에 이선우가 두 손으로 얼굴을 가렸다. 그 모습마저 눈을 뜨겁게 해서 까만 어둠이 빨갛게 달구어지는 기분이었다. 수없이 많은 밤을 보냈지만 이런 적은 처음이다. 깊은 애무를 하지 않았는데도 매끄럽고 뜨거웠다. 살아 있는 무엇이 그를 힘껏 빨아 당기는 기분이었다.

문도는 선우의 얼굴을 가린 손을 치웠다.

"눈 뜨고."

문도의 말에 물기를 머금은 이선우의 눈이 문도를 향했다. 문도는 몸을 뒤로 물렸다가 앞으로 단번에 치고 나갔다. 아웃, 신음 소리와 함께 이선우의 목이 희게 꺾인다.

평소보다 물기가 많이 어린 이선우의 안쪽이 뜨거워서 맞닿은 부분이 녹을 것 같았다. 결합된 부분에서 둥둥 맥이 울리는데 그게 이선우의 것인지 자신의 것인지 구분이 잘되지 않았다.

"전무님. 제발."

넣은 채로 움직이지 않았더니 선우가 허리를 틀며 말했다. 무언가를 갈구하는 듯이 시트를 움켜쥐었다.

"넣어 달라고, 빼 달라고?"

그런 말은 듣기 힘들다는 듯 선우가 눈을 질끈 감았다. 문도는 허리를 숙여 선우의 입술을 잡아 물었다. 잘근 씹으면서 다시 물어 보았다.

"넣어요, 빼요. 말을 해."

답을 하는 대신 이선우가 그의 입술을 마주 물었다. 문도의 어깨에 팔을 두르며 제가 먼저 입술을 붙여 왔다. 혀를 마주 대며 보채듯이 신음 섞인 숨을 쉬었다. 심장이 뻐근하게 벌어지는 느낌에 문도는 여자의 뒷머리를 움켜쥐었다.

"넣어…… 주세요. 더 깊이."

깊은 입맞춤으로 숨이 가파르게 오른 선우가 말했다. 후우. 문도는 숨을 길게 내쉬며 허리를 세웠다. 뒤로 물렸다가 빠르게 안으로 밀고 들어가니 선우가 허리를 휘며 신음을 흘렸다. 문도는 그런 선우를 내려다보며 속력을 올렸다. 빠르게, 더 빠르게. 깊고 더 깊게. 어둠 속에서 침대는 무겁게 출렁거렸고, 이선우는 어느 때보다도 빠르게 무너지며 그에게 매달려 왔다.

전무님, 제발.

긴 비명을 삼킨 선우가 그의 목을 안으면서 허리를 들었다. 하얗게 눈앞이 부서지며 세상이 아득히 무너져 내렸다.

아주 잠시, 문도는 이대로 죽는 것도 나쁘지 않겠다는 생각을 했다가, 그런 자신이 답도 없는 놈 같아서 큭큭 웃었다.

3권에서 계속